Rumeurs

Anna Godbersen

Rumeurs

Traduit de l'anglais (américain)
par Alice Seelow

Albin Michel

Anna Godbersen est née à Berkeley, en Californie, et a fait ses études à l'université de Barnard. Elle vit avec son mari à Brooklyn, où elle écrit actuellement la suite de *Rumeurs*. Rendez visite à Anna sur www.theluxebooks.com.

Retrouvez *Rebelles* et *Rumeurs* sur le site www.rebelles-lelivre.fr

Titre original :
RUMORS
(Première publication : HarperCollins Children's Books,
a division of HarperCollins Publishers, New York, 2008)

À Jake et à Nick

Prologue

« Je viens de recevoir une invitation à une célébration très confidentielle mais non moins distinguée, organisée à Tuxedo Park par l'une des plus grandes familles de Manhattan. Je suis tenu de garder le secret, mais je promets à mes fidèles lecteurs que je leur relaterai tout la semaine prochaine, quand la nouvelle aura transpiré... »

EXTRAIT DE LA RUBRIQUE « LE JOYEUX DANDY »,
THE NEW YORK IMPERIAL, DIMANCHE 31 DÉCEMBRE 1899.

À New York, les classes populaires ont coutume d'observer notre aristocratie de souche passer dans les rues de sa ville, se rendre au Sherry *pour le petit déjeuner au lendemain d'une de ses fastueuses soirées, ou encore courir en traîneau à Central Park, ce grand lieu de rencontre démocratique. Mais à la campagne, tout est différent. Ici les riches n'ont pas à subir l'injure de se voir épiés par des milliers de paires d'yeux ; ici, dans les montagnes neigeuses, à soixante kilomètres au nord-ouest de Manhattan, les affaires, les rackets, les violences aveugles qui sévissent dans la ville ne les touchent pas. Car eux seuls ont droit d'entrée.*

En ces jours glacés de l'année 1899, le gratin avait quitté la ville par petits groupes, suivant les instructions de leurs hôtes. La veille du nouvel an, les derniers invités étaient arrivés en train privé à Tuxedo Park et étaient descendus à la gare privée de ce club très privé. Des convois spéciaux avaient roulé tout l'après-midi : l'un transportait des orchidées, un autre du caviar et des jeux de cartes, d'autres des caisses de champagne Ruinart. Et maintenant arrivaient les Schermerhorn et les Schuyler, les Vanderbilt et les Jones. Des calèches peintes aux couleurs vert et or de Tuxedo, et dont les chevaux étaient harnachés de luxueux grelots d'argent de chez Tiffany & Co *les attendaient. Les voitures filaient dans la neige fraîchement tombée, en direction de la salle de bal où* allait se célébrer le mariage. Ceux qui possédaient dans la région leurs propres résidences – volontairement rustiques (cottages à toit de bardeaux couverts de mousse et de lichen) – étaient partis se mettre au vert pour se montrer au mieux de leur forme. Les dames avaient emporté avec elles leurs bijoux de famille, des aigrettes constellées de diamants pour leurs cheveux, des gants de soie ; leurs plus belles tenues, aussi, et les plus récentes, quoiqu'elles fussent plusieurs à se désespérer à l'avance d'être vues dans des robes qu'elles avaient déjà portées lors de la saison d'automne, et qui avaient déjà été décrites dans les rubriques mondaines – saison dramatique s'il en est, puisque la jeune fille du monde la plus charmante de la ville y avait joué un rôle central en terminant sa trop brève existence dans les eaux de l'Hudson. Depuis, personne n'osait avoir l'air de s'amuser. Les plus scrupuleux avaient attendu le mois de janvier pour s'autoriser à partir en croisière en Méditerranée ou vers l'Europe. Et maintenant, si près du nouvel an, à l'idée d'une célébration inattendue à l'horizon, la bonne humeur avait de fortes chances de ressurgir. Une ou deux femmes mentionnèrent, à voix basse, tout en se parfumant derrière l'oreille, que la mariée allait paraît-il porter la robe de sa mère à l'église, ce qui donnerait une touche de simplicité au cérémonial. Néanmoins, cette aimable tradition ne dispensait pas les invitées, elles, d'être à la dernière mode.

Tout ce beau monde avait été escorté vers la salle de bal de l'édifice principal du club par des valets en livrée. Tandis qu'on leur servait des punchs épicés dans des verres en cristal taillé, les invités admiraient la transformation radicale de la salle de bal de Tuxedo.

Au milieu de son parquet renommé pour sa beauté courait une allée délimitée par deux épais chemins de pétales de rose. Des corbeilles de mariée composées de chrysanthèmes et de muguet s'épanouissaient au centre de la salle. Au fur et à mesure qu'ils entraient, les invités s'émerveillaient du goût exquis et du luxe du décor, et louaient la classe des hôtes qui avaient apporté, au pied levé, tant de soin à la préparation de cette fête, les invitations n'étant arrivées que *quelques jours auparavant par coursier. Il y avait Mrs Astor, derrière son voile noir, présente malgré les soucis de santé qu'elle avait endurés cette saison, lesquels avaient accrédité la rumeur qu'elle allait devoir abdiquer de son trône de reine de la haute société new-yorkaise. Elle s'appuyait au bras d'Harry Lehr, célibataire engageant, célèbre pour sa façon flamboyante de danser les quadrilles et pour ses bons mots.*

Il y avait les Schoonmaker qui se dirigeaient vers les fauteuils du premier rang, la jeune Mrs Schoonmaker – seconde dame à porter ce nom honorifique – qui ne cessait de distribuer des baisers tout en arrangeant ses boucles blondes et son diadème de rubis. Il y avait les Cutting, dont le fils unique, Edward, alias Teddy Cutting, était connu pour être l'ami intime du fils de William, Henry Schoonmaker, bien que depuis la mi-décembre tous deux n'aient été vus que de rares fois ensemble. Il y avait Cornelius « Neily » Vanderbilt III, qui avait failli être déshérité à cause de sa femme, Grace Wilson, blâmée de s'être comportée trop « librement » pour une jeune débutante. Elle était royale, à présent, dans sa robe en panne de velours ornée de dentelle, avec ses cheveux auburn joliment bouclés, on ne peut plus digne d'être une Vanderbilt. Mais parmi tous ces gens bien nés qui prenaient place dans leurs fauteuils, certains brillaient par leur absence. Car parmi ces centaines d'invités triés sur le volet – la salle de bal de la vieille Mrs Astor pouvant en contenir quatre cents –, une grande famille n'était pas représentée.

Nombreux étaient ceux que cette absence étonnait et qui échangèrent à voix basse quelques mots à ce propos lorsque la musique des instruments à cordes ouvrit la cérémonie. Le vent soufflait autour de l'édifice ; les stalactites scintillaient aux auvents. On pressa les derniers venus de s'installer, et des valets en queues-de-pie noires – au lieu des simples gilets de service qui étaient la tenue habituelle de ce lieu de villégiature – allèrent se poster à leur place.

Le dernier arrivé, Teddy Cutting, jeta un coup d'œil à la ronde pour vérifier que son ami était prêt. Quand la musique s'éleva, la foule regarda d'un air approbateur Henry Schoonmaker s'avancer vers l'autel, ses cheveux sombres lissés sur le côté et son beau visage empreint d'une maturité inhabituelle. Que signifiait cette nervosité sur ses traits d'ordinaire désinvoltes ? Était-ce de la fébrilité ou de l'appréhension ? Puis, en même temps que toute la salle, il porta son regard vers l'allée où les plus jolies débutantes de New York, en robes de mousseline bleu acier, faisaient leur apparition. Elles avançaient d'un pas lent, l'une après l'autre, entre les chemins de pétales de rose, essayant tant bien que mal de cacher leur fierté.

Sur les premiers accords de l'hymne wagnérien, la mariée, telle une sylphide, apparut sous la première voûte de fleurs. Tous, y compris sa famille et ses amis, furent saisis par sa remarquable beauté. Elle portait la robe de mariée de sa mère et tenait un gros bouquet de fleurs blanches dans les mains. Son voile de dentelle cachait l'expression émue de son visage. Néanmoins, elle avançait d'un pas décidé vers l'autel.

Juste au moment où elle prit place en face d'Henry, la porte s'ouvrit et un jeune membre du personnel apparut, haletant, et chuchota quelques mots à l'oreille de la femme placée à l'entrée. L'air froid pénétra dans la pièce, l'assistance retint son souffle, puis des murmures à peine audibles traversèrent la salle, qui augmentèrent en volume quand le révérend s'éclaircit la gorge pour commencer son discours d'ouverture de la cérémonie. Les yeux sombres du valet parcoururent la pièce. Même la mariée se raidit.

La voix du révérend continuait à ronronner, mais sur les visages de l'assemblée ne se lisait plus cette gaieté sereine qui les illuminait l'instant auparavant. Un malaise grandissant avait envahi la classe privilégiée confortablement installée dans son palais d'hiver, au seuil même des épousailles si excitantes de deux de ses membres les plus éminents. Les sourcils étaient levés, les bouches entrouvertes. C'était comme si, soudain, les multitudes citadines qu'ils avaient laissées derrière eux n'étaient pas si lointaines, finalement. Quelque chose s'était passé, qui altérerait à jamais leur souvenir des derniers jours de l'année 1899.

Un

« Une morne saison a régné cet hiver sur New York, depuis la mort de Miss Elizabeth Holland – une des jeunes élues de la haute société –, en même temps que le blizzard a soufflé, abandonnant un grand manteau de neige sur la ville. Mais la fine fleur de la société n'a pas renoncé pour autant à ses soirées à l'opéra et à ses joyeux quadrilles. Quant à notre regard, il a plus d'une fois été frappé par le comportement exceptionnellement distingué de Miss Penelope Hayes, la meilleure amie de Miss Holland au cours de sa brève existence. Puisse Miss Hayes hériter du parfait sens des convenances de cette dernière et de la vraie noblesse que lui conférait sa naissance. »

EXTRAIT DE *RUMEURS DE LA VILLE*,
VENDREDI 15 DÉCEMBRE 1899.

– Excusez-moi, mademoiselle, c'est bien vous ?

C'était une belle journée froide et vivifiante, au ciel limpide. Une buée blanche s'exhala de la bouche de Penelope Hayes quand elle se retourna lentement vers la foule amassée sur le trottoir exigu pour voir qui lui adressait la parole. Elle fixa ses grands yeux bleus sur le visage avide d'une adolescente qui devait habiter l'un des vieux immeubles délabrés qui se dressaient derrière la foule. Un fouillis inextricable de fils électriques reliait les toits, découpant de sombres rubans dans le ciel. La jeune fille portait un manteau usé jusqu'à la trame, d'un noir fané presque gris, et le froid rougissait son teint déjà rose. Penelope posa son regard sur elle, et ses lèvres boudeuses s'étirèrent en un sourire qu'elle essaya de rendre chaleureux, le plus chaleureux dont elle fût capable.

– Mais oui, c'est bien moi.

Elle redressa la taille, consciente de mettre ainsi en valeur sa sveltesse et le délicat ovale de son visage au teint rayonnant. Il fut un temps où les journaux parlaient d'elle comme d'une ravissante fille de *nouveau riche*, mais il n'en était plus ainsi, car elle s'était mise à porter des tons discrets, blancs ou pastel, attentive au message de pureté et de souhait de mariage qu'ils exprimaient – les tons préférés des filles vertueuses et modestes de son âge. Aujourd'hui cependant, compte tenu de l'état des rues qu'elle devait traverser, elle avait choisi de s'habiller de teintes foncées.

– Je suis bien Miss Hayes, précisa-t-elle en tendant sa main gantée.

– Je travaille chez les frères Weingarten, les fourreurs, continua la jeune fille d'une voix timide. Je vous ai aperçue, de la coulisse, une ou deux fois.

– Oh, alors je dois vous remercier pour vos services, répondit gracieusement Penelope.

Elle inclina son corps en avant dans une position qui aurait pu s'appeler un salut, si le col Médicis brodé de dentelles de son manteau bleu marine gansé de fils d'or ne l'avait empêchée de pencher modestement la tête.

– Une dinde vous ferait plaisir ? demanda-t-elle à la fille en la regardant dans les yeux.

La procession avançait devant elle. L'orchestre ambulant qui jouait des chants de Noël avait déjà traversé la rue, et elle entendit la voix de Mr William Schoonmaker s'élever d'un mégaphone, derrière les musiciens. Il souhaitait à la foule qui se pressait sur les trottoirs une joyeuse saison de Noël, et lui rappelait aussi subtilement qu'il en était capable qui avait sponsorisé leur parade : car c'était son idée, il avait financé l'orchestre, la crèche ambulante et les dindes de Noël, et demandé à de nombreuses dames et jeunes filles bien nées de sa connaissance de distribuer les dindes aux pauvres. *Mr Schoonmaker et moi sommes les véritables attractions*, pensa Penelope en se tournant vers son fidèle ami Isaac Phillips Buck, pour plonger son bras dans le grand sac en toile qu'il portait.

Même à travers ses gants en peau de phoque et la couche de papier journal qui l'emballait, elle sentit le corps froid et mou de l'oiseau. Il pesait lourd dans ses mains, il était encombrant, mais elle essaya de ne montrer aucun signe de dégoût quand elle avança vers la jeune fille et le lui tendit. L'adolescente considéra le paquet d'un air absent, et son sourire s'éteignit.

– Prenez-le, dit Penelope en s'efforçant de retenir son impatience, car elle ressentait le besoin urgent que la fille la délivre de ce fardeau. C'est pour vous, pour votre famille, pour Noël. De la part de Mr et Mrs Schoonmaker... et de la mienne.

Le silence n'en finissait pas, le temps s'étirait. Puis d'un coup la fille recouvra son sourire. Sa bouche s'élargit et son visage s'illumina de joie.

– Oh, Miss Hayes, merci ! Merci de ma part... et de celle de ma famille !

Elle prit le lourd paquet des mains de Penelope et, se tournant vers ses amis dans la foule :

– Regardez ! Cette dinde, c'est Miss Penelope Hayes qui me l'a donnée, à moi !

Ses amis s'extasièrent sur cette manne tombée du ciel et lancèrent des regards timides à la jeune fille à l'élégant manteau. Ils avaient l'impression de la connaître déjà, ayant si souvent lu son nom prestigieux dans les colonnes mondaines des journaux. Elle était là devant eux, la meilleure amie d'Elizabeth Holland morte tragiquement noyée quelques mois auparavant, et son héritière légitime dans le cœur du public.

Au demeurant, Penelope savait très bien qu'Elizabeth ne s'était pas noyée et était en fait bel et bien vivante, puisqu'elle avait aidé la « pure et virginale » Miss Holland à disparaître pour pouvoir rejoindre un domestique de sa famille dont elle était amoureuse. En vertu de quoi, et c'était là l'essentiel, Penelope allait être en mesure de s'attribuer ce qui lui appartenait à juste titre : le fiancé qu'Elizabeth avait laissé derrière elle. Et son ascension était presque accomplie, puisque déjà les matrones les plus haut placées dans l'échelle sociale, tout comme les chroniqueurs, commençaient à répandre le bruit qu'elle ressemblait de plus en plus à Elizabeth – ce que Penelope n'aurait pas trouvé particulièrement flatteur avant, la bonté étant à son avis une qualité plutôt surfaite –, néanmoins elle commençait à voir les avantages de cette comparaison.

Penelope récompensa le témoignage d'admiration et la chaleureuse étreinte de la jeune fille en s'attardant un petit moment devant elle, avec ses yeux rayonnants et son large sourire inimitable. Puis elle se tourna vers Buck, qui ne passait pas inaperçu dans son costume gris à carreaux, sa chemise ambre et son manteau de castor qui enveloppait sa corpulence.

– Tu arrives à point nommé pour me tirer de là, murmura-t-elle. Je n'ai pas aperçu Henry de la journée, j'ai froid, et si je dois toucher encore une autre admir...

Buck l'arrêta d'un regard entendu. Ses traits étaient doux, estompés par la rondeur de son visage, et le dessin particulier de ses sourcils blonds trahissait son esprit rusé et intrigant.

– Je m'occuperai de tout.

Des dames à grands chapeaux et en manteaux à revers défilaient, escortées par l'orchestre ambulant. Penelope regarda à nouveau dans la rue, en direction de la voix de Schoonmaker père. Elle se doutait que son fils, Henry (elle pensait à ses yeux sombres et à ses intonations troublantes), était dans les parages. Son cœur se serra. Puis elle tourna son regard vers Buck, qui avait déjà échafaudé un plan.

Buck, son loyal et fidèle ami, qui l'avait toujours protégée, qui se laissait toujours attendrir par elle. Buck, qui en imposait par sa haute et forte stature. Il n'était pas né riche –

quand bien même il prétendait être un parent du célèbre clan Buck qui vivait aujourd'hui en grande partie dans la vallée de l'Hudson et habitait d'anciennes et magnifiques demeures pour ainsi dire en ruine –, mais il était irremplaçable pour organiser des soirées, en remerciement de quoi on lui faisait souvent de beaux cadeaux. Penelope baissa le voile de son chapeau sur son visage et le suivit dans la foule. Quand ils se furent frayé un chemin sans encombre, Buck laissa tomber son volumineux sac de dindes et aida Penelope à monter dans le coupé qui l'attendait.

Tandis que Buck adressait quelques mots au conducteur, elle s'installa dans le siège en velours peluche noir et souffla. À l'intérieur, tout ce sur quoi on pouvait s'appuyer ou s'asseoir était en velours, et tout ce sur quoi on pouvait poser les mains était en or. Penelope respira ; le monde était de nouveau comme il convenait. Elle enleva ses gants d'un geste leste et les lança hors de la voiture. Buck les regarda tomber dans une flaque de neige fondue, avant de prendre place sur le siège à côté de Penelope. Quand les roues commencèrent à crisser sur les pavés inégaux, il se pencha en avant et tira une boîte en bois verni de sous le siège.

– En chevreau ou en soie ? Que préfères-tu ?

Penelope frotta ses mains blanches et fines l'une contre l'autre, puis les examina. Les jeunes filles de son rang dont le père était industriel, directeur de banque ou responsable de compagnie d'assurances changeaient de gants trois ou quatre fois par jour, de thés en dîners ou en soirées musicales privées. Mais comme Penelope pensait que ses mains étaient supérieures à toutes les autres, elle changeait dix voire onze fois de gants dans une même journée. Elle ne portait jamais la même paire deux fois, mais sa vertu fraîchement acquise lui avait dicté d'en faire don de temps à autre.

– En chevreau. Il ne fait pas chaud dehors, et on ne sait jamais qui on va rencontrer en chemin.

– En effet, répondit Buck en sortant une paire de gants cousus main. Surtout quand c'est moi qui donne des instructions au cocher.

– Merci.

Penelope enfila ses gants jusqu'aux poignets et se sentit à nouveau en parfait accord avec sa personne, forcément parfaite à ses yeux.

– Ils t'adoraient, aujourd'hui, continua Buck d'un air pensif.

– Si seulement ils n'étaient pas tous si insupportables, remarqua-t-elle en appuyant sa charmante tête contre le dossier de velours. En fait, il y en a trop. Comment la ville peut-elle en contenir autant ? Et ils n'en ont jamais assez, de la dinde ? (Puis, portant ses doigts gantés à ses délicates et hautes pommettes :) J'ai mal d'avoir tant souri.

– C'est ennuyeux d'être toujours obligée de faire semblant d'être bonne, observa Buck. Mais tu n'as jamais été du genre à perdre de vue un objectif, continua-t-il d'un ton plein de délicatesse, après avoir marqué une pause.

– C'est vrai, convint Penelope. Et cet objectif, je l'ai sans cesse présent à l'esprit.

La voiture s'arrêta, et Buck actionna la manivelle d'or pour baisser la glace. Penelope se pencha par-dessus lui et vit qu'ils avaient fait un détour jusqu'au premier rang de la parade, et s'étaient arrêtés à l'intersection de la rue, face au défilé. Il y avait William Schoonmaker, grand et imposant dans son costume noir. À côté de lui se tenait la seconde Mrs Schoonmaker, née Isabella De Ford, encore jeune, toute fourrures et toute dentelles. Le groupe, qui se détachait sur le fond des immeubles, s'arrêta à la vue de la voiture dont Henry ne tarda pas à s'approcher.

Penelope eut le souffle coupé. Il fut un temps où elle voyait Henry Schoonmaker presque tous les jours, quand ils partageaient le secret de leur intimité dans tous les coins et recoins de leurs demeures familiales où l'on ne pouvait les voir – conduite infamante pour les jeunes vierges de la haute société. Ils avaient fait le genre de choses que des filles comme Elizabeth Holland étaient censées ne pas faire, jusqu'au jour où Henry avait annoncé, au cours d'une soirée à laquelle avait assisté Penelope, qu'il était fiancé à Miss Holland. Penelope en avait vomi devant tout le monde.

Bien sûr, sa réaction violente à cette outrageante nouvelle avait depuis été tempérée par les éclaircissements que Buck lui avait apportés. Il lui avait expliqué que Schoonmaker père était un homme d'affaires non dépourvu d'ambition – celle de devenir maire de la ville – et que l'idée que son fils épouse une jeune fille pure et très aimée du grand monde n'était pas pour lui déplaire. Dès lors Penelope s'était dit que ce qu'Elizabeth avait obtenu, elle était capable de l'obtenir elle aussi, raison pour laquelle elle avait décidé de devenir une belle-fille potentielle douée d'autant de mérites que son ancienne amie.

Depuis, elle ne s'était retrouvée près d'Henry qu'en de rares occasions, et le voir soudain lui fit un choc. Elle admira les contours de sa mince silhouette noire et, dans l'ombre de son chapeau, le noble dessin de sa mâchoire. Il portait encore un brassard de deuil à son bras gauche, chose qu'elle remarqua alors même qu'elle voulait qu'Henry rencontre ses yeux. Elle savait qu'il le ferait. Et il le fit, en effet. Penelope soutint son regard avec toute la modestie dont elle était capable, eut un petit sourire en coin, puis rabattit son voile sur son visage.

– Quel beau défilé, Mr Schoonmaker ! cria-t-elle, la main posée sur la vitre à moitié baissée.

Comme elle se réinstallait dans le siège de velours, elle entendit Buck donner l'ordre au conducteur de repartir. Peu lui importait où ils allaient. Elle pensait à Henry et au fait que bientôt, il ne porterait plus le deuil d'Elizabeth. Il regardait la voiture s'éloigner maintenant, elle en était sûre, et se souvenait de la fille qu'elle était sous ses dehors vertueux, et de tout ce qui s'était passé entre eux. Et cette fois, plus question de baisers volés dans des couloirs de service. Il n'y aurait plus aucun secret, plus jamais d'humiliation. Cette fois, ce serait pour de bon.

Deux

« Les notables de la ville se sont récemment intéressés au cas de l'une des leurs. Mrs Holland, dont le jugement et le goût furent autrefois célébrés par les gens de la haute société, porte le deuil de son mari depuis un an. Il n'empêche que la rareté de ses apparitions a été très remarquée. Certains ont insinué que la fortune des Holland avait diminué au fil des ans et que la famille de feu Mr Edward vit à Gramercy Park dans un état proche de la pauvreté. Suite au décès de sa fille aînée, la charmante Elizabeth, qui devait épouser Mr Henry Schoonmaker, Mrs Holland va sans aucun doute concevoir quelque projet matrimonial pour son autre fille, Diana, qui, du haut de ses seize ans, est encore très jeune, et dont on rapporte qu'elle se montre en public sans chapeau. »

EXTRAIT DE LA RUBRIQUE MONDAINE
DE *THE NEW YORK NEWS OF THE WORLD GAZETTE*,
VENDREDI 15 DÉCEMBRE 1899.

Les branches mauves et nues des arbres tournaient à un rythme vertigineux autour de la mare gelée de Central Park. Elles filaient entre une bande de ciel gris et une masse de gens aux joues rouges de froid. Le paysage se déroulait de plus en plus vite devant les yeux de Diana Holland, jusqu'à ce que, freinant en chasse-neige d'un mouvement leste et gracieux, elle arrête sa course. Elle inspira, ravie, une bouffée d'air pour se calmer, et sentit la tête lui tourner du bonheur de se sentir vivante dans le froid de l'hiver.

Puis elle posa les yeux sur Percival Coddington, qui l'accompagnait cet après-midi-là.

– Miss Holland, fit-il en avançant tant bien que mal vers elle.

Diana n'avait qu'une envie, celle de se retrouver loin de Percival ; cependant elle ne put s'empêcher de trembler un peu pour lui et pour quiconque aurait la malchance de se trouver sur son passage, car il approchait sur la pointe de ses patins, moulinant désespérément des bras à la recherche d'un équilibre.

Diana se retint de ne pas éclater de rire. Percival, elle s'en était aperçue, prenait très mal qu'on se moque de lui. Il avait réagi à toutes ses impertinences avec mauvaise humeur, et plusieurs fois il lui avait fait remarquer que son comportement n'était pas celui d'une jeune fille en âge de se marier. À vrai dire, que peut-on faire dans de telles situations sinon rire, bien qu'elle fît de son mieux, en toute sincérité, pour y résister ? Pour le distraire de l'expression enjouée dont elle ne pouvait se déprendre, elle lui offrit sa main.

– Miss Holland ! répéta Percival en refermant sa main sur la sienne.

Elle était soulagée que deux épaisseurs de gants séparent sa paume de la sienne, et pria silencieusement qu'il ne l'entraîne pas dans la chute qui le menaçait.

– Mr Coddington ! le rabroua-t-elle. Miss Holland, c'était ma sœur. Elle l'est et le sera toujours pour moi. Je préfère que vous m'appeliez Miss Diana.

Percival, dont les cheveux étaient gras et dont les narines palpitaient d'une façon qu'on ne pouvait qualifier que de grotesque, baissa respectueusement les yeux. Ce n'était pas vraiment honnête de la part de Diana d'avoir prononcé ces dernières paroles, car en dépit du grand deuil et de la profonde tristesse qu'elle avait simulés ces deux derniers mois, elle n'était ni affligée ni particulièrement abattue. Elle se sentait néanmoins justifiée à jouer avec la prétendue mort de sa sœur aînée, cet événement lui ayant valu une série d'après-midi comme celui-ci en compagnie de riches et insupportables célibataires. Une fois dépassé le choc initial de la disparition d'Elizabeth, leur mère n'avait pas tardé à reporter les ambitions maritales qu'elle nourrissait pour sa fille disparue sur sa fille cadette ; et ce malgré sa santé chancelante et les petits maux qui l'avaient affectée durant toute la saison d'automne.

C'était Mrs Holland qui avait insisté pour que Diana accepte l'invitation de Percival à patiner ce jour-là, et c'était elle aussi, Diana n'en doutait pas, qui avait dû suggérer cette activité. Outre le fait que Percival était désagréable à plus d'un titre, la raison impérieuse pour laquelle Diana voulait libérer sa main de la sienne était que son cœur appartenait à un autre homme. Et une femme comme Mrs Holland n'allait sûrement pas supporter une chose pareille.

De plus, cela ressemblait tout à fait à Elizabeth de s'absenter de la vie de Diana au moment précis où elle avait justement une histoire intéressante à raconter. En effet, c'était l'amour qui avait amené sa sœur aînée à simuler sa propre mort ; son amour pour un garçon nommé Will Keller, jusque-là le cocher de la famille, et assez bel homme au demeurant pour que Diana se soit déjà demandé quelle sensation cela lui ferait de l'embrasser. L'Hudson et la perfide amie d'Elizabeth avaient été impliqués dans cette fausse noyade. Après quoi Elizabeth était partie en Californie, à la poursuite de cette passion qui devait avoir été déchirante, et donc fascinante. Mais depuis qu'elle avait appris la romantique supercherie de sa sœur, Diana n'avait reçu aucune information sur le lieu où elle se trouvait.

Ainsi, elle soutenait sa sœur dans la quête de son grand amour, mais sa curiosité pour cette épopée sentimentale était loin d'être satisfaite. Raison pour laquelle elle ne pouvait s'empêcher de penser que l'aventure d'Elizabeth l'avait exposée à devenir l'objet substitué et inapproprié d'une campagne matrimoniale menée par sa mère.

Au milieu de la foule qui s'égayait, engoncée dans ses gros manteaux, elle patinait aux côtés de Percival, baissant les yeux, ses yeux sombres et brillants auxquels elle essayait de donner une expression sinistre, pariant que si elle continuait à être abjecte avec lui, il finirait par renoncer à toute tentative de lui adresser la parole. Ce fut alors qu'elle remarqua une fêlure dans la glace.

– Je suis désolé de vous avoir fait penser à Miss Holland, balbutia Percival, tandis que Diana l'écartait de la fente qui s'ouvrait sur un côté de la mare.

Elle commençait à sentir sa paume humide suinter à travers son gant en chevreau. Elle le compara à l'homme qu'elle aimait, qui lui était de loin supérieur en tout point, et cette seule pensée renforça son désir de lui lâcher la main.

– Vous ne lui ressemblez pas vraiment, continua-t-il, mais cela ne veut pas dire que vous ne méritiez pas autant de sympathie que n'importe qui.

– Oh, très juste.

Elle réprima son irritation en pensant au peu de chances qu'avait le garçon de l'escorter une nouvelle fois. Le fait qu'elle soit si différente de sa sœur n'avait pourtant pas empêché Percival de jeter sur elle des regards lubriques et sournois.

Elle se lança de plus belle. Le corps de Percival, qui traînait comme un poids mort derrière elle, en fut tout secoué et cahota sur la glace. Elle tourna, l'air timide, son visage vers lui et, risquant un petit sourire engageant :

– Je suis sûre que vous pouvez aller plus vite que cela, Mr Coddington.

Le père de Percival était un industriel, et sa mère la troisième fille – terne et phtisique – de l'une des branches de la famille Livingston. Il était clair, pour qui daignait prêter attention au jeune homme, qu'il avait reçu en héritage la triste personnalité de sa mère. Et depuis qu'il avait hérité de la fortune de son père, il ne s'était distingué ni dans les affaires ni dans le monde – malgré sa réputation de collectionneur d'armes de pays exotiques, il n'était connu ni pour son courage ni pour sa finesse. Au fur et à mesure qu'elle avançait, Diana était de plus en plus sourde aux cris des enfants, à la musique de fond, aveugle aux arbres et au soleil, insensible au froid : elle tournait autour de la patinoire dans un but bien déterminé. Sous ses patins qui rayaient la glace, elle sentit la chaleur monter dans ses mollets. Ils approchaient de la faille maintenant, à travers laquelle elle aperçut l'eau sombre et profonde.

Diana adressa un nouveau sourire à Percival, effectua deux longues glissades puis lui lâcha brusquement la main, déguisant son intention en freinant sur ses patins et en reculant avec un gracieux moulinet des bras. Percival la regarda faire de ses petits yeux écartés, et l'espace de quelques secondes sembla impressionné par la figure artistique de Diana. Mais bientôt il moulina lui aussi des bras pour ne pas tomber, et il devint évident qu'il ne savait pas tourner. Ses patins l'entraînèrent droit devant lui, et quand il vit la direction qu'ils prenaient, son visage se figea de terreur. Diana n'attendit pas d'assister à l'inévitable chute de Percival. Elle continua à reculer à pas lents à travers la foule, ses boucles brunes et brillantes encadrant son visage en forme de cœur.

Quand elle entendit les cris de détresse de Percival Coddington et vit les gens se précipiter vers la fissure qui s'était élargie en un grand trou, elle comprit que Percival était hors de danger. Cachant son visage derrière sa main gantée, elle pouffa de rire. Elle se sentait beaucoup plus légère sur la glace à présent, et fort satisfaite de lui avoir montré que, même si elle ne s'avérait pas une aussi parfaite jeune fille à marier que sa sœur, elle n'était en tout cas pas à vendre. Un bain très bref dans l'eau glacée lui rappellerait qu'il était loin d'être digne d'épouser l'une ou l'autre fille Holland, et elle n'avait qu'un regret, c'est qu'Henry Schoonmaker ne soit pas là pour apprécier l'orchestration de cette leçon bien méritée.

Cela faisait plus d'un mois qu'elle n'avait parlé à Henry. Lui aussi était en deuil d'Elizabeth, bien qu'il ne se fût pas fiancé à elle par amour, et il ignorait qu'elle était en vie. Pour lui, sa mort était réelle, et ce drame le touchait au plus profond, le faisait réfléchir. Il n'empêche que celle qu'il aimait vraiment, c'était Diana. Du moins, c'était ce qu'elle avait compris, il y a un mois, la dernière fois qu'il avait rendu à sa mère et à sa tante Edith l'une de ces mélancoliques visites où personne ne disait mot, brisé par le chagrin, le nez dans son thé refroidi. Il devait encore l'aimer. Elle en était sûre.

Elle sortit de la patinoire et avança, patins aux pieds, vers un banc de bois. Une muraille humaine entourait l'endroit où elle avait lâché la main de Percival. Au-delà, le paysage s'étendait, calme et blanc ; le Dakota Building dressait son austère silhouette par-dessus les arbres. Elle se baissa et commença à délacer ses patins de ses doigts agiles. Avant qu'elle eût fini, un garçon sortit d'une cabane voisine, chaussé de bottes en cuir. Elle fouilla dans la poche de son manteau, cherchant une pièce pour lui donner un pourboire, mais il n'avait pas dû rater le moindre détail de ce qui s'était passé sur la glace, car il n'attendit même pas. *Tout désastre est un spectacle irrésistible*, se dit-elle.

Elle venait d'enfiler ses bottes quand elle remarqua un homme qui s'était détaché de la foule et glissait sur ses patins dans sa direction. Il portait une toque de fourrure et un costume de flanelle de couleur fauve qui ne semblait pas le moins du monde adapté à une journée sur la glace, et il patinait les mains derrière le dos, ce qui frappa et amusa Diana – c'était une pause qu'Henry aurait pu prendre. Quand elle se rendit compte que les épaules de l'homme étaient trop larges pour être celles d'Henry, que sa stature était un peu plus forte, elle se sentit affreusement triste d'avoir été arrachée à un rêve délicieux.

Quand il fut à quelques mètres, l'homme s'arrêta, souleva son chapeau et inclina la tête dans sa direction. Diana crut avoir déjà vu cette silhouette, ces larges joues, ce nez pointu et ces sourcils pareils à deux grandes araignées velues ; ses cheveux étaient bruns et coupés ras, son regard attentif. Il replaça son chapeau en arrière sur sa tête et dit :

– Je crains que votre cavalier ne soit pas en état de vous raccompagner.

– Comment donc ? fit Diana, l'air innocent. Je suppose que c'est la raison de tout ce tohu-bohu.

– Je suis Davis Barnard, continua-t-il, prenant son commentaire pour argent comptant et lui offrant sa main. Accepterez-vous de monter dans ma voiture ?

– Oh... Mr Barnard. (La seule prononciation de son nom provoqua une foule d'associations dans son esprit.) Vous écrivez dans la rubrique « Le joyeux dandy », n'est-ce pas ?

Sa nouvelle connaissance acquiesça avec un fin sourire. Quand il eut changé ses patins contre ses chaussures, ils marchèrent en silence vers le phaéton qui attendait. Diana savait qu'il n'était pas convenable d'accepter de se faire raccompagner par des jeunes hommes qu'elle connaissait à peine, mais elle se considérait comme non conformiste, et de toute façon, elle s'était toujours demandé à quoi ressemblait un journaliste. Une fois qu'elle fut installée sur le siège de cuir et au chaud sous une couverture, et que la voiture s'ébranla, il commença à s'expliquer.

– Vous savez, j'ai toujours été un grand admirateur de votre sœur, Miss Holland.

– Oui, je m'en souviens. (Diana savait qu'elle ne devrait pas poursuivre, ce qui ne l'empêcha nullement de le faire.) Vous avez écrit de très jolies choses sur elle. Mère appréciait.

– C'est une tragédie, dit-il.

À ces mots, Diana se força à prendre l'expression dévastée qu'elle s'était composée depuis ces derniers mois.

– Il m'est difficile, continua-t-il, d'écrire sur votre famille depuis la mort de votre sœur.

Diana, ne sachant comment réagir, demeura silencieuse.

– Mais je lis tout sur elle, bien sûr. Ce papier dans la *Gazette*, aujourd'hui par exemple, qui avance des hypothèses sur...

Il s'interrompit, attendant la réaction de Diana.

Elle sentit le rouge lui monter aux joues mais n'essaya pas de cacher son irritation. Il était vrai que les Holland, l'une des plus anciennes et plus respectables familles de Manhattan, étaient aujourd'hui pour ainsi dire ruinés. Mais même si Diana ne pensait pas être le moins du monde matérialiste, elle détestait être prise en pitié.

– Des hypothèses à quel sujet ? demanda-t-elle non sans virulence.

– Peu importe. (Barnard la dévisageait, le menton appuyé sur sa main.) Le fait est que vous êtes issue non pas d'une, mais de deux anciennes lignées, et même si certains échotiers écrivent des choses infondées sur vous, la famille Holland compte encore parmi les gens les plus éminents de la ville. C'est pourquoi je suis fort heureux d'avoir fait votre connaissance. Et si je puis me permettre, si jamais vous entendez parler d'histoires intéressantes, je veux dire qui puissent présenter un intérêt pour moi, ce serait avec plaisir que je vous rendrais... visite. (Il marqua une pause destinée à faire résonner ces derniers mots, tout en soutenant son regard.) Vous pouvez compter sur ma discrétion.

Diana ne put s'empêcher de sourire. La voiture quittait le parc. Bientôt ils descendraient la Cinquième Avenue. Barnard lui retourna son sourire, et elle rejeta la tête en arrière pour rire, geste qui lui était caractéristique.

– Je ne pense pas savoir quoi que ce soit qui présente un quelconque intérêt, Mr Barnard, mais c'est très gentil à vous de m'avoir promenée dans votre voiture. Je compte sur vous pour m'inviter à danser la prochaine fois que nous assisterons au même bal, conclut-elle.

Ce qui était une façon aimable de lui exprimer qu'elle n'avait pas l'intention de lui dire quoi que ce soit, et ce malgré le fait qu'elle s'étonnait elle-même de pouvoir garder aussi longtemps pour elle les secrets romantiques et passionnés qu'elle détenait.

– Très bien, Miss Diana, répondit-il sans se départir de son sourire mystérieux. Et je peux vous dire que, vous ayant vue de si près, vous êtes aussi jolie que votre sœur.

Ils se séparèrent cordialement devant la maison des Holland au numéro 17 de Gramercy Park ; Mr Barnard aida Diana à descendre, lui baisa la main, la priant de ne pas oublier son offre. Il insista pour qu'elle prenne sa carte et, avant de la quitter, lui rappela sa promesse de discrétion. Comme elle se retournait et grimpait les marches de la véranda en fer forgé, elle sourit à la pensée qu'elle pourrait un jour avoir besoin de livrer des potins contre de l'argent. Car s'il était vrai que la fortune de sa famille avait été réduite à trois fois rien, il y avait un autre secret que Diana gardait dans son cœur.

Dans une lettre qu'Elizabeth lui avait écrite juste après sa disparition, elle confiait à Diana qu'elle connaissait les sentiments que sa petite sœur nourrissait pour Henry. Elle était au courant de la nuit qu'ils avaient passée dans le jardin d'hiver des Schoonmaker, et du déluge de billets qu'ils s'étaient envoyés pendant ses malheureuses fiançailles avec Henry. Elle avait même approuvé.

Diana savait que dès la fin de la période de deuil qu'Henry devait décemment observer, elle le verrait partout. À l'opéra, aux bals de charité, aux soirées de Noël organisées par la ville. Bientôt Henry lui demanderait sa main, et elle avait déjà la permission de l'accepter de la part de la seule personne qui avait le droit de la lui donner.

Enfin elle serait à jamais libérée de ces regards compatissants et du vulgaire souci de son bien-être matériel. Tout comme de ces après-midi organisés avec tous les Percival Coddington du monde, et de la perspective déprimante d'un mariage avec l'un d'eux.

Car, et cela tombait bien, Henry Schoonmaker n'était pas seulement très beau et terriblement amusant, mais il était également très riche, ce qui signifiait qu'il pourrait résoudre tous ces problèmes. N'importe comment, elle supposait que lorsqu'elle serait avec Henry, sa vie serait si merveilleuse et excitante qu'elle n'aurait pas le temps de s'inquiéter de quoi que ce soit.

Trois

« Il fut un temps où l'État de Californie était peuplé de chercheurs d'or et d'immigrants. Mais un nouveau siècle commence, 1849 est loin, et d'autres hordes d'aventuriers cherchent aujourd'hui une autre richesse : l'or noir. Le pétrole est devenu l'obsession de chaque homme ! »

BAKERSFIELD SUN, VENDREDI 15 DÉCEMBRE 1899.

La campagne dorée s'étendait, faisant naître des mirages devant ses yeux au fur et à mesure qu'elle avançait, si bien que tantôt elle se croyait presque arrivée au but, tantôt elle s'en voyait à des kilomètres de distance.

Elle s'arrêta et regarda par-dessous le bord de son chapeau, qui ne protégeait pas très efficacement son teint d'albâtre du soleil. La peau de son visage aux traits fins et à la petite bouche charnue avait pris une teinte cuivrée qu'elle n'avait jamais vue auparavant sur le visage d'aucune femme, et le soleil avait zébré ses cheveux blonds cendrés de mèches presque blanches. Elle regarda derrière elle, en direction de la petite ville ferroviaire de San Pedro d'où elle était venue. Il lui était impossible de se rendre compte du temps qu'elle avait marché, ni à combien de kilomètres elle était de son lieu de destination, à savoir sa maison.

Bien que « maison » ne soit pas le mot juste. Sa maison, durant les dix-huit ans où elle y avait vécu, était une tranquille maison de ville à Gramercy Park. Trois générations de Holland avaient habité ses pièces lambrissées, véritables cabinets de curiosités, pleines de toutes sortes de bibelots et d'objets d'art, du doux murmure de la mondanité, et de l'arôme du thé. C'était la maison où son père avait vécu durant sa trop brève existence. Par les grands bow-windows de leur petit salon, on pouvait voir le parc clôturé et luxuriant, peuplé exclusivement de gens oisifs et bien habillés. Aujourd'hui, cette maison-là était loin.

Mais Elizabeth avait été élevée comme une Holland, et certains principes fondamentaux de son éducation l'avaient accompagnée jusque dans les grands espaces de la Californie. Elle portait la même robe en crépon de coton blanche qu'elle avait le jour où elle avait quitté New York, avec sa taille ajustée, ses manches trois quarts et son col carré. Le blanc n'était plus aussi pur, mais même dans ces contrées lointaines elle faisait de son mieux pour le garder le plus éclatant possible. Elle marchait toujours le dos droit, les épaules en arrière et les mains serrées devant elle, à la façon des jeunes filles bien élevées. Elizabeth avait suivi ce que son cœur lui commandait, chose que personne ne regrette jamais. Ce qui ne l'empêchait pas d'imaginer toujours sa mère, sa sœur et sa tante Edith, là-bas à Gramercy Park, abandonnées à leur pauvreté. Car Elizabeth était celle qui était censée les en sauver en épousant le riche Henry Schoonmaker. Et au lieu de cela, elle s'était tout simplement esquivée.

Tout simplement ? Quoique... Elle s'était bien doutée que cette situation ne serait pas simple pour elle. Elle savait très peu de chose sur ce qui se passait dans sa famille, car sa petite sœur Diana n'était pas la correspondante idéale : elle donnait peu de nouvelles, et Elizabeth voulait éviter de la solliciter trop souvent, cela pourrait se révéler dangereux. Elle ne s'était en fait permis que deux échanges avec elle, pour la rassurer, lui dire qu'elle était vivante et lui donner l'adresse du bureau de la Western Union à San Pedro. Diana avait fait mention, dans l'un de ses rares et laconiques courriers, que la santé de leur mère avait décliné. Très préoccupée par cette nouvelle, Elizabeth faisait presque tous les jours le chemin jusqu'à la ville. Aujourd'hui, il n'y avait aucune lettre de New York. Elle avait donc acheté le *Bakersfield*, au cas où il y aurait quelque référence à des événements qui se passaient sur la côte est, et commençait sa longue marche de retour.

Avant sa venue en Californie, elle avait entendu parler, surtout de la bouche de Will, de deux villes de cet État, Los Angeles et San Francisco. Elle était arrivée à San Francisco peu sûre d'elle, et incertaine de la façon dont elle allait s'y prendre pour retrouver Will, mais déterminée à le faire. Et puis il l'avait trouvée là, à la descente du train, comme s'il avait su qu'elle arrivait. En vérité, lui confia-t-il plus tard, il allait tous les jours à la gare, dans l'espoir de voir sa chère Lizzy descendre d'un autorail noir et marcher vers lui au milieu du va-et-vient des voyageurs et des porteurs. Peu après, ils avaient traversé la Vallée centrale et avaient dépassé des villes de Merced, Modesto et San Joaquin, aussi anciennes que leurs noms, avec leurs tristes et étroites rues de bardeaux et leurs trottoirs en bois. Ils n'étaient pas encore arrivés à Los Angeles.

Au début, sa maison lui avait cruellement manqué. Elle avait le mal du pays. À New York, Elizabeth était une jeune fille élevée selon des principes dont on ne se débarrasse pas sans peine. Elle donnait de l'importance à la perfection de l'apparence et de l'habillement, à l'excellence de l'étiquette et de la réputation. Mais maintenant, après deux mois passés dans l'Ouest, où aucune règle minutieuse ne dictait les manières ni la façon dont il fallait s'habiller, elle se sentait dans un état proche du rêve. Il y avait ce ciel d'azur qui s'étendait à l'infini au-dessus de sa tête, d'un bleu pur qu'elle n'avait jamais connu à New York, et le murmure du vent chaud qui couchait l'herbe ocre que ses pas foulaient. Pas grand-chose d'autre.

Elle n'était pas encore habituée à l'absence du crissement des roues des voitures, du grondement du métro aérien, des bougonnements des lingères ou des filles de cuisine qui circulaient dans la maison. Tout en marchant, elle tenait son chapeau de paille à large bord sur sa tête et ne se concentrait que sur deux choses : le dôme bleu du ciel et les collines jaunes balafrées qui ondulaient dans le lointain. Le bruit rythmique de ses pas qui faisaient crisser l'herbe, éparpillant la poussière et les cailloux, était d'une beauté quasi orchestrale.

Soudain, un bruit de sabots de cheval derrière elle. L'odeur terreuse d'un grand animal, et son nom prononcé avec force :

– Lizzy !

Son cœur battit, mais quand elle leva les yeux elle reconnut Will, son Will, qui trottait à côté d'elle, tout sourire, sur le vieux cheval pommelé qu'il avait acheté à Lancaster.

– Où penses-tu aller ? lui demanda-t-il en éclatant d'un rire clair.

Elizabeth se mordit la lèvre, luttant pour ne pas rire avec lui. L'ironie de la situation ne lui échappait pas : elle qui savait décrypter les moindres signes et significations des gestes en société, du rire le plus ténu à la pause la plus brève, était toujours incapable de se retrouver dans les grands espaces.

– À la maison !

– Je me demandais si tu n'étais pas en train de me fuir, poursuivit-il avec le même sourire, quand je t'ai vue passer à une centaine de mètres de notre chaumière et continuer d'un pas décidé en direction de l'ouest.

Elizabeth se retourna, pliant le journal en visière devant ses yeux. Elle la voyait, maintenant, à une certaine distance de là, mais très distinctement, cette cabane en bois et en toile que Will avait construite sur la colline.

– Tu dois l'avoir changée de place ! (Elle se retourna vers lui, l'air moqueur, feignant de l'accuser.) Notre cabane n'était pas là il y a vingt minutes ! J'en suis sûre !

Elle attendit sa réponse, mais comprit qu'il n'allait rien dire. Ses yeux bleu pâle et un peu écartés dans son visage bronzé la fixaient, et ses lèvres pleines, exprimant pour l'heure une moue dubitative, ne semblaient pas vouloir s'ouvrir pour articuler le moindre son. Il l'observait avec attention, pensant à quoi, elle l'ignorait, peut-être s'émerveillait-il de voir à quel point elle avait changé. Will Keller avait été le valet du père d'Elizabeth jusqu'à la mort de celui-ci, et ses traits vigoureux l'avaient toujours distingué de tous les Henry Schoonmaker du monde. Au fil des années, Elizabeth avait trouvé la beauté de Will étonnante, et avait gardé cette appréciation pour elle, comme un précieux secret.

– Tu aimes tout simplement que je te poursuive, n'est-ce pas ? dit-il enfin.

– Oui.

Ils se sourirent. Puis, comme elle avançait vers lui :

– Tu m'emmènes à la maison ?

– Non, répondit Will en passant sa jambe par-dessus le large dos du cheval et en sautant de l'autre côté. Je veux d'abord te montrer quelque chose.

Il tira la bride du cheval d'une main et de l'autre prit celle d'Elizabeth, et ils grimpèrent ensemble une colline. Elle traînait légèrement derrière lui, tout près de lui, le haut de sa tête frôlant sa large épaule.

– J'ai vu ça l'autre jour quand je suis parti en exploration, continua-t-il.

Mais Elizabeth n'avait nul besoin d'explication. Elle l'avait suivi à travers une vaste contrée, sans connaître grand-chose de son projet de partir faire fortune dans l'Ouest, alors pourquoi aurait-elle à présent besoin d'une justification pour admirer la vue sur les hectares qu'ils louaient ? Elle regarda la pente douce de la colline, et vit un champ parsemé de coquelicots qui flamboyait autant sous le soleil que n'importe quel lustre de la Cinquième Avenue. Elle serra plus fort la main de Will.

– Comme c'est beau, murmura-t-elle.

– N'est-ce pas ?

– Il y avait toujours tellement de fleurs à la maison, tu te souviens ? Mais ces fleurs-là, jamais.

– Parce que ce sont des fleurs sauvages, et de toute façon, tu n'es plus dans cette maison, maintenant.

Elizabeth, ne trouvant rien à répondre à cela, lui sourit. Elle lui sourit jusqu'à ce qu'il prenne son visage dans ses mains et l'embrasse. Puis il l'attira vers lui, serrant son petit corps dans ses bras, pour lui faire oublier qu'il y avait eu un autre lieu, avant.

À New York, les moments qu'elle avait passés avec Will et les tendres sentiments qu'ils s'étaient mutuellement manifestés étaient restés secrets, volés aux heures tardives de la nuit ou aux premières lueurs du jour. Maintenant, dans l'Ouest, personne ne pouvait les observer hormis le vaste ciel et le vieux cheval qui courbait à présent la tête vers le sol. Elizabeth se sentit attirée vers Will avec une intensité presque effrayante. *Le temps perdu a décuplé ma faim*, pensa-t-elle. Déjà il la hissait dans ses bras et s'approchait du cheval. Il ouvrit la sacoche.

– Miss Elizabeth, dit-il en la contemplant d'un regard sincère et attentif.

Il l'appelait encore ainsi, bien qu'elle le suppliât de ne pas le faire. C'était une habitude qu'il avait du mal à perdre. Elle était toujours dans ses bras quand il sortit de la sacoche une toile qu'il laissa tomber par terre derrière elle. Puis il se pencha, l'étendit dessus et s'assit près d'elle.

Elle s'allongea sur le côté, appuyée sur un coude, face à lui :

– Qu'allais-tu dire ?

Will enleva son chapeau et commença à jouer pensivement avec ses cheveux.

– Je voulais juste te dire qu'un jour je te construirai une vraie maison. Avec une salle à manger et un salon, et assez de vases pour que tu puisses y mettre tous les coquelicots que tu veux et où tu en as envie.

– Oh, mais je le sais !

Elle inclina la tête et rit, puis l'attira plus près d'elle. Penché sur elle, le corps de Will lui cachait maintenant tout le ciel. Elle était sur le dos, la tête posée sur un oreiller de verdure que recouvrait la toile, les cheveux en éventail autour d'elle, et sourit devant l'expression grave qui s'était peinte sur le visage de Will. Ses cheveux avaient poussé si long qu'ils étaient coincés dans le col de sa chemise. Leur ancienne couleur sombre était devenue presque rousse au soleil. C'était comme si la ville ne lui avait jamais été propice, et qu'ici, loin d'elle et dans les grands espaces, il avait pu atteindre la plénitude de sa force. Il approcha ses lèvres des siennes et les y pressa délicieusement. Quand il se redressa pour la regarder, elle ne put réprimer la rougeur qui lui était venue aux joues et sur le haut de la poitrine.

Elle se sentait si agréablement légère, et la succession presque magique des événements qui l'avaient conduite jusqu'ici l'émerveillait.

Le silence qui s'ensuivit fut étrangement long, et au début elle se demanda s'il n'avait pas une autre surprise à lui montrer. Mais, en jeune femme aimante qui savait interpréter depuis longtemps les silences de son amant, elle comprit qu'il avait l'intention de lui dire quelque chose. Il s'écarta d'elle et s'assit.

– Ce n'est pas seulement un heureux hasard qui nous a conduits jusqu'ici, dit-il avec cet air grave et résolu qui le lui avait fait aimer dès le début.

– Ah non ? fit-elle d'un ton léger.

– Non. Je connaissais déjà cet endroit. Ton père m'en avait parlé.

Le cœur d'Elizabeth se serra, et ses yeux s'emplirent de larmes. L'image de son père se présentait toujours avec une grande intensité dans son souvenir. Il incarnait la sensibilité et la grâce si particulières de la famille Holland, mais il n'avait jamais été doué pour les affaires. Il avait très mal géré son héritage et vivait la plupart du temps dans son monde intérieur. Elle prit appui sur les coudes et, essayant de dominer son émotion :

– Comment t'en a-t-il parlé ?

– Quand je l'emmenais en voiture, nous échangions quelques propos. (Will prononçait chaque mot avec soin, ses phrases étaient succinctes, comme toujours quand il avait réfléchi à ce qu'il allait dire.) Il me parlait des nombreux lieux qu'il connaissait. Il avait évoqué ceux où je pourrais avoir envie de vivre, mais c'était précisément celui-là où il m'avait conseillé d'aller si je voulais devenir riche. Il me l'avait décrit avec minutie. Il disait que ce serait...

– Oh, Will.

Elizabeth sentit comme un souffle froid sur sa nuque, à la naissance de ses cheveux.

– Père disait tant de jolies choses, mais c'était un rêveur. Tu le sais bien.

Will continua à regarder dans la direction du cabanon sans rien dire. Puis il poursuivit :

– Je ne veux pas que tu espères qu'il nous arrive quelque chose d'aussi incroyable. Je lisais dans le journal, justement ce matin, que des milliers d'hommes venus en Pennsylvanie pour trouver du pétrole n'atteignaient pas leur but. Malgré toute leur expérience, ils se heurtaient aux grandes compagnies contre lesquelles ils ne pouvaient pas entrer en compétition. Elles seules ont réussi à s'enrichir par le pétrole. Mais tu comprends, je veux tout simplement te donner une aussi belle vie que celle à laquelle tu as renoncé. (Il la regarda et posa sa main sur sa nuque.) Ton père m'a mis sur ce chemin.

Elizabeth n'avait jamais eu autant envie d'embrasser Will.

– Oh ! mais je n'ai pas besoin d'argent, Will, murmura-t-elle.

Puis elle se pelotonna au creux de son corps chaud et l'embrassa encore. Plus tard, quand ils rentrèrent, enveloppés l'un dans l'autre tout en avançant, elle se sentit à nouveau pleinement heureuse. Cette sensation de bonheur fut si intense que l'espace d'un instant, elle se demanda si sa dernière phrase, à savoir qu'elle n'avait pas besoin d'argent pour vivre, n'était pas en train de se vérifier.

Quatre

« Cher *Mensuel de la mode féminine*,

Pourriez-vous répondre à une question qui me préoccupe beaucoup ? Quelle est la période de deuil convenable à observer pour quelqu'un qui a perdu la personne avec laquelle il était fiancé ? Les manuels de savoir-vivre ne se mettent pas d'accord sur cette triste mais importante question. »

« Chère lectrice,

Vous n'êtes pas la seule à vous trouver dans ce cas et à vous poser cette question qui préoccupe aujourd'hui maintes jeunes filles de la haute société. Alors que la perte d'une fiancée est un événement grave, nous ne devons pas oublier que les fiancés ne sont pas encore mari et femme, et n'ont donc pas encore noué de liens familiaux. J'ajoute que les jeunes gens, bien entendu, doivent observer une période de deuil plus brève que les jeunes filles. Faire son deuil dans l'intimité de son cœur et de sa conscience est essentiel, et deux mois pour le respecter officiellement me semblent suffisants. »

MENSUEL DE LA MODE FÉMININE, DÉCEMBRE 1899.

Henry Schoonmaker, à l'intersection de deux ruelles exiguës de la vieille ville, se demandait comment il pourrait échapper à la parade organisée par son père. La voiture de Penelope Hayes avait disparu ; elle s'était dirigée vers East River, bien que sa destination finale soit certainement la Cinquième Avenue, son fief. La famille d'Henry elle aussi habitait sur cette avenue bordée de demeures cossues, quoique leur arrivée dans ce quartier et dans la haute société de New York se soit produite de nombreuses années avant celle des Hayes. Mais cela n'avait guère d'importance aujourd'hui. Plus personne ne se souciait du lieu et de l'époque où les Hayes s'étaient installés. Penelope avait même réussi à ne pas s'attarder à la parade sans pour autant cesser de passer pour un ange de charité. Elle était très maligne. Henry, se disait-elle, devait forcément admirer cette qualité en elle.

– Quelle charmante petite lady Miss Hayes est-elle en train de devenir ! commenta le père d'Henry, William Sackhouse Schoonmaker, en traversant le carrefour. (Henry, un peu en arrière, observait son père avancer d'un pas décidé dans la rue bordée d'immeubles en briques et pierres de taille.) Comme c'est gentil de sa part d'avoir participé à notre petite œuvre charité et d'être restée aussi longtemps.

– Tu imagines à quel point elle doit être fatiguée maintenant ? ajouta sa femme Isabella. Comme toutes les dames, d'ailleurs.

À vingt-cinq ans, Isabella n'avait que quelques années de plus qu'Henry, et parlait d'une voix aiguë et enfantine qui la faisait toujours paraître légère et étourdie. Elle portait un manteau d'ocelot et un chapeau qui, surmonté d'une montagne de roses de soie et de moineaux empaillés, semblait en équilibre instable et rebondissait en même temps qu'elle avançait, agrippée au bras de son mari.

– La jeune Miss Hayes a définitivement changé, comme nous tous d'ailleurs, depuis la perte de Miss Holland, continua Mr Schoonmaker en s'adressant au reporter du *New York World* qui l'accompagnait et notait consciencieusement toutes ses déclarations depuis le début de l'après-midi. Voyez comme mon fils lui-même est transformé.

Les deux hommes se retournèrent vers Henry, qui suivait à quelques pas derrière. Il portait un chapeau haut de forme et un manteau noir long jusqu'aux genoux qui épousait sa mince silhouette. Alors que la mort d'Elizabeth Holland l'avait effectivement dévasté et avait profondément changé son comportement, il n'avait pas pour autant renoncé à son style de vêtements.

– Vous voyez, entendit-il dire son père, il est inconsolable. La façon déplorable dont le maire actuel a géré la mort d'Elizabeth fait bien sûr partie des raisons pour lesquelles j'ai l'intention de me présenter contre lui.

Schoonmaker continua, mais Henry avait bien des fois entendu ce discours. Son père avait récemment décidé, et ce malgré son immense fortune personnelle et le pouvoir qu'elle lui conférait, d'entrer en politique. Son désir d'être maire de la ville de New York récemment étendue était l'une des raisons pour lesquelles Henry avait été contraint de se fiancer à Elizabeth Holland, ce qui avait entraîné la fin tragique de celle-ci. Car Henry avait vu sa fiancée peu avant sa mort, et l'image de cette jeune fille seule et effrayée au milieu d'un trottoir de Manhattan n'était pas difficile à interpréter.

Elle était restée là quelques instants à le regarder. Ils étaient fiancés depuis seulement quelques semaines à cette époque et, sous la pression de leurs familles, devaient se marier dans quelques jours. Henry n'aimait pas penser à son comportement durant cette période car il n'en était pas fier, même si, pour la première fois de sa vie, il avait été honnête avec une jeune fille – sauf que ce n'était justement pas la jeune fille avec laquelle il était fiancé. Il n'était pas fier, non plus, de sa conduite au cours des années qui avaient précédé ses fiançailles, qui lui avaient valu une réputation méritée de goujat. Pourtant, il ne pouvait pas renier entièrement ce qu'il avait fait la nuit précédant sa rencontre avec Elizabeth au coin de la rue, nuit qui avait également précédé sa noyade. Il avait invité sa sœur cadette, Di, dans le jardin d'hiver de la maison familiale. Soirée qui s'était révélée pour lui étonnamment chaste ; Di était restée à lui chuchoter des mots d'amour et à l'embrasser avec une douceur et une innocence qui n'avaient sûrement pas résisté à ce qui devait advenir par la suite. Elizabeth avait surpris Henry et Diana ensemble le lendemain matin, et il avait vu dans son regard limpide qu'elle avait compris ce qui s'était passé. C'est cela qui devait l'avoir conduite à se donner la mort – car on ne *tombait* pas juste dans le fleuve sans en ressortir. Henry ne pouvait nier cette vérité implacable.

Mais il ne se blâmait pas seulement lui-même. Il condamnait également son père, qui ne supportait pas que son fils lui reproche d'avoir fait d'Elizabeth la martyre de sa propre cause politique. Il retourna vers l'orchestre ambulant qui suivait la parade. Au-dessus de lui se dressaient les immeubles, dont certains étaient la propriété de la compagnie de son père, avec leurs façades sans imagination et leurs vulgaires ornements italianisants. Ces fioritures en plâtre qui ne cessaient de s'effriter déprimaient Henry au-delà de la raison. Il donna un coup de coude malencontreux dans un trombone, ce qui provoqua une petite collision parmi les musiciens, et la musique dérailla un instant. L'orchestre devait savoir qui signait leurs chèques, car aucune plainte, aucun murmure de mécontentement ne s'éleva. Après tout, ils portaient des uniformes aux couleurs des Schoonmaker : bleu et or. Henry continua à avancer au milieu de l'orchestre, les cors lui hurlant dans les oreilles, parmi les dames qui suivaient, avec leurs gants blancs et leurs chapeaux chargés. Il les entendit murmurer son nom et sentit qu'elles se retournaient pour regarder le spectacle du jeune homme marchant vers le centre-ville, à contre-courant du défilé organisé par son propre père. Il en entendrait parler plus tard, bien sûr ; son père se plaisait à le menacer de le déshériter s'il ne se comportait pas comme devrait le faire le fils d'un futur maire, même si ces menaces s'étaient en grande partie tempérées depuis que Schoonmaker s'était rendu compte qu'il pourrait fonder sa campagne autant sur la maladresse du maire actuel à enquêter sur la mort d'une jeune fille de la haute société, que sur le spectacle de la douleur de son propre fils.

– Schoonmaker !

Henry promena son regard sur la foule amassée sur le trottoir et sur ceux qui défilaient autour de lui, jusqu'à reconnaître le visage de son vieil ami Teddy Cutting. Près de Teddy se trouvait sa jeune sœur, Alice. Elle ressemblait à son frère ;

elle avait les mêmes yeux gris, qui fixaient maintenant timidement le sol. Henry l'avait un jour embrassée dans le jardin de la maison de campagne des Cutting à Newport et, depuis, elle n'avait plus jamais pu le regarder dans les yeux. C'était la plus jeune des sœurs de Teddy, se disait Henry, bien qu'il n'en fût pas sûr, Teddy étant le seul garçon de la fratrie des Cutting. Pour Henry, qui ne s'y retrouvait pas et n'avait aucune envie de faire un effort pour cela, n'en voyant pas l'intérêt, Teddy était tout simplement un homme qui avait trop de sœurs.

– Miss Cutting, s'inclina Henry en baisant la main gantée de la jeune fille. C'est toujours un plaisir de vous voir.

Teddy lui lança un regard de mise en garde :

– Tu as l'air d'en avoir assez.

– J'en ai vraiment plus qu'assez, répondit Henry en adressant son célèbre sourire charmeur au frère et à la sœur.

– Allons-y, alors. Je connais un restaurant près d'ici.

Teddy posa une main sur l'épaule d'Henry. Il avait été l'un de ses principaux soutiens depuis les tristes événements d'octobre.

Ils dirent au revoir à Alice, qui rejoignit un groupe de jeunes femmes, puis ils se frayèrent un chemin à travers la foule. Les têtes se baissèrent. Leurs tenues trahissaient leur appartenance à l'élite de la ville : le chapeau haut de forme noir et l'élégante coupe du manteau d'Henry, tout comme le veston en laine de vigogne à revers brun et le label du chapeau melon de Teddy. Tout en évitant de croiser le regard des gens, ils débouchèrent dans une rue transversale et hélèrent la première voiture de louage qu'ils rencontrèrent.

Le restaurant était propre et gai, avec son sol de mosaïque blanche à carreaux octogonaux et ses miroirs convexes aux murs. Ils s'assirent à une table ronde en bois sombre et commandèrent deux bières allemandes qui arrivèrent dans de grands verres décorés de tranches de citron. Henry se sentit soulagé après toutes ces heures en public, et il apprécia que son ami attende qu'ils aient bu quelques gorgées de bière avant de parler.

– Comment peux-tu le supporter ? lui demanda Teddy en reposant son verre sur la table.

Il avait enlevé son chapeau, découvrant ses cheveux blonds soigneusement peignés sur le côté. Devant le sourire prudent de son ami, il continua :

– Je peux à peine écouter les discours de ton père, et je ne suis même pas son parent. Utiliser la mort d'Elizabeth de cette façon, à des desseins politiques...

Teddy s'interrompit, hochant la tête d'un air incrédule.

– Ne parlons pas de cela, dit Henry. (Il but une grande gorgée de bière et ressentit à nouveau une certaine légèreté.) Quelle vie d'hypocrisie et de tristesse. Qui voudrait prendre ce chemin-là ?

– Très juste, approuva Teddy en lui rendant son sourire. Nous serons heureux d'être libérés, débarrassés de ces ridicules défilés.

Ils trinquèrent, et dans le bref silence qui s'ensuivit Henry se demanda comment aborder un sujet dont ils avaient discuté brièvement deux mois auparavant.

– Il faut absolument que tu trouves le moyen de mettre Alice à son aise, proposa Teddy avant qu'Henry ne prenne la parole.

Ce disant, il essaya de lui lancer un regard désapprobateur, mais ne put retenir un sourire à la pensée que son ami faisait toujours son effet sur les jeunes filles, même en cette triste période.

– Elle devient muette chaque fois qu'elle te voit, insista-t-il.

– Ta sœur est trop bien pour moi, lui répondit Henry en riant. Elle le constatera assez tôt, et le problème sera résolu.

– Elle ne voudra pas l'entendre, lui objecta amicalement Teddy, mais je ne peux qu'être d'accord avec toi.

Henry but une gorgée, et quand il reposa sa bière sur la table il fixa les yeux gris de Teddy.

– Tu sais, ma période de deuil officielle arrive presque à son terme.

– Je sais. Dieu merci. (Teddy but à son tour et hocha la tête.) Le monde est triste, sans toi.

– On s'amuse bien, quand même.

– C'est vrai, je ne me souvenais plus. Bientôt un dîner au *Sherry*, et peut-être une partie de chasse à courre à Tuxedo...

Henry fit tourner son chapeau sur ses genoux.

– Je pense que je vais aller à la saison d'ouverture de l'opéra. Même mon père aime cette idée. C'est l'occasion idéale pour lui de ramener la conversation sur la lamentable gestion de la mort d'Elizabeth par Van Wyck, car il est sûr qu'il y aura des journalistes dans les parages. On donne *Roméo et Juliette*.

– Alors nous devrons organiser quelque chose pour après.

– Oui.

Henry baissa les yeux sur son chapeau et le fit tourner dans l'autre sens. Il regarda de nouveau Teddy et aborda le sujet qu'il avait tant envie de soulever :

– Il y a quelque chose d'autre.

Teddy haussa légèrement ses fins sourcils blonds.

– Bientôt, mon père voudra que je songe à de nouvelles fiançailles... (Il fit une pause pour s'éclaircir la voix.) Et la jeune fille à laquelle il se trouve que je pense est Diana Holland.

Leurs verres étaient vides, et l'un des serveurs en longs tabliers blancs vint les enlever. Teddy en commanda deux autres, puis regarda son ami avec une expression grave et peinée. Henry avait rarement pensé à Teddy comme à un garçon plus âgé que lui, mais il se souvint maintenant des deux ans qui les séparaient.

– Ce n'est pas possible, dit Teddy à voix basse, tout en regardant autour de lui pour voir si personne n'avait entendu.

– Mais *pourquoi* ? demanda Henry sans pouvoir retenir son exaspération. Tu sais bien qu'Elizabeth était encore moins intéressée par moi que je ne l'étais par elle. Tous ces bruits sur leur situation financière catastrophique... Ce doit être la raison pour laquelle elle a accepté ma proposition. Elle ne pouvait même pas se forcer à me sourire. Diana sera dans la même position que sa sœur et, contrairement à Elizabeth, elle a une chance d'être heureuse avec moi. Avec elle, je serai heureux.

– Tu sais que les gens de notre monde ne permettront pas cela.

Henry observa un instant l'animation du restaurant.

– Ils oublieront.

– Je ne veux pas savoir ce qui s'est passé entre toi et la jeune Miss Holland.

Teddy se tut quand le serveur leur apporta leur boisson, et il but une gorgée avant de continuer :

– Mais si tu te soucies vraiment de son bonheur, comme tu sembles le faire, alors tu ne dois plus y penser, ce serait une bêtise. Sa sœur était ta fiancée, et elle est morte dans des circonstances que personne d'entre nous ne comprend ; circonstances qui, toi-même l'as suggéré, pourraient avoir un rapport direct avec l'imminence de votre mariage. Diana s'est entichée de toi, mais quand elle grandira, quand les raisons de la mort de sa sœur s'éclairciront pour elle et qu'elle comprendra mieux la situation de sa famille, quand elle mesurera à quel point elle a trahi Elizabeth en se liant avec celui qui était son fiancé, cela la détruira. Et tu sais parfaitement que les gens ne se gêneront pas pour le lui rappeler à la moindre occasion. Le monde n'oublie pas.

Henry buvait sa bière, s'efforçant de ne pas s'irriter aux propos négatifs de son ami sur l'avenir qu'il s'était imaginé au cours des pires moments de ces derniers mois. Assis en face de Diana dans le salon familial durant les premières semaines du deuil, il avait imaginé le jour où elle le regarderait de nouveau dans les yeux, celui où toute cette douleur se serait adoucie et où ils seraient vraiment ensemble. Diana était la seule jeune fille avec laquelle, pour la première fois de sa vie, il s'imaginait marié. Elle lui inspirait les sentiments les plus romantiques.

– Elle finira par se haïr, et par te haïr toi aussi, ajouta Teddy.

Cette phrase ressuscita dans l'esprit d'Henry, pour une raison inconnue, le visage douloureux d'Elizabeth le matin de sa mort.

– Allons-y, lui dit doucement Teddy.

Henry termina sa bière et posa un billet sur la table. Il avait déjà abordé ce sujet avec Teddy et regrettait d'avoir recommencé. Maintenant, il n'y avait plus rien à dire.

Dans le passé, Henry avait toujours ignoré les conseils de son ami, et mal lui en avait pris. Cependant, il ne pouvait renoncer à l'image de Diana qu'il gardait en lui. Tout en arborant un sourire résigné et en posant son chapeau sur sa tête, il ne put s'empêcher de penser à ses boucles folles et à sa peau fraîche, ainsi qu'à sa superbe insouciance qui s'accordait si bien avec la sienne.

Cinq

« Aux femmes qui m'arrêtent souvent dans la rue et me demandent comment s'y prendre pour transformer leurs filles en demoiselles de la haute société, je dis toujours : "Si elles ne sont pas bien nées, et si elles ne sont pas exceptionnellement belles – car beaucoup de jeunes filles aujourd'hui sont plus que jolies –, elles devront faire le plus beau mariage possible. Pour atteindre ce but, la façon de se vêtir est essentielle. Trouvez d'abord un bon magasin, dis-je à ces mères empressées, dans un beau quartier de la ville, et un vendeur sur qui l'on puisse s'appuyer..." »

MRS HAMILTON W. BREEDFELT,
EXTRAIT DE SON *RECUEIL D'ARTICLES SUR L'ÉDUCATION DES JEUNES LADIES AU CARACTÈRE BIEN TREMPÉ*, 1899.

Lina Broud tourna sur elle-même, submergée par un désir toujours renouvelé. Partout où elle regardait, il y avait des objets brodés d'or, joliment finis, cousus main ou ornés de plumes, empilés sur des tables en acajou à perte de vue, du moins jusqu'à l'un des innombrables miroirs gravés à l'eau-forte qui reflétaient à l'infini la somptueuse scène de ce rayon du magasin *Lord & Taylor*.

– Tristan, dit-elle d'une voix haute et claire, j'adore ces gants.

Elle avait travaillé son élocution, et récemment observé que l'acoustique dans les rayons de *Ladies' Mile* était idéale pour une telle tentative. Avant, elle n'avait que rarement jeté un regard à l'intérieur de ces magasins qui bordaient la Cinquième Avenue et Broadway au-dessus d'Union Square, qui attiraient le genre de femmes dont Lina avait été la servante. Et cela malgré le fait que toutes ces boutiques et ces magasins spécialisés soient situés à quelques immeubles de Gramercy Park, où ses maîtresses vivaient alors.

Tristan Wrigley, vendeur chez *Lord & Taylor*, et le premier ami qu'elle s'était fait dans sa nouvelle vie, s'approchait d'elle – peut-être un peu plus près que les hommes étaient censés le faire en public avec des femmes auxquelles ils n'étaient pas apparentés.

– Bien sûr, mademoiselle Carolina. Vous permettez ?

Lina n'était pas gênée de montrer ses mains nues, elle y avait été habituée dans sa vie de domestique, pourtant elle se sentit très mal à l'aise quand Tristan lui enleva ses gants pour lui enfiler la nouvelle paire cousue main, d'une belle couleur gris perle, dont la qualité était éminemment supérieure aux siens, elle s'en rendit compte immédiatement. Ils s'ajustaient parfaitement à ses doigts, leur texture était presque surnaturelle, et la douceur de la soie sur sa peau lui donna la sensation d'être une femme très riche.

– Mademoiselle approuve-t-elle ?

Comme tous les vendeurs de chez *Lord & Taylor*, Tristan avait été employé pour son style bon chic, bon genre – rien de mieux pour séduire les clientes – et il parlait toujours avec une politesse étudiée. Il était pour Lina la personne idéale sur qui s'entraîner à pratiquer son nouveau personnage, raison pour laquelle elle lui permettait de l'accompagner au parc de temps à autre ou de prendre le thé à l'hôtel ; mais seulement occasionnellement : ce n'était qu'un entraînement pour elle, et pas question qu'il l'approche de trop près. Son cœur était pris ailleurs.

– Oh oui !

Tristan avait un visage long, un nez grec et des pommettes aristocratiques. Il portait un veston marron ajusté et une chemise ivoire boutonnée aux poignets. Ses yeux noisette étaient d'une couleur si fascinante que Lina avait du mal à les fixer plus de deux secondes. Mais être obligée de détourner son regard ne la gênait pas. Ce geste lui servait en fait à donner et à faire perdurer l'illusion qu'elle était l'héritière d'un industriel de la fonte du cuivre dans l'Ouest (dans l'Utah, si on le lui demandait, bien qu'elle n'y ait jamais mis les pieds), et orpheline depuis peu.

D'abord, elle avait été surprise par la facilité avec laquelle Tristan avait cru à son histoire. Elle l'avait rencontré au tout début de sa nouvelle vie, ce qui lui avait valu de commettre un épouvantable impair. C'était le premier jour où elle avait bu de la bière et s'était assise dans un bar, et l'épisode s'était mal terminé. L'incident avait sûrement confirmé ce que mille petites bourdes avaient déjà suggéré, à savoir qu'elle n'était pas une lady et que ses origines étaient en réalité des plus modestes.

Mais depuis, elle avait rencontré, dans sa nouvelle demeure, l'hôtel *New Netherland*, et lors de ses visites chez *Lord & Taylor* avec Tristan, de vrais millionnaires de l'Ouest, et avait pu constater qu'ils étaient encore plus rustres et plus enclins aux gaffes qu'elle. Car Lina Broud – Carolina, prénom par lequel elle se désignait – n'ignorait pas le comportement, les manières et les tenues de l'élite. Elle les avait apprises quand elle était la femme de chambre de feu Elizabeth Holland. Son observation la plus importante était qu'un maintien distant était très efficace pour affirmer son importance personnelle.

C'était en fait Elizabeth, dont la richesse et la beauté réputées donnaient des avantages avec lesquels Lina ne pouvait rivaliser, qui avait gagné le cœur de Will Keller. Will, l'ancien cocher des Holland, que Lina aimait en secret depuis longtemps. Cette blessure intime était la raison pour laquelle elle avait vendu le secret de sa maîtresse à la meilleure amie d'Elizabeth, Penelope Hayes, à savoir qu'Elizabeth et Will passaient des nuits ensemble dans la remise à chevaux. Elle avait échangé cette information contre cinq cents dollars, somme qui lui avait alors paru une fortune. Mais les dîners, les chambres d'hôtel, les robes et les colifichets qui, elle l'espérait, la différencieraient de la fille ordinaire qu'elle avait été, avaient rapidement réduit son trésor de moitié.

Qu'une somme si impressionnante ne lui permît pas vraiment d'avoir le même style de vie qu'Elizabeth lui avait causé une amère déception. Et elle n'était pas fière, non plus, que son élévation dans l'échelle sociale, ou quelque chose comme cela, ait été rendue possible par une affaire aussi sordide. N'empêche, elle avait fait ce qu'elle devait faire. Son objectif n'était pas de devenir une jeune fille du grand monde : elle voulait juste ressembler à Elizabeth dans le but de partir pour l'Ouest quand elle serait fin prête. Là, Will comprendrait enfin que Lina avait de tout temps été pour lui. Du moins quand il aurait appris la mort d'Elizabeth, il saurait que la nouvelle, la resplendissante Lina pourrait remplir le vide de son cœur.

Lina n'avait jamais dédaigné de porter les vêtements qu'Elizabeth lui donnait, aussi ne voyait-elle aucun mal, aujourd'hui, à lui succéder, même si c'était sa mort qui le lui permettait. Car elle désirait toujours aussi fort retrouver Will. Elle pensait que ce temps était proche, et il fallait qu'il le soit, sinon son argent allait s'épuiser.

Tristan rangeait les gants, le châle de dentelle, le manchon en astrakan chacun dans une boîte doublée d'une merveilleuse étoffe gaufrée, sans oublier la nouvelle paire de bas couleur onyx vendue pour deux dollars et vingt-cinq *cents* – depuis que Tristan la lui avait montrée, elle n'imaginait plus s'en passer. Lina observait avec une joie extatique doublée d'un vague sentiment d'appréhension la façon dont ces objets étaient pliés et enveloppés. Une fois dans leur boîte, cela signifiait qu'ils étaient à elle, et qu'elle devrait les payer.

– Dois-je les faire livrer à votre hôtel ?

– Non...

Lina s'interrompit et détourna les yeux. Les dernières lueurs du jour entraient par les hautes fenêtres romanes qui donnaient sur la rue. Déjà la journée s'achevait, et Lina ne se sentait pas une personne plus importante qu'à son réveil. Quand elle sortirait il ferait presque nuit, et tous les gens du commun dont elle voulait tant se distinguer seraient massés, bouche bée, devant les vitrines de Noël. En de tels moments elle ne pouvait s'empêcher de ressentir de la tristesse et de se souvenir de la nuit dévastatrice où, après tant d'années de secret, elle avait avoué ses sentiments à Will qui l'avait gentiment renvoyée. Elle voulait être sûre qu'un tel rejet ne se répéterait pas, et se rappela qu'elle devait perfectionner sa transformation avant de le revoir.

– Je prendrai un taxi, je peux les porter moi-même. Mais je vous prie de faire porter la note à l'hôtel.

Lina avait depuis peu cessé de transporter sa nouvelle richesse sur elle (ce qui l'angoissait énormément quand elle sortait seule), et avait décidé en toute prudence de profiter du luxe de payer plus tard. Elle gardait l'argent de Penelope dans une petite bourse en soie à cordon de cuir au fond de son tiroir à sous-vêtements de dentelles. Dans sa vie de femme de chambre, ce tiroir représentait une sorte de boîte à trésor interdite. Elle supposait que les femmes de chambre de l'hôtel ressentiraient la même chose et s'abstiendraient de le fouiller.

– Bien sûr, mademoiselle.

Tristan s'arrêta de parler et sourit d'une façon qu'une vraie dame aurait probablement trouvée trop familière, puis il continua :

– Je pourrais vous accompagner, si vous avez besoin d'aide.

– Ce n'est pas la peine, dit Lina en détournant les yeux et en levant le nez avec distinction. Si vous voulez bien m'aider à enfiler mon manteau...

Lina descendit à l'intersection de la Cinquante-Neuvième Rue et de la Cinquième Avenue. Elle avait échangé son hôtel miteux de la Vingt-Sixième Rue pour le *New Netherland*, où les grooms portaient des uniformes bleu roi, à partir du moment où elle avait considéré que son histoire était bien ficelée et les détails de son numéro au point. L'hôtel était un vaste édifice à tourelles, à fenêtres cintrées et à noble façade, qui dominait les bâtiments alentour tel un formidable château de sable. Elle avait entendu dire quelque part que le *New Netherland* était le plus haut hôtel du monde, c'est pourquoi elle l'avait préféré au *Savoy*, son voisin, et au *Plaza*, du côté ouest de l'avenue. Les trois hôtels entouraient l'entrée sud-est de Central Park, non loin des demeures des Huntington, des Vanderbilt et des Hayes. À la pensée de vivre si près des gens d'une telle envergure, Lina fut parcourue d'un agréable frisson.

Sa chambre n'était pas la plus belle, pourtant elle lui coûtait vingt-neuf dollars la nuit. Elle ne pouvait continuer ainsi éternellement, elle le savait, mais cela n'avait guère d'importance, puisqu'elle serait bientôt avec Will. Le fort, le puissant Will – il prendrait soin d'elle et, en attendant, elle espérait que quelque chose de l'élégance de la vie d'hôtel laisserait des traces en elle. En outre, elle aimait retourner dans sa chambre et trouver la bonne surprise d'un tapis fraîchement secoué et d'un lit refait par quelque invisible mécanisme. Elle aimait, en sortant de l'hôtel, voir un taxi qui semblait l'attendre dans la rue et avoir exactement anticipé son arrivée. Lina fit un geste au chauffeur pour qu'il l'aide à porter ses paquets. Elle avança, les épaules en arrière, comme elle s'y était exercée, vers le hall au plafond voûté. Malgré les taches de rousseur qui parsemaient son nez et brouillaient son teint même en hiver, son allure était très digne. La moue de sa bouche était ravissante, ses yeux avaient la couleur du lichen, et son nez était un peu retroussé. Elle portait un manteau fauve bien ajusté aux spectaculaires revers, qui soulignaient sa taille et ses épaules quelque peu masculines, et un bibi assorti orné d'une plume noire qui rebondissait sur sa tête en même temps qu'elle approchait de la réception.

– Bonjour, Miss Broud, la salua le jeune concierge derrière le massif comptoir en acajou.

Comme elle le faisait d'habitude en ces circonstances, elle s'efforça de cacher le ravissement que son nouvel environnement lui causait : le sol incrusté d'une riche et brillante mosaïque, l'escalier de marbre monumental qui réfléchissait la lumière électrique d'un lustre, comme s'il donnait accès à une grande cour d'Europe. Le hall sentait le parfum et le café, suggérant à celui qui entrait qu'il n'y avait pas de meilleur endroit où se trouver. *Si seulement Will pouvait me voir ne serait-ce qu'une seconde*, pensait-elle debout au milieu du hall, *il oublierait qu'il a un jour aimé Elizabeth ; il verrait que la parfaite jeune fille cachée sous le masque de la servante se trouve là, juste en face de lui.*

– Ma clé, s'il vous plaît, Mr Cullen, dit-elle, inclinant la tête en signe de remerciement anticipé.

Ce fut seulement quand l'employé se retourna qu'elle prit conscience d'une présence derrière elle. Elle tourna brusquement la tête et se retrouva face à un homme très élégant. Elle pensait pourtant avoir été claire et demandé que le chauffeur l'attende devant la porte jusqu'à ce qu'un chasseur vienne chercher ses affaires. L'homme portait une veste d'intérieur en velours bordeaux et un pantalon noir, et son col ivoire montait jusqu'à son menton soigneusement rasé. Ses traits étaient fins, à l'exception de son nez qui trahissait un goût pour la boisson, et il lui souriait d'une façon qui aurait pu être charmeuse. Elle ne pouvait en être sûre, cependant, parce qu'il était plus vieux qu'elle – trop vieux pour vouloir séduire une jeune fille de dix-sept ans, pensa-t-elle. Mais il y avait tant de choses qu'elle ne soupçonnait pas encore.

Quand le concierge se retourna la clé dans la main, à la vue de l'homme, le respect se peignit sur son visage, et il ne fit aucun geste pour la tendre à Lina. Elle attendit que le gentleman parle. Au fil des secondes, son cœur se mit à battre de peur qu'il ne connaisse son secret.

– Ce sont vos affaires ? lui demanda l'homme en indiquant le chauffeur, qui attendait patiemment près de la porte selon les instructions qu'elle lui avait données, dans une attitude respectueuse, chapeau à la main et les yeux fixés sur le plafond voûté. Parce que les chasseurs, ici – pardon, George – sont inexpérimentés, et on ne peut se fier à eux pour transporter de tels trésors.

Lina ne s'était jamais trouvée dans ce genre de situation, et aucune repartie ne lui vint à l'esprit. L'employé, quant à lui, évitait son regard.

– Toutes mes excuses. (Le gentleman s'inclina dans une sorte de révérence sans détacher son regard de Lina.) Mr Longhorn, pour votre service.

Son nom était Carey Lewis Longhorn. Lina le tenait de sa sœur, Claire, dont le passe-temps favori était la lecture des rubriques mondaines. Il était plus âgé qu'elle ne l'avait imaginé alors, et plus riche, aussi. Il était l'héritier d'une grande fortune, si elle ne le confondait pas avec quelqu'un d'autre. Il était connu pour avoir rompu toute une série de fiançailles dans sa jeunesse, ainsi que de nombreuses liaisons avec des comtesses et des femmes du monde en vue, et pour posséder à présent chez lui une grande galerie de portraits des beautés du jour. Lina s'étonna de voir qu'il continuait à lui sourire. Ses yeux étaient d'un bleu pâle plein de vivacité, ses joues émaciées.

– Merci, répondit finalement la jeune fille.

Elle savait que son hésitation et sa confusion étaient manifestes, mais elle ne pouvait rien y faire. Derrière Mr Longhorn, son valet était en train de prendre ses boîtes et de payer le chauffeur de taxi.

Le concierge présenta la clé à Mr Longhorn, toujours avec la même déférence, oubliant que cette clé appartenait à Lina. Puis elle se surprit à le suivre quand il s'éloigna de la réception.

– Vous demeurez à l'hôtel avec vos parents ? lui demanda-t-il tandis qu'ils entraient dans l'ascenseur.

Le domestique ferma la porte de vitrail et d'acajou. Le regard de Lina vogua vers le plafond en fer forgé dentelle de la cabine. Puis l'ascenseur s'ébranla. Ses yeux étonnés, voire émerveillés, suivaient le mouvement vertical de l'ascenseur. Elle ne fut pas mécontente de ce qu'ajouta ensuite Mr Longhorn :

– Non, je ne crois pas. Je vous ai vue plusieurs fois dans cet hôtel, et toujours seule. La vie n'est pas facile, mais être orpheline... Je suis désolé pour vous.

Lina baissa les yeux vers le sol carrelé à damier noir et blanc.

– Mon père est mort dans les mines, mentit-elle. Une inspection de routine. Père insistait toujours pour les faire lui-même au lieu de confier cette mission à un subordonné. Il travaillait dans la fonte du cuivre et possédait plusieurs mines. Ma mère n'a pas pu supporter le choc, et son cœur a lâché un mois plus tard. Il travaillait dur pour que je puisse profiter de ce luxe... (Elle se tut et montra l'ascenseur doré, la lèvre inférieure tremblotante.) Certes, ce n'est pas toujours facile pour moi, mais je crois qu'ils seraient heureux de voir que j'en profite encore.

Les sourcils gris de Mr Longhorn se soulevèrent légèrement, et pendant un moment Lina craignit d'avoir manqué de tact. Car bien que certaines parties de l'histoire soient vraies – ses deux parents étaient morts, elle était donc vraiment orpheline –, elle n'était pas héritière, et il y avait des moments où elle se sentait une épouvantable falsificatrice. Mais apparemment Longhorn ne pensait pas ainsi, car il conclut avec un sourire compatissant :

– Une jeune fille selon mon cœur.

– Neuvième étage, annonça le liftier quand l'ascenseur s'arrêta.

Il ouvrit la porte, et quand ils s'engagèrent dans le couloir couvert d'un chemin en velours peluche, Lina remarqua que le liftier baissait lui aussi les yeux devant Mr Longhorn. Elle ne put s'empêcher d'être quelque peu impressionnée par la révérence que cet homme aux cheveux poivre et sel inspirait. Il lui offrit son bras et commença à l'escorter jusqu'à sa chambre. Elle entendit les pas du valet derrière eux, qui portait ses précieuses boîtes.

Quand ils arrivèrent devant sa chambre, Mr Longhorn se pencha pour ouvrir la lourde porte en chêne. Au grand soulagement de Lina, il ne fit aucune tentative pour entrer.

– Avec votre permission, Robert posera vos affaires sur la table, dit-il en lui tendant la clé.

La chambre de Lina étant petite et, n'ayant pas de table, elle fut heureuse de pouvoir proposer une autre solution :

– Il peut les poser sur le canapé.

Le valet, d'un geste professionnel et rapide, fit ce qui lui avait été demandé.

– J'ai été très heureux de vous rencontrer, Miss...

– Broud. Carolina Broud.

– Miss Broud.

Le vieux gentleman se pencha en avant pour lui baiser la main. Le valet sortit de la chambre et attendit patiemment, en retrait.

– Merci de m'avoir permis de vous accompagner quelques instants. Puis-je espérer que vous me renouveliez cet honneur ce soir ?

Lina tourna la tête vers le valet, comme s'il pouvait lui confirmer que tout cela était très inattendu et peut-être un peu déplacé, mais il évita son regard.

– Vous comprenez, continua Mr Longhorn avec une sorte de pétillement dans l'œil que Lina crut percevoir, j'ai réservé une loge à l'opéra pour la saison, et ce soir c'est l'ouverture. Je n'ai personne hormis Robert, ici, pour partager cette soirée avec moi. M'en voudriez-vous si je vous demandais de m'accompagner ?

La pauvre petite Lina Broud dans une loge à l'opéra ; elle n'aurait pas été plus surprise s'il lui avait présenté la reine de Perse couronnée d'un diadème. Elle avait passé toute la matinée habillée en jeune fille du monde, mais ce soir, plutôt que de rester toute seule, invisible dans sa chambre comme d'habitude, la chance s'offrait à elle de se mélanger au gratin. Elle serait resplendissante, vue et admirée, exactement comme la fille dont Will avait cru être amoureux. Sa première pensée fut de s'excuser auprès de Robert de prendre sa place, mais elle se reprit, et au lieu de cela se dit qu'elle devrait sourire, tout en se rendant compte qu'elle était déjà en train de le faire.

– Oh oui ! dit-elle sans pouvoir cacher son enthousiasme. J'adorerais.

Six

« Après plusieurs années où il fut de bon ton de se parer de vêtements du tout dernier cri, il semble que la simplicité revienne à la mode. Les dîners des gens de la haute société sont plus simples, et les robes de journée sont coupées dans de la mousseline ordinaire. Mais souvenez-vous : il y a simplicité et simplicité, et l'élégance ne coule pas toujours de source. »

LE MAGAZINE DE LA MODE, DÉCEMBRE 1899.

Il n'y avait que peu de meubles dans le cabanon de Will Keller, mais il avait pris soin de se les procurer pour Elizabeth. Sur le sol terreux, une table carrée construite de ses mains, et contre un mur, un lit à barreaux en cuivre acheté à un spéculateur ruiné de Lancaster, le même qui leur avait vendu le cheval. Un miroir ovale au cadre de cuivre suspendu au-dessus de la cuvette en métal, tous deux de la même provenance ; c'était devant ce miroir qu'Elizabeth arrangeait chaque soir ses cheveux avant le dîner, généralement en un petit chignon bas sur la nuque. Une fois ses cheveux coiffés et après avoir tiré de l'eau au puits, elle se lançait dans une tâche dont elle ne connaissait presque rien. Et ce soir, encore une fois, Elizabeth Holland s'essayait à préparer le dîner.

Un bouquet de coquelicots qu'elle avait cueillis la veille dans la campagne garnissait un vieux bocal à conserve au centre de la table, laquelle était recouverte de la même toile dont ils se servaient pour tout. À côté, deux livres de Will empilés l'un sur l'autre : *Techniques géologiques de localisation du pétrole dans les couches souterraines* et *Comment creuser un puits dans la nature*. Elle était parvenue à allumer du feu dans le four en fer, mais ouvrir les boîtes de haricots blancs à la sauce tomate s'était révélé impossible : l'ouvre-boîte était usagé et rouillé ; Will avait dû le trouver quelque part, petite économie appréciable compte tenu de leur situation financière, mais dont elle se serait volontiers passée à ce moment précis. Elle était tellement contrariée de ne pouvoir ouvrir la boîte qu'elle avait envie de crier.

Ce qu'elle ne tarda pas à faire. Elle poussa un cri qui pouvait bien être le bruit le plus fort qui fût jamais sorti, vibrant, de sa gorge et de ses poumons gonflés d'air. Quand elle eut fini, elle était toujours seule, mais elle se sentit mieux. Elle posa sa main sur son ventre, ferma les yeux et sourit. Il était amusant de penser qu'elle était si loin de toute cette perfection qu'elle s'était tant efforcée d'atteindre, et de ne pas se trouver à la hauteur des tâches les plus rudimentaires. Se retrouver impuissante à accomplir certaines choses était aussi nouveau pour elle que pousser des cris inhumains.

Elle posa la boîte de conserve et s'assit devant la table. C'était le moment de la journée où elle prenait généralement conscience qu'elle était restée longtemps seule, Will travaillant de longues heures dans la campagne avec Denny Planck, son coéquipier qu'il avait rencontré à Oakland. C'était un temps qui ne lui appartenait pas, hors de son domaine, et elle n'essayait pas de comprendre ce qu'ils faisaient dehors. Le monde du travail avait toujours été celui de Will, un mystère pour elle, et alors qu'autrefois elle ne s'en préoccupait pas, aujourd'hui elle se sentait un peu coupable. Elle savait qu'il avait passé du temps à installer leur maison – chose qui aurait été une tâche naturelle pour un autre genre de filles qu'elle – temps qu'il aurait pu utiliser pour explorer la campagne. Elizabeth ne voulait rien d'autre qu'être avec Will, mais elle ne pouvait s'empêcher de souhaiter – en de tels moments, à la fin du jour, quand, à New York, le soleil était déjà couché – être plus à la hauteur. Elle rêvait de préparer un repas de pionniers avec ne serait-ce que la moitié de l'aisance qu'elle avait quand, parfaite jeune fille du monde, elle offrait le thé et faisait la conversation aux visiteurs du dimanche dans le salon de Gramercy.

Elle resta un moment à penser à ceux qu'elle avait laissés derrière elle et à ces milliers de kilomètres qui les séparaient. Ils ne lui manqueraient pas tant, si seulement elle en savait davantage sur ce qui se passait pour eux, et si seulement cette distance pouvait diminuer. De temps à autre elle lisait un journal datant de la semaine précédente qui mentionnait quelques nouvelles de New York. Mais cela ne faisait qu'alimenter son inquiétude, car elle y apprenait que sa mère n'était plus ce qu'elle était, et Diana toujours la même.

– Lizzy !

Will l'appela avant même d'avoir franchi le seuil de leur chaumière. Elizabeth leva les yeux de la table, et déjà elle s'élança vers lui. Il l'enleva dans ses bras, fit voler son corps, pour lui léger comme une plume. Ses bras à elle autour de son cou, elle suspendue à lui, ressentant à nouveau combien elle avait raison d'être là. Elle respira son parfum, mélange de sueur et de savon, et quelque chose de musqué dans son étreinte.

– Aujourd'hui nous avons eu de la chance, dit-il de sa voix calme.

Il la reposa à terre, et quand ses pieds touchèrent le sol elle regarda son visage. Il était gorgé de soleil et de lumière, et ses yeux bleu clair avaient en effet une expression très gaie.

– Quelle chance ?

– Le pétrole !

Il se tut, pressa ses lèvres charnues l'une contre l'autre et l'observa. Sa respiration fébrile soulevait sa poitrine. Il portait une chemise au col fatigué et aux manches roulées. Là où ils n'avaient pas été décolorés par le soleil, ses cheveux étaient bruns et collés par la sueur.

– Denny et moi, nous l'avons trouvé ! Nous avons trouvé du pétrole, du pétrole noir et visqueux. On le sent, on sent son odeur ! Je sais qu'il y a des gisements souterrains. Le pétrole s'infiltre dans la roche, et l'air est plein de soufre. On va suivre la méthode préconisée dans mon livre et creuser un puits, ensuite on vendra le pétrole à la raffinerie de Lancaster, pour pouvoir être en mesure de prendre plus d'ouvriers. Pendant un temps, au début, on ne fera pas forcément de bénéfice. Mais le gisement est à deux pas d'ici. Nous vivons, Lizzie, sur le sol qui va nous rendre riches !

Will avait parlé si vite et avec une telle excitation qu'il dut s'interrompre pour reprendre sa respiration. Il haletait. Son visage exprimait l'enthousiasme, son corps brûlait d'énergie. Il ôta le pantalon de serge taché de pétrole qu'il mettait tous les jours pour aller travailler. Tout en enfilant le caleçon long qu'il portait pour dormir, il lui raconta comment ils avaient extrait le pétrole, quelle quantité il pensait que devait contenir le gisement, et combien de barils de pétrole brut ils pourraient vendre. Elle suspendit son pantalon derrière le lit pour éviter qu'il ne salisse quoi que ce soit, et observa Will qui s'apprêtait à ouvrir la boîte de haricots tout en continuant à parler des coéquipiers dont il aurait besoin pour travailler, et du montant des bénéfices.

Elizabeth eut l'un de ses sourires radieux, autrefois gaspillés pour l'appréciation d'une robe en brocart, d'une mousse de saumon, ou la distribution de sachets de friandises aux bals de charité. Mais elle ne souriait pas à la perspective de cette future richesse – tout cela lui semblait encore un rêve lointain. Non, son sourire était pour Will, comme toujours.

Elle souriait à ses prochains succès, qu'ils s'amorcent avec le gisement de pétrole ou non. Il deviendrait l'un de ces hommes dont on parlait dans les journaux : on évoquerait sa jeunesse mythique, son sens aigu des affaires et l'intelligence de ses choix. Il serait perspicace et exigeant avec les gens quand il le faudrait, mais toujours juste et admiré. Il serait un chef de famille, il aiderait les gens méritants, ainsi que ceux qui étaient dans le besoin. Et cette grande douceur qui émanait de son visage au nez aquilin ne disparaîtrait jamais. Ils mûriraient et verraient ensemble le monde changer.

Ils se regardèrent longtemps encore, puis elle pressa son corps contre le sien, sentant son cœur battre contre sa poitrine.

Sept

« J'ai appris de plusieurs sources que Mr Henry Schoonmaker fera sa première apparition en société depuis la mort de sa fiancée, Miss Elizabeth Holland, ce soir à l'ouverture de la saison d'hiver du Metropolitan Opera. Bien qu'il ait convenablement observé sa période de deuil, il m'est avis qu'il sort un peu trop tôt... »

EXTRAIT DE LA RUBRIQUE « LE JOYEUX DANDY »,
THE NEW YORK IMPERIAL, SAMEDI 16 DÉCEMBRE 1899.

– On ne pousse pas comme cela quelqu'un dans une crevasse, déclara Mrs Edward Holland, née Louisa Gansevoort.

Avec toujours cette inimitable présence aristocratique qu'impliquait l'union de ces deux grands noms, elle portait le deuil pour la seconde fois, celui de sa fille aînée après celui de son époux. Elle était assise dans la chambre de Diana où une lampe à gaz diffusait une lumière douce, et ses yeux d'obsidienne scrutaient sa fille, vifs et vigilants. Il y avait quelque chose de physiquement diminué en elle cependant, une sorte d'ombre recouvrait son ancienne assurance. Elle était malade, Diana en était sûre, bien que parfois elle se dît que ce n'était rien d'autre que de la mauvaise humeur qui se dissiperait dès que Diana accepterait de se marier.

– « Pousser dans une crevasse » est un peu exagéré, répondit gaiement Diana.

Elle était assise devant sa coiffeuse, observant ses anglaises brunes qui encadraient son visage rose en forme de cœur. Sa femme de chambre, Claire, qui l'avait aidée à s'habiller, se tenait debout près d'elle. Diana n'avait pas l'intention de faire semblant d'être intéressée par les inquiétudes de sa mère.

– Je ne peux pas être tenue pour responsable de la maladresse d'un Percival Coddington, se défendit-elle en se tournant vers sa tante Edith, allongée sur le lit rose pâle dans une robe chemisier ivoire.

– C'est un miracle que cette mésaventure n'ait pas fait les délices de la presse, reprit vivement sa mère. Ou qu'il n'ait pas été trop grièvement blessé. Mais il y a tant d'yeux dans cette ville, Diana, et tant de bouches ! Tu vas voir, ils vont bientôt raconter que tu ne sais pas te tenir. Quand une réputation a été trop souvent compromise, le monde ne l'oublie pas, tu sais.

Elle regarda dans le lointain et s'enfonça plus profondément dans le fauteuil à oreilles décoré d'une tapisserie dorée un peu usée. C'était le fauteuil dans lequel Diana se pelotonnait pour lire des romans où les héroïnes étaient entourées d'hommes terriblement beaux, et jusqu'à tout récemment, c'était là que son imagination s'était déchaînée. Mais plus maintenant. Car la chose la plus excitante qui habitait à présent son esprit était le souvenir récurrent d'Henry Schoonmaker.

Elle sourit subtilement à son reflet. Puis, vérifiant sa coiffure dans le miroir, elle y rencontra le visage de Claire et lui jeta un regard complice, devinant la suite des propos de Mrs Holland. Elle ne s'était pas trompée.

– Quand j'étais jeune fille, commença cette dernière, on nous disait que le nom d'une femme devait apparaître trois fois dans les journaux : à l'occasion de sa naissance, à celle de son mariage et à celle de sa mort.

– Eh bien, commenta Edith, la tête appuyée sur son bras replié derrière elle, notre génération s'est employée à rendre ce vieil adage complètement caduc.

Le nom de Diana était déjà plusieurs fois apparu dans les colonnes – souvent pour causer plus d'embarras que de fierté à sa mère, mais cela ne l'empêchait pas d'imaginer la photo d'Henry et d'elle descendant les marches de l'église avec dessous écrit en gros titre : « LA CADETTE DES SŒURS HOLLAND ÉPOUSE SCHOONMAKER ».

Claire apporta la touche finale à la coiffure de Diana avec un ruban de couleur orangée assorti à la tenue qu'elle portait. Sa robe, aux épaules ornées d'un nuage de petites plumes orange, soulignait sa taille et découvrait le haut de son décolleté. Sa sœur l'avait achetée à Paris l'été précédent. Il y avait eu quelque chose de macabre dans le fait de retailler la robe de la disparue, et personne n'avait apprécié. Mais il n'y avait pas d'argent pour en acheter une neuve, sa mère le lui avait rappelé sans détour, et avec raison, elles avaient commandé une nouvelle coupe.

– Si ton nom devait apparaître demain dans les journaux, reprit Mrs Holland, ignorant le commentaire de sa belle-sœur, j'aimerais que ce ne soit pas parce que tu as failli tuer Spencer Newburg.

En entendant ces mots, Diana se leva et se tourna vers sa mère, le visage empreint de l'expression curieuse que produisent des émotions divergentes. Elle aurait aimé dire à sa petite maman que si elle n'essayait pas aussi maladroitement et à tout prix de la marier, elle n'aurait pas à s'en faire pour la sécurité de ces messieurs. Cela lui semblait évident et l'irritait. Pourtant, la mention du nom de Spencer Newburg fut comme une musique à ses oreilles. Non à cause de quelque trait de caractère que possédait celui-ci, un veuf de vingt-sept ans dont le visage en lame de couteau s'était encore allongé depuis la perte de la jeune Mrs Newburg, emportée par une crise de rhumatisme articulaire aiguë. Oui, ce nom était doux à Diana depuis ce matin où elle avait lu les journaux et réalisé que sa soirée à l'opéra en compagnie du monsieur lui fournirait sa première chance de revoir Henry. Elle fut transportée de joie à la pensée qu'elle allait se trouver ce soir entre les mêmes murs que lui, que ses yeux allaient rencontrer les siens, et que peut-être ses mains pourraient toucher les siennes. La part que prenait Spencer Newburg dans tout cela lui conférait ainsi une certaine grâce.

Sa mère se leva à son tour de sa chaise. Des veines se dessinaient le long de son cou, et les os de son visage saillaient sous sa peau.

– De toute façon, c'est Mrs Gore qui m'invite, et je ne suis même pas sûre de rencontrer Mr Newburg, glissa Diana avec une pointe de fourberie.

Car bien que la sœur aînée de Mr Newburg ait été la seule à l'inviter officiellement dans la loge de la famille, elle avait manifesté clairement lors de ses deux visites aux Holland que c'était pour l'amour de son frère qu'elle faisait ce geste. En outre, il était notoire que la femme de Grover Gore s'était donné la mission de trouver cette saison un bon parti pour son frère afin de mettre du baume sur son cœur blessé. Mrs Holland – qui, ayant toujours en tête le mariage de sa fille cadette, n'avait pas laissé échapper ce détail – était liée aux Gore depuis plusieurs décennies.

– Mais si c'est le cas, je le manierai avec délicatesse.

Le cou de Mrs Holland s'allongea, et son menton pointa vers les filigranes en stuc du plafond. Diana l'observa, attendant une réprimande, mais la tension du visage de sa mère disparut d'un coup, et tout son corps parut se relâcher. Elle semblait sur le point de s'évanouir.

– Je crois que je vais aller me coucher, dit-elle brusquement. Sois gentille, Diana.

Même après que la porte se fut refermée derrière elle, une atmosphère lugubre continua à flotter dans la pièce. Diana battit des paupières puis, se tournant vers sa tante :

– Tu vois, j'inquiète mère tout le temps.

– Tu es magnifique, Di, lui répondit Edith avec un clin d'œil de sympathie.

La sœur de feu Mr Holland partageait plusieurs traits de caractère avec ses nièces. Connue pour avoir été très passionnée dans sa jeunesse, elle avait fait un mauvais mariage avec un Espagnol titré, union qui s'était soldée par un divorce après lequel elle avait repris son nom de jeune fille. Elle avait toujours aimé assister aux préparatifs de Diana.

– Et je ne crois pas que tu aies à t'inquiéter de ton apparence. Tu es rayonnante, et Mr Newburg ne sera pas le seul à s'en apercevoir ! ajouta-t-elle avec une inflexion intentionnelle dans la voix.

Diana s'étonna de la facilité avec laquelle sa tante lisait dans ses pensées et devinait ses désirs. Elle se pencha à nouveau vers le miroir pour vérifier une dernière fois son reflet, et convint que sa tante avait raison : elle n'attirerait pas seulement l'attention de Mr Newburg : ces yeux noisette foncé, cette petite bouche pulpeuse... Sa seule crainte était que cette beauté ne se fane quelque peu si la rencontre avec Henry tardait à se produire dans la soirée. Elle était de nouveau de bonne humeur et demeura dans cet état d'esprit : une fois que sa mère aurait compris qu'Henry l'aimait et qu'elle aimait Henry, toutes ces inquiétudes absurdes pour la marier rapidement n'auraient plus d'objet, elle en était sûre.

Au Metropolitan, dans la Quarantième Rue à Broadway, ils arrivèrent tard, selon les usages de leur classe. La rue était déjà encombrée de calèches quand Diana et Mrs Gore descendirent de voiture et rejoignirent les autres ladies en robes de brocart qui avançaient vers l'entrée des dames. Ils avaient entièrement manqué la scène du bal masqué mais prirent place sur leur siège – suffisamment tôt pour Diana – quand le baryton entonna : « Mab, la reine des mensonges ». Le *Roméo et Juliette* de Gounod n'avait jamais été au goût de son père, pourtant amoureux des arts, mais Diana, elle, appréciait toutes les musiques lyriques et dramatiques, surtout quand elles traitaient d'amours contrariées par les circonstances.

Son regard explora la salle : les rangées de sièges au-dessous d'eux, les loges moins convoitées au-dessus, les visages rayonnants à moitié cachés derrière les éventails, les robes somptueuses et les bijoux étincelants. Elle était assise à côté de Mrs Gore, cette dernière vêtue d'une robe de velours bleu qu'elle remplissait d'une façon qu'on n'aurait jamais pu imaginer quand elle était encore la frêle et gracile Lily Newburg. Son jeune frère avait à peine ouvert la bouche, et ne bougeait plus maintenant de la loge familiale, où il était installé sur le canapé, fumant d'un air morose.

Sa jeune invitée ne lui prêta pas la moindre attention. Elle avait du mal à ne pas se pencher par-dessus la rampe de cuivre pour regarder la scène. La musique commençait, pleine d'entrain ; elle avait toujours aimé la tristesse et le mystère des vers de Shakespeare, et elle les appréciait d'autant plus ce soir-là à l'opéra. Un instant, emportée par les mouvements de l'orchestre, elle en oublia presque Henry. Presque.

– J'ai entendu dire qu'Henry Schoonmaker allait venir ce soir, lui dit son hôtesse en écartant de son œil son lorgnon diamanté. Or je ne le vois pas dans la loge des Schoonmaker.

Diana faillit prendre ses jumelles pour en juger par elle-même, mais réussit à contrôler son envie en émettant un sage « Oh ? ».

– Quel dommage que votre sœur n'ait pas pu l'épouser. C'est un jeune homme vraiment charmant, et un si bon parti, gloussa Mrs Gore, inconsciente de l'indélicatesse et de la brutalité de son commentaire, tant la dérangeait l'idée du gaspillage que représentait un bon parti sans épouse.

Puis elle plaça à nouveau son lorgnon sur son nez et se mit à examiner les autres loges, où les New-Yorkais de son espèce s'épiaient les uns les autres et se penchaient vers les fauteuils d'orchestre où d'autres espèces d'auditeurs étaient venues écouter de la musique.

– Vous savez, continua Mrs Gore avec toujours autant de tact, le bruit court que votre sœur n'est en réalité pas morte, car on aurait dû retrouver son corps ; il y a quelque chose qui ne va pas dans cette histoire, elle a sans doute oublié qui elle était, ou été enlevée par des brigands... Je suppose que ces rumeurs n'ont pas de fondement, du moins pour ce qu'en sait votre famille ?

Diana hocha vaguement la tête, ayant décidé de ne pas regarder en direction de la loge des Schoonmaker pendant au moins dix minutes. Elle essaya de paraître scandalisée, dans l'espoir que cela empêche toute future spéculation de la part de Mrs Gore sur la disparition d'Elizabeth. Puis elle fixa les yeux sur la scène, où Juliette venait d'apparaître, ses boucles brunes tombant en cascade dans son dos. Le lustre scintillait au centre de la salle, illuminant les innombrables diadèmes et colliers de perles qui rehaussaient la soie somptueuse des robes et la pâleur des femmes qui les portaient. Consciente de son propre éclat, Diana éprouva le vif désir que le regard d'Henry se pose sur elle. Après un temps, elle tourna la tête et aperçut, exposées comme deux poupées en vitrine dans la loge des Schoonmaker, Mrs Schoonmaker – resplendissante dans sa robe couleur pétale de rose – à côté de la petite sœur d'Henry, Prudence, au visage vieillot. Derrière elles, dans l'ombre pourpre de la loge, on ne devinait aucune présence.

Elle essaya de ne pas laisser paraître sa déception. Elle admira la scène et contempla un instant la diva dont l'ample poitrine blanche était soulevée par une passion que Diana était sûre d'être la seule dans le public à pouvoir comprendre. Mais à quelques loges de la sienne, la mince silhouette de Penelope Hayes attira bientôt son regard.

Son attitude respirait l'ennui, paupières baissées sur ses grands yeux bleus, tête inclinée sur le côté. Elle portait une aigrette noire dans les cheveux et une robe de jais décolletée qui rehaussait l'éclat de sa peau blanche et la beauté de ses longs bras. Ses mains étaient jointes sur ses genoux d'une façon très convenable, ce qui devait faire partie de l'attitude de sainteté que les rubriques mondaines avaient tant louée récemment à son propos. Quoi qu'il en soit, Diana se rappela – comme toujours à la vue de Penelope – l'adjectif qu'Henry avait employé à son sujet la nuit où ils avaient parlé ensemble. « Féroce. » Sa sœur, elle aussi, l'avait mise en garde contre Penelope. Pourtant, ce que Diana ressentait en ce moment devant elle n'était pas de la méfiance, mais de la vulnérabilité.

Car elle ne pouvait s'empêcher de penser que la jeune fille, assise dans la loge des Hayes dans sa nouvelle robe noire faite spécialement pour elle, les cheveux apprêtés mais sans la moindre fioriture, connaissait Henry beaucoup mieux qu'elle. Pas mieux, peut-être, mais depuis plus longtemps, et d'une façon plus physique. Sur scène, Roméo avait aperçu Juliette ; le ténor chantait son ravissement. Le regard de Diana resta un instant posé sur la scène, mais quand elle le dirigea à nouveau sur Penelope, elle vit que son expression avait changé. Plus aucune trace d'ennui sur ses traits, maintenant tout dans son attitude évoquait une confiante détermination. Au même moment, un murmure à peine audible s'éleva dans les loges. Tous les regards se fixèrent sur celle qui se trouvait à la gauche de Diana ; elle tourna la tête, et c'est alors qu'elle le vit.

Henry s'installait juste derrière sa sœur, suivi par son père qui entrait d'un pas lent et s'asseyait lourdement et péniblement à côté de lui, petit numéro auquel son fils ne sembla guère prêter attention.

– Il a encore l'air triste, je suis d'accord là-dessus, commenta Mrs Gore, qui s'était retenue de s'armer de ses jumelles pour avoir le privilège d'une vue plus détaillée. Mais cela ne porte pas ombrage à sa beauté, je suis sûre que vous êtes d'accord, bien qu'il soit presque votre frère.

Diana, le souffle coupé, ne put articuler le moindre mot. Elle ne se rendit pas compte non plus du mouvement qui s'était produit au fond de la loge des Newburg, où Webster Youngham, l'architecte préféré des nouveaux riches de New York, était apparu, distrayant pour un moment du moins l'attention de Mrs Gore.

– Puis-je te présenter Miss Holland, la plus jeune des filles de Mrs Edward Holland ? l'entendit dire Diana.

Cela signifiait qu'elle devait, à son corps défendant, détourner le regard d'Henry, dont le col dur d'un blanc éclatant faisait ressortir le teint doré.

– Miss Holland, fit Mr Youngham en lui baisant la main. Mes condoléances pour votre sœur. Quelle bonne surprise de vous voir à nouveau sur pied. Je vais me faire un devoir d'adresser mes compliments à votre mère : vous êtes encore plus jolie qu'on ne le dit.

Diana sourit et baissa les yeux. En septembre dernier, elle avait flirté avec son assistant dans le vestiaire du bal donné dans le nouvel hôtel particulier des Hayes – fait qu'il devait ignorer, vu le teint aviné qu'il avait ce soir-là. Bien sûr, cela s'était passé avant que sa vie ne bascule. Elle leva les yeux vers la loge des Hayes et constata à sa grande consternation que Penelope embrassait du regard la salle de l'opéra avec le même imperturbable aplomb.

Le murmure qui s'était élevé dans les loges se tut, à moins qu'il ne fût étouffé par la musique qui s'amplifia.

– Veuillez m'excuser un moment, mentit Diana en se tournant vers Mr Newburg, la musique est un peu trop forte pour moi.

En se levant de son fauteuil, elle lança un nouveau regard vers Henry, dont le visage était tourné dans sa direction. Elle se hâta vers le fond de la loge – où les yeux de Mr Newburg s'agrandirent en papillonnant assez longtemps dans une expression de reproche – et se glissa dans le couloir sombre, éclairé ici et là par des appliques qui diffusaient une lueur tamisée. Elle passa devant un ou deux hommes qui faisaient la tournée des loges de leurs amis, et se trouva rapidement devant la loge vingt-trois qu'elle savait – elle l'avait lu dans le programme – être occupée cette saison par les Schoonmaker. Elle s'arrêta pour calmer les battements de son cœur, mais déjà, à l'intérieur de la loge, quelqu'un tirait le rideau pourpre.

L'ombre voilait ses traits fins et sculpturaux, obscurcissait ses yeux, noyait leur expression. Diana haletait silencieusement. Elle s'entendait respirer, et ce bruit lui semblait aussi fort que celui d'un train à vapeur. Dans son imagination, elle et Henry avaient été aussi intimes qu'un homme et une femme pouvaient l'être, aussi lui murmura-t-elle les mots auxquels elle s'était entraînée ces deux derniers mois :

– Je me demandais, Mr Schoonmaker, quand je pourrais avoir de nouveau le plaisir de visiter votre *serre*.

Sa voix n'avait jamais été aussi douce et veloutée ; elle avait prononcé le mot « serre » d'une façon sensuelle. Pour elle, depuis qu'elle avait passé la nuit dans celle d'Henry, ce terme avait une connotation magique.

– Di... commença Henry.

Elle fit un pas en avant et lui adressa un doux sourire dans l'espoir qu'il le lui renvoie et confirme ainsi à quel point son souvenir l'avait obsédé. Or il recula.

– Miss Diana. (Sa voix devenait plus calme. Son col dur était si haut qu'il était obligé de lever le menton d'une façon peu naturelle.) Vous savez bien que cela n'est pas possible.

Ce fut comme si le plancher s'effondrait sous elle, puis le poulailler au-dessous, puis les caves pleines d'accessoires et de rats ou de quoi que ce soit d'autre – bref, sous ses pieds le sol vacilla. Ses joues brûlaient, et elle se mit à penser au regard bleu et assuré avec lequel Penelope observait la salle.

– Je ne comprends pas, murmura-t-elle.

– Peut-être croyiez-vous que vous et moi pourrions... (Henry s'interrompit et secoua la tête comme s'il chassait une mouche. Quand il reprit la parole, il le fit d'une voix glaciale.) Mais vous ne devez plus penser à cela. Oubliez les jolies choses que je vous ai dites, et sachez qu'elles ne pourront jamais se réaliser.

Diana fronça les sourcils devant la froideur surprenante de cette formulation, puis fit un pas en arrière. Henry avait, de son propre aveu, eu plusieurs maîtresses, et Diana se sentit soudain un numéro parmi elles. Elle n'était même plus sûre de pouvoir *techniquement* prétendre à ce titre.

– Est-ce à cause de Penelope ?

Le visage d'Henry recouvra son calme et il sourit un peu.

– Non... pas du tout. Pourquoi... ?

Elle eut du mal à trouver son souffle pour articuler ces deux mots :

– Alors, pourquoi... ?

– À cause de tout ce qui s'est passé, Di.

Henry lui prit la main, ce qui n'effaça pas l'infranchissable distance que ses paroles avaient mise entre eux. C'était un séducteur, et bien sûr il voulait exercer son charme sur elle, maintenant.

– Non, ce n'est pas à cause de Penelope... continua-t-il. Ce n'est pas à cause d'une autre fille. En fait, ce ne serait pas bien. Bien sûr, vous pouvez faire fi de l'inconvenance de la chose, mais enfin, j'étais le fiancé de votre sœur. Et votre sœur – là il ferma les yeux et avala sa salive – est morte.

Henry se tut, tandis que son ami Teddy Cutting apparaissait dans le couloir. Il était aussi l'ami d'Elizabeth, Diana le savait. Il s'approcha lentement d'eux, l'air soucieux et désapprobateur, ses cheveux blonds sagement lissés, séparés par une raie sur le côté.

– Mais...

L'ombre d'un sourire apparut sur le visage de Diana. *Mais Elizabeth n'est pas morte*, voulait-elle dire à Henry. Elle aurait voulu le crier. Or elle ne le pouvait pas – elle avait promis à sa sœur de garder le secret. Le révéler serait causer la perte de Liz.

On en était apparemment à l'entracte, puisque plusieurs hommes en gilets de soirée parcouraient les couloirs pour faire leurs petites visites amicales dans les loges, promenant avec eux l'odeur de leur cigare. Quand Diana sentit Henry retirer sa main, elle comprit qu'elle n'avait plus rien d'autre à faire que de partir. Elle se retourna assez vite, espéra-t-elle, pour qu'aucun des deux hommes ne voie l'expression de son visage.

Diana marcha aussi fièrement que possible en direction de la loge des Newburg, sachant déjà qu'aucun sourire ne pourrait plus s'épanouir sur son visage. Sa robe, qui jusque-là lui semblait sublimer sa beauté, l'embarrassait maintenant. Le rêve de cette rencontre, à laquelle elle pensait depuis des semaines, venait d'être anéanti en un instant. Elle reprit sa place dans la loge, complètement sonnée.

Plus tard, la nuit, dans sa chambre, où les tableaux disparus avaient laissé des taches plus claires sur la tapisserie damassée, elle comprendrait que tous ses espoirs s'étaient envolés, ainsi que les suppositions sur lesquelles elle avait fondé le rêve de son avenir. Alors elle commencerait à ressentir un désespoir tel qu'un abîme se creuserait en elle, qui ne pourrait plus jamais être comblé.

Pour le moment, assise dans la salle de l'opéra, sourde aux accents et aux modulations de la musique, blessée dans son orgueil, elle baissait les yeux pour ne rien en laisser paraître. Elle pensa à sa mère. Elle s'adressa poliment et sagement, comme Mrs Holland aurait aimé, à Mr Newburg et à Mrs Gore ainsi qu'à tous les visiteurs venus passer quelques instants dans leur spacieuse loge d'opéra. Sur la scène, Roméo entonnait : « L'amour, l'amour ! »

Mais elle n'éprouvait plus aucun plaisir à la musique.

Huit

« Les hommes, à l'opéra, deviennent toujours très libertins quand ils visitent les loges de leurs amis. C'est l'un des agréments qui rend ce genre de soirée supportable. »

MAEVE DE JONG, *AMOURS ET AUTRES FOLIES DES VIEILLES FAMILLES NEW-YORKAISES.*

Henry avait observé la petite démarche têtue de Diana quand elle s'était éloignée de lui, mais aujourd'hui il n'avait pas envie de s'en amuser. Il y eut un temps où d'autres femmes s'étaient éloignées de lui, mais alors il s'était déjà lassé d'elles, ayant porté son dévolu sur une autre proie plus désirable, car nouvelle. Il ne pouvait détourner son regard de Diana, aussi restait-il immobile, abattu par un sentiment de perte nouveau pour lui qui le consternait. Il remercia intérieurement Teddy, toujours à son côté, de ne pas parler et de laisser ce moment mourir de lui-même dans le silence. Dans la bouche, il avait un goût insupportablement amer.

Ce devait être l'entracte, car des hommes en col dur et en smoking sortaient des loges pour se chercher un verre ou trouver peut-être la compagnie d'une jeune femme dont les sentiments délicats, émus par les rythmes de la musique, s'ouvriraient facilement à de douces paroles et à des discours enjôleurs.

– On y va ? dit Henry en se tournant vers Teddy.

– Où ? interrogea Teddy.

Le haussement d'épaules d'Henry qui suivit exprima une certaine violence involontaire. Il n'avait jamais ressenti dans sa vie un tel écart entre ses actes et ses désirs. Il avait toujours agi selon ses envies, qu'il suivait aveuglément et avec bonheur, de façon inconditionnelle, vers des lieux et des objectifs toujours plus fantastiques. Il n'était pas, comme le héros de l'opéra, un amoureux de l'amour. Il avait recherché la nouveauté, le plaisir et la douceur dans ses histoires. Mais en la personne de Diana il avait trouvé la beauté et la légèreté ensemble. Elle était aussi rapide, changeante et joueuse que lui. Mais il l'avait chassée, et elle n'avait rien fait pour protester.

– Au bar ? dit Teddy, en vieil ami qui le connaissait bien.

Le bar au fond du fumoir était plein, et le vieux Sam aux moustaches tombantes était là avec son gilet à motifs cachemire et son nœud papillon noir, pour offrir un répit bien mérité à ceux qui voulaient échapper aux bavardages et aux regards inquisiteurs.

– Deux whiskys à l'eau, commanda Teddy.

– Pas d'eau pour moi.

– Parfait, Mr Schoonmaker, répondit Sam avec un regard entendu. Mr Cutting, dois-je mettre cela sur le compte de votre loge ?

– Oui, Sam, merci.

Ils s'appuyèrent contre le bar, et quand leurs verres arrivèrent, ils trinquèrent et burent cul sec. Henry devina que Teddy voulait lui dire quelque chose. Il reposa son verre et fit signe à Sam de les resservir.

– Pourquoi me regardes-tu ainsi ? demanda-t-il à son ami.

Sans faire cas du ton excédé d'Henry, Teddy répondit, avec sa douceur habituelle :

– Tu as fait ce qu'il fallait.

Henry eut un hochement de tête qui n'exprimait ni la conviction ni le désaccord. Il devrait croire son ami, vu qu'il ne s'était pratiquement jamais comporté comme il convenait. Pourtant, il savait qu'il n'avait pas bien agi. Faire le bien était toujours récompensé, c'était ce que sa gouvernante lui avait toujours dit. Bien agir était censé vous emplir d'une lumière intérieure.

– Il est facile pour un homme d'oublier sa vraie nature, reprit Teddy, de se perdre dans le présent en oubliant qui il est, de quoi il est capable. Mais je te connais, et je suis là pour te rappeler qui tu es. Tu te désintéresses vite, Henry. Quels que soient les sentiments que tu éprouves aujourd'hui pour Diana, les chances que ton intérêt pour elle diminue... Et comment réagira-t-elle quand cela se produira ? Tu pourrais briser les Holland, Henry, si tu ne fais pas attention.

– Mais qu'est-ce que tu en sais ? répliqua Henry avant de remercier Sam, qui venait de remplir son verre.

– C'est vrai, bégaya Teddy, mal à l'aise de reconnaître qu'il avait parlé pour elle et pour lui, sans connaître la nature de la relation qui les liait. Mais je suis prudent à ta place. Tu peux penser que cette aventure pourrait être follement amusante, mais vu ce qui se passe entre vous... Elle te demandera plus d'attention que n'importe quelle fille de passage à ton goût. Il y en aura d'autres, Henry, et si on devait parier là-dessus, je miserais sur le fait que tes amours seront de plus en plus brèves.

Henry avala son whisky. Il ne pouvait discuter de ce sujet avec Teddy, dont les propos n'étaient fondés que sur de simples suppositions, et pendant un moment cette idée lui remonta même le moral. Effectivement, l'intérêt qu'il portait aux filles en général était, de notoriété publique, très passager, et le sentiment amer qu'il éprouvait en ce moment s'évanouirait très vite. Il aurait d'autres distractions, et sa vie reprendrait son cours comme avant ses fiançailles avec

Elizabeth Holland. Cependant, comme il venait de le suggérer à son ami, cette façon de penser ne menait à rien : il éprouvait en effet le même désir de rattraper Diana pour lui dire qu'il avait été stupide, qu'il se connaissait mal, qu'elle devait lui pardonner, etc., etc.

– Elizabeth était réservée, mais Diana est trop passionnée. Si tu attises son amour, Henry, impossible de dire ce qui pourra se passer...

– Teddy, ne pouvons-nous pas simplement...

Henry s'interrompit, montrant le verre rempli à ses côtés. C'était son troisième ou son quatrième, il ne s'en souvenait plus.

– Bien sûr.

Ils trinquèrent d'un air morne et finirent leurs verres en silence. Le troisième acte avait déjà commencé quand ils regagnèrent en titubant la loge vingt-trois. Les visites d'une loge à une autre battaient leur plein, et personne ne faisait plus semblant d'écouter la musique, sauf peut-être Diana Holland, dans celle des Newburg, au milieu des autres grandes loges en fer à cheval du premier étage où se trouvaient les gens de leur classe. Penchée légèrement en avant, les lèvres entrouvertes, elle s'identifiait aux interprètes qui chantaient leur souffrance sur la scène.

Teddy, assis derrière Prudie, essayait consciencieusement de faire la conversation à cette dernière, comme le lui avait demandé Henry avant de quitter le fumoir. Prudence venait d'avoir dix-sept ans, ce qui ne l'avait pas rendue plus jolie : son physique autant que ses manières suggéraient qu'elle n'était pas souvent sortie de ses murs. Elle répondait platement et laconiquement, et Henry se dit qu'il avait sûrement encouragé cette conversation pour punir Teddy. Si celui-ci n'était pas dupe, toujours est-il qu'il ne le montrait pas, et quand il se recala contre le dossier de son fauteuil, il tourna la tête vers Henry et lui dit d'un ton léger :

– Ta sœur s'y connaît en théâtre.

Prudence tourna ses yeux sombres et farouches vers Henry, pour s'assurer qu'il avait bien entendu.

Henry, qui avait du mal à poser son regard après sa ration de whisky, murmura un vague acquiescement. Puis il examina la salle et aperçut Penelope Hayes. Elle l'observait avec un petit sourire, et quand elle vit qu'il la regardait, elle éleva son éventail en plumes d'aigle jusqu'à ses yeux et l'agita. Il promena son regard sur les autres loges : les dames chuchotaient entre elles derrière leurs éventails ou observaient la salle à travers leurs jumelles tandis que leurs partenaires, debout derrière elles, émettaient des remarques pince-sans-rire. Ils le regardaient, devinait-il, ils le scrutaient, pour voir s'il avait l'air triste à cause d'Elizabeth, à quel point il était brisé, et combien de temps ils devraient attendre avant de pouvoir deviser sur le fabuleux sujet de qui allait donc épouser bientôt la fortune des Schoonmaker.

Henry leva la main dans un geste délibérément sarcastique et cria : « Bonsoir ! », assez fort pour que les loges alentour l'entendent. C'était un cri venu du fond de lui, à cause de quelque chose qu'il pouvait à peine commencer à identifier, mais cela n'avait pas vraiment d'importance, puisque le spectacle continuait sur la scène et qu'autour de lui le silence régnait.

Neuf

« Viendrez-vous me rendre visite ce soir

dans ma loge ?

P. »

– C'était pour moi ? chuchota Penelope.

Sans perdre de temps à se tourner vers la personne à qui s'adressait sa question, elle posa son regard sur Henry qui venait de hurler son « Bonsoir ». Il s'était à présent affalé dans son fauteuil, et comme ses yeux étaient baissés sur les bras qu'il avait croisés sur sa poitrine, il était impossible de savoir à qui il s'était adressé.

– Peut-être, répondit Buck.

Il était assis sur le siège derrière Penelope, à la droite de son grand-père Ogden, qui n'entendait plus assez bien pour pouvoir apprécier la musique, mais dont la vue était encore assez perçante – quand il ne somnolait pas – pour émettre des avis définitifs sur les plus belles poitrines de la salle. Il ne s'était jamais donné la peine d'apprendre les usages de la classe supérieure de Manhattan, en dépit des efforts de toute sa vie pour la rejoindre, mais il avait vu sa défaillance corrigée par son fils. Richmond Hayes, le père de Penelope, avait rapidement appris à mener des affaires et à se comporter en société, raison pour laquelle il restait en retrait au fond de la loge, sur son quant-à-soi.

– Mais non, ce n'était pas pour moi. Tu es un horrible

lèche-bottes, lui lança affectueusement Penelope. Il est juste en train de donner matière à jacasser à tout le monde.

– C'est comme ça que vous parlez, les enfants, maintenant ? intervint Mrs Hayes, assise à côté de sa fille devant la rampe.

Penelope jeta un regard de surprise à sa mère – laquelle accordait habituellement trop d'importance à ce que faisaient les autres pour prêter l'oreille aux conversations de sa fille – mais aussitôt les jumelles de la vieille femme revinrent se poser sur ses petits yeux affairés, cherchant quelque autre sujet de scandale dans l'assistance. Penelope médita un moment sur le quadruple menton de sa mère, sur ses cheveux ternes, rançon de nombreuses années de teinture, et sur son visage trop fardé.

Penelope baissa les yeux et s'efforça non sans mal de rougir, l'embarras n'étant pas un sentiment qui lui était habituel. Cependant, après quelques instants, elle réussit à faire rosir son teint de porcelaine et ses pommettes saillantes, pas trop, juste assez pour que la matrone à sa gauche ou l'échotier à sa droite qui l'observeraient à ce moment-là à travers leurs jumelles puissent voir à quel point Miss Hayes avait honte de sa mère. Puis elle se retourna et, cachée derrière son éventail :

– Buck, pourrais-tu me faire une petite faveur ?

– Mais bien sûr.

Elle avait écrit le billet quelques heures auparavant – en vérité, elle s'y était reprise à quatre fois, pour s'assurer que le papier était suffisamment froissé afin de donner à son message un côté désinvolte, et avait dosé l'application de son écriture pour que d'une part elle soit assez lisible pour qu'il n'y ait pas de méprise possible, et d'autre part qu'elle suggère la spontanéité. Dix petits mots qui lui avaient pris un temps fou, au cours duquel elle avait pensé intensément à lui. À présent elle tenait le billet caché au creux de sa main, derrière son dos, et le glissait à Buck.

– S'il te plaît, apporte ceci dans la loge vingt-trois, chuchota-t-elle.

Buck inclina docilement la tête et se leva. Juste avant que sa silhouette ne cache complètement le fond de la loge, elle vit entrer un jeune homme en gilet noir et en col cassé. Elle devina que c'était Henry Schoonmaker, venu la sauver de l'embarras d'envoyer Buck lui porter son billet. Un frisson la parcourut. Mais elle ne tarda pas à découvrir que le visage qui émergeait de cet habit de soirée était celui – horreur – d'Amos Vreewold.

– Mr Vreewold, dit Buck, je dois faire quelques visites. Je vous prie de prendre mon fauteuil pour tenir compagnie à Miss Hayes.

Amos serra la main de Buck, puis son regard tomba sur le décolleté de Penelope. Amos était grand et affublé d'un gros nez proéminent. Il avait des cheveux bruns en bataille, impossibles à discipliner. Il y a un certain temps, Penelope et lui disparaissaient parfois derrière les arbres lors de garden-parties, aussi avait-il quelque raison de la regarder de cette façon, tout en s'amusant beaucoup de sa sagesse affectée. Cette attitude irrita Penelope, qui lui présenta sa main.

– Miss Hayes, c'est toujours un plaisir, dit-il en s'inclinant pour baiser sa main tendue.

Il s'assit derrière elle, dans le siège de Buck, soulevant sa queue-de-pie d'un geste théâtral.

– Mrs Hayes, vous êtes ravissante ce soir, ajouta-t-il à l'adresse de la mère de Penelope, bien qu'elle portât une robe de satin rouge qui, selon l'avis de sa fille et de tout le monde, la boudinait, accentuant ainsi son embonpoint.

– Merci, Amos, répondit la mère de Penelope sans quitter ses jumelles. Le jabot de votre mère est-il orné de vrais diamants ?

– Bien sûr, affirma Amos sans se départir de son petit sourire narquois.

Penelope déplora que son nouveau personnage ne lui permette pas de lancer une grossièreté à sa mère. Au lieu de cela, elle sourit ingénument à son visiteur :

– Mr Vreewold, quel bon vent vous amène dans notre loge ?

– Mais vous, bien sûr. Je ne vous ai pas vue en ville et si en beauté depuis les tristes événements d'octobre.

– Non, en effet.

– Vous avez dû être très choquée, c'est ce que tout le monde assure.

– À vrai dire... (Penelope tourna lentement la tête et posa un regard douloureux sur la scène.) Oui.

– Si jamais vous aviez besoin de quelqu'un avec qui partager vos souvenirs d'Elizabeth...

Penelope feignit d'étouffer un petit reniflement.

– Merci.

– J'entends dire d'autres choses, aussi...

– Ah bon ?

Penelope réussit à garder la tête immobile et son regard fixé sur la scène, sans pouvoir empêcher une petite lueur de se rallumer dans ses grands yeux bleus.

– Oui, toutes les jeunes filles en parlent : comment se porte notre Henry au cœur brisé ? Et vous, êtes-vous encore très triste ? Si vous l'épousiez, ce serait une fin digne d'un roman ! Ma sœur m'a envoyé faire un tour dans votre loge pour savoir s'il était vrai que... (Là, il se pencha vers elle et lui glissa la suite dans l'oreille.) J'espère bien que non.

Penelope cacha son sourire derrière son éventail, espérant que son maintien ne trahissait pas le délicieux sentiment de triomphe que ces dernières paroles avaient soulevé en elle.

– Bien sûr que non, répondit-elle à voix basse. Il est affreusement déplacé de votre part de parler si tôt d'une quelconque histoire d'amour dans la vie d'Henry Schoonmaker.

Là, les yeux de Mrs Hayes se tournèrent vers sa fille, et un flot d'émotions contradictoires traversa un instant Penelope. Car elle savait que cette rumeur, si douce à ses oreilles, ne pouvait que satisfaire les ambitions sociales de sa mère et, en son for intérieur, ce potin lui causa à la fois de la joie et de l'irritation.

– Fort bien. Nous allons donc parler d'autre chose, lui répondit tranquillement Amos en se carrant dans son siège sans le moindre signe d'embarras.

Et de continuer la conversation sur les chiens de chasse et les revers crantés, ce qui rappela à Penelope la raison pour laquelle elle s'était très vite lassée de lui. Comme il poursuivait son discours assommant, et que sa mère lançait inexorablement des œillades à qui rencontrait son regard, Penelope vit que Buck était entré dans la loge vingt-trois. Elle porta, l'air innocent, ses jumelles à ses yeux. C'était la première fois de la soirée qu'elle cédait à cette impulsion, et il lui fallut quelques secondes – au cours desquelles l'idée de rater ce moment la terrifia – pour centrer la bonne loge dans le côté grossissant de la lorgnette.

Enfin le visage d'Henry s'encadra en gros plan dans le cercle noir. Elle l'observa accueillir Buck avec son habituelle réserve. Le cadrage était trop serré pour qu'elle puisse voir le billet passer des mains de Buck dans celles d'Henry. Henry ne devait pas avoir sourcillé en le dépliant, car même lorsqu'il baissa les yeux pour le lire, son expression ne changea pas.

Mais elle devina le moment où il lut le nom de son auteur, car là il leva les yeux et regarda dans sa direction.

Penelope, surprise, laissa tomber ses jumelles sur ses genoux, ce qui ne l'empêcha pas d'observer la suite des événements. Henry fit un geste pour prendre congé de Buck sans même le regarder, puis, les yeux toujours fixés sur Penelope, il secoua négativement la tête deux fois, posément.

Il aurait pu tout aussi bien déchirer son billet en petits morceaux. Ce fut comme une gifle.

– J'aurais mieux fait de ne pas venir... murmura Amos.

Elle avait presque oublié sa présence, pourtant elle fut profondément dépitée de l'entendre dire cela. Elle se rendit compte soudain qu'Henry et un certain nombre de gens étaient en train de l'observer recevant les égards de jeunes célibataires, en particulier ceux du fils d'une famille de vieille souche néerlandaise qui avait fait fortune dans l'industrie. Tous ses efforts déployés pour paraître une épouse potentielle venaient de s'anéantir, après la rebuffade d'Henry. Et maintenant, tout ce qui lui restait, c'était de paraître un objet de désir. Mais voici qu'Amos se levait. Il prenait sa main pour la baiser et lui dire au revoir.

– Merci de votre visite, dit-elle, s'efforçant de garder son calme et son air délicat. Quel bonheur d'avoir des amis comme vous en des temps comme ceux-ci.

Amos lui lança un clin d'œil, ce qui n'était pas la réaction qu'elle avait eu l'intention de provoquer, puis il adressa quelques mots à Mrs Hayes avant de quitter leur loge. Penelope se pencha sans la direction opposée à celle de sa mère, s'arrangeant pour que les ombres caressent de la façon la plus avantageuse possible son doux et blanc décolleté. Elle dirigea son regard vers un angle de la scène qui lui permettait de pouvoir glisser quelques coups d'œil vers les Schoonmaker.

Elle voulait incontestablement paraître élégante et distante, mais il y avait quelque chose en elle, une sorte de fièvre, qu'elle ne pouvait apaiser. Elle posa les mains sur ses genoux, d'abord la droite sur la gauche, puis l'inverse. Ce serait ainsi jusqu'à ce que Buck revienne et lui raconte exactement ce qui s'était passé. Quoiqu'elle ait bien vu par elle-même et en sache déjà trop. Henry ne comprenait pas son projet ; il était indifférent à ses manœuvres ingénieuses. Elle arrangea à nouveau ses mains, puis tripota la chaîne en or de ses jumelles jusqu'à ce que sa mère lui dise d'arrêter, ce qu'elle fit.

– C'est confirmé, déclara Buck en se rasseyant dans son fauteuil. Les belles robes foisonnent dans la salle, ce soir, mais aucune n'est aussi jolie que celles que j'ai vues dans la loge des Hayes.

Penelope sentit qu'il avait encore d'autres compliments en réserve, et lui fit signe qu'il pouvait en faire l'économie. Qu'est-ce que cela pouvait faire, de toute façon, qu'elle soit tellement plus jolie que les autres filles, puisque Henry était aveugle à sa beauté ? Les battements désespérés de son cœur résonnaient fort dans sa poitrine, mais elle ne pouvait rien triturer pour se calmer, ni faire paraître quoi que ce soit de son supplice sur son visage. Elle réalisait pour la première fois de sa vie la douleur atroce de ressentir, sous un vernis impeccable, un tel tourment.

Dix

« Avec l'ouverture ce soir de la saison lyrique, nous pouvons nous attendre à ce que les plus incurables malades de la ville, ceux atteints de ce mal insidieux qu'on appelle l'*ambition sociale*, aient loué une loge à n'importe quel prix, comme tant d'arrivistes l'ont fait avant eux, pour pouvoir jouer des coudes et se faire de nouveaux amis haut placés. Ce dont nous sommes au moins sûrs, et là nous pouvons être tranquilles, c'est que la foule dans laquelle ils évolueront est vaccinée. »

EXTRAIT DE LA RUBRIQUE MONDAINE DE *THE NEW YORK NEWS OF THE WORLD GAZETTE*, SAMEDI 16 DÉCEMBRE 1899.

– Qui est-ce ?

Lina posa les jumelles à travers lesquelles elle contemplait les robes de Worth ou de Doucet, les diadèmes, les Vanderbilt, les Livingston, les Vreewold, et les gentlemen en train de déverser de douces paroles dans les oreilles des dames roses de plaisir, ces ladies dont elle lisait le nom dans les revues mondaines. Elle se tourna vers les nouveaux arrivants dans la loge de Mr Longhorn – des hommes en tenues de soirée, aux barbes poivre et sel. Ils étaient, elle le déplora, mille fois plus âgés qu'elle.

– Je vous présente Miss Broud, une nouvelle venue dans notre belle ville, dit Mr Longhorn un peu emphatiquement. Elle nous arrive de l'Ouest.

Lina baissa modestement les paupières et espéra qu'il n'avait pas fait mention de ses origines géographiques pour excuser sa robe déjà démodée, en mousseline bleue, volantée aux épaules et au décolleté, qui appartenait, comme tous ses vêtements, à Penelope Hayes ; quoi qu'il en soit, la couleur mettait en valeur son teint et ses cheveux, et maintenant qu'elle l'avait retouchée, elle tombait magnifiquement bien. Elle avait dû demander à une blanchisseuse de l'hôtel de l'aider à serrer son corset, expliquant tout simplement qu'elle n'avait pas encore trouvé de femme de chambre à sa convenance, dont elle approuvât les manières.

– Je vous présente Lispenard Bradley, le peintre, commença Mr Longhorn en lui désignant le plus grand des deux hommes. Et voici Ethan Hall Smith.

Lina adressa un petit sourire aux visiteurs, qu'elle s'efforça de laisser paraître timide et réservé, bien que se sentant pleine d'assurance de se voir ainsi entourée de tous ces hommes qui, dès leur réveil, donnaient des ordres à des filles de son ancienne condition. Pour autant, feindre la timidité était aussi une mesure de précaution pour éviter de commettre des bévues et de trahir ainsi sa véritable identité. Sa sœur aînée, Claire, qui servait encore chez les Holland, adorait lire le récit des événements mondains dans le journal, mais Lina pensa que c'était tellement mieux d'en recueillir les anecdotes à la source. Aussi se concentra-t-elle pour ne rien perdre du spectacle.

Timidement, donc, elle tourna le dos aux hommes – tout en étant agréablement consciente qu'ils continuaient à la regarder – et posa son coude pointu sur la rampe de cuivre. En bas s'alignaient les fauteuils d'orchestre. Il y avait à peine quelques semaines, les personnes qui y étaient assises étaient ses supérieurs. Et maintenant elle se trouvait au-dessus d'elles, aux premières loges, à la fois spectatrice et cible de tant de regards. Elle sentait sur elle l'étreinte chaleureuse du regard de ces gens de si haute naissance qui l'observaient en se demandant qui elle pouvait bien être.

– Peut-être pourrais-je un jour faire votre portrait ? (Mr Bradley, depuis l'entrée de la loge, se penchait vers elle, tout sourire, sa moustache étirée jusqu'aux oreilles.) Vous avez un regard tout à fait exceptionnel, ajouta-t-il.

L'idée de voir ses traits représentés sur un tableau était presque trop grandiose et lui semblait inimaginable. Cependant, un détail d'ordre pratique lui vint à l'esprit : elle aurait besoin d'une nouvelle robe pour poser. Elle se souvint qu'Elizabeth en portait toujours une nouvelle pour ses séances de pose.

– Merci, répondit Lina. J'aimerais beaucoup.

Mr Bradley hocha la tête en signe de confirmation. À l'expression de son visage, Lina vit que l'idée lui plaisait. Un silence s'ensuivit au cours duquel les quatre occupants de la loge de Mr Longhorn se regardèrent entre eux, et malgré leur sourire et la bonne humeur générale qui invitait plutôt au bien-être, Lina commença à se sentir un peu exhibée. Car enfin, la grande Elizabeth Holland ne serait certainement pas apparue sans chaperon dans un lieu public en présence de trois inconnus. Peut-être que Mr Longhorn, qui était d'une autre génération, pouvait en quelque sorte tenir ce rôle aux yeux de l'assistance ; quoi qu'il en soit, son instinct lui dicta qu'il était temps qu'elle se lève : sur un petit geste discret indiquant qu'elle se retirait un moment dans le foyer des dames, elle sortit.

Mr Longhorn et ses amis insistèrent beaucoup pour qu'elle reste, et elle leur promit de revenir très vite. En marchant, le dos droit et d'un pas régulier, elle se félicita d'avoir bien dosé sa présence et d'avoir senti à quel moment elle devait s'absenter. Elle développait des instincts de dame du monde – instincts qu'Elizabeth possédait, et c'est ce qui avait attiré Will vers elle. Mais Liz était morte, et Lina ressemblait de jour en jour davantage à une lady ; quand elle verrait Will, elle en posséderait toutes les qualités, et il serait enfin attiré par elle.

Si elle avait imaginé que ses nouveaux airs allaient produire leur petit effet dans le foyer des dames, elle fut cruellement déçue en y entrant. Les femmes qui se trouvaient là, installées dans des canapés bas en velours, lui jetèrent des regards d'une nature contraire à ceux qu'elle avait reçus de la part des amis de Mr Longhorn. L'air absent, elles se détournèrent d'elle d'une façon fort peu accueillante. Le rouge monta aux joues de Lina, qui se surprit pour la première fois à désirer l'invisibilité que conférait le statut de servante. Elle ouvrit la bouche, mais réalisa qu'elle ne saurait même pas entreprendre la moindre conversation avec aucune de ces femmes. De nouveau, elle le sentit : elle n'était pas de leur monde.

– Excusez-moi, fit-elle.

Elle eut soudain très chaud, sous ses couches de vêtements.

Une femme en robe rouge clair et aux cheveux blonds bouffants lui demanda, posant son coude sur l'accoudoir et faisant battre ses paupières bordées de longs cils noirs :

– Vous vous êtes perdue ?

Le visage de Lina s'enflamma, et quand elle entendit les jacasseries inspirées par cette réflexion, elle décida de partir. Elle venait juste de tourner le dos aux éclats de rire, quand une jeune fille traversa les lourds rideaux damassés et s'élança vers elle. C'était Diana Holland, qui étouffa alors un cri de stupéfaction.

Lina, de son côté, le souffle coupé, réalisa soudain tous les impairs qu'elle avait accumulés. Elle se rendait compte que Diana l'avait reconnue. Bientôt, la vérité éclaterait au grand jour.

La plus jeune des sœurs Holland – la seule demoiselle Holland, à présent – hésita un instant, regarda les autres dames, et quand son regard se porta à nouveau sur Lina, son expression avait encore changé.

– Oh... j'espérais justement vous rencontrer, dit-elle tout haut en prenant le bras de Lina et en l'entraînant dans un coin privé vers un canapé garni de coussins de soie.

Lina retrouva son souffle en s'asseyant. Elle aurait ressenti un certain soulagement si elle n'avait été aussi troublée. Pendant un long moment, Diana ferma les yeux et une ombre douloureuse passa sur ses traits. Elle portait une robe vert pastel que Lina se souvenait d'avoir déballée de la malle d'Elizabeth à son retour de Paris à la fin de l'été, et sa chevelure brune se tordait en boucles rebelles, comme d'habitude. Quand elle rouvrit les paupières, Diana n'avait pas l'air vraiment heureuse, cependant une certaine joie éclatait dans ses yeux.

– Oh, Lina ! Je suis si contente de voir un visage ami en ce moment. Mais que fais-tu là ?

– Je suis l'invitée... (Lina jeta un œil alentour et vit que plusieurs dames faisaient semblant de ne pas les regarder. Elles étaient trop loin, cependant, pour pouvoir les entendre si elles parlaient bas.) ... de Mr Longhorn.

– Carey Lewis Longhorn ? s'étonna Diana.

– Oui, et vraiment – et là la voix de Lina se brisa un peu, bien qu'elle se forçât à continuer – j'aimerais qu'on m'appelle Carolina, maintenant, si vous n'y voyez pas d'inconvénient. C'est le nom qu'on m'a donné, c'est comme ça qu'on m'appelle dans l'Ouest, là d'où je viens, souffla-t-elle, la voix à présent presque inaudible.

Diana allait-elle comprendre ses intentions et entrer dans son jeu ? La lumière dansait dans les larges et sombres pupilles de Diana. Les femmes dans la pièce remuaient sur leur siège, faisant bruire leurs robes en se murmurant des choses.

– Ça sonne mieux, dit Diana au bout d'un moment.

– Vraiment ?

Lina essaya de paraître plus sérieuse que surprise, bien qu'en vérité elle ne sût plus trop ce que pouvait exprimer son visage. Elle avait quitté les Holland dans les pires termes, et bien que Diana et elle ne se fussent jamais disputées, elle n'avait jamais imaginé que la cadette des Holland pourrait avoir sur elle une opinion différente de celle de sa sœur.

– Père était dans la fonte du cuivre, dans l'Ouest, continua-t-elle, mais mes parents sont tous deux morts maintenant. C'est pour cela que je suis venue ici.

– Ah oui, je me souviens, fit Diana tout haut en hochant gravement la tête. Vous avez rencontré ma sœur, Elizabeth, à Paris, et elle m'a raconté votre histoire.

– Oui... cette chère Elizabeth... (Chose que Lina n'aurait jamais pensé pouvoir dire.)

– Tu es une héroïne de roman. (Diana se tut, pensive, et prit la main de Lina.) Mais sois prudente, attention, les héros qui s'élèvent trop vite connaissent souvent des fins tragiques. Je ne voudrais pas que cela t'arrive.

– Merci, Miss...

Comme sa voix s'estompait, Lina remarqua que l'une des dames dans la pièce, en robe de satin doré pailleté, lui souriait, maintenant. Diana était si gentille que Lina avait envie de lui raconter ses projets, et ses retrouvailles futures avec Will. Mais une crainte superstitieuse la saisit, et elle décida qu'en dire trop lui porterait malheur.

– Merci, Di.

Diana appuya de nouveau sa tête bouclée contre les coussins, et Lina ne put se retenir de jeter un regard, à travers la pièce, sur ces femmes qui l'instant d'auparavant pensaient des choses désagréables sur elle, et maintenant la considéraient comme l'une des leurs. Elle était terrassée par la joie intense et effrayante d'avoir échappé à quelque chose de terrible.

En une seconde, sa pensée la ramena dans un magasin de luxe pour dames où sa mère, il y a des années, alors gouvernante des petites Holland, faisait des courses. Un jour, Lina avait été si éblouie par une paire de peignes à cheveux qu'elle en avait rêvé la nuit, et la fois suivante, elle avait essayé de les subtiliser sur la table où ils étaient exposés. Elle était allée trop vite, avait mal calculé son coup et n'avait pu en attraper qu'un seul. Qu'importe : le frisson qui l'avait traversée à l'idée même de posséder un de ces objets en or filigrané était si agréable que son plaisir n'aurait pas été plus grand si elle l'avait porté. Elle jetait de temps à autre des regards furtifs au peigne magnifique, quand elle était seule, et sa vue lui inspirait toujours ce même infime tressaillement de plaisir. C'était cette même sensation exquise d'être passée au travers d'un danger qu'elle éprouvait maintenant, sauf que c'était un sentiment bien plus tangible, et que ce à quoi elle avait échappé de justesse était bien plus important.

Ce fut pénétrée de ce sentiment qu'elle regagna la loge de Mr Longhorn, une fois que Diana et elle se furent séparées. L'homme continua à la présenter à des amis qui passaient, tous complètement indifférents aux interprètes qui chantaient sur scène leur fin tragique et passionnée. Lina voyait sa beauté réfléchie dans les yeux de ces visiteurs et se disait qu'elle apparaîtrait ainsi à Will quand elle l'aurait enfin retrouvé. Son assurance grandit en même temps que son exaltation ; la scintillante lumière dorée du lustre caressait son front et modelait ses épaules ; le champagne que Mr Longhorn lui servit pétillait, et la salle majestueuse semblait déjà faire partie de son monde. Elle avait eu du succès à l'opéra, succès qu'elle ressentait comme un objet qu'elle pouvait tenir entre ses mains, et une preuve qu'elle était quasiment prête à partir pour l'Ouest.

– Merci, Mr Longhorn, dit-elle quand elle fut arrivée à regret devant la porte de sa chambre du *New Netherland*.

– C'est moi qui devrais vous remercier, lui répondit-il en penchant galamment la tête et en baisant sa main gantée.

Il se redressa et attendit, un grand sourire aux lèvres et une petite lueur dans l'œil. Elle lui répondit elle aussi par un sourire – que de sourires ! – avant de se glisser derrière la porte.

La nuit était encore bien trop présente dans son esprit pour qu'elle puisse s'endormir, et même sans cela, elle n'aurait pu trouver le sommeil. Car dès qu'elle eut refermé la porte à clé, elle vit quelque chose qui, à supposer qu'elle ait pu fermer l'œil par la suite, aurait hanté ses rêves. La transformation magique de sa chambre s'était produite : le lit fait, le sol balayé, son plateau de petit déjeuner enlevé et des fleurs arrangées dans les vases. Un seul détail troublant.

Sa petite bourse en soie à lanière de cuir se trouvait au milieu du plancher. Lina ne la sortait jamais du tiroir de son armoire, où elle dormait sous une pile de bas, or elle gisait là, sur le tapis bordeaux, en évidence sous les lumières électriques. Au lieu de se jeter dessus dans l'espoir de découvrir qu'elle avait laissé la bourse là dans un geste de distraction, elle demeura immobile, sachant déjà que son contenu avait disparu.

Onze

« Il faut un grand nombre de domestiques pour bien tenir une maison de nos jours, et un bataillon de douze est considéré à New York comme un chiffre plutôt modeste. Ces infortunées ladies qui se contentent de moins – ou bien, le ciel me pardonne, ne peuvent en supporter financièrement plus d'un ou deux – doivent s'attendre à prendre en charge une partie des travaux ménagers de leur maison. »

MENSUEL DE LA MODE FÉMININE, DÉCEMBRE 1899.

Diana s'éveilla le lendemain matin de sa soirée à l'opéra avec le même sentiment de vide. Elle avait la bouche sèche, les cheveux en bataille, et se sentait parfaitement incapable de faire son lit. Habituellement Claire, sa femme de chambre, lui aurait apporté à son réveil de l'eau pour se rafraîchir et du chocolat chaud, mais cette habitude lui semblait déplacée depuis que sa famille avait commencé à perdre sa fortune et que sa mère avait dû donner leur congé à plusieurs domestiques. Mrs Holland considérait encore la disparition de Will comme une désertion devant le revers de fortune qu'elles avaient subi et dont il avait dû avoir connaissance. Depuis, les femmes Holland avaient dû se séparer de leur blanchisseuse et de leur cuisinière ; quant à Mr et Mrs Faber, respectivement le maître d'hôtel et la gouvernante de la maison, ils étaient partis la semaine précédente quand il était devenu manifeste que leurs appointements allaient désormais être plus qu'hypothétiques. Claire ayant en conséquence pris en charge toutes les tâches à la fois, Diana l'avait héroïquement soulagée des travaux superflus destinés à son seul petit confort.

Mais ce dimanche matin, elle ne se sentait pas le moins du monde héroïque. Le vide béant qu'elle sentait en elle ne semblait pas vouloir disparaître, et aucune nourriture n'aurait su le combler. Elle voulait seulement de l'eau pour se rafraîchir, elle avait envie d'être choyée et tendrement étreinte. Bien qu'elle ne voulût absolument pas voir Henry – cette seule idée lui donnait des haut-le-cœur et lui brûlait les yeux –, elle aurait aimé avoir une explication plus claire à propos du rejet dont elle avait été l'objet de sa part la veille au soir. Elle aurait tant aimé, aussi, avoir de bonnes nouvelles à annoncer et à partager avec sa mère ! Mais surtout, c'est sa sœur qui lui manquait, sa sœur si souvent distante et péremptoire quand elle vivait encore avec elle, mais qui maintenant lui semblait la seule personne qualifiée pour juger de sa situation.

Finalement Diana s'encouragea à se lever. Elle rassembla ses forces et fit en sorte de se montrer présentable. Elle passa une jupe noire longue et un chemisier ivoire aux minuscules boutons de perle – tenue qui aurait paru étudiée sur n'importe quelle autre jeune fille moins volcanique que Diana. Mais elle n'était pas d'une nature à se laisser assujettir par les vêtements, aussi ce fut d'une allure un peu négligée qu'elle descendit l'escalier principal de sa maison jusque dans le vestibule silencieux et à peine éclairé. Les tapis persans qui recouvraient le sol depuis le pied de l'escalier jusqu'à l'entrée étaient encore là, mais de nombreuses toiles qui avaient décoré les murs étaient parties, laissant de sinistres marques délavées. Plusieurs cadres étaient rangés près de l'entrée, signe que le marchand allait bientôt revenir.

Il y a peu, la vente de ces objets lui avait semblé un dépouillement salutaire et romantique, un retour aux choses essentielles, mais depuis, elle avait changé d'avis. Il lui était facile d'être détachée des choses matérielles quand elle pensait posséder l'amour d'Henry Schoonmaker ; mais maintenant, elle ressentait la disparition de ce bric-à-brac comme quelque chose de plutôt douloureux. Telles étaient ses pensées quand elle tira la lourde porte coulissante qui accrochait un peu sur son rail, et entra dans le petit salon familial.

– Bonjour, dit sa tante Edith en se levant à son entrée.

Elle portait une vieille robe blanche à la taille ajustée, et pourvue d'un faux cul passé de mode. Diana imagina alors Edith jeune femme, quand ses longs cheveux se tordaient encore en boucles brunes, et quand elle croyait encore en un monde plein de promesses.

– Bonjour, répondit Diana en s'approchant du fauteuil bergère où sa tante était installée devant un plateau de petit déjeuner.

– Tu aurais dû aller voir ta mère en premier. (Edith baissa les yeux, comme si ce qu'elle allait dire lui répugnait.) Tu sais que parfois elle a tendance à dramatiser, néanmoins j'ai un mauvais pressentiment.

– Oh, fit Diana, prenant ce commentaire pour une réprimande.

Mais si elle avait été plus attentive, elle aurait vu que le visage de sa tante reflétait la peur et le désarroi. Bien qu'Edith ne partageât pas le respect inconditionnel de sa belle-sœur pour les codes de la société, les deux femmes, qui vivaient sous le même toit depuis des années, avaient fini par partager une certaine complicité. Mrs Holland pour sa part avait toujours aimé Edith, comme elle affectionnait toute personne possédant un nom de famille prestigieux et un visage remarquable, et bien sûr elle obéissait, à l'instar de tous les New-Yorkais de vieille souche, au principe que la famille devait présenter un front uni devant la société, et que toutes les différences devaient en conséquence être respectées.

– Elle est malade ? s'enquit Diana après un silence.

Elle pensa au peu d'efforts qu'elle avait faits la veille au soir pour séduire Spencer Newburg, et à la façon désinvolte dont elle s'était débarrassée l'avant-veille de Percival Coddington. Bien sûr, elle ne pourrait jamais aimer l'un d'eux. Mais l'idée de n'avoir pas du tout tenu compte des désirs de sa mère l'amusait moins aujourd'hui.

– Je ne sais pas. (Edith observa Diana et parla lentement.) Elle dit juste qu'elle ne peut pas quitter son lit. Je crois que tu devrais y aller.

Diana hocha la tête et avança mollement vers la porte.

– N'oublie pas de lui dire que tu as charmé Mr Newburg, ajouta Edith.

La vieille femme continuait à la regarder d'un air plein d'espoir, ce qui rendit Diana perplexe. Elle commença à entrevoir l'idée, en dépit de la blessure qui saignait en elle, que si Henry n'était pas aussi amoureux d'elle qu'elle l'avait cru – voire s'il ne l'était pas du tout – elle devrait affronter des choix vraiment peu attrayants.

Elle n'avait jamais mis autant de temps à gravir cet escalier, et quand elle atteignit le second palier, elle s'arrêta. La lourde porte sculptée de la chambre était entrouverte ; la lumière tamisée de la pièce filtrait dans le couloir.

– Diana… ? appela sa mère de l'intérieur.

Diana avança. Elle poussa la porte et embrassa la chambre du regard. Mrs Holland, les yeux clos, était soutenue par plusieurs oreillers. Ses cheveux, d'habitude soigneusement arrangés ou retenus dans un bonnet de veuve, ruisselaient sur ses épaules. Son visage était très pâle.

– Tu es là ? appela-t-elle de nouveau d'une voix stridente, bien que lasse.

Un tel trouble s'empara alors de Diana qu'elle prit conscience qu'elle ne pourrait pas regarder sa mère en face.

Elle avait compté lui faire des promesses, mais la découverte qu'Henry ne l'aimait pas était trop fraîche pour qu'elle puisse cacher ce trouble ; la douleur, le déchirement que lui causait sa misérable situation déjoueraient toute tentative de la dissimuler.

Elizabeth, elle, aurait été capable de maintenir une façade. Elizabeth aurait su apaiser les inquiétudes sa mère, même temporairement. Diana, doutant de sa capacité à faire l'un ou l'autre même à un moindre degré, se précipita alors en bas de l'escalier. Elle s'enveloppa d'un manteau et d'un châle, ouvrit la porte du vestibule, traversa la véranda en fer forgé et sortit dans la rue avec une seule idée en tête : il fallait absolument qu'elle envoie un message à sa sœur.

Quand elle quitta quelques heures plus tard le bureau de poste de Western Union, Diana ne se sentait pas vraiment mieux, quoique légèrement revigorée par la fébrilité que donne l'attente de quelque chose. Elle avait télégraphié à sa sœur, en se servant du nom de Will Keller, toutes ces nouvelles troublantes, et l'idée qu'elle pourrait recevoir une réponse lumineuse d'Elizabeth la réconfortait. Peut-être celle-ci connaîtrait-elle la raison pour laquelle la vie de sa petite sœur partait dans tous les sens. Quoi qu'il en soit, maintenant qu'elle les avait fait partager à sa sœur, ses problèmes ne lui paraîtraient plus aussi lourds.

Dans ce quartier de la ville, il était peu probable qu'elle tombe sur l'une de ses connaissances, aussi marcha-t-elle avec la décontraction et le naturel que donne l'impression de n'être reconnu de personne.

Mais cette supposition fut rapidement écartée quand elle s'entendit appeler par son nom, pas très fort, mais distinctement, par un inconnu qui passa derrière elle la double porte vitrée au chambranle de cuivre et lui emboîta le pas dans l'après-midi froid et ensoleillé. Elle se retourna ; le soleil l'éblouit, et elle mit quelques secondes avant de reconnaître Davis Barnard. Il portait la même toque de fourrure que la dernière fois qu'ils s'étaient rencontrés, et son visage exprimait un étonnement affecté.

– Bonjour, Mr Barnard, dit-elle. (L'esprit de sa sœur devait déjà avoir agi sur elle, car bien qu'elle n'eût pas l'air vraiment plus gaie, un sourire poli se dessina presque malgré elle sur ses lèvres.) Je suis surprise de vous voir si loin du centre-ville.

– Je devais envoyer un télégramme. Mieux vaut se méfier des espions qui hantent les salles de rédaction, ma chère. De toute façon, j'étais sur le point de vous faire la même réflexion, ajouta-t-il avec un petit sourire ironique. Les rumeurs sont peut-être fondées, et peut-être étiez-vous en train d'envoyer un télégramme à Elizabeth à Londres, où elle s'est enfuie pour épouser le prétendant en cinquième position au trône d'Angleterre ?

Diana s'était toujours considérée comme animée d'une grande force morale, mais elle savait que l'expression de son visage ne pouvait tromper personne. Elle regarda la rue, ses pavés usés, et son trafic de la mi-journée qui s'écoulait imperturbablement.

– Oh, Diana. (Barnard baissa les yeux. Diana avait cru y surprendre une petite lueur de gêne.) Je ne cherchais pas à faire la lumière sur le cas d'Elizabeth.

Sa voix se posa quand il prononça ce prénom, et il regarda passer deux hommes qui, malgré leur tenue d'affaires et leur belle redingote, étaient aussi insignifiants que les bâtiments qui bordaient la rue, avec leurs modestes enseignes de bois et leurs devantures vitrées.

– Il n'y a pas de mal, dit Diana en le regardant dans les yeux pour lui montrer qu'elle pensait ce qu'elle disait.

– Mais je suis content de vous avoir rencontrée. Je crois que vous avez des informations : je donnerais cher pour les connaître...

Diana, devinant où il voulait en venir, et ne se sentant pas d'humeur à inventer elle ne savait quelle histoire, lui lança d'un ton irrité :

– J'ignore de quoi vous voulez parler !

– La jeune dame qui accompagnait Carey Lewis Longhorn à l'opéra hier soir, glissa Barnard. J'ai entendu dire que vous conversiez avec elle dans le foyer des dames. Tout le monde en parle, et bien sûr veut savoir qui peut bien être cette jeune personne.

Diana se mordit la lèvre. Toute cette suite de déconvenues et de soucis lui avait presque fait oublier sa rencontre avec Lina. Elle avait même omis d'en parler à Claire et de lui dire à quel point sa petite sœur était magnifique. Mais peu importe : quand elle le lirait dans le journal, sa surprise serait encore plus grande.

– Je ne doute pas que ce soit un peu difficile, pour une demoiselle comme vous, de... mais peut-être cela vous aidera-t-il, insinua son interlocuteur en lui présentant une enveloppe à bordure dorée.

Quand Diana l'ouvrit et regarda à l'intérieur, elle vit un billet de vingt dollars.

– Merci, dit-elle.

Ainsi, c'était cela, la vie : elle vous minait, vous dévastait pour vous mener à ses fins ; ses fins les plus terribles, les plus inattendues.

– Je crois que la jeune demoiselle dont vous parlez est Carolina Broud, commença prudemment Diana. Elle a rencontré

Elizabeth au printemps dernier à Paris ; elle me présentait ses condoléances.

Une fois le mensonge amorcé, Diana n'en fut pas gênée et eut même envie de le pousser plus loin.

– Elle est orpheline, vous savez, c'est pour ça qu'elles se comprenaient très bien, ayant toutes deux perdu leur père. La fortune des Broud venait de la fonte du cuivre, je crois, et grâce à cet argent, Carolina a pu venir en ville pour voir à quoi ressemble le gratin de New York...

– Et le vieux garçon, il est encore en quête d'amour ?

Diana s'efforça de paraître scandalisée et répondit qu'elle n'en avait pas la moindre idée.

– Ah bon. Ce sera quand même un excellent article. Puis-je vous raccompagner chez vous, Miss Di ?

Diana savait que ce serait manquer aux convenances, aux yeux de la société. Pas aux siens. Or, tant qu'il n'y avait pas de censeurs pour la juger, en quoi une telle chose n'était-elle pas correcte ? Et puis l'air était devenu plus vif, et le trajet jusqu'à son quartier lui semblait au-delà de ses forces. Barnard fit un geste vers son phaéton stationné de l'autre côté de la rue pavée et, le souvenir de l'enveloppe à la bordure dorée encore frais dans son esprit, Diana ne trouva décidément pas le courage de décliner son offre.

– Merci, dit-elle. Mais je dois vous demander de ne pas être trop familier : je m'appelle Diana.

Barnard hocha la tête, l'air de dire : « Comme vous voudrez. »

Sur ce, Diana accepta de prendre son bras.

Douze

« **MESSAGE TELEGRAPHIQUE TRANSATLANTIQUE**

LA WESTERN UNION TELEGRAPH COMPANY
À : *Will Keller*
ARRIVÉ À : *25 Main Street, San Pedro, California, dimanche 17 décembre 1899, 13 h 25.*

Henry n'est pas amoureux de moi, mais de Penelope. Je me suis comportée en égoïste : deux serviteurs sont partis, nous n'avons plus le moindre sou. Mère ne sort plus de son lit, elle ne va pas bien, je ne sais plus quoi faire. Aide-moi,

D. »

Le dîner qu'Elizabeth allait servir ce soir serait de loin supérieur aux haricots de la veille qu'ils avaient à peine touchés. En tout cas, il y aurait de la vraie viande – des steaks achetés le jour même en ville –, des pommes de terre sautées à la poêle, et de la salade Waldorf aux pommes, au céleri et aux noix. Elle était allée acheter ces denrées elle-même dans l'après-midi en évitant soigneusement de passer par la poste, qui avait été jusque-là sa seule et unique destination.

– Avez-vous reçu du courrier, aujourd'hui, Mrs Keller ? lui avait-on demandé au magasin d'alimentation.

On la prenait pour l'épouse de Will, information qu'elle leur avait donnée pour justifier sa présence – celle d'une jeune femme seule avec deux hommes suscitant quelques interrogations –, et on savait qu'elle demandait toujours si du courrier était arrivé pour elle ou pour son mari. Elle n'aimait pas ce mensonge – vivre avec un homme qu'elle n'avait pas épousé était contre tous les principes qu'on lui avait inculqués – mais il valait mieux mentir que de l'afficher ouvertement.

– Non, avait répondu Elizabeth, rougissante sous son chapeau. Aujourd'hui, je viens juste faire des courses.

Will avait en effet décidé de l'aider à faire la cuisine, dont il semblait connaître quelques secrets. Les écuries étant proches des cuisines de la maison des Holland, il s'était lié d'amitié, à l'adolescence, avec la jeune cuisinière qui lui avait appris certaines de ses recettes. C'était Will qui avait insisté pour qu'ils célèbrent l'événement. Avoir trouvé du pétrole signifiait qu'ils vivraient bientôt sur un grand pied, et cette perspective lui avait enlevé tout scrupule pour utiliser une partie de ses économies à la préparation d'un vrai repas. Elizabeth était allée chercher les denrées pendant que lui et Denny s'étaient attelés à la construction d'une plate-forme de forage, tâchant de la rendre aussi solide et efficace que celles, énormes, des grosses compagnies pétrolières.

Durant le long chemin de retour vers leur cabanon, elle avait songé aux impressionnantes dispositions de Will pour l'épargne. Il avait toujours travaillé dur, mais elle ne put s'empêcher de s'amuser de cette ironie du destin : il avait su accumuler de l'argent, tandis que la famille qui l'employait avait dilapidé le sien ; et plus encore, il avait continué à travailler pour accroître son pécule en attendant qu'elle le rejoigne à San Francisco. Il avait assez d'argent pour acheter de la viande quand le besoin s'en faisait sentir, et elle s'amusa à penser que, contre toute attente, Will, plus qu'Henry, aurait été la personne idéale sur qui fonder les espoirs de sa famille pour la sauver de la ruine.

Mais maintenant que Will allait de nouveau faire d'elle une femme riche, elle ne se souciait plus de ce problème, tout allait s'arranger. Si elle savait ce que l'argent signifiait pour sa mère et le reste de la famille, pour elle, en tout cas, il ne détenait plus aucun pouvoir. Tout en soulevant la toile qui servait de porte à la cabane, elle sourit intérieurement au souvenir de l'inquiétude qu'elle avait éprouvée à l'idée de laisser ses robes, ses bijoux et toutes ses belles affaires. Car maintenant qu'elle en était privée, elle n'y pensait même plus.

Elle laissa errer ses pensées vers l'homme qu'elle aimait, jusqu'à ce qu'il revienne, les yeux brillants d'excitation, le corps et les gestes encore empreints de l'exaltation du travail de la journée, de l'ardeur qu'il y mettait. Elle sentit, outre ce parfum habituel de sueur et de savon mêlés qui émanait de lui chaque fois qu'il passait la porte, une nouvelle odeur, qui ressemblait à celle du soufre.

– Lizzy ! murmura-t-il.

Il lui ôta de la main le couteau avec lequel elle avait épluché les pommes de terre et le posa sur la table avant de la soulever dans ses bras pour l'embrasser. Puis il la regarda dans les yeux, et ses lèvres s'épanouirent en un sourire si radieux qu'il semblait que son visage ne pourrait plus jamais s'assombrir.

Ce nouvel éclat, cette gaieté en lui, elle les reconnut : elle les avait lus sur son visage au temps où ils s'étaient avoué être amoureux l'un de l'autre. Ce n'étaient plus ces jeux d'enfants où, pour imiter les adultes, ils s'imaginaient être mariés, non, c'était quelque chose de bien réel. C'était l'époque où elle avait fait ouvrir un passage pour la livraison des produits alimentaires entre la cuisine et les écuries, afin de pouvoir s'y faufiler la nuit pour le rejoindre. Aucun des deux n'avait encore seize ans, et ils étaient encore loin de concevoir les complications qu'allait engendrer leur amour.

– Où est Denny ? demanda-t-elle en posant sa tête contre sa poitrine.

– Je l'ai envoyé en ville chercher du whisky, répondit-il tout en la tenant serrée contre lui.

Il tourna la tête pour voir ce qui restait encore à faire pour le dîner, et prit sur la table une petite poignée de pomme hachée qu'il jeta dans sa bouche.

– Mais j'aurais pu l'acheter !

– Une dame comme toi, acheter de l'alcool comme n'importe quel manœuvre de chantier pétrolier ?

– Je ne suis pas sûre qu'ils aient ce genre de scrupules ici, rétorqua Elizabeth avec une moue désapprobatrice.

– Non, mais toi oui, lui objecta-t-il malicieusement en lui tapotant doucement le bout du nez.

Elizabeth reconnaissait que depuis son arrivée en Californie, elle avait du mal à se débarrasser de certains principes, alors que le désir des possessions matérielles ou l'idée de faire un beau mariage avaient définitivement quitté son esprit. Mais Will savait la mettre à l'aise et lui faire comprendre que tout ce qui venait d'elle, jusqu'aux reliquats de son éducation, lui était doux, dans la mesure où cela ne la faisait pas souffrir, elle. Il l'embrassa sur le front, puis ils continuèrent à préparer silencieusement le dîner de fête à la lumière vacillante de la lampe.

Denny revint dans cette agréable atmosphère de calme et de sérénité. Elizabeth se retourna à son entrée et l'accueillit avec un sourire. Elle pensait qu'il aurait été très beau sans ses cicatrices de variole sur les joues et avec des oreilles un peu moins grandes. Car il était grand et bien bâti, et ses yeux bruns reflétaient à la fois la douceur et la volonté. Il était moins subtil que Will et s'exprimait moins bien, mais Will l'aimait et lui faisait confiance, et c'était assez pour le lui faire aimer à elle aussi.

– Ça sent bon, dit-il, l'air ravi.

– Denny ! éclata de rire Elizabeth. Nous n'avons même pas commencé à préparer le repas !

Will s'approcha de son ami et lui entoura les épaules de son bras. Elizabeth n'avait jamais vu son amoureux dans de si joyeuses dispositions conviviales. Chacun de ses mouvements était empreint d'une grande assurance, d'une ampleur et d'une décontraction nouvelles.

– En tout cas ça a l'air bien bon, rectifia Denny sans se départir de son sourire. Et voilà, continua-t-il, glissant hors de son bras replié une bouteille emballée dans du papier. J'apporte le whisky.

– Formidable !

Will prit la bouteille, enleva son emballage qu'il jeta dans le feu, puis versa un doigt du liquide ambré dans trois bocaux à conserve dépareillés qui avaient un jour contenu de la confiture ou des sardines, et distribua les « verres ».

– À notre succès ! dit-il en levant son récipient.

Ils trinquèrent. Elizabeth était connue pour sa sobriété : elle n'avait jamais forcé sur le champagne au cours des soirées mondaines et des bals de New York. Elle n'avait bien sûr jamais goûté au whisky, qui lui brûla la langue, mais elle ne s'en soucia pas : ces réjouissances célébraient la chance qui venait de leur sourire et d'illuminer leur vie.

– À notre succès, répondit en écho Denny tout en reposant son verre sur la table. Ah, Will, j'oubliais, il y avait ceci à la poste. On m'a dit que Mrs Keller (et là Denny adressa un clin d'œil à Elizabeth dont elle estima qu'il aurait pu se passer) devait l'avoir oublié lors de sa dernière incursion en ville.

Elizabeth annonça qu'elle retournait terminer la préparation de la salade pendant que Will reposait son verre pour ouvrir le télégramme. Elle se retourna pour le regarder, tandis que Denny s'asseyait à la table et prenait une poignée de noix qu'il engloutit aussitôt. Elle aurait voulu ne pas se soucier du contenu du télégramme jaune, et essaya en vain de reporter son attention sur la salade à mélanger dans le bol bleu en métal ébréché. Au bout d'un moment, Will leva les yeux vers elle. La joie avait disparu de son visage.

– Oh, Liz !

– Qu'est-ce que c'est ?

Will regarda Denny, en train de se servir une seconde rasade de whisky, puis Elizabeth. D'un signe de tête vers la porte, il la pria de le suivre.

– Denny, nous revenons tout de suite. (Puis, pour faire renaître l'ambiance de gaieté qui avait précédé :) Doucement avec le whisky, sinon il ne nous en restera plus pour faire la fête !

Denny accueillit ce commentaire avec bonne humeur. Elizabeth et Will sortirent de la cabane. Ils marchèrent un moment, s'éloignèrent de la lumière pour se fondre dans l'obscurité du soir, jusqu'à ce que l'un d'eux se décide à parler. Tout à l'heure le ciel flamboyait ; maintenant il était noir et criblé d'étoiles scintillantes.

Will fut le premier à rompre le silence.

– Je savais que ça arriverait, commença-t-il. Mais pas si vite.

– Que dit le télégramme ? (L'expression de Will l'effraya, et elle put à peine murmurer :) C'est sérieux ?

– Il est de Diana. Elle dit qu'elle a besoin d'aide et que ta mère ne va pas bien.

Un frisson glacé parcourut Elizabeth.

– C'est grave ?

– Elle dit simplement qu'elle est malade, Lizzie. Son mot est très bref, et tu sais bien que ta sœur n'est pas très réaliste. Il est impossible de savoir ce qui se passe vraiment.

Soudain Elizabeth eut la vision de sa mère brisée, amaigrie, clouée au lit. Cette pensée lui fut plus insupportable qu'elle ne l'aurait imaginé.

– Je dois y aller, dit-elle.

– Alors je viens avec toi.

Elizabeth porta la main à sa bouche pour étouffer un cri. Elle sentit sa poitrine se serrer, comme toujours avant de fondre en larmes, mais cette fois elle se retint ; elle se dit que ce serait une réaction égoïste, car elle pleurerait alors sur sa propre culpabilité.

– Oh, Will, et le pétrole ?

– Il ne s'envolera pas.

Il sourit et lui tendit les bras. Elle sentit sa main sur sa nuque. De son autre main, il dégagea tendrement les mèches blondes qui tombaient sur son front.

– Il sera encore là quand nous reviendrons, ajouta-t-il. Le train quitte San Pedro demain à midi.

Elizabeth se laissa aller dans ses bras. Toutes ses craintes, ses peurs pour sa famille, qu'elle avait tenues jusque-là à distance, revinrent en force. Elle se dit qu'elle ne pourrait sûrement plus trouver le repos une seule nuit avant qu'elle n'ait revu sa mère et sa sœur. Elle s'efforça de ne pas penser au pire, mais déjà son imagination s'emballait.

Treize

« De tous les malheurs qui ont récemment frappé les Holland, le pire que certaines ladies pourraient imaginer pour cette famille serait que Miss Elizabeth fût vivante, ravie par quelque abominable bande de voyous, chose qui serait bien plus affreuse que la mort. En vérité, si c'était de l'argent que voulaient ses ravisseurs, ils seraient amèrement déçus, car la rançon ne pourrait guère être très élevée... »

EXTRAIT DE *RUMEURS DE LA VILLE*,
LUNDI 18 DÉCEMBRE 1899.

– En tout cas, tu as l'air en forme, fit remarquer Agnes Jones à Diana en lançant un regard furtif à sa veste de velours vert foncé.

Que voulait-elle dire ? se demanda Diana, étant donné que jusque-là leur conversation avait tourné autour du temps, qui était vif et ensoleillé ; de plus, aucune allusion n'avait été faite aux raisons pour lesquelles Diana aurait pu ne pas être en forme. Si elle n'avait pas été autant exaspérée par la futilité d'Agnes, Diana aurait pu penser que la phrase de son interlocutrice faisait poliment allusion à la disparition progressive de tableaux et d'objets d'art dans le salon des Holland, à moins que ce ne fût aux récentes et fâcheuses rumeurs qui couraient à propos d'Elizabeth, ou encore au manque de feu dans leur maison même au plus fort de l'hiver, quand les trottoirs étaient gelés.

– Merci, toi aussi, tu as l'air en forme, lui répondit Diana en arrangeant fièrement les revers de sa veste à la taille ajustée et aux manches gigot serrées aux poignets, dont la couleur verte faisait ressortir les reflets roux de ses boucles brunes. Elle l'avait achetée la veille, grâce aux vingt dollars que lui avaient fait gagner les potins qu'elle avait livrés à l'échotier ; c'était une extravagance, par les temps qui couraient, bien que ce fût un vêtement de prêt-à-porter, et qu'il se révélât fort utile dans une maison non chauffée. Elle en avait besoin pour se sentir mieux au fond d'elle-même, également, subtilité qui échapperait forcément à son invitée. Agnes, pensa Diana non sans férocité, ne savait rien des peines qui dévastaient le cœur des jolies filles.

Agnes haussa humblement les épaules. Sa robe d'après-midi en laine – marron comme les ailes d'un papillon de nuit – ne la flattait guère, et son bonnet s'enfonçait trop bas sur sa petite tête carrée, observa Diana sans la moindre compassion. Agnes avait été l'une des amies d'Elizabeth, qui la fréquentait plutôt par esprit de charité – Agnes avait eu une enfance difficile, et était aujourd'hui une mineure orpheline et financièrement indépendante. Mais personne d'autre qu'Elizabeth, dans la famille Holland, n'avait jamais pu vraiment la supporter. Ce qui ne l'empêchait pas d'insister pour continuer à venir prendre le thé malgré le fait que Mrs Holland ait renoncé à la journée traditionnelle des visites, quelques semaines après la disparition d'Elizabeth, prétendant que cela lui rappelait son amie perdue. Même avant de tomber malade, Mrs Holland avait pris l'habitude, quand elle arrivait, de monter se cacher à l'étage.

– Cette pièce n'est plus la même sans Elizabeth, fit observer Agnes.

Elle jeta un regard sur sa porte coulissante en chêne, sur les boiseries, les lambris en cuir olive repoussé, les vieux fauteuils. La pièce était plus vide qu'avant, c'était vrai.

– Non, rien ne sera plus jamais comme avant, répliqua la jeune Miss Holland dans un geste impatient de la main.

Les jeunes filles avaient fini de prendre leur thé, que Diana avait préparé elle-même pour ne pas surcharger Claire. Elle l'avait fait infuser peut-être un peu trop longtemps, et le thé fort, combiné avec son total manque d'appétit ces derniers jours, l'avait rendue nerveuse, ce qui eut l'effet prévisible de donner à sa conversation un tour encore plus impertinent que d'habitude.

– Je dois y aller, reprit Agnes après un silence.

– Oui, c'est une bonne idée.

À la porte, Diana réussit à feindre la politesse et invita expressément Agnes à revenir. Elle pensa qu'Elizabeth aurait aimé la voir se comporter ainsi, réflexion qui n'était pas tout à fait sans fondement. Puis elle avisa, dans l'obscurité du vestibule, le petit plateau d'argent non astiqué posé sur le sol (le joli meuble sur lequel il se trouvait auparavant ayant apparemment subi les conséquences de la gêne actuelle des Holland, comme tant d'autres meubles et objets.) Dans le plateau, des cartes de visite. Elle les prit, mue par un vague sentiment de curiosité – après tout, si elle devait traiter avec Barnard, elle devrait prêter plus d'attention aux allées et venues des personnes qui laissaient leurs cartes – et s'arrêta sur celle qui portait le nom de Teddy Cutting. Elle la retourna et lut :

Miss Diana,

Je suis désolé de vous avoir manquée, mais tout est arrangé pour lundi soir. Je viendrai vous chercher avec ma voiture à sept heures.

Bien à vous,

Teddy

Diana avait toujours trouvé Teddy plutôt ennuyeux – c'était le genre de garçons à adorer les jeunes filles gentilles et conventionnelles comme Elizabeth –, cependant il offrait un intérêt spécial, puisqu'il était l'ami intime d'Henry. C'est sur cette pensée qu'elle gravit les marches de l'escalier à toute vitesse en soulevant le bas de sa longue jupe noire. Elle frappa deux fois à la porte de sa mère et entra sans attendre de réponse. Quelque chose avait changé depuis sa dernière visite : les rideaux blancs du baldaquin avaient été tirés, ainsi que les lourds rideaux de chintz des fenêtres qui donnaient au nord. Détail qui ne la dissuada nullement, et elle marcha droit vers le lit sur lequel elle s'assit.

– Mère, je suis contente de savoir que vous vous sentez mieux, se hâta-t-elle de dire.

Mrs Holland, dont la tête reposait sur une pile d'oreillers et dont les lèvres closes étaient légèrement bleues, observa un silence avant de répondre :

– Je ne me sens pas bien du tout. Je me suis fait du souci pour toi toute la nuit. Où courais-tu si vite, hier matin ?

– Je suis seulement sortie prendre l'air, répondit Diana après quelques secondes de réflexion.

Elle se demandait si dire la vérité à sa mère – à savoir qu'elle avait envoyé un télégramme à sa sœur vivante – aurait allégé sa peine.

– Après ce qui est arrivé à Elizabeth, on aurait pu penser que tu allais être un peu gentille et que tu ne me causerais pas tant de soucis.

Sur ces mots elle ouvrit les yeux et essaya de regarder Diana en face. La jeune fille soutint son regard aussi longtemps qu'elle le put, puis, après avoir repoussé quelques cheveux sur son front, elle répondit à contrecœur :

– Désolée, mère. Mais que signifie ce mot de Mr Cutting ?

– Ah, Mr Cutting... (Les paupières de Mrs Holland se refermèrent.) Eh bien, ma chérie, puisque ni Mr Newburg ni Mr Coddington ne semblent t'intéresser le moins du monde, j'ai pensé qu'il serait bon que tu voies un des vieux amis d'Elizabeth. Or il se trouve que Mr Cutting cherchait une demoiselle pour l'accompagner à un dîner donné ce soir par sa sœur, celle qui est mariée.

– Comment, tu as organisé... ? commença Diana, abasourdie.

Et à ce moment précis, elle se demanda si sa mère était vraiment malade.

– Tu n'as pas oublié *qui* tu es, j'espère, Diana. Qui *nous* sommes.

Là, elle rouvrit les paupières, tourna un peu la tête de côté et leva son petit menton pointu, qui accrocha la pâle lumière de la pièce. Ses yeux se fixèrent alors sur la veste de sa fille ; Diana eut peur qu'elle ne lui demande avec quel argent elle avait pu s'acheter ce vêtement neuf.

– Je suis désolée qu'il ait fait si froid, Diana. Claire m'a dit que les livraisons de bois s'étaient arrêtées ; je lui ai donné des fonds pour payer la note, chuchota Mrs Holland.

Là-dessus elle referma les yeux, et Diana se retira.

En retournant dans sa chambre, elle ne put s'empêcher de s'interroger sur cette histoire de Teddy. C'était une nouvelle singulière, incompréhensible, et ce qu'elle suggérait sur l'état de sa mère était encore plus obscur. Clairement, Mrs Holland était sortie la veille, forte de sa vieille influence, afin d'arranger une soirée pour sa fille en compagnie de l'un des meilleurs partis de New York. Mais qu'elle ait posé son regard sur la belle veste verte de Diana en pensant qu'elle avait pu souffrir du froid au lieu de l'interroger sur la provenance de ce nouveau vêtement était aussi surprenant qu'inquiétant. Cela ne ressemblait pas du tout à Louisa Gansevoort Holland. D'ordinaire, elle repérait immédiatement ce genre de choses. Qu'une nouvelle acquisition, vestimentaire de surcroît, ait échappé à son attention et à sa curiosité ne présageait rien de bon.

Diana s'installa dans le fauteuil doré de sa chambre, troublée et quelque peu inquiète. Elle appuya sa tête contre le dos en cuir matelassé et fit glisser pensivement ses mains sur les accoudoirs en acajou. Au bout d'un moment, elle conclut qu'elle n'avait rien de mieux à faire qu'à se choisir une robe assez impressionnante pour captiver le regard de Teddy. Ce serait une façon d'occuper sa soirée. Non seulement il fallait qu'elle capte l'attention du jeune homme, mais il devrait être fasciné par sa beauté. Ainsi éprouverait-il aussitôt l'envie irrésistible de la décrire à Henry et de lui vanter ses mérites.

Quatorze

« Nombreux sommes-nous à avoir remarqué que Mr Carey Lewis Longhorn, célèbre vétéran de la politique et célibataire de New York, a été vu pour la première fois ce samedi soir à l'ouverture de la saison de l'opéra en compagnie d'une jeune demoiselle à la beauté aussi singulière qu'incontestable ; mais moi seul ai eu le privilège d'apprendre son identité : il s'agit de Miss Carolina Broad, héritière d'une fortune de la fonte du cuivre dans l'Ouest, qui a l'intention d'honorer notre ville de sa présence pendant quelque temps. Certains ont parié qu'elle allait être celle qui apprivoiserait enfin cet éternel vieux garçon épris de liberté. Je vous donnerai des informations dès que j'en apprendrai davantage sur cette charmante demoiselle... »

EXTRAIT DE LA RUBRIQUE « LE JOYEUX DANDY »,
THE NEW YORK IMPERIAL, LUNDI 18 DÉCEMBRE 1899.

Lina aurait dû savoir que son vrai premier moment de gloire coïnciderait avec l'anéantissement de tous ses rêves. Également, que si jamais son nom apparaissait dans les journaux, il serait forcément déformé, et que si Will y jetait par hasard un regard, il ne se douterait probablement pas que la jeune fille mentionnée était celle qu'il connaissait. Elle était née dans un monde ordinaire, et il était probable qu'elle mourrait dans ce même monde. Elle avait porté trop haut ses ambitions, et maintenant la vue de son nom, Carolina, imprimé noir sur blanc, l'embarrassait : elle s'en voulait d'avoir osé s'imaginer un si bel avenir, elle si clairement destinée à rester une femme du commun. Elle avait payé l'hôtel vendredi. Après commencerait cette longue descente dont Diana l'avait avertie.

Tout d'abord, il y avait eu la disparition de son argent. Bien sûr la moitié avait déjà fondu en une brève période de temps, mais ce qui lui restait lui aurait permis de partir loin de la ville et de toutes ses tentations pour retrouver Will dans l'Ouest. Elle s'était soigneusement calculé un budget quotidien pour tenir avec ce qu'elle avait, comptant le coût exact de son voyage pour San Francisco *via* Chicago. Puis de là elle serait allée jusque dans l'une des villes côtières dont Will lui avait parlé, dont il avait lu l'histoire et la description dans ses livres. Et bien sûr, elle avait espéré arriver en Lady Elizabeth Holland. Mais tout cet argent s'était envolé, et avec lui tous ses rêves !

Ces pensées l'ayant hantée toute une partie de la nuit, c'est alors que la colère l'envahit. Car l'argent n'avait pas pu disparaître comme cela. Quelqu'un l'avait forcément pris. Quelqu'un le dépensait déjà, et sûrement pour quelque chose de beaucoup moins important que de retrouver l'amour de sa vie. En tout cas, quelle que soit la personne qui détenait cet argent, son nom – bien ou mal orthographié – n'avait pas paru dans « Le joyeux dandy » de la première édition du *New York Imperial* du lundi.

Elle se demanda, au début, si le vol n'était pas le fait de Mr Longhorn. N'était-ce pas un peu trop beau, à vrai dire, que sa première sortie à l'opéra se soit passée dans une loge aussi luxueuse ? Mais l'homme était immensément riche – fait qui n'était pas à mettre en doute –, alors pourquoi s'embarrasserait-il de sa dérisoire petite fortune ? Puis elle pensa à Robert, le valet de chambre de Mr Longhorn, mais Robert avait attendu toute la soirée à côté de la voiture à chevaux devant l'opéra. Ensuite elle soupçonna le concierge, la femme de chambre, et tous les invisibles rouages humains qui faisaient fonctionner l'hôtel, mais elle n'alla pas plus loin. Car elle leur avait menti si obstinément, elle avait entretenu un tel flou artistique sur sa personne et sur ses origines, que porter plainte lui sembla impossible. Plus tard, quand elle serait plus riche, plus âgée et plus importante, quand elle se serait imposée comme une lady, cette réaction lui semblerait ridicule, illogique et enfantine, la conséquence de son désarroi. Mais pour l'heure, l'idée de faire une scène à propos de ce vol lui était presque aussi terrifiante que la perte de son argent.

Si seulement elle pouvait se procurer la moitié de la somme perdue, se dit-elle, elle irait tout droit rejoindre Will. Ces pensées tournèrent toute la matinée dans sa tête, puis, autour de midi, elle se souvint qu'il lui restait quelque chose à vendre.

– Miss Carolina Broad, annonça le majordome des Hayes à l'entrée de ce qui semblait être un vaste salon.

Lina, qui piétinait derrière lui, regardait par-dessus son épaule la jeune fille qui la première lui avait fourni l'occasion d'espérer une nouvelle vie. Installée sur un divan, elle portait une jupe en soie vieux rose, et son visage était empreint d'une expression de réel mécontentement. Penelope, c'était elle, leva les yeux au son du nom de Lina et tourna la tête d'un air perplexe. Peut-être, pensa Lina, avait-elle remarqué que son nom avait changé, mais peut-être pas – comment savoir ?

– Je vous aurais présenté sa carte, mademoiselle, ajouta le majordome, augmentant ainsi d'autant le malaise de la visiteuse, mais elle n'en avait pas.

Ce fut à travers une forêt de fauteuils Louis XV rembourrés et tapissés de soie à rayures bleues et blanches que Lina dut avancer, les nerfs à vif et son courage faiblissant à chaque pas, pour arriver jusqu'à la jeune maîtresse de cet hôtel particulier cossu et flambant neuf. Bien qu'elle ait déjà rencontré Penelope, ce n'était guère le genre d'entrevue qui pourrait lui ouvrir la porte d'autres visites plus distinguées. Lina traversa à contrecœur, avec ses bottes en cuir lacées – cadeau de Tristan, le lendemain de leur rencontre – le plancher de chêne foncé. Elle fit tous les efforts du monde pour paraître naturelle, en vain.

Penelope ne leva les yeux vers Lina que lorsque celle-ci fut arrivée devant elle, à quelques pas du divan. La jeune dame de la maison caressait de ses longs doigts fins la tête d'un petit chien noir et blanc.

– Cette robe était à moi, dit-elle.

Lina baissa les yeux sur la robe rouge pâle à pois qu'elle avait maintes fois porté cet automne. Elle se souvint que Penelope lui avait dit, en la lui donnant, qu'elle avait été l'une de ses préférées. Lina se demanda alors si quelqu'un de l'hôtel avait pu reconnaître sa provenance.

L'homme grand, au visage lisse et aux sourcils finement arqués (qu'elle supposa être le Buck dont Elizabeth parlait toujours d'un ton sceptique), qui lisait le journal assis dans un fauteuil un peu en retrait, commenta sans lever les yeux :

– Elle ne la porte pas comme tu la portais.

– Oh...

Lina baissa la tête et regarda comment la robe tombait sur elle, souhaitant n'être jamais venue. C'était une erreur, et elle l'aurait compris plus tôt si elle n'avait pas été si désespérée. Mais désespérée elle l'*était*, aussi avança-t-elle un peu plus près de celle qui fut un jour sa protectrice.

– Je ne vois pas ce qui peut t'amener ici, lui lança Penelope d'un ton sec.

– Ça ne se fait pas, renchérit Buck.

Lina rougit comme une tomate.

– Peut-être pourrais-je vous parler en privé ?

Penelope eut l'air aussi choquée que si on venait de lui demander de faire son lit.

– Tout ce que vous dites à Miss Hayes, vous pouvez le dire devant moi, énonça Buck après un silence qui tortura les nerfs déjà bien éprouvés de Lina.

Son regard alla plusieurs fois de Buck à Penelope et inversement, puis elle se lança :

– Je pensais que nous pourrions faire un nouvel arrangement.

– Un nouvel arrangement ? s'indigna Penelope. (Ses yeux largement ouverts exprimaient une incrédulité forcée.) J'espère que tu n'as parlé de tout cela à personne.

– Bien sûr que non. (Lina se mordit la lèvre inférieure et se demanda si sa détresse ne se peignait pas de façon trop évidente sur son visage.) Mais... j'ai une nouvelle que vous devriez trouver intéressante.

Le regard de Penelope redevint impassible, et, s'accoudant au bras du fauteuil :

– Eh bien, qu'est-ce que c'est ?

– C'est au sujet des Holland, se força à dire Lina. J'ai découvert cela quand je faisais encore partie de leur personnel. Il y avait un homme, je crois que c'était un antiquaire ou quelque chose comme ça, qui venait chez elles et emportait des objets qui leur appartenaient. Les factures s'entassaient. C'est là que j'ai compris, avec ma sœur Claire, qu'elles avaient perdu leur argent. Claire travaille toujours chez elles, et je sais qu'elles vont devoir congédier la plupart de leur personnel.

– Carolina Broad, c'est bien cela ?

Lina fit oui de la tête.

– Carolina...

Un sourire fendit le visage de Penelope. *Peut-être est-ce bon signe*, pensa Lina. Pendant un bref instant, elle se sentit à l'aise dans cette vaste pièce aux miroirs incrustés de chrysocale, aux murs décorés de tableaux de maître et au parquet miroitant.

– Es-tu en train de me dire que les Holland sont pauvres ?

Carolina lui rendit son sourire.

– Oui. J'en suis absolument sûre.

– Lord, descends, fit Penelope à l'adresse de son chien, le chassant impulsivement de la main.

Puis elle tourna le dos à sa visiteuse. Lina se pencha vers elle, inquiète de savoir ce qu'elle avait fait de mal.

– Mais avant, vous disiez que...

– Les Holland sont pauvres ? continua Penelope d'une voix que même son petit chien, qui se débattait pour libérer sa queue qui s'était coincée, dans son affolement, sous la jupe de sa maîtresse, sembla trouver déconcertante. Mais tout le monde le sait déjà ! Si tu étais venue m'expliquer la raison pour laquelle Henry Schoonmaker n'est pas tombé amoureux de moi, alors là, peut-être que... mais cette énigme sidère des gens bien plus intelligents que toi ! Espèce d'idiote, tu croyais vraiment pouvoir t'introduire chez moi pour me vendre une nouvelle éculée ?

Lina en resta pantoise, et elle reçut ces mots comme une gifle. Elle était en effet bien stupide.

– J'essayais seulement de vous aider, dit-elle d'une voix brisée.

– Allez, ça suffit, l'admonesta Buck au fond du salon. Vous essayiez *seulement* de vendre quelque chose, ma chère.

– Rathmill ! appela Penelope. (Lina se retourna et vit le maître d'hôtel apparaître dans l'embrasure de la porte.) Miss *Broad* s'est trompée d'adresse. Vous pouvez la raccompagner, maintenant.

Lina se sentait si malheureuse et si mal à l'aise, au milieu de cette pièce hostile, qu'elle fut presque reconnaissante à Penelope de cette nouvelle gifle qui précipitait la fin de son supplice.

Le maître d'hôtel comprit aussitôt le sous-entendu, traversa le salon jusqu'à la jeune fille impuissante, à présent rouge de confusion, et lui saisit le bras. Lina le suivit sans demander son reste, baissant la tête tout au long du chemin jusqu'à la porte.

– C'était très désagréable, entendit-elle Buck dire au moment où elle fut conduite sans ménagement dans le couloir. Juste à l'instant où tu allais sortir !

Lina ferma les yeux quand le maître d'hôtel la poussa sans douceur vers la sortie. Elle avait récemment foulé ce sol carrelé à damier noir et blanc, pleine d'espoir et d'excitation, et maintenant tous ses rêves étaient brisés. Penelope avait raison : elle était une idiote, et elle ne s'en sortirait jamais.

Quinze

« Il n'est pas surprenant, compte tenu de sa réputation quand elle était débutante, que les lundis de la nouvelle Mrs Schoonmaker soient aussi animés. On peut compter y voir tous les gens qu'on espère rencontrer... »

EXTRAIT DE LA RUBRIQUE MONDAINE DE *THE NEW YORK NEWS OF THE WORLD GAZETTE*, LUNDI 18 DÉCEMBRE 1899.

La seconde Mrs Schoonmaker était célèbre non seulement pour ses lundis mais également pour son salon Louis XIV, présentant une collection de meubles anciens qui venait enrichir le mobilier de la première Mrs Schoonmaker. Isabella était également connue pour son choix de miniatures, et pour les traits de son visage, qui étaient fins et exquis, et bien sûr pour les amies dont elle s'entourait.

Lydia Vreewold et Grace Vanderbilt – jeunes femmes de sa génération qui partageaient la fraîcheur et la vivacité de leur hôtesse –, assises sur un siège rembourré recouvert d'une soie turquoise pâle, discutaient des vêtements qu'elles projetaient d'acheter à Paris au printemps prochain ; James De Ford, le frère cadet d'Isabella, debout près de l'une des hautes fenêtres qui donnaient sur la Cinquième Avenue, écoutait le peintre Lispenard Bradley pérorer sur ses nus. (La seconde Mrs Schoonmaker était en outre connue pour avoir, d'une façon quelque peu irrégulière, autorisé un ou deux artistes à entrer dans son cercle.)

Penelope Hayes, impeccablement habillée d'une robe d'après-midi vieux rose, et dont la coiffure était nouvellement agrémentée d'une petite frange brune et droite qui bordait son front blanc, entra alors dans ce lieu somptueusement décoré et peuplé de gens célèbres.

– Penelope, ma chérie, tu es à croquer, la félicita Isabella en lui prenant le bras et en la conduisant à travers le salon au plancher recouvert de plusieurs tapis, décoré de statues de marbre et meublé de fauteuils en cuir reluisants où s'étaient installées pour converser des personnes de tout premier rang.

Penelope partageait l'avis de son hôtesse sur sa personne, mais elle sauta sur l'occasion pour baisser modestement les yeux et murmurer un timide merci. Elle promena son regard autour d'elle, discrètement, par-dessus les dessins pourpres des tapis persans, dans l'espoir d'apercevoir Henry.

– Pauvre Henry, continua Isabella, devinant manifestement dans quelle direction allaient les pensées de Penelope. Son père était tellement furieux contre lui, à cause de ce petit emportement qu'il a eu à l'opéra. Comme c'est stupide ! N'étions-nous pas, toi et moi, comme tout le monde, avides d'une petite diversion, à ce moment précis ?

– Oh, certainement, mais je ne me souviens plus de quel emportement tu parles, répondit Penelope, tâchant d'ajouter un zeste d'amabilité à la tonalité timide de sa voix.

Elle prit la petite main douce de son hôtesse dans la sienne, se pencha vers elle et, sur le ton de la confidence :

– Mr Schoonmaker a-t-il été brutal ?

– Oh oui. Il a poussé de tels cris quand le pauvre Henry est revenu à la maison !

Isabella baissa encore la voix, tandis que toutes deux s'approchaient à pas nonchalants de la table où étaient disposés les services à thé.

Si plusieurs invités avaient remarqué la nouvelle arrivée, Henry, lui, allongé sur une chaise longue, seul dans un coin, l'air maussade, gardait les yeux fixés au plafond. Il avait bien vu Penelope, ce qui n'avait pas échappé à celle-ci, qui en écumait presque de rage.

– Il était très fâché qu'Henry ait fait quelque chose qui puisse porter atteinte à l'image de la famille, alors qu'il vient tout juste de recevoir un accueil enthousiaste pour sa campagne de maire de la ville, continua Isabella sur le même ton. Mais il est clair que le soutien qu'il a reçu vient en grande partie de la sympathie que les gens ont éprouvée pour Henry, après la mort d'Elizabeth... C'est pourquoi la chose est délicate pour Schoonmaker, qui ne peut se permettre de punir trop sévèrement son fils.

Elles étaient arrivées devant la table des rafraîchissements, et Isabella choisit une série de petits fours glacés qu'elle disposa dans une assiette à dessert. Penelope lança un long regard quelque peu effronté dans la direction d'Henry, qu'il ne lui rendit pas. Il portait comme d'habitude un smoking et un pantalon noir, et ses yeux, d'une beauté presque féminine, étaient cernés de mauve.

Isabella versa du thé dans leurs tasses, sans cesser d'observer sa nouvelle amie.

– Schoonmaker a en fait été plutôt gentil, comparé aux colères qu'il pousse d'ordinaire, dit-elle en repoussant une mèche dorée de ses yeux et en baissant la voix. Tu sais, je pense qu'Henry n'est pas bien parce que la mort d'Elizabeth l'a terriblement affecté.

Ces dames emportèrent leurs tasses de thé et allèrent s'installer dans des fauteuils à côté d'une fenêtre, ce qui leur permettait d'apparaître à leur avantage, dans la pleine lumière de l'après-midi ; Penelope et Isabella avaient immédiatement compris, dans une tacite complicité, l'intérêt de cet endroit.

– Tu sais, je crois que lorsqu'un mari perd sa femme ce n'est pas aussi dramatique pour lui, parce qu'il a déjà partagé une tranche de vie avec elle. Mais perdre une fiancée, c'est comme si on te présentait un mets et qu'on te le reprenait sans crier gare, avant même que tu aies eu le temps d'y goûter...

Penelope hocha la tête d'un air de compassion, tout en pensant qu'Elizabeth n'était pas le plat qu'Henry aurait commandé s'il avait eu le choix. Isabella soupira et croqua la moitié du petit gâteau tapissé d'une mousse vert océan, levant des yeux extasiés vers le plafond voûté.

– Il semble que la perte de sa fiancée ait beaucoup mûri Henry, observa avec une perfide subtilité Penelope en prenant une gorgée de thé et en coulant son regard dans la direction du sujet de leur discussion, pour se voir confirmer que décidément, il ne les regardait toujours pas.

– Oh, et comment donc, bien que Schoonmaker ne pense pas du tout comme nous. (Isabella se pencha vers Penelope et posa une main sur son bras.) Il est terrorisé à l'idée qu'Henry cesse trop tôt de paraître triste à propos de cette malheureuse affaire.

– C'est très intéressé.

Penelope avait imaginé que la nouvelle personne dont elle endossait le rôle aurait réagi comme cela, mais à peine eut-elle prononcé ces mots qu'elle les regretta : n'auraient-ils pas l'air d'une critique envers sa future belle-famille ? Ce n'était pas facile de jouer les saintes nitouches tout en essayant de se lier d'amitié avec Isabella.

– Oh oui, bien sûr, c'est terrible à entendre, surtout pour toi, qui étais une amie intime d'Elizabeth.

Isabella introduisit, l'air contrit, l'autre moitié de son petit four dans sa bouche, et l'avala.

– C'est tellement dommage pour Elizabeth et pour sa famille. Comme cela aurait été précieux pour elles, qu'Elizabeth épouse Henry. As-tu entendu ce qu'on dit de leur situation ?

Penelope hocha gravement la tête, retenant prudemment son sourire. La visite pathétique de l'ancienne servante des Holland lui était quasiment sortie de l'esprit, mais à présent elle s'en souvenait presque avec satisfaction. Rien en effet n'était plus délicieusement affligeant qu'une domestique qui se retournait contre ses employés.

– Mais bien sûr, cela aurait été parfait pour Elizabeth si elle était devenue Mrs Henry Schoonmaker. Quelle impeccable épouse elle aurait faite.

Isabella soupira et posa son assiette sur un guéridon de marbre aux pieds chargés de volutes baroques. Puis, après s'être bien calée dans son fauteuil, elle tourna son visage vers Penelope. Un rose charmant lui était venu aux joues, et l'expression inquiète de ses yeux avait laissé place à une lueur espiègle :

– Tu sais ce qu'on dit ? Que la vie d'une lady ne commence pas vraiment avant qu'elle se marie. Je n'avais aucune idée à quel point cela était juste, avant de me marier.

– Vraiment ? fit Penelope avec la même étincelle friponne dans les yeux.

Elle s'était toujours sentie un peu triste pour Isabella, jeune femme plutôt amusante à son avis, et qui, débutante, avait eu de si beaux jeunes gens à ses pieds, y compris son propre frère, Grayson, pour finalement se retrouver mariée à un vieillard autoritaire et dépourvu d'humour. Elle était contente d'entendre qu'être Mrs William Schoonmaker n'était pas aussi étouffant qu'elle l'imaginait.

– Mais, ajouta Penelope, j'ai peur que le mariage signifie que je devrai toujours faire ce que désire mon mari, et ça, ce n'est pas très drôle.

– Mais non, ma chérie, tu dois cesser de penser ainsi. Une fois que tu es mariée, personne ne peut plus te soupçonner de rien...

Isabella ponctua cet énoncé d'un long clin d'œil suivi d'un silence au cours duquel elle arrangea ses mains et observa Penelope. Celle-ci se sentit soudain la cible du genre d'évaluation dont elle était généralement l'auteur. C'était comme si Isabella essayait de voir à travers elle.

– Tu sais... reprit Isabella. J'ai toujours pensé qu'Elizabeth aurait fait une charmante Mrs Henry Schoonmaker, comme je le disais... mais ce n'est pas elle que j'aurais choisie en premier, comme belle-fille.

En entendant ces mots, les lèvres rouges et pulpeuses de Penelope s'étirèrent en un sourire radieux. Elle détourna les yeux, afin de ne pas paraître trop enthousiaste, et posa ses doigts blancs sur l'un des fleurons en chêne qui ornaient les bras du fauteuil.

– Quel genre de belle-fille aurais-tu préféré ?

– Oh... (Isabella remua un peu dans son fauteuil, pensive.) Une belle-fille qui n'aurait pas été aussi... aussi *bien éduquée*, je crois. Elizabeth aurait toujours vérifié le linge de la maison sous toutes les coutures et aurait critiqué le fait que je renâcle à faire certaines choses épouvantablement ennuyeuses. Tu ne crois pas ?

Penelope approuva, peut-être un peu trop vite.

– Sans vouloir dire du mal des morts, continua son hôtesse, mais quelqu'un d'un peu... un peu comme toi, donnerait à la famille Schoonmaker une touche de fantaisie qui me plairait davantage.

Toutes deux échangèrent un long regard complice.

– Et maintenant dis-moi, que devient ton frère ? Il nous a manqué à New York...

– Oh, Grayson ? sourit Penelope.

Elle obtempéra au désir de son hôtesse en lui donnant le maximum d'informations sur son frère aîné, qui, à l'étranger depuis quelques années, veillait aux affaires de la famille. Les deux jeunes dames continuèrent leur attendrissant échange, assises l'une près de l'autre, les plis de leurs longues jupes en soie fondus ensemble, à leurs pieds sur le tapis, jusqu'à ce que le maître d'hôtel apparaisse dans l'embrasure de la porte et annonce le nom de Teddy Cutting. Isabella et Penelope se turent, levèrent les yeux et regardèrent avec un intérêt non dissimulé le jeune homme traverser le salon jusqu'à Henry, puis se mettre à lui parler à voix basse sans prendre la peine de s'asseoir.

– Comme c'est grossier de la part de Mr Cutting de ne pas t'avoir saluée en premier, chuchota Penelope.

– Je suis d'accord avec toi, répondit Isabella, qui ne semblait pas offensée le moins du monde, mais n'oublie pas que cette maison est aussi celle d'Henry...

Entre-temps, Henry s'était levé ; les deux amis avaient dû décider quelque chose.

– Oh, Mr Cutting ! cria Isabella.

Les invités se retournèrent pour regarder l'interpellé, ce à quoi leur hôtesse sembla totalement indifférente. Elle avait repris la main de Penelope :

– Je suis sûre que tu ne partiras pas d'ici sans m'avoir dit merci !

L'attention de la salle se fixa ensuite sur les deux fauteuils devant la fenêtre ; Penelope se pencha un peu en avant, si bien que les derniers rayons de l'après-midi caressèrent son visage de la façon la plus flatteuse qui fût. Elle observait Teddy qui restait gauchement debout sur place et ajustait sa veste de smoking en pure perte puisqu'elle tombait déjà très bien. Le moment s'éternisait ; Teddy regardait Henry comme s'il attendait sa décision. Mais Henry – ce qui fit pâlir Penelope de colère et de déception – ferma les paupières d'un geste impatient avant de se diriger vers la porte en chêne sculpté.

Teddy, un peu embarrassé, s'avança vers son hôtesse et lui baisa la main.

– Je vous présente toutes mes excuses pour ne pas être venu directement vers vous, Mrs Schoonmaker, dit-il d'un ton sincère.

Si Penelope n'avait pas été aussi atterrée par l'indifférence d'Henry à son égard, elle se serait demandé pourquoi les yeux d'Isabella devenaient humides et enjôleurs en présence de cet assommant Teddy, et si cela n'avait pas quelque chose à voir avec son discours sur le mariage, qui permettait aux femmes de commencer à s'amuser follement. Mais l'esprit de Penelope, à ce moment particulier, était entièrement accaparé par le dédain consternant d'Henry à son adresse.

– Miss Hayes, lui disait Teddy, c'est également un plaisir de vous voir.

– Oh, bonsoir Teddy, répondit Penelope en lui tendant la main, appréciant la caresse de ses lèvres sur son gant. Où est passé votre ami ?

– Oh, Henry ? Un petit nombre d'entre nous sont sortis faire une course d'attelage à quatre chevaux dans le parc, et Henry a eu envie de les rejoindre. Il vient juste de donner des instructions à l'écurie.

Penelope eut du mal à garder le sourire durant les échanges de mondanités entre Teddy et Mrs Schoonmaker. Puis le jeune homme se retira et avec lui s'effondra tout espoir de voir Henry pour le restant de l'après-midi.

– Tu vois, dit Isabella, prenant encore une fois la main de Penelope. Henry est si incroyablement dévasté par le décès d'Elizabeth qu'il en a perdu le sens des bonnes manières.

Penelope n'aurait pas, pour sa part, imputé l'inexplicable comportement d'Henry à la mort d'Elizabeth, mais à présent, elle se demandait si ce ne pourrait pas être vrai. Isabella semblait en être sûre, elle qui était en train de devenir son alliée, comme l'indiquaient son ton et les clins d'œil qu'elle lui adressait. Penelope ferma les yeux et se rappela Elizabeth, si froidement déterminée quand elle avait conçu le projet qui devait l'éloigner à jamais de New York et des attentions d'Henry. Jamais elle n'aurait pu imaginer Liz capable d'une telle audace, et cela n'allait pas être la dernière de ses surprises. Elle avait été confrontée à son manque de connaissance et de compréhension du monde, et elle se doutait que d'ici à la fin décembre, dans le salon des Schoonmaker, il se pourrait bien qu'elle soit obligée de reconnaître qu'il y avait encore certaines choses à propos desquelles elle s'était trompée.

– Mais ne t'inquiète pas, continuait Isabella. Nous lui ferons comprendre que, même si Elizabeth avait du charme, il se trouve d'autres jeunes filles avec lesquelles il serait encore bien plus idéalement assorti.

Penelope hocha la tête et lui adressa un sourire entendu. Peu lui importait, maintenant, que l'état mélancolique d'Henry soit lié à la mort d'Elizabeth, car si tel était le cas, s'il était vraiment trop déprimé pour s'apercevoir que Penelope était faite pour lui, alors cet état de choses était fondé sur une méprise, et cette méprise, elle pouvait facilement la dissiper.

Seize

« Il arrive que certains célibataires qui s'étaient enflammés pendant des années pour de jeunes ladies épousent finalement des jeunes filles nobles britanniques avec de belles maisons et des comptes en banque déficients que personne n'avait jamais rencontrées dans leur entourage… »

MRS L. A. M. BRECKINRIDGE,
L'ART DU SAVOIR-VIVRE DANS LE GRAND MONDE.

– Vous vous amusez bien, Miss Holland ?

Diana leva les yeux du canapé gorge-de-pigeon où elle était installée et rencontra ceux de Teddy Cutting. Son coude reposait sur l'une des trois armoiries qui ornaient le dos incurvé du meuble, et sa peau laiteuse rayonnait dans la lumière rosée que diffusait une lampe voisine. Les murs de la pièce étaient tapissés d'une soie pourpre profond, et l'ambiance était à l'agréable somnolence qui suit toujours les longs repas. Moulée dans une robe en mousseline de soie ivoire décolletée en V devant et derrière, elle rayonnait dans la pénombre de la pièce à l'éclairage diffus. Les nombreux plis de sa jupe se répandaient sur le siège. Elle était ravissante, tout le monde l'avait remarqué à ce dîner chez Ralph Darroll, mais elle savait que Teddy n'y accordait pas grande importance. Il avait fait mention de sa sœur au moins sept fois, autant de fois que de services.

Elle n'avait pas renoncé à vouloir être belle aux yeux de l'homme qu'elle considérait malgré elle comme l'intermédiaire d'Henry. C'était comme une plaie qu'elle ne pouvait s'empêcher de gratter.

– J'en suis heureux. Puis-je m'asseoir à côté de vous ?

– Bien sûr.

Diana était en vérité très heureuse que Teddy lui tienne compagnie. Bien que sa présence ne lui évoque rien de romantique, elle avait découvert ce soir qu'elle l'aimait bien. Il y avait quelque chose de sincère et de mélancolique dans son regard gris qui exprimait comme une culpabilité et un sentiment d'absurdité d'être né avec une petite cuiller en or dans la bouche et de jouir de tant de bonheur. Sentiment non partagé par Diana, qui n'avait de cesse de se trouver malheureuse. Mais elle jugeait attachant et intéressant le caractère scrupuleux de Teddy.

– La maison de votre sœur est très jolie, reprit-elle.

Florence Cutting, la sœur aînée de Teddy, depuis un mois Mrs Darroll, était en cet instant assise à côté de la cheminée, en train de parler à un homme qui n'était pas son mari. Elle semblait beaucoup plus grosse qu'elle ne l'était le jour de son mariage.

– Ce n'est pas le genre de conversation que tenait la Diana Holland que je connaissais, repartit Teddy avec un sourire. Mais oui, effectivement, la maison est très jolie. Il est vrai que c'était celle de mon oncle, qui la leur a donnée pour leur mariage, meubles et décoration compris, aussi je ne peux pas dire que Mrs Darroll ait eu à en rajouter beaucoup.

– Cependant, je suis sûre qu'elle y a mis sa touche. Elle aussi, elle est belle – on peut encore le deviner, sous sa robe jacquard. Je suppose que vous serez tonton avant six mois ?

– Ah, voici enfin la Diana que je connais, s'exclama Teddy, cachant son sourire derrière son verre dont il but une gorgée. Bien sûr, je ne réagirai pas à une telle supposition.

– Dites-moi comment va Henry, alors.

La douleur et le plaisir de prononcer son nom étaient presque aussi intenses l'un que l'autre.

Le sourire de Teddy s'effaça, et il la regarda avec la même gravité inquiète que lorsqu'ils avaient discuté du chagrin de sa mère au dessert. Une lampe coiffée d'un abat-jour de porcelaine peint à la main l'éclairait doucement par-derrière, auréolant ses cheveux blonds et jetant des ombres sur ses traits.

– Je l'ai vu cet après-midi.

– Et il va bien ?

– Il n'a pas l'air formidablement heureux, répondit Teddy avec une certaine raideur.

– J'imagine que vous voulez dire qu'il prend le décès de ma sœur plus mal que vous ?

– Il le prend mal. (Teddy la regarda, puis détourna les yeux.) Mais je suis sûr que ce n'est pas aussi dur pour lui que cela a pu l'être pour vous.

Diana observa un silence et croisa les mains sur ses genoux. Elle se dit qu'elle pouvait aussi lui poser les questions qui lui venaient à l'esprit, puisque le pire que Teddy pouvait faire était de ne pas y répondre. Malgré cela, elle dut rassembler son courage pour articuler, d'une voix quelque peu plaintive :

– Qu'a-t-il fait cet après-midi ?

– Nous avons fait une course d'attelages dans le parc. J'ai gagné, chose rare, ce qui m'incite à conclure que ses pensées devaient être ailleurs. (Teddy baissa les yeux dans son verre. Il relatait ces faits sur un ton des plus sérieux.) Avant cela, il était dans le salon de sa belle-mère. Elle reçoit le lundi, vous savez.

– Qui ne le sait pas ? (Diana essaya de sourire, mais elle se rendit compte que son expression trahissait autre chose que de l'amusement.) Y avait-il beaucoup de monde ?

– Oui.

Les robes bruissaient dans la pièce, et la lumière jouait sur les tasses de porcelaine et les verres en cristal. Quelques rires distingués fusaient, mêlés aux craquements du grand feu qui brûlait dans la cheminée.

– Qui ?

– Oh, ce peintre, Bradley, et un membre de la famille Vanderbilt[1], la femme la plus en vue actuellement, vous voyez qui c'est, et aussi...

– Penelope Hayes ?

Personne ne prêtait attention à eux, discrètement assis dans un coin de la pièce, et même si cela avait été le cas, Diana, qui appréhendait ce qu'elle allait apprendre, était tellement concentrée sur leur conversation qu'elle ne s'en serait pas préoccupée. Teddy but une longue gorgée, pour gagner du temps :

– Oui, elle était là.

À ces mots, une colère muette foudroya Diana. Bien sûr que Penelope y était ! Elizabeth l'avait avertie, elle devait se méfier d'elle, mais elle était restée passive, sûre de la sincérité et de la constance de l'amour qu'Henry lui portait. Elle avait agi passionnément et impulsivement, oubliant que pendant tout ce temps Penelope était à l'affût, avide de satisfaire ses ambitions, exactement comme elle l'avait fait quand elle avait aidé Elizabeth à quitter la ville. Elle changea de sujet, mais fut incapable de déguiser son amertume ; sa voix la trahissait.

– Lui avez-vous dit que vous alliez me voir ?

– Non, répondit doucement Teddy ; je n'en ai pas eu l'occasion.

Elle essaya de ne pas avoir l'air déçue ; Henry n'avait donc pas parlé d'elle.

---

1. Les membres de la famille Vanderbilt ont dominé la période qu'on appelle « Gilded Age » (âge doré) à la fin du XIXe siècle : ils étaient considérés comme des princes du commerce, des barons du monde des affaires et comme des maîtres des arts dans le monde entier. (N. d. T.)

–Teddy, je sais si peu de vous... continua Diana, rassemblant toutes ses forces pour sourire courageusement et émettre ce commentaire qui lui épargnerait, elle l'espérait, l'effort de parler davantage.

Teddy répondit en lui parlant de la poésie qu'il étudiait à l'université de Columbia, où il avait obtenu son diplôme au printemps, et lui expliqua comment il se préparait à la carrière d'avocat pour gagner sa vie, en dépit de l'important héritage de son père. Diana ne l'écoutait que d'une oreille, hochant la tête. Elle observait les jeunes gens en queue-de-pie entrer et sortir du salon et saluer les dames qui devenaient alors toutes roses, assises dans leurs fauteuils capitonnés.

Diana s'efforça de continuer à faire parler Teddy et, quand c'était nécessaire, de lui répondre par monosyllabes. Il ne tenait qu'à un fil qu'elle ne s'effondre et laisse voir l'état d'anéantissement, de dévastation dans lequel elle était. À tout moment, elle le craignait, son menton pouvait se mettre à trembler comme celui d'une petite fille. Elle avait été stupide, elle le savait maintenant. Elle avait cru posséder l'amour d'Henry et n'avoir rien à faire pour le garder, alors qu'en réalité toutes les jeunes filles à marier avançaient impitoyablement leurs pions sur l'échiquier de Manhattan pour le conquérir. Mais parmi elles, Penelope Hayes était la reine, et sa sœur l'en avait précisément prévenue.

Dix-Sept

« À ceux qui prétendent qu'il est irresponsable de répandre des rumeurs à propos de l'existence possible d'Elizabeth Holland sur cette terre, nous répondons qu'il est tout aussi irresponsable de les nier catégoriquement. Après tout, son corps n'a jamais été retrouvé. Son accident d'attelage a pu être le fait de kidnappeurs qui auraient eu l'intention de lui tendre un piège, il est également possible que ceux-ci n'aient pas pu réaliser pleinement leur plan, qu'elle ait été sauvée de sa chute dans le fleuve, et qu'elle vive aujourd'hui en captivité dans quelque région reculée de notre État, ou dans un quartier désert de notre ville fourmillante... »

EXTRAIT DE LA RUBRIQUE MONDAINE DE *THE NEW YORK NEWS OF THE WORLD GAZETTE*, LUNDI 18 DÉCEMBRE 1899.

Ils s'étaient réveillés au milieu de nulle part, ou plus exactement dans un champ de pétrole qui semblait à première vue, effectivement, au milieu de nulle part. Mais aujourd'hui, à la fin de cet après-midi, Elizabeth et Will roulaient vers le nord, en direction de San Francisco, dans un compartiment de première classe. Plusieurs retards du train avaient été annoncés à la gare de San Pedro, et au bout d'un moment Elizabeth avait désespéré que son pouls retrouve son rythme normal. La voiture de luxe était l'idée de Will. C'était une folie, et Elizabeth n'était pas sûre qu'ils puissent se le permettre – les économies de Will étaient-elles sans fond ? Mais il avait insisté. C'était, disait-il, une façon de célébrer le changement qui allait se produire dans leur vie. Elizabeth aurait dû protester plus vivement, mais autre chose la préoccupait plus sérieusement.

– Où crois-tu que nous serons demain ? lui demanda Will en lui prenant la main, tandis que le train filait à toute allure à travers la Californie.

– Je ne sais pas.

Dehors, la lumière déclinait. Elizabeth cessa de regarder le paysage défiler et laissa reposer sa tête sur le dossier du siège en velours rouge pour se tourner vers Will.

Sur leur porte était inscrit : « Elizabeth et Will Keller ». Ils avaient continué à se faire passer pour un couple marié pour pouvoir légitimement obtenir une couchette. Will s'était excusé, une fois leurs places louées, et lui avait promis qu'il ne l'obligerait plus à mentir très longtemps sur quelque chose d'aussi important.

– J'ai dormi pendant tout le trajet, la dernière fois, lui dit-il.

Malgré le ton joyeux de Will, elle se demanda ce qui avait pu se passer dans sa tête au cours de ce trajet-là. Il s'inquiétait à son sujet, elle le voyait dans l'expression de ses yeux bleu clair qui tranchaient sur sa peau bronzée.

– Aujourd'hui, j'ai l'intention de profiter davantage du paysage.

Elizabeth mit sa main dans la sienne et essaya de sourire. Pour la première fois depuis leur départ de New York, ils portaient sur eux leurs manteaux, et ce malgré la chaleur qui régnait dans les voitures, parce qu'elle pensait que cela leur donnait vraiment l'air d'être mari et femme. Elle se sentit un peu honteuse d'être sale, tannée par le soleil et si simplement habillée au milieu de ce décor cossu, mais elle se rassura en se disant que leurs compagnons de voyage n'étaient sans doute que riches et qu'ils ne se distinguaient pas forcément par leur goût ou par leur classe. Cependant, Elizabeth aurait tout fait pour cacher le tissu jauni de sa robe de coton. Le cas de Will, lui, était différent, car les traînées de pétrole sur son pantalon de serge semblaient provoquer autant de murmures d'admiration que son très convenable manteau brun.

Trois lustres éclairaient leur voiture, dont le sol était recouvert d'un tapis. Ils se rendaient à New York, l'air était chaud et parfumé. Pourtant l'esprit d'Elizabeth était agité.

– Nous serons bientôt auprès d'elle, lui dit gentiment Will, comme s'il lisait dans ses pensées.

Elizabeth fit oui et posa la tête sur son épaule. Ce que disait Will était vrai, mais cela ne la réconfortait pas, parce que la question qui l'avait réveillée cette nuit n'était pas comment retrouver bientôt sa famille, mais ce qu'elle pourrait faire pour elle, une fois arrivée.

Will croyait qu'ils allaient devenir immensément riches, elle ne pensait pas le contraire mais savait que les fruits de leurs efforts ne tomberaient pas tout de suite. Cela prendrait du temps. Sa famille avait besoin d'argent maintenant, et cela ne datait pas d'hier. Or Elizabeth possédait un objet qui pouvait se monnayer, même si elle ne pouvait guère penser à cela sans éprouver un léger malaise. C'était la bague de fiançailles d'Henry Schoonmaker, un diamant de chez *Tiffany*, serti d'or.

La bague était dans sa poche, enveloppée dans du papier de soie lui-même emballé dans du papier journal lui-même enroulé dans du tissu. Elle n'avait pas encore dit à Will qu'elle l'avait emportée avec elle de New York. C'était un tel symbole de ses trahisons passées que le fait seul d'y penser lui était désagréable. Elle se raisonna en se disant qu'il pouvait faire du bien à sa famille – il permettrait de s'offrir les services d'un bon médecin, une belle robe à Diana – et en pensant qu'elle avait déjà été assez égoïste comme cela. Elle se sentirait mieux une fois qu'elle en serait dépossédée, et elle en connaissait la valeur.

À ce propos, elle avait son plan : elle savait que le train devait s'arrêter à Oakland plusieurs heures pour prendre de nouveaux voyageurs et quelques cargaisons. Denny lui avait dit qu'il y avait des endroits autour de la gare où l'on pouvait engager des objets. Elle s'éclipserait sous un prétexte quelconque et expédierait rapidement la chose.

– Si tu n'arrêtes pas de faire cette tête, lui murmura Will, interrompant ses réflexions, je crois que je vais me mettre à pleurer.

Elle lui dit qu'elle allait essayer. Ses paupières étaient lourdes, et bientôt elles se fermèrent toutes seules. Elle se laissa bercer par le mouvement du train, la tête sur l'épaule de Will, et un bref instant elle parvint à oublier ses problèmes familiaux. En s'endormant, elle se dit qu'elle allait pouvoir exécuter son projet sans difficulté. Après quoi elle pourrait réparer tout le mal qu'elle avait fait à sa famille.

Dix-Huit

« Tout le monde sait qu'une jeune fille dont la carrière en société est déjà bien engagée, qui par ailleurs s'est trouvée compromise pour avoir été vue trop souvent seule en compagnie de jeunes gens, ou qui s'est peut-être trop souvent éloignée de cette sphère consacrée dans laquelle notre jeune déesse est censée évoluer...

Toute jeune fille qui souhaite faire une longue carrière dans le grand monde ne peut être trop prudente en s'abstenant de se promener dans n'importe quelle rue et d'être reçue dans n'importe quelle maison. »

MRS L. A. M. BRECKINRIDGE,
L'ART DU SAVOIR-VIVRE DANS LE GRAND MONDE.

– Où allez-vous ?

Diana, qui s'apprêtait à sortir, se retourna vers le vestibule envahi par les ombres de ce maussade après-midi. Elle ressentit un pincement de culpabilité à la vue de Claire dans sa petite robe noire. Claire était son amie, après tout, et même sa *meilleure* amie, avait souligné celle-ci à plusieurs occasions. Elle avait l'air fatiguée et inquiète. Mais ce n'était pas pour cela que Diana se sentait coupable. Ce qu'elle se reprochait, c'était avant tout le fait qu'elle allait lui dire un mensonge.

– Je vais dehors prendre un peu l'air, répondit Diana d'un ton qu'elle s'efforça de laisser paraître enjoué.

– Mais il gèle, et d'après la couleur du ciel, il va sans doute grêler…

– J'ai pris un parapluie.

Diana regarda le large et aimable visage de Claire auréolé de sa belle chevelure rousse. Elle essaya de paraître au-dessus de tout soupçon.

– Je ne pourrai pas faire de feu quand vous rentrerez, car nous n'avons plus de bois, et si jamais vous attrapez froid…

Ainsi sa mère n'avait pas pu donner d'argent à Claire pour réchauffer la maison.

– Ma chère Claire, fit Diana en lâchant la poignée de la porte et en s'avançant vers son amie.

Elle prit ses mains dans les siennes et l'embrassa sur les deux joues.

– Commande du bois.

– Mais ils ont dit qu'ils ne nous feraient plus crédit et que...

– Dis-leur que nous paierons à la réception. Quand je reviendrai, j'aurai de quoi les payer.

Elle sourit, embrassa le front blanc de la jeune fille, se hâta vers la porte, descendit le perron et sortit dans la rue.

– Vous devriez mettre un manteau plus chaud ! lui cria Claire tandis que Diana courait en direction du secteur est de la ville.

Diana ne se retourna pas pour lui montrer qu'elle avait entendu son dernier avertissement, sachant qu'elle avait raison sur ce point. Des nuages gris ardoise s'étaient amoncelés dans le ciel d'une façon inquiétante, et elle n'avait pas pris, contrairement à ce qu'elle avait promis à Claire, de parapluie avec elle. Certes, il y avait encore des manteaux dans la maison – sa mère n'en était pas encore arrivée à vendre leur garde-robe ; mais Diana avait une mission particulière à remplir et elle voulait avoir une allure spéciale. Elle portait sa nouvelle veste en velours vert qui lui allait si bien et une longue jupe pied-de-poule à boutons noirs qui épousait ses hanches. Elle marchait d'un pas résolu qui n'aurait reçu l'approbation d'aucune matrone de la haute société, et se répétait : *Davis Barnard, 155, Seizième Rue Est, deuxième étage.* Le vent glacé lui mordait le visage, mais elle n'y pensait pas. Sa jupe volait derrière elle.

Le bâtiment se présentait comme un immeuble de trois étages à la façade sombre trouée à chaque niveau de deux fenêtres. Il n'y eut pas tout de suite de réponse. Diana resta sur le trottoir, commençant à sentir le froid la pénétrer. Il y a quelques jours de cela, cette adresse ne signifiait rien pour elle, mais il lui traversa l'esprit qu'elle pouvait avoir une signification pour les autres. En effet, d'après ce qu'elle voyait, les dames qui passaient, avec leurs chapeaux d'hiver et leurs jupes en étoffe grossière, étaient pleinement conscientes de la signification du 155, Seizième Rue Est. Cette pensée la rendit mal à l'aise, chose qui ne lui ressemblait pas, et elle serra contre elle, comme pour se faire toute petite, sa belle veste verte qui ne passait pas inaperçue. Elizabeth, elle, aurait pensé à cette éventualité ; Elizabeth aurait pensé que des gens pourraient la voir, au lieu de foncer sans réfléchir.

– Bonjour, vous !

Diana leva la tête. La main posée sur son chapeau de paille à large bord, elle reconnut – car même un ciel maussade laisse passer la lumière – le visage de Davis Barnard apparaissant à une fenêtre du deuxième étage.

– Ah, Miss Truscott ! cria-t-il.

Elle se retourna, regarda autour d'elle, mais aucune autre jeune fille n'était là, semblant du moins intéressée par cette fenêtre.

– Je parle de *vous*, souffla Mr Barnard.

– Ah, fit Diana, fixant à nouveau son regard sur le deuxième étage. Je voulais monter.

– Bien sûr.

Quelques secondes plus tard, une clé accrochée à un porteclés en argent tomba par terre. Diana la ramassa, ouvrit la porte de l'immeuble et gravit l'escalier jusqu'au petit appartement qu'habitait le rédacteur des rubriques mondaines de *The Imperial*.

– Miss Holland, s'émerveilla Mr Barnard en l'accueillant, quelle audace !

– Si vous croyiez que j'étais bégueule, je doute que vous auriez jamais osé m'approcher, répliqua Diana, les mains dans les poches de sa jupe.

Elle embrassa la longue pièce du regard et remarqua que la peinture bleu nuit de ses murs ne datait pas d'hier ; des tableaux y étaient accrochés, et le sol était recouvert de nombreux tapis. Une jatte à punch en cristal taillé trônait en évidence sur le buffet, la table était encombrée de papiers, de carnets et de livres, et le lit de repos semblait occuper la fonction d'un bureau, si ce n'était les coussins jetés dessus pêle-mêle.

– Ainsi, c'est ce qu'on entend quand on parle d'un « appartement de célibataire ».

– Ah ça, c'est exact, je suis le *nec plus ultra* des célibataires.

Diana rougit car elle ne connaissait pas l'expression.

– Qu'est-ce cela veut dire ?

Davis sourit au lieu d'en rire.

– Cela signifie que j'ai atteint le plus haut degré du célibat.

– Vraiment ? répliqua sèchement Diana.

Elle s'approcha de la table et laissa glisser ses doigts sur le dos des livres qui y étaient empilés.

– Je n'ai pas dit le *nec plus ultra* des play-boys ni le *nec plus ultra* des débauchés, précisa Davis. Je parlais seulement des célibataires, et vous pouvez constater que l'état de ma pièce en est la preuve.

Diana hocha la tête. Elle le comprenait très bien, mais ne voulait pas paraître trop amicale. Elle s'approcha de la cheminée décorée d'une paire de gants de boxe suspendus comme des bas de Noël. Un feu confortable y ronflait.

– Voulez-vous du café ?

– Je veux bien, merci.

Diana observa son hôte, dont la tenue était plus décontractée que lorsqu'elle l'avait rencontré dans le monde : il était habillé d'une chemise saumon sous une veste gris foncé, dont les boutonnières un peu tirées suggéraient que son propriétaire était un bon vivant. Un estomac se trouvait dessous, comme un dos de fauteuil bien rembourré. Ses cheveux foncés étaient coupés si court qu'ils semblaient divisés en trois parties, l'une au sommet de la tête et deux sur les côtés ; sous les sourcils qui se rejoignaient, les yeux avaient une expression attentive, la même que celle qui avait incité Diana à répondre à sa requête, la première fois qu'elle l'avait rencontré.

– Comment le voulez-vous ? lui demanda-t-il en lui présentant le café dans une cafetière en argent.

Diana se mordit la lèvre. Elle était une buveuse de thé.

– Comme vous.

– Alors, c'est parfait.

Davis tendit le bras vers l'étagère où plusieurs bouteilles se reflétaient dans un long et étroit miroir, pour y prendre un carafon de whisky dont il versa quelques gouttes dans leurs tasses, en guise de pousse-café.

– Prenez place, je vous en prie, Miss Diana, dit-il en lui tendant une tasse, avant de s'asseoir sur le bord de son lit de repos.

Elle s'installa dans le fauteuil au dossier canné et prit la tasse chaude qu'il lui tendait. La brûlure du whisky se mêlait aux effluves du café. Même lors de sa nuit historique dans la serre d'Henry, elle n'avait pas eu conscience d'enfreindre les règles de sa classe comme maintenant. *Mère mourrait si elle savait où je me trouve en ce moment !* pensa-t-elle avec un petit sourire, avant de se rendre compte que cette phrase n'était pas si drôle que cela, eu égard à l'état de santé actuel de sa mère.

Peut-être Davis avait-il deviné à quoi elle pensait maintenant, c'est-à-dire au caractère inconvenant de sa visite, car il ajouta, avec toujours le même regard malicieux :

– Je n'aurais jamais imaginé voir une Miss Holland ici dans mon appartement.

Diana haussa évasivement les épaules et but une nouvelle gorgée du café enivrant qu'il lui avait servi. Puis elle croisa son regard et, se laissant aller à sa bonne humeur – une humeur changeante comme le temps –, elle sourit.

– C'est le meilleur café que j'aie jamais bu, lui dit-elle gaiement. De toute façon, je ne suis pas venue vous parler de moi. J'ai quelque chose à vendre.

– Ah ?

Davis haussa les sourcils et tourna son café dans sa tasse avant d'en boire la dernière gorgée. Il reposa la tasse vide sur le bord de la table encombrée de livres et, les coudes appuyés sur ses genoux :

– Et qu'est-ce donc ?

– Eh bien, commença Diana en balançant ses jambes croisées et en levant les yeux au plafond, si je devais écrire un article, je le rédigerais ainsi :

« La nouvelle Mrs Ralph Darroll a donné un dîner dans sa nouvelle demeure de Madison Avenue, cadeau de son oncle paternel en l'honneur de son mariage le mois dernier ; on raconte qu'elle porte déjà des robes Empire. »

– Je crois deviner ce que vous voulez dire. (Davis observa un silence et appuya son menton sur ses doigts croisés.) Mais c'est un peu subtil pour le lecteur moyen, vous ne pensez pas ?

Elle se sentit légèrement vexée, car elle avait réfléchi toute la matinée à sa formulation. N'en laissant rien paraître, elle poursuivit :

– Et si vous ajoutiez : « Serait-ce pour la même raison que l'impératrice Joséphine lorsqu'elle lança ce style ? En ce cas, il se pourrait qu'un Ralph Junior nous naisse dans moins de six mois. »

– Bravo, Miss Di ! Je vois que vous êtes une inconditionnelle de mes articles.

Diana sourit de bon cœur au compliment mais décida d'ignorer sa réflexion. Elle observa la collection de daguerréotypes familiaux posés sur le manteau de la cheminée, puis son regard tomba sur un livre de poésie relié en vélin, sur la table devant elle.

– J'y travaillerai cette semaine, déclara Davis.

Diana leva aussitôt les yeux du livre. Elle ne savait pas pourquoi cette nouvelle lui procurait un tel plaisir, toujours est-il qu'elle se mit à applaudir comme une petite fille.

– Ce sera le même tarif, continua Davis, la scrutant toujours de ses yeux sombres. Pourtant, je pourrais le doubler.

– De quelle façon ? fit Diana, cessant d'applaudir et s'efforçant de paraître lui mettre le marché en main.

– Les lecteurs du « joyeux dandy » sont toujours intéressés par les faits et gestes des Holland, et ils aimeraient sûrement savoir ce que faisait Miss Diana Holland chez Ralph Darroll, alors que, conformément aux règles de la bienséance, elle aurait dû se trouver chez elle, vêtue de noir, dans le deuil de sa sœur, ou s'occupant peut-être d'une mère que tout le monde sait souffrante...

Diana détourna les yeux. Elle n'avait jamais été une jeune fille vertueuse, mais pourtant, assise dans cette pièce exiguë et surchargée, à boire du café au whisky, en train de livrer des secrets sur les gens de son monde, là, elle commençait à se sentir un peu traîtresse. Une dénonciatrice, en quelque sorte. Pourtant, d'une certaine façon, c'était aussi grisant.

Elle se leva et marcha vers la fenêtre encadrée de ses vieux rideaux de dentelle et de ses doubles rideaux en veloutine fanée. Elle s'y arrêta, et sentit la dernière gorgée de son café glisser dans son gosier et laisser comme une brûlure dans son estomac.

– Vous êtes une source d'information très spéciale pour moi, reprit Davis sur un ton plus sérieux. Je n'ai jamais écrit quelque chose sur vous que vous ne m'y ayez autorisé. Et je n'ignore pas que votre mère est très vieux jeu. Mais je sais aussi que vous êtes sortie avec trois célibataires en l'espace de quelques jours, ce qui me fait penser que madame votre mère a un objectif que ne contrarierait pas forcément le fait que je mentionne votre nom…

Diana, qui observait les foules quitter à présent massivement leur travail et rentrer chez elles, enveloppées dans de lourds et sombres vêtements, ne se demandait pas ce que sa mère penserait quand elle verrait l'article. Non. Elle imaginait plutôt Henry lisant ce qu'on disait d'elle et de son ami, Henry vert de rage et, pourquoi pas, elle pouvait bien rêver, provoquant Teddy en duel. Oh, bien sûr, elle ne voudrait blesser personne, mais rien de tel qu'un petit choc, un coup au cœur pour rappeler à un homme où étaient ses vrais sentiments. Non qu'elle sût exactement quoi penser de ceux d'Henry, s'il se souciait plus de Penelope que d'elle, en tout cas, elle désirait ardemment qu'il regrette de l'avoir perdue. Elle voulait que ses regrets soient aussi grands que les siens. Non : elle voulait qu'ils le soient plus.

Elle se dit alors, debout devant la fenêtre de cette pièce exiguë et regardant la rue, en train de vendre des observations qui seraient bientôt perdues si elles ne se retrouvaient pas étalées dans la presse, qu'elle n'était plus innocente. Certes, elle se disait souvent cela, trouvant un jour qu'elle n'était pas née de la dernière pluie, et le lendemain, au réveil, réalisant à quel point elle avait été naïve. Toutefois, aujourd'hui, elle était sûre d'avoir franchi une limite.

– Je trouve que cela ferait un excellent article, Mr Barnard, dit-elle en se détournant de la fenêtre et en s'asseyant sur le rebord. Et si vous me servez encore une larme de votre café magique, je vous dirai comment je le tournerais.

Davis sourit du coin des lèvres et retourna vers le buffet.

Diana laissa errer son regard dans cette pièce simple et chaleureuse qui correspondait parfaitement, pensait-elle, à l'idée qu'elle se faisait du havre d'un homme de lettres. Elle soupira d'aise.

– Je commencerais ainsi : « La charmante Miss Diana Holland a été vue en train de converser d'une manière fort intime avec... »

Dix-Neuf

« Il est de notoriété publique qu'à chaque dîner donné depuis la nuit des temps, les invités doivent être assis en alternant les sexes : homme, femme, homme, femme, et ainsi de suite. C'est ainsi que la nature l'a voulu, permettant à nombre d'hôtesses de s'attribuer le mérite d'avoir formé des alliances romantiques, évitant dès lors de se faire éclipser par une voisine plus belle. »

GUIDE VAN KAMP D'ÉCONOMIE DOMESTIQUE
À L'USAGE DES DAMES DE LA HAUTE SOCIÉTÉ.
ÉD. 1899.

– Tu n'as pas remarqué que quelque chose avait changé ? chuchota Isabella à Penelope, sa voisine de table au dîner qu'elle donnait chez elle, au moment où le gibier fut servi dans sa sauce au vin.

Isabella était vêtue ce soir d'une robe en tulle jaune pâle à volants de dentelle sur les épaules. Une ou deux fois, en se penchant pour glisser des remarques futiles à son amie, elle s'approcha un peu trop près du plat de pommes parisiennes généreusement beurrées ; Penelope, elle, aurait fait plus attention, pour ne pas risquer de tacher sa propre robe.

– Vraiment pas ? Une règle que j'aurais enfreinte... insista Isabella.

Penelope avait en effet remarqué que toutes les femmes étaient assises côte à côte, et bien qu'elle eût préféré être au côté d'Henry, elle réalisa qu'il était très ingénieux de la part d'Isabella de les avoir toutes alignées pour les exposer ainsi aux yeux des hommes. Peu de comparaisons n'étaient pas à l'avantage de la jeune Miss Hayes, et être assise à côté de Prudence Schoonmaker faisait forcément davantage ressortir sa beauté et sa séduction que si elle avait eu un jeune homme pour voisin. Isabella, à sa gauche, l'avait engagée, pendant les hors-d'œuvre, dans une conversation sur les robes des femmes, sujet que Penelope trouvait toujours plutôt divertissant, mais particulièrement instructif quand il s'étendait aux couturiers préférés d'Henry. Prudie, à sa droite, n'avait heureusement pas été tentée de dire le moindre mot.

– C'est tellement plus amusant comme cela, commenta Isabella.

– Oui, c'est divinement amusant, renchérit Penelope en buvant une gorgée de champagne. Bientôt, toutes les autres hôtesses t'imiteront. Mais attention, tous les hommes de New York te reprocheront d'avoir corrompu leurs femmes.

Prudie émit un petit bruit de désapprobation en réaction à ce commentaire ; Penelope se détourna légèrement d'elle, lui présentant sa fine épaule blanche tandis que, tournée vers Isabella, elle émit un petit rire à son adresse. Mais l'intéressée parlait avec son amie Lucy Carr, son autre voisine de table, une divorcée qui ressemblait à un spectre.

– Lucy, tu aurais dû entendre ce que Penny vient de dire. Elle a dit que tous les hommes de New York vont dire que j'ai corrompu leurs femmes et...

À travers la voûte d'orchidées, Penelope jeta un coup d'œil à Henry, de l'autre côté de la table. Il parlait plus que d'habitude, peut-être parce qu'il était assis à côté de Nicholas Livingston qui ne tarissait pas sur le sujet des yachts. Toujours est-il qu'il ne l'avait pas regardée de toute la soirée, chose qui lui avait provoqué un serrement de gorge très désagréable, mais ne l'avait pas fait renoncer le moins du monde à la mission qu'elle s'était promis d'accomplir en venant chez les Schoonmaker. Et en effet, tout son corps vibrait à cette pensée. Elle s'était habillée pour le triomphe, dans une robe de tulle au décolleté vaporeux, dont la jupe en crêpe de Chine tombait en cascade sur ses mules à talons hauts et recouvrait ses orteils. La robe était d'un rose si pâle qu'il était presque blanc, mais sa couleur favorite n'en était pas moins présente dans les petits médaillons rouges brodés sur ses épaules et les multiples points de chaînette tout autour de l'ourlet. La robe lui allait exceptionnellement bien, et Penelope avait tout fait pour : elle avait passé la journée de la veille chez le tailleur.

Les serveurs ne cessaient de s'agiter autour de cette table homérique. L'odeur du gibier donna mal au cœur à Penelope. Elle fronça le nez devant les fumets qui s'élevaient, courant le risque de briser l'harmonie de ses traits lisses et de rider sa peau. Elle n'avait jamais imaginé s'entendre avec les vieilles hôtesses sur leurs protocoles de table draconiens, pourtant elle commençait à se dire qu'il était bien plus convenable d'alterner les sexes : se trouver si radicalement en compagnie de femmes n'était pas une chose que Penelope appréciait beaucoup. La seule dans cette rangée de demoiselles dont l'amitié lui importait quelque peu à ce moment présent était Isabella. Elle ne pouvait se plaindre des efforts qu'avait fait celle-ci pour la rapprocher d'Henry. Pourtant se plaindre, elle ne cessait de le faire, ne serait-ce qu'intérieurement, car bien qu'Henry fût idéalement placé pour lui lancer des coups d'œil complices, son attention restait obstinément fixée ailleurs.

Penelope attendit patiemment que les fromages soient servis. Elle vérifia son reflet dans le seau à glace en argent au milieu des fleurs et des plateaux de service empilés, et arrangea la ligne parfaitement droite de sa courte frange noire qui tranchait sur son front blanc. Elle tâta dans son assiette la nourriture de la pointe de sa fourchette et tourna légèrement le buste, de sorte que ses épaules nues accrochent idéalement la lumière. Elle pressa la main de son hôtesse une ou deux fois tout en laissant Mrs Carr s'extasier sur son brillant avenir dans la société, et lui exprimer quel bien cela ferait à tout le monde de voir un nouveau visage.

– Où est donc passé votre frère ? enchaîna maladroitement cette dernière, laissant voir que la question flottait depuis quelque temps dans son esprit.

Penelope ne manqua pas de remarquer le trouble d'Isabella. Elle donna à Mrs Carr une version abrégée de ce qu'elle avait déjà expliqué à sa nouvelle amie, à quoi elle ajouta, ayant justement reçu un télégramme de Grayson dans l'après-midi :

– Il est en ce moment sur le chemin de retour de New York. Vous pourrez donc bientôt lui poser vous-même toutes ces questions.

Le dîner se termina enfin, et l'assistance – à savoir quarante et quelque personnes rassasiées et éméchées – se déplaça en direction de la salle de bal.

– Comment vas-tu pouvoir rendre ton beau-fils à nouveau heureux ? demanda Penelope avec un tremblement de compassion étudié dans la voix, et après s'être installée entre Mrs Schoonmaker et Mrs Carr sur la causeuse de velours rouille au centre de la pièce.

Sa position centrale avait été bien calculée : la divorcée, avec son rire sonore et sa coiffure de lionne, ne pouvant que mettre en valeur la beauté virginale de sa voisine.

Penelope risqua un regard en coulisse vers Schoonmaker père, debout devant une grande peinture murale de l'école française, qui devisait avec un homme trop avancé en âge pour présenter le moindre intérêt. Elle en conclut qu'elle devait forcément avoir attiré son attention. Le sinistre Spencer Newburg se tenait non loin de lui, et Penelope remarqua que la sœur de celui-ci, Mrs Gore, l'observait comme si elle devinait le futur rôle qu'elle allait jouer dans cette société.

– Je ne sais pas ! Lucy, comment allons-nous le rendre heureux ? répondit Mrs Schoonmaker, appuyée contre Penelope, son éventail de soie reposant sur la jupe de celle-ci.

– Si j'étais toi, lui glissa Mrs Carr sur le ton de la confidence, je m'arrangerais pour le faire danser avec Miss Hayes.

Mrs Schoonmaker lui serra vigoureusement les mains. Cette suggestion était justement, Penelope en était sûre, ce qu'elle attendait.

– Mais s'il n'est pas d'humeur à danser ? s'avisa-t-elle alors.

– Sottises !

Mrs Schoonmaker lui jeta un regard qui signifiait qu'elles s'étaient comprises, puis elle se leva et, l'air de rien, s'approcha de son mari, ses volants de tulle jaune bruissant dans son sillage.

Penelope la vit chasser d'un geste le vieil homme – c'était Carey Lewis Longhorn, elle le reconnaissait maintenant – et adresser quelques mots ironiques à Mr Schoonmaker. Puis, comme elle tournait son regard vers les nombreux tableaux aux épais cadres dorés qui décoraient le mur face à elle, elle rencontra les yeux de son hôte. Il la regardait de la tête aux pieds. Il avait forcément remarqué le malaise qu'elle ressentait d'avoir été laissée seule en compagnie d'une divorcée en plein milieu d'une salle de bal. Elle cacha le bas de son visage derrière l'éventail qu'Isabella avait abandonné sur le siège.

– Je me demande de quoi peut bien s'entretenir Schoonmaker avec Carey Longhorn. Mr Longhorn est mon ami, certes, mais ils n'ont jamais fréquenté les mêmes cercles, cancana Mrs Carr.

Mais Penelope l'écoutait à peine, car elle ne perdait pas de vue, dans la périphérie de son regard, le père d'Henry et son épouse. Ils semblaient s'être mis d'accord sur quelque chose ; ils s'excusèrent auprès de leurs voisins et se dirigèrent tous deux vers Henry, toujours en conversation avec Nicholas

Livingston. Penelope se cuirassa à la pensée de l'impact émotionnel que son aspect physique produisait sur les autres. Elle agita son éventail et attendit.

– On l'a vu avec une jeunesse, l'autre soir à l'opéra, tu imagines ? Ce serait quelque chose, s'il se mariait à son âge, et à une créature qui pourrait être sa petite-fille !

Penelope ne prêtait qu'une oreille distraite à ces propos. Elle se mit à écouter la musique qu'un quatuor jouait depuis un certain temps dans la pièce voisine. Elle inspira profondément, et cela lui apporta un peu de calme. Elle se décontracta et ferma doucement ses paupières. Quand elle les rouvrit, Henry, vêtu de son habituel smoking, occupait le centre de sa vision. À quelque distance derrière lui, Mr et Mrs Schoonmaker l'observaient ; Mrs Carr se leva, lui lança un clin d'œil peu discret et se laissa entraîner dans une conversation avec Mr Longhorn. Tout le monde dans la salle, pensa Penelope, savait qu'Henry Schoonmaker allait l'inviter, elle Penelope Hayes, à danser.

– Bonsoir, lui dit simplement Henry.

Penelope baissa la tête et ses yeux bleus comme la mer se levèrent pour rencontrer les siens.

– Est-ce que des soirées comme celles-ci ne vous font pas regretter Miss Elizabeth ?

Henry serra les dents et sembla réfléchir à la meilleure réponse :

– Ce ne sont pas des soirées comme celles-ci qui me la font regretter.

– Oh, que ne donnerais-je pas pour la voir revenir ! soupira Penelope, haussant les épaules d'une façon chagrine.

– Tu oublies que je te connais, se hâta de lui rétorquer Henry. (Il y avait de la rage dans ses yeux.) Je crois que l'honnêteté te siérait mieux.

L'allusion à leur ancienne intimité parut presque aussi délectable à Penelope que l'aurait été le contact de ses mains, et elle le regarda franchement.

– C'est mieux comme ça !

Et Henry eut un sourire résigné quand il lui tendit la main pour prendre la sienne :

– Ils disent que nous devrions danser.

Il l'aida à se lever, et là elle sentit réellement le contact de ses mains sur les siennes, à travers ses gants. Puis ils traversèrent solennellement la voûte en chêne poli pour entrer dans la salle adjacente où valsaient quelques couples. Henry la regarda comme s'il essayait de deviner ses intentions. En écho à son dernier commentaire, elle ne fit aucun effort pour masquer ses sentiments et lui lança un regard éloquent. Il y avait un manque de naturel dans ses mouvements à lui qui était nouveau depuis la dernière fois qu'ils avaient dansé, il y a des mois de cela, ce qui ne l'empêcha pas de sentir la pression discrète de sa jambe contre sa jupe.

– Je pense que cela t'a réellement brisé, dit-elle enfin, inclinant pensivement la tête sur le côté tandis qu'ils tournaient.

– Tu parles d'Elizabeth ?

Henry ferma les yeux et baissa la voix, mais ce n'était pas nécessaire. Les musiciens jouaient assez fort pour que les autres danseurs qui glissaient, tournaient, s'éloignaient et se rapprochaient ne puissent les entendre.

– Comment pourrais-je ne pas l'être ? Je suppose, continua-t-il presque avec affection, que de ton côté tu en es d'autant plus désolée.

– Au contraire, mon amie me manque terriblement. Mais tu oublies à quel point elle m'a trahie.

– Oh, Penelope, fit Henry dans un chuchotement. Tout cela n'a pas guère d'importance, maintenant.

– Non. L'important, c'est qu'elle soit morte. C'est une tragédie.

Henry resta silencieux, réfléchissant à sa réponse.

– Oui, c'est le mot exact, dit-il finalement.

– C'est pour cela que tu ne flirtes plus ? Pourquoi ne me regardes-tu plus comme tu le faisais avant ? Pourquoi ?

– C'est simplement parce que ce ne serait pas bien, répondit imperturbablement Henry.

– Ah bon.

Penelope ressentait la douceur du contact de la main d'Henry sur sa taille, et la chaude lumière de la pièce qui éclaboussait ses pommettes comme autant de particules d'or. Elle se retint de toutes ses forces pour ne pas parler tout de suite, mais déjà ses lèvres brûlaient de lui livrer l'information.

– Mais tu ne penserais pas ainsi si tu savais ce que j'ai appris.

Ils parlaient maintenant à voix si basse qu'ils étaient obligés de se rapprocher l'un de l'autre.

– Que sais-tu, Penny ?

– Qu'Elizabeth est en vie.

Penelope fut surprise de l'intense plaisir que lui donna cette révélation qu'elle avait pourtant depuis longtemps préméditée.

Henry sursauta presque, mais se força à continuer à danser, quoique à un rythme plus rapide.

– Qu'est-ce que tu as dit ?

– Elle a feint d'être morte pour éviter de t'épouser.

Penelope avait un grand sourire radieux, glorieux. Ils tournaient plus vite maintenant, sans se soucier du couple voisin, Adelaide Wetmore et Regis Doyle, qu'ils heurtèrent presque en virevoltant.

– Et je l'y ai aidée.

– Toi… ? Où est-elle ?

Les yeux d'Henry étaient grands ouverts, un feu semblait y brûler. Il la regardait sans savoir quoi penser.

– En Californie. Il semble qu'elle n'était pas du tout amoureuse de toi, Henry. Il semble qu'elle ait été…

– Tu veux dire qu'elle ne s'est pas noyée dans le fleuve ? l'interrompit Henry.

Il clignait des yeux et parlait d'une voix plus lente, un peu stupide même, une voix que Penelope ne lui avait jamais entendue.

Elle hocha lentement la tête d'un air satisfait. *Et voilà*, pensa-t-elle. *Je l'ai carrément épaté.*

– Tu veux dire qu'elle va bien ?

– Mais oui, parfaitement bien…

Si Henry s'était rendu compte que le ton de Penelope avait brusquement changé – un ton agacé, maintenant –, il n'avait pas le temps d'y réagir. L'expression de lassitude et de dégoût du monde qui depuis des mois se peignait sur ses traits s'en était allée, et la bonne vieille lueur malicieuse qu'on lui connaissait pétillait de nouveau dans son œil. Il cessa de danser et lâcha Penelope. À la grande mortification de celle-ci, tous les autres danseurs s'arrêtèrent presque immédiatement, pour mieux voir ce qui était en train de se passer. Henry jeta un bref regard aux autres couples et, ne se souciant pas de cacher le grand sourire qui éclairait son visage, il prit la main de Penelope et la baisa.

– On m'attend ailleurs… fut la seule excuse qu'il donna, avant de sortir rapidement de la pièce.

– Oh ! fit Adelaide, une main tenue en l'air par son partenaire, Mr Doyle. J'espère qu'il va bien, ajouta-t-elle tout haut.

Mais la façon dont elle le regardait partir indiquait plutôt qu'elle était fort déçue d'avoir manqué, pour le reste de la soirée, la chance de danser avec le fils de la maison.

Penelope laissa exploser sa colère. Autour d'elle, les gens la regardaient, amusés. Jamais de toute sa vie ses désirs ne s'étaient trouvés aussi continuellement contrariés. Elle sentait encore l'odeur d'Henry, de son cognac et de ses cigarettes, le parfum léger de son eau de toilette et la douce pression de sa main contre son dos. Mais ce qu'elle ressentait d'une façon plus aiguë, c'était l'humiliation d'être abandonnée sur une piste de danse, au milieu de gens qu'elle considérait un rang au-dessous d'elle, avec rien d'autre qu'un cœur douloureux et les ruines d'un grand projet.

Vingt

« Qu'est-ce qui fait la mariée idéale ? Ses manières, l'argent que possède son père, les relations de sa mère, tout cela joue un rôle. Mais rien ne vaut, en plus de tous ces éléments, cet air de pureté qui auréole les jeunes filles les plus désirables. »

MRS HAMILTON W. BREEDFELT, EXTRAIT DE SON
RECUEIL D'ARTICLES SUR L'ÉDUCATION DES JEUNES LADIES AU CARACTÈRE BIEN TREMPÉ, 1899.

Dehors, il s'était mis à neiger. Dans la Cinquième Avenue, l'air était plus tiède qu'il ne l'avait imaginé, et les flocons étaient si fins et si doux qu'ils fondaient comme un brouillard sur son visage. Le trottoir s'était couvert d'une mince dentelle de givre sur laquelle Henry, empli d'une joie aussi exubérante que sereine, posait ses pas, laissant des empreintes sombres derrière lui. En l'espace de quelques minutes, le monde entier avait changé. Maintenant il savait ce que signifiait le dernier regard que sa fiancée lui avait lancé : elle n'avait pas choisi la mort, mais une autre vie, une vie qui permettrait à sa petite sœur de vivre avec celui qu'elle aimait. Il dépassa la file des cochers qui attendaient devant leurs calèches sur le bord du trottoir en sirotant des fioles d'alcool pour se réchauffer, et se dirigea vers Gramercy Park.

Le numéro 17, il y a quelque temps, n'était pour lui que la demeure d'Elizabeth. La première fois qu'il y était entré, c'était avec la sensation tiède d'un devoir à accomplir, laquelle était devenue, plus tard, un sentiment pesant de culpabilité, qu'il devait à sa piètre conduite. Avant cela, l'immeuble faisait simplement partie, pour lui, du circuit des propriétés huppées des plus vieilles familles de New York dont la haute extraction devenait de jour en jour plus anachronique. Mais ce mardi soir, il n'était, à ses yeux, que la maison de Diana. Tout pouvait brûler entièrement, du moment que la chambre de Diana fût épargnée. L'état d'abattement qui l'habitait depuis des mois s'était évanoui, maintenant. Sa cause principale, la mort d'Elizabeth dont il se sentait responsable, ensuite l'idée de la fragilité de la jeunesse et le fait et qu'il ne pourrait jamais vivre avec la seule jeune fille qui lui rendait la perspective du mariage attrayante, tout cela s'était dissipé par le pouvoir de quelques mots. Il n'y avait qu'une seule personne avec laquelle il avait envie de partager cette grande et bonne nouvelle, c'était la sœur de la jeune fille qui n'était pas morte.

Si on le lui avait demandé, il aurait été incapable de dire combien de temps il avait mis pour arriver à Gramercy Park. Il lui semblait que quelques secondes seulement avaient passé, or cela avait dû durer une éternité, parce que quelque part entre l'édifice de briques rouges et pierres de taille blanches de la Cinquième Avenue, et la simple maison de ville en briques foncées de Gramercy, toutes ses fautes s'étaient effacées, et il était redevenu un homme qui pouvait se regarder en face. La dernière et seule fois qu'il avait vu Diana dans sa chambre, il y était parvenu en sautant par-dessus le treillis, mais l'homme audacieux et aventureux avait tellement repris le dessus en lui qu'il n'hésita pas à marcher tout droit vers la porte d'entrée qu'il ouvrit sans rencontrer la moindre résistance. Il ne lui en fallut pas plus pour qu'il se sente invité à pénétrer dans la maison, et il entra dans le vestibule obscur. Il grimpa jusqu'au premier étage sans rien regarder autour de lui et, arrivé sur le palier, il choisit la porte sous laquelle filtrait une lumière. Il n'éprouva pas non plus le besoin de frapper. Il tourna la poignée et entra.

La pièce baignait dans la chaude lumière d'une lampe qui éclairait les murs tendus de damas, la bibliothèque et la peau d'ours devant la cheminée où ne brûlait aucun feu. À côté, Diana était assise dans une vieille bergère à oreilles, enveloppée dans plusieurs liseuses de dentelle, les jambes recouvertes d'un vieux plaid, ses anglaises noires ramassées en chignon, et les yeux baissés sur un livre. Peut-être pensait-elle que sa femme de chambre venait d'entrer, car elle ne leva pas immédiatement la tête. Elle continuait à lire son roman comme si rien n'était plus important au monde. Quand elle atteignit la fin d'un paragraphe, elle posa le livre sur ses genoux et leva les yeux. Là, se rendant compte que ce n'était pas sa bonne, elle eut l'air effrayée et fut sur le point de crier.

Henry s'élança vers elle et posa sa main sur sa bouche.

– Non, lui dit-il doucement.

Les yeux de Diana s'agrandirent encore, mais le ton de la voix d'Henry devait l'avoir rassurée, parce que l'angoisse et la surprise qui s'étaient lues dans ses grands yeux bruns se dissipèrent aussitôt. N'y demeura qu'une sorte de questionnement inquiet, et elle finit par dire, d'un ton serein qui répondait au sien :

– Je me demande ce que vous êtes venu faire ici.

– Rien. Je suis là, simplement.

Le ton de sa voix était joyeux, il exprimait, contre toute attente, un bonheur des plus saugrenus. Il lui adressa un petit sourire oblique pour lui faire comprendre à quel point, effectivement, il était heureux.

Elle continua à le fixer de la même façon :

– Je vois cela.

– Di...

Henry mit un genou à terre et tendit la main pour prendre la sienne, mais elle fut plus rapide que lui et la retira.

– Notre dernière rencontre n'a guère laissé de place à l'amitié, Mr Schoonmaker. Si vous pensez vraiment avoir quelque chance de me séduire par n'importe quelle nuit sans lune de votre choix, je peux vous assurer que vous vous trompez.

Henry resta perplexe devant cette facette froide et dure que Diana ne lui avait jamais montrée. Il garda le silence, essayant de retrouver, dans sa vaste expérience, la façon dont il avait déjà réagi dans ce genre de situation. Mais rien, il n'avait jamais vécu une chose pareille. Il voulut parler, mais n'arriva pas à articuler la moindre phrase. Il décida d'essayer de prendre à nouveau sa main. Cette fois elle le laissa faire, quoique sans grand enthousiasme, et finalement il put trouver les mots.

– Elizabeth est vivante, dit-il.

Diana referma son livre sur ses genoux et redressa le dos. Elle laissa sa main dans la sienne – ce qui était bon signe, se dit-il, et il s'en trouva ridiculement content – mais elle continua à le scruter d'un air inquisiteur. Quand elle murmura enfin : « Je sais », sa voix s'était légèrement réchauffée.

– Tu sais ? lui dit-il, osant reprendre un ton d'intimité.

Ce fut un choc, mais Henry était trop transporté de joie pour vouloir analyser ce qui se passait vraiment.

– Mais ce matin-là, après notre nuit dans la serre... j'ai vu Elizabeth... J'ai pensé qu'elle... qu'elle avait pu avoir envie de ne plus vivre...

– Non, répondit prudemment Diana. Elle est en vie. Et parfaitement heureuse, je crois.

– Alors tout va bien, n'est-ce pas ? Je veux dire que si Elizabeth va bien et si elle est heureuse, cela veut dire qu'elle ne voudra plus jamais m'épouser, et que ce projet était une erreur colossale, et donc que toi et moi pouvons être ensemble. Que toi et moi pouvons...

Là il se tut et arqua les sourcils, façon d'exprimer tacitement sa pensée. Prenant conscience que son genou qui appuyait sur le plancher lui faisait mal, il s'assit aux pieds de Diana.

– Tu aurais dû me le dire depuis longtemps, reprit-il.

Diana rosit de plaisir, mais elle continuait de le regarder avec circonspection. Il y avait quelque chose d'émouvant à la voir ainsi dans sa petite chambre aux murs saumon avec tous ses livres – la chambre de son enfance.

– C'est un secret. Je l'ai promis à Elizabeth. Si quelqu'un découvrait...

Elle retira brusquement sa main et releva le col en dentelle de sa robe de chambre.

– Comment l'as-tu découvert ? lui dit-elle.

– C'est Penelope qui me l'a dit. Il y a à peine une heure. Ma belle-mère donnait un dîner...

– Qu'y a-t-il entre toi et Penelope ? demanda-t-elle, gardant prudemment ses distances et restant sur sa réserve.

Elle se leva et s'éloigna d'Henry pour aller s'asseoir contre la tête en soie matelassée rose pâle de son lit.

Que Diana puisse être jalouse de Penelope n'avait pas traversé l'esprit d'Henry. Le sentiment de légèreté et de libération qui l'habitait n'en fut pas pour autant affecté. Il resta debout, les mains dans les poches de son manteau, et lui lança un long, un intense, un affectueux, un grave et calme regard :

– Il n'y a rien entre Penelope et moi.

– Rien ? releva amèrement Diana. Comment pourrais-je le croire ? Je ne suis pas aveugle, tu sais (dans sa fièvre, elle en oublia la distance qu'elle avait voulu mettre entre elle et lui), ni tombée de la dernière pluie. Je vois bien comment elle te regarde. Et je te connais, je sais quel homme tu étais.

– La façon dont elle me regarde n'a rien à voir avec les sentiments que j'éprouve à son endroit, qui sont exactement comme je te l'ai dit : nuls. N'ai-je pas toujours été honnête avec toi ? C'est moi qui t'ai dit ce qui s'était passé entre elle et moi, alors pourquoi te mentirais-je maintenant ?

– Parce que tu es peut-être un mufle.

Diana avait un air offensé, cependant elle pouvait à peine respirer, et son cœur battait à tout rompre. Henry voyait très bien qu'elle luttait contre elle-même et qu'elle ne savait quoi penser. Il continua à la regarder avec toute la sincérité dont il était capable, puis il s'approcha d'elle. Il prit son petit visage dans ses mains et l'embrassa sur la bouche.

Le baiser dura longtemps, et quand ce fut fini elle chuchota :

– Non, tu n'es pas un mufle.

– C'est bien. (Il joua avec l'une de ses boucles, derrière son oreille.) Ta sœur est en vie, Di, ce qui signifie qu'il n'y a pas de tragédie, et pas de trahison. Si nous voulions, nous pourrions...

Il fut interrompu par une sonnerie venue de l'étage en dessous, une sonnerie faible mais précise, qui retentit deux fois dans le silence de la maison.

Diana regarda autour d'elle, puis ses yeux se posèrent sur lui. Il y avait de l'inquiétude dans son regard, et quand le carillon retentit une troisième fois, elle dit :

– C'est peut-être Elizabeth ?

– Elizabeth ? (C'était tout à fait improbable, lui semblait-il, mais les événements s'étaient retournés d'une façon si inattendue et si rapide qu'il s'attendait à tout, maintenant.) Mais si c'était le cas, aurait-elle besoin de sonner comme une visiteuse ? Moi-même je suis entré sans sonner, et je ne suis pas un parent...

Une autre jeune fille que Diana courant le risque d'être découverte avec un homme à qui elle n'était ni fiancée ni mariée aurait été la proie d'une angoisse sans pareille, se serait accablée de reproches et tordu les mains devant le spectre de sa ruine toute proche. Mais pas Diana. Elle se mordit la lèvre, redressa la tête, prit la main d'Henry et le conduisit vers la porte. Silencieusement, ils sortirent de la chambre, longèrent le couloir ; elle le traînait par la main, avec tendresse et confiance. Mais une lumière s'alluma dans le vestibule. Ils s'arrêtèrent en haut de l'escalier, et restèrent immobiles, dans l'ombre.

– Mr Cairns ! fit une voix de femme qu'Henry ne reconnut pas, cela fait si longtemps ! Quel vent vous amène, si tard dans la soirée ?

Diana tourna la tête vers Henry, et dans l'obscurité il vit bouger ses lèvres lisses et rondes.

– Tante Edith.

– Vous me voyez désolé de cette inconvenance, Miss Holland. J'arrive juste de Boston, et je me serais présenté à une heure beaucoup plus acceptable si le temps n'avait pas tourné au pire et ne m'avait retardé. J'avais l'intention de vous rendre visite depuis le jour où j'ai appris la tragique disparition de Miss Elizabeth, mais certaines affaires m'ont retenu. J'ai entendu des rumeurs sur la détresse dans laquelle se trouve votre famille, et je...

– Mr Cairns, je vous en prie, vous n'avez pas besoin de vous justifier. Je vais vous faire préparer un lit. En attendant, entrez au salon, je vous prie. Mrs Holland est souffrante, bien trop souffrante pour pouvoir vous recevoir. Mais je vais aller chercher Miss Di et...

Edith continua son discours au pied de l'escalier. À la mention de son nom, Diana se retourna, surprise. Elle se rapprocha d'Henry et leva la tête vers lui. L'ombre qui caressait son visage ne fit qu'exciter le désir d'Henry, et il dut détourner les yeux pour se retenir de la prendre dans ses bras et de presser son corps contre le mur.

– Tu dois partir, chuchota Diana.

– Je sais. Je reviens bientôt. Je reviendrai tous les jours dans l'espoir de te trouver seule.

– Oui. (Elle fit un geste désolé en direction de sa chambre :) Le treillis...

– Non, non, pas ça.

Il ne put, malgré le danger de la situation, se retenir de sourire. Diana serra les lèvres et jeta un regard furtif vers la gauche.

– L'escalier de service, alors.

Elle lui montra la porte. Henry avait été si absorbé par l'éclat changeant de sa peau et le chatoiement de ses yeux dans l'obscurité qu'il ne remarqua qu'à l'instant que la conversation en bas était arrivée à sa fin, et qu'il lui faudrait prendre l'escalier pour sortir. Il marcha rapidement en direction de la porte que Diana lui avait indiquée et, sans s'autoriser un regard en arrière, il descendit le sombre et étroit escalier de service. Concentré sur le bruit des pas qui montaient au-dessus de lui, il ne réfléchit pas à ce qu'il pourrait trouver en dessous. C'est ainsi qu'il déboucha à pas furtifs dans la cuisine et aperçut une servante de dos dans une robe noire à l'étoffe grossière, penchée sur une cuisinière.

Elle était lasse – c'était visible à son attitude – et quelques mèches de ses cheveux roux, qui semblaient avoir été hâtivement relevés, tombaient sur son dos. Elle avait dû être réveillée par la sonnerie, et était occupée à préparer le thé et à disposer le service sur un plateau avec une lenteur qui n'aurait pas été tolérée à une heure moins tardive et dans une autre maison.

Henry longea le mur, avança à pas de loup sur le vieux plancher de bois. Il pensait si fort, et son sang bouillonnait si intensément dans ses veines qu'il s'étonna que sa présence ne soit pas remarquée ni tonitruante aux oreilles de la servante. Elle continuait consciencieusement et imperturbablement son travail, et Henry arriva ni vu ni connu jusqu'à la porte d'entrée.

Le vestibule était éclairé par une lampe à gaz, mais vide de toute présence humaine. En un clin d'œil Henry fut dehors et franchit la porte en fer forgé du parc, couvert à présent d'un épais manteau de neige. Il marcha à pas réguliers dans la nuit, en direction du nord, le souffle rapide. Il s'était échappé sans se faire remarquer. Il y avait quelques minutes de cela, la jeune fille qui possédait toute son affection avait couru un grand risque, qu'il avait partagé avec elle, mais maintenant le danger était passé. L'invraisemblance de tout cela égaya son humeur et lui rappela que le monde était à lui. Depuis longtemps il ne s'était pas senti aussi libre.

Il traversa la rue, où la couche de neige fraîchement tombée réfléchissait la lumière violacée des réverbères, et marcha vers le nord en longeant le parc. À l'angle nord-ouest, il croisa une bande d'hommes enveloppés dans des manteaux et des écharpes qui chantaient à pleins poumons un hymne joyeux : « Joie dans le monde, c'est Noël ! Joie sur la terre ! Que le ciel et la nature chantent, que le ciel et la nature chantent, que le ciel, que le ciel et la nature chantent ! » Il s'arrêta pour les regarder, et c'était comme s'ils avaient été là pour chanter sa joie intérieure. L'un des hommes remarqua Henry et le prit aussitôt sous le bras, l'entraînant avec le groupe qui se dirigeait vers la Cinquième Avenue.

– Je ne pensais pas qu'on était si près de Noël, dit Henry, quand l'hymne fut fini.

Il ne reconnaissait aucun d'entre eux, bien qu'ils fussent plutôt bien habillés. Ils revenaient apparemment d'une soirée.

– Mais oui, demain nous sommes déjà le vingt, répondit l'homme qui l'avait gaiement entraîné. (Il fouilla dans son manteau et en sortit une flasque.) Vous ne refuserez pas une gorgée de cognac, ajouta-t-il en traînant sur le dernier mot qu'il prononça plutôt indistinctement.

– Je veux bien.

Henry prit le flacon et but joyeusement à la fin de ses soucis et à ses retrouvailles avec Diana.

– Dites-moi, mon ami, continua l'homme d'une voix chaleureuse, connaissez-vous d'autres chants ?

Henry avait plusieurs fois dans sa vie subi l'épreuve des chants de Noël, mais à ce moment précis, il était incapable de se souvenir d'autre chose que de cet *Hymne à la joie dans le monde*, et c'est ce qu'il lui dit.

La petite bande hurla de rire, puis reprit l'hymne depuis le début. Ils chantaient plus fort cette fois, et Henry ressentit d'autant plus le message de ce chant. Il prit une autre gorgée de cognac et se mit à chanter avec eux, dans l'avenue, avec la pensée de Diana, de ses lèvres pulpeuses, et de leur avenir qui dansait dans sa tête.

Vingt et Un

« Vu les nombreux moyens de transport modernes, les arrivées tard le soir ou tôt le matin sont nettement évitables, tout visiteur poli n'est pas sans le savoir. Mais comme une hôtesse ne peut pas toujours choisir ses visiteurs selon leurs manières, elle devra se rendre présentable et gracieuse à n'importe quelle heure où on la demande. »

GUIDE VAN KAMP D'ÉCONOMIE DOMESTIQUE
À L'USAGE DES DAMES DE LA HAUTE SOCIÉTÉ.
ÉD. 1899.

Quand Diana entra dans le salon familial ce mardi soir, ce fut avec un calme et une assurance que sa sœur aînée lui aurait enviés. Elle portait une simple robe noire qui s'évasait autour de ses pieds et accentuait la finesse de sa taille sans pour autant mettre trop ses charmes en valeur, et sa coiffure était plus nette qu'elle ne l'avait été de toute la soirée. Elle avança dignement jusqu'à la cheminée où sa tante Edith attendait, comme une comédienne prête à jouer un rôle, et en effet il sembla à Diana qu'il lui faudrait beaucoup d'artifices pour déguiser les émotions qui s'agitaient à l'intérieur d'elle-même. Henry l'aimait à nouveau, et elle en était bouleversée.

– Mr Cairns, fit-elle en tendant la main mais en la laissant retomber avant qu'il ne puisse la baiser.

Snowden Cairns avait été le partenaire occasionnel de son père et parfois son compagnon d'aventures. *Le pauvre homme*, pensa-t-elle. Il la regardait avec des yeux si graves, et elle savait que sa peau avait l'éclat d'un coucher de soleil sur l'Hudson et que ses pupilles étaient larges et noires.

– Cela fait si longtemps, ajouta-t-elle.

– Effectivement, ce que je regrette. J'espère que vous avez reçu les lettres de condoléances que je vous ai envoyées après le décès de votre père ? La nouvelle de la disparition prématurée de votre sœur m'est récemment parvenue. Je vous prie d'accepter mes plus profondes excuses de n'avoir été présent à aucun enterrement... Je travaillais, et il y a des fois où retourner sur la rive est est trop compliqué, même pour les plus graves occasions.

Diana l'invita à s'asseoir et le précéda en s'installant sur la bergère aux teintes délavées à côté de celle de sa tante. Snowden continua à lui parler de sa famille, mais elle avait du mal à suivre ce qu'il disait. Ce n'était pas que Snowden ne semblât ni sérieux ni sincère, et bien qu'elle ait toujours pensé à lui, pour autant qu'elle l'ait jamais fait, comme à un ami de son père, il ne paraissait pas assez vieux pour jouer ce rôle. Son nez était court et droit, et ses yeux, dont la couleur hésitait entre le vert et le brun, étaient écartés sous des sourcils droits et épais. Son visage, non dépourvu de beauté, était celui d'un aventurier qui aurait bourlingué de nombreuses années. Ses cheveux étaient épais, incroyablement blonds, séparés par une raie au milieu. De plus il avait belle allure. Sauf que ce n'était pas Henry. Par-dessus le marché, c'était son arrivée impromptue qui avait fait partir Henry. C'était à cause de lui qu'elle n'était plus avec l'homme qu'elle aimait.

Elle revivait la sensation du baiser inattendu qu'il lui avait donné, quand elle remarqua que son visiteur était encore debout.

– Comment va votre mère ? lui demanda-t-il d'un ton doux et prévenant.

– Elle est très malade, répondit Diana, laissant passer plus d'irritation dans sa voix qu'elle n'en avait l'intention.

Elle regarda sa tante pour voir dans ses yeux la confirmation de ce qu'elle venait de dire ; Edith, l'air anxieux, regarda Diana puis Mr Cairns, et hocha gravement la tête.

– Eh bien, ce n'est pas étonnant… répondit l'homme, avec un geste désapprobateur de la main. Il gèle, ici. Je suis surpris que vous ne soyez pas vous-même malade.

– Nous… (Diana rougit et hésita.) Nous n'attendions personne aussi tard.

Elle vit Snowden poser les yeux sur le panier en cuivre où les bûches étaient habituellement stockées. Elle aurait voulu lui dire qu'elle s'occupait de cette question – et qu'en vérité un feu avait été aujourd'hui allumé dans la chambre de sa mère, dans la cuisine et même dans sa propre chambre, grâce à son ingéniosité – mais cela aurait entraîné des questions sur la provenance de l'argent. Et son petit voyage dans la Seizième Rue Est n'était pas un fait dont elle pouvait se vanter. La famille devait tant d'argent à la société qui vendait le bois que les gains de Diana n'avaient suffi qu'à en acheter le strict minimum, aussi Claire le rationnait-elle et attendait-elle probablement, avant de le brûler si tard le soir, de savoir combien de temps Snowden projetait de rester.

– Miss Diana, puis-je me permettre ? s'invita Snowden en s'approchant d'elle et en s'accroupissant au pied de son fauteuil.

La proximité de son visage ne le lui rendait pas plus attrayant.

– J'ai entendu parler des infortunes de votre famille, et bien que j'aie du mal à y croire, ayant justement été intimement lié à votre fortune dans le passé, je suis venu vous aider dans la mesure de mes moyens. Vous n'avez pas besoin d'être fière, avec moi.

Sur ces mots, il se leva et s'approcha des bay-windows qui donnaient sur la rue. Il frappa contre une vitre. Diana aperçut une voiture privée qui attendait. Quelques minutes plus tard, le valet de Snowden allumait un feu. Les pensées de Diana étaient trop dispersées, à ce moment précis, pour s'étendre sur la façon singulière dont Mr Cairn avait fait venir le bois. Le valet était habillé presque comme son maître, en pantalon brun rustique et en gilet de cuir noir usé, mais la chemise de Snowden était en soie gris ardoise, au lieu d'un coton épais et fonctionnel, et il portait à son poignet un bracelet d'or qui brillait à la lumière.

– Voilà, déclara son hôte quand le feu ronfla sous le grand manteau de marbre.

Diana en fut réchauffée, mais l'élévation de la température ne suffit pas à détourner ses pensées de leur centre d'attraction.

– Évidemment, il y a bien d'autres choses dont vous avez besoin dans cette maison. J'y veillerai. Mais pour l'heure, je dois voir votre mère.

Diana leva à regret les yeux de ses mains croisées sur ses genoux.

– Ah ?

– C'est de la plus haute importance.

– Quoi donc ?

– Que je voie votre mère.

– Oh !

Diana se leva, quelque peu surprise que ses pensées aient vagabondé si loin en présence de sa tante et d'un proche de la famille.

– Eh bien... continua-t-elle pour se donner le temps de la réflexion, mais sans savoir exactement ce qu'elle allait dire.

– Je ne pense pas que Mrs Holland se sente assez bien pour cela, intervint Edith en lissant les manches de sa robe en soie prune sur les bras de son fauteuil capitonné.

– Je vais aller voir si elle se sent assez bien pour s'entretenir avec vous, enchaîna Diana avant que Snowden ne puisse dire quoi que soit d'autre.

C'était une occasion de quitter la pièce, et elle avait l'intention de la saisir.

– Merci, dit Snowden en s'inclinant discrètement.

Diana trouva sa mère dans la même position que la dernière fois. Elle était au lit, les rideaux étaient tirés, et sa tête reposait sur une pile d'oreillers. Mais elle avait fait l'effort d'arranger vaguement ses cheveux sous sa coiffe de veuve. Ses yeux étaient ouverts.

– Qu'y a-t-il, Diana ? dit-elle avec un étonnement non feint.

– C'est Mr Cairns, l'ami de père. Il est en bas et il veut vous voir...

Diana fut interrompue par le bruit de la porte qu'on ouvrait à nouveau. Elle se retourna avec impatience et quelle ne fut pas sa surprise de voir apparaître celui dont elle venait de parler, dans ses habits de *gentleman-farmer*. Un homme entrant sans y être invité dans la chambre d'une femme était une telle transgression des usages que même Diana se sentit quelque peu scandalisée.

– Mrs Holland, commença-t-il, je ne peux vous exprimer à quel point je suis profondément désolé de ne pas avoir pu vous présenter mes condoléances en personne pour le décès de votre mari et de votre fille.

– Merci, Mr Cairns. J'ai lu vos lettres, soyez rassuré, et je connais vos sentiments.

– J'espère que vous ne me trouverez pas trop direct si je vous dis qu'ayant entendu parler de vos soucis financiers, je suis venu de ce pas vous affirmer que je n'en crois rien. Si je peux me permettre, Mrs Holland, une telle chose n'est pas possible. J'aimerais vous offrir mes services à ce sujet. (Il sortit une enveloppe d'une poche intérieure de son gilet.) Je vous ai apporté un chèque.

En entendant cela, Diana, qui se tenait sagement debout

près du lit de sa mère, sentit alors son humeur s'enflammer. Ce n'est vraiment pas nécessaire, aurait-elle aimé dire, puisqu'une solution à tous leurs problèmes lui avait récemment été offerte sur un plateau. Et cette solution était de loin plus convenable que celle de Snowden Trapp Cairns. Elle aurait aimé refuser tout net son offre, mais elle se trouva forcée de se taire, ne pouvant avouer le marché qu'elle avait passé et les indiscrétions qu'elle avait été obligée de commettre.

Elle fut heureuse, toutefois, d'entendre que sa mère n'était pas loin de penser comme elle.

– Nous ne pouvons accepter votre charité, Mr Cairns, mais c'est très aimable de votre part.

– Mais il ne s'agit pas de charité, assura Mr Cairns. Il s'agit d'une somme d'argent que je vous dois depuis quelque temps, et en vérité ce n'est pas une grosse somme. Elle correspond au pourcentage qui revient à votre père concernant le résultat positif quoique modeste d'un litige que nous avions porté ensemble devant les tribunaux, quand nous étions dans le Klondike[1]. Alors vous voyez, si vous ne prenez pas cet argent, vous faites de moi un voleur, plaisanta-t-il.

Diana trouva alors son sourire horriblement mielleux.

– Mr Cairns... commença Mrs Holland d'un ton de protestation peu convaincant.

– J'insiste ! l'interrompit Snowden.

C'était sans réplique.

– Merci.

Mrs Holland accepta le chèque avec une pointe d'humilité qui dut, même dans l'état de faiblesse où elle se trouvait, lui coûter beaucoup. Elle se pencha pour le poser sur la table de

1. Rivière du Canada, où eut lieu une véritable ruée vers l'or. (N. d. T.)

nuit, et Diana lut alors une expression de soulagement sur son visage.

– Combien de temps restez-vous en ville ?

– Aucune tâche pour l'instant ne m'appelle ailleurs, et si vous le permettez, Mrs Holland, j'aimerais jeter un coup d'œil sur vos papiers. Je ne peux pas croire, c'est pour moi une idée absurde, que vous soyez aussi pauvre qu'on le dit... (Snowden observa un silence et battit des paupières.) Ou que vous semblez le croire, ajouta-t-il.

– C'est très gentil à vous, mais je vous assure que j'ai bien examiné les papiers et que la situation est tout à fait tragique. Quoi qu'il en soit, tant que vous êtes en ville, vous restez avec nous.

Snowden s'inclina presque militairement, talons joints.

– Merci, Mrs Holland. Nous parlerons davantage demain. Je vous ai assez importunée pour l'instant. Je vais descendre et trouver la domestique pour qu'elle m'installe là où je dérangerai le moins.

Sur ce, il prit la main de Diana mais n'essaya pas de la baiser. Au lieu de cela, il plongea ses yeux dans les siens.

– Bonne nuit, Miss Diana.

– Bonne nuit, répondit évasivement Diana.

Sa sortie lui fut un soulagement. Cela voulait dire que très bientôt elle serait seule avec ses pensées, et se sentirait à nouveau proche d'Henry.

La porte se referma, et elle sentit la main froide de sa mère sur son poignet.

– Di ?

– Oui, mère ?

Diana l'observa se détendre et se caler à nouveau contre ses oreillers.

– Tu es fatiguée, maintenant, ma chérie, mais demain, sois un peu plus gentille avec Mr Cairns, tu veux bien ?

Diana ne sut quelle expression se peignit sur son visage, toujours est-il qu'elle avait compris ce que sa mère entendait par « être gentille ». Elle voulait qu'elle soit à l'égard de Mr Cairns ce qu'elle n'avait pas été à l'égard de Mr Coddington, de Mr Newburg ou de Mr Cutting. Mais à ce moment-là, Diana ne pouvait imaginer une seconde qu'un homme autre qu'Henry captive son intérêt.

Vingt-Deux

« Le jour, les filles bien marchent la tête haute
Et leur grâce et leur vertu s'élancent vers le ciel
Comme les cerfs-volants, tandis que les mauvaises filles
Marchent sournoisement, couvertes de honte :
Tout le monde les regarde, tout le monde les blâme
La nuit, ces mauvaises filles dorment à poings fermés,
Jamais leur conscience ne les réveille,
Tandis que les filles bien se tournent et se retournent dans leur lit
En pensant à celles qui brûleront bientôt dans les flammes
de l'enfer. »

VERS D'UNE COUTURIÈRE, 1898.

Le bercement du train avait de toute évidence calmé Will, qui dormait comme un ange. C'est ce que constata Elizabeth, la tête au creux de son bras, quand elle se réveilla. Les restes du déjeuner qu'il avait consommé tôt ce jour-là avaient été débarrassés de la tablette devant leur siège rembourré en velours rouge, et la fenêtre à l'encadrure de cuivre montrait un paysage envahi par l'obscurité. Ou bien étaient-ce les premières lueurs de l'aube ? Il était soit très tard soit très tôt, quoi qu'il en soit l'employé des wagons-lits ne les avait pas dérangés pour arranger leur couchette. Elle avait si peu dormi la nuit précédente qu'il était naturel qu'elle soit tombée dans un sommeil profond peuplé de rêves. Elle referma les yeux, puis les rouvrit.

Elle se leva. Will bougea mais ne se réveilla pas. Ses épaules étaient engourdies, sa bouche était sèche. Avaient-ils dormi si longtemps qu'ils aient pu dépasser l'arrêt d'Oakland ? Si c'était vrai, ses chances de sauver sa famille étaient derrière elle ; elle savait, Denny le lui avait dit, où se trouvaient les bureaux des prêteurs sur gages à Oakland, mais comment les trouverait-elle dans une autre ville ? Et dans combien de temps le train s'arrêterait-il dans une autre gare ? Il lui parut dès lors impossible de mener son plan à bien.

Elle marcha dans le couloir, à la recherche d'un visage ami, mais tout le monde dormait. Avant d'arriver à la voiture panoramique, elle aperçut à travers la vitre un homme élégamment vêtu, en train de fumer. Elle était si préoccupée qu'elle poussa la porte et s'adressa à l'étranger avec une brusquerie qu'elle aurait trouvée grossière dans sa vie antérieure.

– Avons-nous dépassé Oakland ? lui demanda-t-elle.

– Oui, depuis quelques heures, répondit l'homme en se retournant.

La réponse l'affligea si profondément qu'elle ne reconnut pas l'homme avant qu'il ne prononce son nom.

– Miss Elizabeth Holland ! répéta Grayson Hayes non sans enthousiasme.

Elle leva les yeux et comprit tout de suite qu'elle ne se trompait pas sur la personne. C'était bien le frère aîné de Penelope. Elle ne l'avait pas vu depuis quatre ans, mais elle reconnaissait parfaitement son visage. Sa fine moustache, son nez aquilin, ses pommettes hautes comme celles de sa sœur, ses yeux du même bleu, juste un peu trop rapprochés, ce qui, pour une raison qui avait toujours échappé à Elizabeth, lui donnait un air plus rusé que clownesque.

Puis elle se souvint qu'elle était censée être morte.

Il la regardait comme s'il connaissait le catalogue complet de ses secrets, mais cela devait être une vieille technique d'intimidation de sa famille. Car il revenait de l'étranger, après tout, et était plutôt centré sur lui-même, trait commun à tous les Hayes. Il pouvait aussi bien tout savoir sur elle que rien du tout. La seule chose dont Elizabeth était sûre, c'est qu'elle détestait la façon dont il posait les yeux sur elle.

Ses traits s'étaient durcis depuis la dernière fois qu'elle l'avait vu, lors d'une brève danse dans l'ancienne demeure des Hayes à Washington Square. Il l'avait flattée en l'invitant à être sa cavalière – elle était très jeune alors, et lui était en ce temps-là le plus convoité des célibataires –, mais il l'avait abandonnée en plein milieu d'une valse pour danser avec Isabella De Ford. Il était plus grand maintenant, et on ne pouvait plus parler de lui comme d'un garçon. Il portait les cheveux coiffés d'une façon qui lui rappela Henry. C'était la coiffure des jeunes gens qui jetaient sur le monde un regard de maître.

– Vous devez me prendre pour quelqu'un d'autre, lui répondit-elle sèchement.

Sur ce elle lui tourna le dos et courut de voiture en voiture, jusqu'à Will, se retournant de temps en temps pour s'assurer que Grayson Hayes ne la suivait pas. Arrivée dans son compartiment, elle secoua Will pour le réveiller. Il ouvrit lentement, lascivement les yeux, et quand il réalisa qu'elle était devant lui, il sourit sans parler. Puis il lui demanda ce qui n'allait pas.

– Nous devons descendre de ce train.

Sa voix tremblait, et elle eut l'impression que si elle n'arrivait pas à respirer profondément dans l'instant, elle allait perdre connaissance. Will devait s'être rendu compte de son état d'agitation, car l'expression de bonheur qui avait empreint ses traits s'évanouit alors.

– Nous devons descendre le plus vite possible.

Vingt-Trois

« Une jeune femme nouvellement arrivée en ville et qui souhaite faire son entrée en société se trouve dans une position peu enviable. Il est certain que si elle possède des lettres d'introduction ou si sa famille a d'excellentes relations, elle ne manquera pas de compagnie. Toutefois, il est inacceptable pour une jeune lady de se rendre dans une maison où elle n'a pas encore été présentée. »

MRS L. A. M. BRECKINRIDGE,
L'ART DU SAVOIR-VIVRE DANS LE GRAND MONDE.

Après sa décourageante visite chez Penelope Hayes, Lina n'était guère sortie de sa charmante petite chambre d'hôtel, plus charmante à ses yeux à chaque heure qui passait. Elle s'assit devant une écritoire en bois précieux et regarda le lit du même bois dont le couvre-lit bleu s'assortissait à merveille au papier peint à motifs de fleurs de lys. Elle pensa avec une tristesse croissante que bientôt elle ne s'endormirait plus sous son plafond aux moulures dorées. Elle jeta des coups d'œil désespérés à l'élégant lustre aux ampoules blanches en forme de U, qui ressemblait à un bouquet de tulipes montées sur des tiges de cuivre. Elle n'avait quitté sa chambre que pour prendre son petit déjeuner et lire le journal, et avait constaté que son nom n'y avait pas encore été cité. Pour se punir, elle était allée au lit sans manger. Elle avait été trop gourmande, trop avide. Si elle s'était contentée de revêtir la robe et d'acquérir les manières d'une lady avant d'aller retrouver Will, rien de tout cela ne serait arrivé – mais elle avait voulu se montrer et se faire admirer, et cette vanité l'avait perdue en lui faisant baisser sa garde.

On était mercredi. Vendredi, elle serait à la rue.

Maintenant chaque bruit lui semblait, d'une façon irraisonnée, préfigurer sa rapide expulsion de l'hôtel, même le moindre toc à sa porte. Elle se demandait pourquoi la direction n'avait pas déjà donné l'ordre de la faire partir, quand elle réalisa, entendant justement frapper, qu'elle allait devoir faire entrer le domestique préposé à cette mission. Elle ouvrit prudemment la porte. Mais point d'employé dans le couloir, seulement Tristan qui se tenait sur le seuil et la regardait de son chaleureux regard noisette, avec un petit sourire au coin des lèvres.

Il enleva son chapeau melon, découvrant ses cheveux blonds, un peu longs et peignés en arrière dans un style décontracté.

– On vous a laissé entrer ?

Elle ne put masquer sa surprise. Comment avait-il réussi à lui rendre cette visite impromptue, elle l'ignorait. Mais l'expression affectueuse du garçon lui rendit cette question indifférente. Elle ne s'était pas demandé jusque-là si oui ou non Tristan était son voleur, mais la façon dont il la regardait et le souvenir de ses attentions lui firent haïr et chasser cette hypothèse.

– Je me suis permis de vous apporter moi-même vos factures.

– Oh !

Le désespoir fut aussi manifeste dans la tonalité de ce « Oh ! » que l'avait été la surprise quelques secondes auparavant.

– Ce n'est pas une façon de remercier un homme qui vient vous apporter un cadeau, réagit Tristan en lui tendant une boîte rectangulaire portant le logo de *Lord & Taylor*.

Il l'avait cachée sous son manteau qu'il portait replié sur son bras.

La boîte excita l'intérêt de Lina. Comme elle sentait le désir des objets luxueux l'envahir à nouveau, et ce en dépit de toutes les humiliations qu'elle avait essuyées cette semaine, elle eut un mouvement impatient de la main vers la boîte. Tristan sourit à ce geste et la lui remit doucement. Elle souleva le couvercle et vit une paire de gants d'opéra en daim blanc doublés de soie vermillon. Ils lui arrivaient au coude, et une rangée de fins boutons de perle courait le long du poignet.

– Ils sont magnifiques ! s'exclama-t-elle.

– Cadeau de votre plus grand admirateur. J'ai pensé qu'ils vous seraient nécessaires, maintenant que vous allez à l'opéra.

Lina leva les yeux et le regarda. Ainsi il avait lu l'article.

Tristan referma la porte derrière lui et lança son chapeau au pied du lit. Il évalua le décor de la chambre du regard, puis, d'un ton désinvolte :

– Je suppose que vous êtes la Miss Broad du journal. Puis-je me permettre d'entrer chez une dame aussi distinguée ? J'espère que vous n'êtes pas amoureuse de ce vieillard. J'étais inquiet quand j'ai réalisé que cela faisait longtemps que vous n'étiez pas venue au magasin.

Lina se tourna vers lui mais ne répondit pas à son dernier commentaire. Son attention restait fixée sur les gants. Ils lui rappelaient d'une façon si mélancolique tout ce qu'elle avait gâché, qu'elle fut submergée par un sentiment d'apitoiement sur elle-même. Elle était au bord des larmes.

– Que se passe-t-il ?

La voix de Tristan était inquiète à présent, et il posa une main rassurante sur son épaule. La douceur de son contact lui fit paraître la situation encore plus digne de pitié, et elle enfouit son visage dans ses mains pour cacher les larmes brûlantes qui s'étaient mises à couler sur ses joues.

– Ne faites pas cela, Miss Broad, continua Tristan. Vous ne pensez pas que votre réputation est ruinée, n'est-ce pas ? Elle ne l'est pas le moins du monde. Je plaisantais en vous disant cela. Je sais que vous n'êtes pas amoureuse de lui, et tout le monde le sait. Si on vous voyait souvent avec différents hommes de ce genre, alors oui, là votre honneur serait en cause, mais une seule fois ne portera pas à conséquence. En outre, votre nouvelle arrivée dans le monde distrait tellement les gens qu'ils en oublieront les convenances !

– Oh, ce n'est pas ça, fit Lina d'un ton abattu, entre deux sanglots, le visage rouge, les yeux brillants et bouffis de larmes.

Will lui manquait terriblement ; elle aurait tant aimé lui avouer tous ses travers, tous ses faux pas. Mais c'était Tristan qui était là à côté d'elle, maintenant.

– Alors, qu'est-ce que c'est ?

Lina regarda le jeune vendeur. Il y avait tant de gentillesse dans son regard qu'elle ne put réprimer l'envie de tout lui dire.

– On m'a volé mon sac à main.

Le sourire de Tristan s'évanouit.

– Votre sac à main ?

– Oui, dans ma chambre, la nuit de l'opéra. Il contenait deux cents dollars, et tout a disparu !

– Vous devez en parler à la direction.

– Non, non, se hâta de dire Lina. (Elle avait trop honte pour pouvoir le regarder dans les yeux.) Pas ça.

Tristan tendit les bras et lui prit les mains. La rare douceur de ce contact humain ne fit que redoubler ses pleurs. Personne ne l'avait touchée depuis longtemps.

– Pourquoi ? Est-ce parce que vous soupçonnez quelqu'un de proche... ou quelqu'un qui pourrait être sévèrement puni ?

Lina secoua fermement la tête.

– Quand même, tant de larmes pour si peu d'argent ! (Il eut un petit rire gêné et serra davantage ses mains dans les siennes.) Bien sûr, c'est beaucoup pour quelqu'un comme moi, mais pour vous, chère Carolina, ce n'est pas une si grande perte, n'est-ce pas ?

– C'est tout ce que j'ai ! laissa-t-elle échapper.

Cela lui fit du bien de l'avoir dit, de faire savoir à quelqu'un au moins à quel point elle était dépourvue.

Tristan fit un pas en arrière. Malgré l'exiguïté de la chambre aux murs tendus de bleu, il sembla avoir reculé d'une très grande distance.

– Mais, et votre héritage... ?

– Je ne suis pas héritière, se lamenta Lina.

La vérité jaillissait d'elle maintenant, et elle ne pouvait plus arrêter ce mouvement. Elle regarda Tristan dans les yeux, toujours pleins de sollicitude sous ses sourcils qui se fronçaient de plus en plus.

– Je suis une servante, du moins je l'étais jusqu'à ce que la famille Holland m'ait renvoyée. Cet argent était tout ce que je possédais. Mais maintenant je n'ai plus rien.

Le moment qui suivit fut long et tendu, jusqu'à ce que Tristan retire ses mains. Lina hoqueta, versa une dernière larme. Il recula encore et s'assit d'un air pensif sur le canapé de velours près de la fenêtre.

– C'est pour ça que vous détestiez Elizabeth Holland. (Il tourna les yeux vers elle, le visage entièrement transfiguré.) Vous êtes une domestique, ajouta-t-il d'un air dégoûté.

Elle battit des paupières et s'étreignit les mains.

– Je croyais que vous étiez une lady ! continua-t-il, un ton plus haut.

– Je... je... balbutia Lina.

Pendant un moment elle crut que Tristan allait exploser de colère, mais elle fut surprise de le voir se prendre la tête dans les mains et se mettre à rire.

– Qu'est-ce qu'il y a de drôle ?

Son cœur battait fort dans sa poitrine, et elle respirait à peine.

– Oh, vous m'avez bien eu, Miss Broad, ou Miss *Broud*, comme vous préférez. Vous m'avez vraiment bien eu.

Pendant un moment elle crut voir que ses yeux étaient humides, eux aussi, d'hilarité ou de tristesse, elle ne pouvait savoir. Il souriait, cependant, et c'était plutôt bon signe.

– Félicitations. Vous m'avez vraiment bluffé.

Lina se leva et alla s'asseoir à côté de lui sur le canapé, dans le coin, pour ne pas être trop près. Elle essaya de rencontrer son regard.

– Ne soyez pas en colère contre moi, Tristan, fit-elle d'une voix calme. Je ne pouvais plus garder cela pour moi.

– Je ne suis pas en colère contre vous. En fait... (Et là il s'interrompit pour rire, comme on rit devant une absurdité et non parce que l'on trouve une situation comique.) J'ai quelque chose à vous avouer.

Les nerfs de Lina étaient à dure épreuve, et son pouls battait terriblement fort. Elle essaya de sourire, comme lui.

– Oui ? l'encouragea-t-elle.

– Eh bien, voyez-vous, je ne suis pas ce dont j'ai l'air non plus.

– Ah bon ? (Lina voulait l'inciter à être plus clair, tout en sentant qu'elle avait un sourire crispé.) Vous voulez dire que vous ne travaillez pas chez *Lord & Taylor* ?

– Si, si, bien sûr, j'y travaille. Mais voyez-vous, je suis tout simplement comme vous. Je viens de rien et j'ai décidé que rien ne serait assez bon pour moi. Vous n'êtes pas la première héritière que j'ai connue, vous êtes juste la première fausse héritière. Il y a beaucoup à gagner à être gentil avec des dames comme vous – ou avec le genre de dames que vous prétendiez être. C'est mon job, ma jolie.

– Oh !

Ce fut tout ce que Lina put trouver à répondre.

Elle se sentait maintenant tout à fait stupide. Pour la première fois, elle se rendit compte que son imposture ne la protégeait pas le moins du monde contre les prédateurs, puisque les héritières pouvaient être des proies. *Un jour je trouverai cela drôle*, se dit-elle.

– Alors au revoir, conclut-elle. (Elle n'avait pas envie de rester seule, mais elle pensa qu'elle ne méritait pas autre chose.) Il n'y a rien à gagner pour vous, ici.

Tristan se leva du canapé et regarda par la fenêtre. La vue montrait la façade d'un autre hôtel, avec toutes ses fenêtres panoramiques derrière lesquelles s'agitaient d'autres ambitions, et en bas les voitures à chevaux déposaient le genre de dames que Lina avait aspiré à être. Leurs chapeaux étaient tous importés de France. Certaines traverseraient bientôt la Méditerranée sur leurs yachts tandis que d'autres passeraient leurs week-ends à Tuxedo.

– Je ne voulais pas dire ça, rétorqua Tristan.

Lina rougit.

– Il n'y a vraiment plus rien d'autre à prendre.

– Je ne veux rien vous prendre, Carolina. Mais pour ce que j'en devine, vous êtes déjà sur un joli coup. Vous avez capté l'intérêt de Carey Lewis Longhorn, sans parler de celui de Mr Gallant.

Lina ne pensait pas que le nom de famille du journaliste était réellement Gallant, mais elle n'était pas en position de corriger qui que ce soit en ce moment.

– Vous auriez besoin de mon aide, c'est sûr. Je vous protégerais et vous donnerais des conseils. Vous avez fait un travail parfait jusqu'ici, mais vous risquez bientôt de vous couper, de vous trahir. Par exemple, vous allez devoir être prudente et ne vous laisser voir dehors qu'en compagnie des mêmes célibataires. Et si vous ne devenez pas amie avec une ou deux jeunes filles, les dames du grand monde ne vous accepteront jamais dans leur cercle, ce qui signifiera pour vous une ruine sociale certaine. (Tristan s'interrompit et appuya pensivement son menton sur son poing.) Ce sont des conseils inestimables, reprit-il au bout d'un moment. Mais pour l'instant, ce qui compte, c'est que Mr Longhorn soit riche et que vous lui plaisiez. Ça veut dire que des bijoux et des cadeaux suivront, et ils ont autant de valeur qu'un héritage...

L'espoir commençait à poindre dans l'esprit de Lina, mais elle était encore sur ses gardes. Elle avait agi très imprudemment jusqu'ici et savait où cela l'avait menée.

– Est-ce que je devrais... ?

– Non ! Non, non et non.

Tristan se rapprocha sur le canapé et posa sur elle un regard rassurant. En bas, ceux qui n'avaient pas les moyens de résider à l'hôtel mais qui avaient envie de paraître riches arrivaient pour le déjeuner.

– Ce serait un peu comme tuer la poule aux œufs d'or, vous ne croyez pas ?

Lina plissa les yeux, geste qui chez elle accompagnait la réflexion. Cette perspective lui semblait un peu trop rocambolesque. Elle s'efforçait depuis l'enfance d'attirer l'attention d'un garçon qui travaillait dans une écurie, alors comment pourrait-elle bien retenir l'intérêt d'un homme dont la vie amoureuse remplissait les pages des rubriques mondaines ? De plus, en quelques jours, pas moins que ça !

– Mais comment puis-je continuer sans un sou ? Les factures que vous m'avez apportées, sans compter que je vais être expulsée de l'hôtel vendredi si je ne peux pas payer ma note...

– Vous baissez trop facilement les bras. À cela, nous allons devoir remédier. Vraiment, j'aurais dû vous rencontrer avant pour vous sauver de vous-même. Personne ne paie à temps ! Ils doivent vous considérer comme une héritière bien excentrique, ici au *New Netherland* ! Sachez-le, c'est l'une des principales caractéristiques des gens fortunés : ils ne connaissent pas le prix des choses et oublient tout le temps qu'ils sont censés les payer. Avec un petit air à peine agacé, vous arriverez à repousser assez longtemps leur demande de règlement pour vous trouver bientôt dans la situation où Mr Longhorn finira par payer votre note. Et alors vous – et moi –, nous aurons du pognon.

Lina hocha la tête, perplexe. Ce complot ne lui disait rien qui vaille. Cette perspective l'inquiétait, elle se sentait un peu trop exposée. Néanmoins cela lui était en quelque sorte un réconfort que Tristan soit encore là, alors qu'il connaissait maintenant sa véritable identité. Qu'importe si elle approuvait ses projets, même les plus extravagants, juste un petit moment. Elle avait, à écouter les plans qu'il imaginait pour elle, le sentiment de ne pas être totalement dépourvue, et elle se dit qu'elle tenait peut-être là le moyen de récupérer un peu de cet argent perdu. Pas tout, mais juste assez pour s'acheter un billet pour l'Ouest, avec lequel elle partirait retrouver Will, oubliant toutes ses gaffes, tous ses impairs new-yorkais.

Vingt-Quatre

« Nos biens ont toujours été un concept fluctuant – demandez-le simplement à l'épouse du spéculateur de Wall Street, qui rédige les invitations à ses soirées sur l'écritoire de Marie-Antoinette. »

MRS L. A. M. BRECKINRIDGE,
L'ART DU SAVOIR-VIVRE DANS LE GRAND MONDE.

Un coup de sifflet retentit, puis des cris fusèrent de toutes parts sur le quai : « Vite, tout le monde dans le train ! » Dans la salle d'attente tout en bois de la gare de la petite ville de montagne où Will et Elizabeth étaient descendus, les bancs se vidèrent et les voyageurs se saisirent de leurs chapeaux pour courir vers le monstre de ferraille qui s'ébranlait en direction de sa prochaine destination. La table entre Will et Elizabeth était rustique et branlante, et chaque fois que l'un d'eux, un peu nerveux, y posait le coude, leurs verres de limonade menaçaient de se renverser. Finalement le train quitta la gare, ce qui fit trembler toutes les vitres, mais rasséréna quelque peu Elizabeth.

Will se leva et alla à la fenêtre pour observer le quai et tous les voyageurs. Une fois la vapeur du train dissipée, il retourna vers Elizabeth, pelotonnée dans le châle camel doublé de flanelle qu'elle avait porté le jour où elle avait quitté New York. Il étira ses bras engourdis au-dessus de sa tête, puis rassembla ses cheveux trop longs sur sa nuque et les glissa dans le col de sa chemise en coton écossais. Enfin il émit un petit sifflement de soulagement et sourit, découvrant ses belles dents.

– Le train est parti, Lizzie, tu n'as plus à t'en faire.

Elizabeth essaya de sourire. Elle se leva et le rejoignit, puis regarda par la fenêtre comme si elle avait besoin de vérifier la déclaration de Will. Elle était un peu rassurée, mais cela ne résolvait rien.

À l'autre bout de la pièce, les serveurs qui vendaient des sandwichs au pâté et au poulet rangeaient et fermaient le comptoir. Le marchand de journaux faisait ses comptes.

– Dieu merci, dit-elle finalement, espérant avoir l'air soulagée.

– Et maintenant, nous avons douze heures à attendre avant l'arrivée du prochain train. Juste assez pour trouver une chapelle et nous marier.

Will se mit à rire, mais elle savait qu'il était sérieux, du moins en partie. Ce moment à New York où il s'était agenouillé pour lui demander sa main – juste après ses fiançailles avec Henry – vibrait encore en elle.

– Tu pourrais être Mrs Keller pour de bon, dans le prochain train.

Elizabeth baissa les yeux et avala sa salive. Quelques jours avant, cette suggestion lui aurait semblé très romantique, mais pour l'heure elle lui rappelait sa vieille culpabilité, celle du temps où Will était si séduisant et si sincère et authentique, alors qu'elle était la jeune fille favorite – et hypocrite – de la classe dirigeante de New York. Elle plongea la main dans sa poche et serra la bague.

– Ou alors, nous pouvons continuer à vivre dans le péché.

Sa voix était plus douce cette fois, mais n'avait pas entièrement perdu sa note d'humour.

– Non, je...

– Qu'est-ce qu'il y a ?

– C'est que je ne sais pas ce que nous allons trouver à New York ; ni comment mère se porte vraiment ni dans quel genre de situation s'est mise Diana. (Elizabeth dut fermer les yeux pour ne pas pleurer. Elle serra d'une main son châle contre elle et de l'autre la bague.) J'ai imaginé le pire. Et je suis inquiète pour l'argent. Si nous arrivons là-bas et qu'elles sont sous la menace d'une expulsion, ou qu'elles n'ont pas les moyens d'acheter de médicaments, ou encore...

– Allons. Il n'y a aucune raison de penser à des choses aussi terribles. Tout ce que nous savons, c'est ce que disent les journaux, et tu sais bien qu'ils exagèrent toujours. Et de toute façon, j'ai de l'argent.

– Je sais, mais Will... (Elizabeth le regarda, baissa les yeux et caressa le bois de la table devant laquelle ils venaient de s'asseoir.) Il y a quelque chose dont je ne t'ai pas parlé. Quelque chose que j'avais l'intention de vendre à Oakland. Quelque chose qui aurait tout changé pour ma famille.

Elle le regarda à nouveau ; il l'observait, attendant qu'elle continue. En dehors des menus propos échangés de temps à autre entre le marchand de journaux et le vendeur de limonade, la pièce était silencieuse.

– Ma bague de fiançailles. (Sa voix se brisa sur ce mot.) La bague d'Henry Schoonmaker.

Depuis qu'ils avaient quitté New York, Elizabeth avait évité de prononcer ce nom devant Will. Il lui déplaisait de le faire maintenant, et il était évident qu'il devait être désagréable pour Will de l'entendre. Il sursauta légèrement. Elle se mit alors à parler vite, espérant éloigner la tristesse qui menaçait de s'emparer de lui.

– Ce n'est pas parce que je le veux, Will. C'est parce qu'elle vaut beaucoup d'argent, et j'ai pensé que nous en aurions peut-être besoin. Je ne savais même pas comment j'allais pouvoir te retrouver et... (Sa voix faiblit.) Mais je t'ai retrouvé.

– Tu ne te serais pas perdue. Je t'aurais retrouvée, moi.

Will regardait ailleurs, et ses mâchoires étaient un peu crispées.

– Je sais, répondit Elizabeth.

Elle n'aimait pas l'inflexion de sa voix maintenant, qui était devenue soudain fluette, mais elle n'y pouvait rien, c'était plus fort qu'elle.

– Je ne suis pas en colère, Lizzie, ne réagis pas comme ça. C'est juste un mauvais souvenir. J'aurais aimé t'offrir cette bague à sa place.

L'après-midi touchait à sa fin, et la lumière qui entrait par les fenêtres était triste et bleuâtre ; malgré tout, Elizabeth se sentit rayonnante comme elle avait pu l'être, au temps des bals et de sa vie luxueuse.

– Je n'aime même pas cette bague.

– Tu ne l'aimes pas ?

Will leva les yeux vers elle et vit un sourire jouer au bord de ses lèvres.

– Non.

Elle lui prit les mains et balança les bras, histoire d'alléger l'humeur de Will.

– Je l'aurais volontiers jetée dans le fleuve avec l'ancienne Elizabeth si je n'avais pas eu mon côté pragmatique. Mais je l'ai – et cette part de moi veut vendre la bague. C'est juste au cas où ma famille aurait vraiment besoin de cet argent. À tout hasard.

Will sourit. Il tenait les petites mains d'Elizabeth dans les siennes et, comme deux enfants joyeux, ils continuaient à balancer leurs bras, rêvant à leur avenir ensemble.

– Un jour je t'achèterai exactement la bague que tu aimes.

– Je sais, chuchota Elizabeth. Je sais.

– En attendant, allons vendre celle-ci, et nous n'y penserons plus.

Will laissa retomber ses mains et passa un bras par-dessus l'épaule d'Elizabeth, l'entraînant vers l'une des deux portes de la salle d'attente, celle qui conduisait vers la sortie de la gare.

– Comme ça, tu arrêteras de pleurer et d'abîmer ton joli teint.

– Mais comment savoir où aller ? Nous ne connaissons même pas cet endroit, releva Elizabeth.

– Toutes les gares se ressemblent, lui répondit-il d'une voix de nouveau pleine d'entrain. Elles sont environnées de bars et de bureaux de prêteurs sur gages, pour que les gens puissent prendre un verre en attendant leur train, et que les désespérés puissent vendre ce qu'ils ont. Mais nous, nous ne sommes pas désespérés. Nous allons obtenir un bon prix pour cette bague. Elle nous a procuré assez d'émotions comme ça ; maintenant, elle va nous donner quelque chose en retour.

Elizabeth, blottie contre l'épaule de Will qui la conduisait dans ce lieu inconnu tapissé de neige, commença à se sentir beaucoup mieux. Elle n'avait jamais été aussi calme depuis que le télégramme de Diana était arrivé. Serrés l'un contre l'autre dans leurs manteaux qui les enveloppaient complètement, ils avaient l'air de deux êtres unis envers et contre tout. Un vent vivifiant soufflait dans la rue, et ils voyaient leur avenir se déployer devant eux.

Vingt-Cinq

« D.,

Je suis désolé de n'avoir pas pu te rendre visite hier. Mon père m'a assigné à résidence. Je t'aurais écrit plus tôt, mais même ma correspondance est sous contrôle.

Viendras-tu cette nuit ? Neuf heures, même endroit.

H. S. »

– De qui est ce billet ?

Diana, qui était assise tout près du feu dans le salon familial, s'arracha à son rêve éveillé et leva les yeux vers son interlocuteur. Un instant, ses pensées avaient vogué ailleurs, là-bas dans les quartiers chic, dans la serre où elle avait passé la nuit, il y a plusieurs mois, dans une compagnie idéale, la plus excitante qu'elle ait jamais connue. Ses lèvres en tremblaient encore. Elle prit alors seulement conscience que les flammes chauffaient un peu trop la partie de son corps qui en était le plus proche. Elle replia en hâte le billet et le rangea dans la poche de sa robe aux tons mordorés qu'elle portait pour la deuxième fois, sur le conseil de sa mère, la première ayant été la nuit qu'elle avait passée dans la serre ; cette robe, pensa-t-elle, avait été témoin de sentiments tout à fait opposés à ceux qui l'habitaient maintenant.

– Oh, ce n'est rien, répondit-elle à Snowden, assis en face d'elle dans un veston noir très citadin qui semblait avoir été choisi à dessein en contraste avec son côté aventurier. Que disiez-vous ?

– Je disais que la façon dont je m'apprête à vous aider vous et votre famille n'a rien de charitable... continua Snowden, l'air plutôt content de lui.

C'était une remarque à laquelle il semblait attacher de l'importance et à laquelle Diana se sentit obligée de répondre. Elle craignait qu'Edith, installée légèrement en arrière-plan et qui faisait semblant de lire un recueil de sermons, ne la rappelle à l'ordre, au cas où son attention faiblirait. Car il avait apporté plus de bois qu'elles n'en avaient besoin pour l'hiver, approvisionné les garde-manger et fait dresser dans la pièce un arbre de Noël qui donnait un air de festivité dans la maison des Holland, chose qui, la veille encore, était impensable.

– Votre père était bien sûr mêlé à mes affaires, et vos intérêts dans le Klondike ont été pendant un temps difficiles à discerner...

Diana sourit vaguement et fixa son regard sur le col bistre comme la terre de la chemise de Snowden, de sorte qu'elle ait l'air de lui prêter attention tout en laissant vagabonder ses pensées ailleurs. Elle était rêveuse et inquiète depuis l'arrivée de leur hôte, cependant elle s'efforçait de ne sembler ni grossière ni dédaigneuse, tout en étant incapable de chasser de son esprit l'image ou l'idée d'Henry ne serait-ce qu'un instant. Quand il n'était pas venu la voir mercredi, ni jeudi, contrairement à ce qu'il lui avait clairement promis mardi dans la soirée, sa passion s'était exacerbée ; elle n'avait rien pu manger, et le soir elle s'était sentie à la fois faible et excitée. C'était un état de trouble si délectable que c'était à la limite du supportable. Elle était sûre maintenant qu'elle ne s'était pas méprise sur le compte d'Henry, et son billet, qu'il avait fait porter par un inconnu à la tombée du soir, et lui avait été remis par une Claire affolée, l'avait finalement confortée dans cette hypothèse.

Elle avait de la chance, d'une certaine façon, que Snowden soit là, car tous ses projets de rendre leur maison plus confortable empêchaient son esprit de trop vagabonder et son imagination de délirer, bien qu'en vérité, elle n'ait pas vraiment envie d'être distraite de ces douces pensées.

– Ce fut quand même une sacrée période pour nous, dans le Klondike... disait Snowden.

Elle ne se demanda pas pourquoi le père d'Henry l'avait assigné à résidence. Elle imagina seulement qu'il vivait une forme de torture, tout comme elle, et que ses désirs, comme les siens, étaient dirigés vers la serre au lit à barreaux de cuivre. Elle se demanda s'il y avait un moyen d'évaluer ce clivage de soi – quel pourcentage de son corps et de son esprit était là dans le salon du 17 Gramercy Park South, et combien d'elle-même s'était transporté dans ce lieu paradisiaque sous cette voûte de verre, ce lieu où elle était si proche d'Henry qu'elle sentait presque l'odeur de sa peau subtilement parfumée d'eau de Cologne. L'essentiel d'elle-même était là, assurément. L'arrivée de ce billet, à présent caché en sûreté dans sa poche, avait tant captivé ses sens qu'elle sentait presque la caresse délicate de la main d'Henry sur son bras.

– Bien sûr, ce n'était qu'une de nos aventures. Nous sommes allés chercher fortune en Afrique du Sud et en Ca-li-fornaille... (Il prononça ce dernier mot à la façon des rustres de là-bas.)

Diana approuva vaguement de la tête. Cette piètre tentative d'humour ne lui plut pas. Pendant ce temps, les contours du visage d'Henry se dessinaient aussi clairement dans son esprit que la ligne blanche de la nappe sur laquelle Snowden avait posé son robuste coude. Elle voyait la teinte exacte des yeux d'Henry, mais elle aurait été incapable de dire si ceux de Snowden étaient bleus, verts ou marron. Les objets qui entouraient l'endroit qu'elle occupait – un coin du salon qu'elle connaissait par cœur – étaient flous, pourtant elle était déjà mentalement en train de tracer la carte de la route qu'elle prendrait depuis la maison, le chemin qui la mènerait à Henry. Elle savait déjà ce qu'elle porterait sur elle et ce qu'elle allait lui donner.

– Diana, vous allez bien ?

– Oui, répondit-elle en sursautant. (Elle sentit qu'il fallait qu'elle insiste pour être convaincante.) Je vais très bien.

– Bien. Un bref instant, je vous ai trouvée un peu pâle, mais si vous vous sentez bien, alors je vais vous entretenir d'un sujet dont votre mère et moi avons discuté. Nous avons parlé de mon amitié avec votre père, de ses affections et des espoirs qu'il nourrissait pour ses filles – espoirs qui vous concernent exclusivement, maintenant. Nous avons discuté de ce que Mr Holland trouvait juste et opportun, et avons décidé qu'il serait sage, dès à présent, de montrer au monde à quel point vous êtes ravissante et heureuse. Nous démentirons les rumeurs qui courent sur le fait que les Holland vivent dans la gêne et s'en cachent. C'est pourquoi vous et moi dînerons ce soir au *Sherry* avec votre tante Edith comme chaperon. Le monde verra combien vous êtes belle. Vous ai-je dit, d'ailleurs, que cette robe vous sied magnifiquement ? (Snowden glissa sa main à l'intérieur de sa veste et en sortit une boîte oblongue.) Cela ira très bien avec votre tenue, ne pensez-vous pas ?

Diana le regarda ouvrir le couvercle de velours noir de la boîte et lui présenter un ravissant collier de chien en perles. Un autre jour, elle aurait été tout à fait prête à reconnaître qu'il allait très bien avec sa robe.

– Mais... ce soir ?

Son visage s'allongea. Elle était brusquement revenue dans le petit salon aux sombres boiseries et aux murs vert olive. Elle sentit sa peau desséchée par le feu et, malgré ses efforts, son imagination ne put reprendre son envol. Sa déception fut telle qu'un frisson la parcourut. Ce soir elle devait rencontrer Henry dans sa serre, et elle n'aurait même pas le temps de lui envoyer un billet pour lui expliquer son absence.

Pour autant, si Snowden avait remarqué son trouble, cela ne le découragea pas.

– Oui, ce soir. Y a-t-il un meilleur moment pour dîner ? J'ai réservé pour neuf heures, précisa-t-il tout en s'approchant de la jeune fille et en se penchant pour accrocher le double rang de perles sur sa nuque.

Le visage de Diana était noyé dans l'ombre, et elle en profita pour faire la grimace à l'idée de tout ce qu'elle allait manquer. Les perles étaient froides sur sa peau et, la mort dans l'âme, elle entendit le fermoir se verrouiller avec un petit claquement sans appel.

Vingt-Six

« ... Lors de cette réception, la ravissante Miss Diana Holland a été vue en train de converser en toute intimité avec Mr Teddy Cutting. On l'a aussi aperçue dernièrement à l'opéra avec Spencer Newburg et on l'a vue patiner dans le parc avec Percival Coddington. Peut-on en conclure que Mrs Holland cherche un bon parti pour sa fille ? Bien entendu, la position de Cutting, sa fortune et son âge font de lui le plus approprié de ces trois prétendants... »

EXTRAIT DE LA RUBRIQUE « LE JOYEUX DANDY », *THE NEW YORK IMPERIAL*, VENDREDI 22 DÉCEMBRE 1899.

Henry croisa les jambes, installé dans le rocking-chair qu'il avait placé de sorte à avoir la meilleure vue sur la pièce principale de la serre. Il portait un pantalon à fines rayures et une chemise crème aux poignets ornés de boutons de manchettes à ses initiales. S'habiller avec élégance lui était habituel, mais il avait attaché un soin particulier à sa tenue en cette soirée particulière de vendredi. Cela en dépit du fait qu'il était gardé à résidence chez lui, pour avoir fêté la renaissance de ses espoirs d'une vie avec Diana Holland avec un groupe de chanteurs éméchés qui entonnaient à tue-tête des chants de Noël. Il avait apporté des couvertures supplémentaires dans l'ancienne chambre du jardinier et allumé le poêle à bois, tant il craignait que Diana, quand elle arriverait, n'eût pas assez chaud.

Il était enfermé chez lui depuis deux jours, deux jours durant lesquels il avait rêvé à Diana et éprouvé le vide de son absence. Il avait concentré toute son ingéniosité pour trouver un moyen de lui faire parvenir son billet sans que son père s'en aperçoive. Mais maintenant l'heure était largement passée, et Diana n'était toujours pas là. Il était sorti deux fois pour se glisser furtivement jusqu'à la grille d'entrée afin de l'apercevoir, mais rester longtemps à cet endroit ne pouvait que le trahir. À partir de là, il eut tout le loisir de se demander quelle était la femme qui l'avait fait attendre le plus. Diana arrivait en seconde position, s'il considérait une soirée d'été à Newport où il avait attendu une jeune femme dont le sourire rayonnait de la même pure et virginale splendeur que sa bague de mariage et qui, les heures passant, n'apparut jamais. Il savait au fond de lui-même qu'elle ne viendrait pas, et à ce titre il s'était tellement soûlé qu'il ne pouvait guère se permettre de retourner en bonne compagnie. Il s'allongea donc dans l'herbe et se lamenta sur l'amour et le mariage, se promettant de ne jamais s'engager dans l'un ni dans l'autre.

Mais son état d'esprit était différent, maintenant. Il était sûr que Diana allait venir, qu'il occupait ses pensées comme elle occupait les siennes, et que le temps où ils n'étaient pas ensemble était révolu. Définitivement.

Cependant, attendre n'était pas une chose à laquelle il était habitué ; il ne le faisait pas, en tout cas, de bonne grâce. Il marchait, contournait le lit, levait la tête pour contempler le plafond voûté et ses panneaux vitrés dans leur cadre en fer forgé, au-dessus du simple lit recouvert de plusieurs plaids. Il respira l'air saturé de l'odeur de la terre et remonta son col. Il jeta un coup d'œil dans un miroir, passant négligemment les doigts sur ses pommettes pour en vérifier la douceur, et se demanda s'il avait le temps d'aller chercher une bouteille de vin à la cave – pour finalement revenir à son fauteuil et recroiser les jambes, cette fois dans l'autre sens. Puis il se mit à feuilleter une pile de journaux posée sur une table en fer forgé laquée de blanc. Il supposa que le jardinier les avait apportés là pour avoir de la lecture pendant son déjeuner. Henry se rappela qu'il devait convenir avec lui, qui vivait maintenant avec l'une des couturières dans les logements des domestiques, des autres jours ou nuits où il devrait lui laisser la serre pour ses prochains rendez-vous avec Diana, qu'il supposait nombreux.

C'était donc dans cet état d'esprit qu'il était avant de se mettre à feuilleter distraitement les vieux journaux, histoire de passer le temps. Henry n'était pas naturellement intéressé par les événements du monde, les crises boursières, les critiques théâtrales ou le problème de l'ébriété chez les cochers et les voituriers de la ville. C'étaient les chevaux et les bateaux qui le captivaient, sujets amplement couverts par les journaux de cette semaine et qu'il aurait lus avec intérêt à un tout autre moment. Mais pour l'heure, il n'était pas capable d'aller au bout d'une phrase qui ne contenait pas les mots « Diana » et « Holland ». Il en trouva une, après quelques minutes de lecture nonchalante.

Le paragraphe commençait assez innocemment par le récit d'un dîner donné chez Florence Cutting – l'actuelle Mrs Darroll –, à laquelle Diana, sa petite Di, avait assisté ; quelques autres détails suivaient, auxquels Henry ne porta guère attention. Sauf que Diana n'avait pas seulement assisté à cette soirée, lut-il ensuite, mais l'avait passée en compagnie de son ami Teddy. En « compagnie intime », précisait l'article. Cette expression évoqua à Henry la façon irritante dont son ami se comportait quand il se prenait d'affection pour une jeune fille : il lui caressait la main et courait à la recherche de tout ce qui pourrait lui faire plus ou moins plaisir, bref déployait un excès de sollicitude qu'aucun homme sensé n'aurait la patience d'avoir. Henry relut quatre fois l'article mais trouva le récit inchangé.

Maintenant il comprenait pourquoi Teddy s'était tant opposé à sa relation avec Diana. C'était parce qu'il la voulait pour lui. Henry froissa la feuille de journal, en fit une boule et la jeta sur le lit.

Il traversa le long couloir central de la serre bordé d'hyacinthes et d'orchidées ouvertes en permanence, et entra dans la maison avec une seule pensée en tête : trouver Diana et exiger de savoir ce qui s'était passé. Avant qu'elle ne se lance trop loin dans les explications, il lui raconterait à quel point Teddy était insupportable, quelle bonne âme, quel irréaliste, quel philanthrope il était, et combien trop souvent – à l'encontre de ses propres valeurs et malgré les efforts de persuasion de son meilleur ami – il se pliait aux convenances. Il lui dirait comment Teddy, telle une vieille matrone dans son salon autour d'une tasse de thé, avait tenté de décourager son amour pour elle... Et inéluctablement, cette succession de pensées fit comprendre à Henry que son ami n'avait fait que le prendre de vitesse.

Il longea les couloirs du rez-de-chaussée dans l'intention de trouver une servante qui pourrait lui apporter un manteau. Il faisait froid, il en était conscient, et n'avait pas le temps de monter jusqu'à ses appartements. Il pensait à cela et se demandait s'il devait d'abord aller parler à Teddy, quand il se retrouva sur le seuil de l'un des salons privés, en ce moment occupé. Et pas par n'importe qui : par son père, sa belle-mère et Penelope Hayes...

– Oh, Henry ! souffla Isabella en agitant son éventail, une lueur rusée dans les yeux.

Elle portait une robe en mousseline de soie noire dont les plis tombaient en cascade à partir de ses épaules, qui lui faisaient comme des ailes. Une dentelle blanche enveloppait ses bras fins et entourait son cou.

– Je suis si heureuse de te voir ! Nous passons une soirée tranquille et intime, de celles que nous, gens du monde, préférons passer en cette saison, dit-on. Il se trouve qu'elles me font mourir d'ennui. Et puisque tu viens de couvrir de honte la famille, la moindre des choses que tu puisses faire, c'est de nous rejoindre.

– Oh *oui*, approuva Penelope d'une voix qui contenait – il la connaissait bien, cette voix – la subtile intention de séduire.

Elle était vêtue de blanc cassé de la tête aux pieds. Ce n'était pourtant pas sa couleur. Elle avait froid, et quelque chose dans la couleur de sa peau évoquait la mort.

– Excusez-moi, commença Henry en se retournant vers la porte.

Isabella arqua ses sourcils blonds, et l'éventail de Penelope retomba d'un coup sur ses genoux. Il comprit à l'instant que les deux femmes conspiraient ensemble.

– En fait, je dois aller...

Henry fut interrompu par le grincement des pieds sculptés du fauteuil de son père qui reculaient sur le plancher. L'homme se leva, redressa sa haute et solide stature et traversa la pièce jusqu'à Henry, qu'il saisit par le bras :

– Oh, mais pas du tout ! Tu ne vas nulle part. À moins que tu n'aies oublié que tu es assigné à résidence ?

Henry fixa son regard sur le feu qui ronflait devant Isabella et Penelope tandis qu'il était ramené de force dans le salon.

– Quelle mauvaise mémoire tu as, continua son père presque en aparté, tout en le poussant dans le canapé à côté de Penelope.

Cette proximité avec le plus joli produit des Hayes, s'il l'avait un jour recherchée, ne soulevait plus à présent en lui aucun enthousiasme. Elle lui avait semblé, à l'époque, la partenaire idéale avec laquelle enfreindre les lois morales de la société – partageant son mépris pour les règles que toutes les autres filles étaient terrifiées de violer. Maintenant il comprenait qu'elle ne les transgressait que quand cela l'arrangeait, pour parvenir à ses fins. Non seulement il ne lui suffisait pas de mépriser les autres, elle voulait en plus être adulée. Son désir lui apparaissait froid et ordinaire, maintenant que son cœur ne battait que pour Diana Holland. Les mains crispées, il regarda ceux qui la séparaient d'elle à présent.

Vingt-Sept

« Certes, une jeune fille peut avoir de multiples prétendants, cependant elle ne doit pas trop le montrer et ne doit pas leur promettre n'importe quoi. Plus âgée, elle devra particulièrement être soucieuse des apparences, car la naïveté ne pourra alors plus justifier sa conduite. Et, cela va de soi, elle devra faire en sorte que deux prétendants ne se rencontrent pas. »

EXTRAITS DE « LA RUBRIQUE DES DÉBUTANTES »,
LE MAGAZINE DE LA MODE, DÉCEMBRE 1899.

– Miss Broad, quelle chance Carey a eue de vous rencontrer ! s'écria gaiement Lucy Carr, la joyeuse divorcée de la haute société de New York, tandis que le coupé du vieux monsieur s'arrêtait devant son immeuble des quartiers est de la ville.

Après le dîner, elle avait raconté à Lina tout ce qu'il fallait savoir à son sujet, et sur le chemin du retour elle avait gardé son bras enlacé si fort au sien qu'il semblait qu'elle craignait qu'elle ne s'échappe. L'air de la nuit était frais, et leur souffle dessinait au-dessus de leurs manteaux à col de fourrure de surnaturels nuages blancs.

– Nous avons tant besoin de sang neuf dans notre monde ! Et tout le monde sauf moi est marié, ce qui est terriblement ennuyeux.

– Vous m'oubliez, intervint Mr Longhorn, depuis le siège en face.

– Oh, mais vous ne comptez pas, répondit Mrs Carr en éclatant de rire.

– Vous avez raison, ma chère. Je suis si vieux que j'oublie parfois que Central Park est un vrai parc, et non quelque grand désert de marécages et de rochers. Mais j'ai organisé un joli dîner, n'est-ce pas ?

Si Lina avait un jour pensé qu'il serait difficile de capter une nouvelle fois l'attention de l'homme, elle avait été détrompée au moment même où ils s'étaient croisés dans le hall de l'hôtel et qu'il l'avait invitée à dîner. Elle avait dit oui, et il s'était répandu en excuses d'avoir mal compris son nom à l'opéra.

– C'était une très jolie journée en effet, Mr Longhorn.

Elle prononça ces mots avec une douceur teintée d'une timidité non dépourvue de sincérité, qui était la façon dont flirtaient les filles de son âge – du moins, c'est ainsi qu'elle avait entendu faire Elizabeth Holland dans son propre salon. C'était une belle journée en effet. Ils avaient fait des courses de traîneau dans le parc et dîné dans l'une des salles privées du *Sherry*, à propos desquelles elle avait lu des échos, mais où elle n'était jamais entrée ; son nez était encore un peu rouge de la légère ivresse que lui avait procurée le champagne, elle se sentait grisée d'avoir vu autant de monde, et les efforts mentaux qu'elle avait dû fournir pour être à la hauteur de son personnage l'avaient rendue euphorique. Elle avait rencontré son reflet dans maints miroirs et avait pu voir que ses yeux brillaient. L'aisance avec laquelle elle avait été intégrée au cercle de Longhorn la surprenait, mais elle n'y attachait pas plus d'importance que cela. De toute façon, leur association serait forcément brève. Le beau monde lui semblait bon, après tout, à ce moment-là, et il allait fort probablement lui fournir d'un jour à l'autre le moyen d'acheter un billet pour l'Ouest.

– Mrs Carr, exhorta Mr Longhorn. Votre appartement.

– Ah, oui !

Lucy embrassa Lina sur la joue et lui fit promettre qu'elles se retrouveraient bientôt en compagnie l'une de l'autre. Une fois que Mrs Carr et ses queues d'animaux à fourrure eurent disparu dans le vestibule illuminé, la voiture redémarra. Mr Longhorn et Lina ne parlèrent pas jusqu'au moment où les chevaux s'arrêtèrent devant leur destination finale, le *New Netherland*.

– Ma chère, dit le vieil homme en descendant sur le trottoir, je ne vous ai pas eue pour moi de toute la soirée. Accepteriez-vous de monter prendre un petit cognac ?

– Bien sûr, Mr Longhorn.

Lina resta un moment figée sur le siège de la voiture. Tout était tranquille et silencieux dans la rue, mais les fenêtres des grandioses édifices aux ornements d'or et de bronze étaient illuminées. Elle soupira, puis elle prit le bras que le cocher de Longhorn lui tendait pour l'aider à descendre.

– J'en serais ravie.

– Entrez seule dans l'hôtel, alors, lui dit-il gentiment. Je ne veux pas que l'on parle de vous comme d'une personne qui se rendrait dans les appartements d'un vieil homme tard le soir. Allez dans votre chambre, posez-y votre manteau, et j'envoie Robert vous chercher dans un petit moment.

Lina se mordit la lèvre inférieure et fit oui de la tête. Toute frémissante, elle entra dans le hall majestueux, ses pieds effleurant à peine le sol de mosaïque. Elle demanda sa clé avec un tel aplomb qu'elle se demanda si Mr Cullen n'allait pas la prendre pour quelqu'un qui occupait une plus belle chambre. Puis elle marcha jusqu'à l'ascenseur et informa le liftier de l'étage où elle se rendait en prenant bien soin de ne pas le regarder. La porte en fer forgé se referma, et elle se sentit monter.

Je m'élève, pensa-t-elle. *Je m'élève, je m'élève.*

– Vous vous élevez terriblement haut, n'est-ce pas ?

Lina eut le souffle coupé devant une telle impertinence. Ses joues s'enflammèrent. Quand le liftier se tourna vers elle, elle reconnut les yeux noisette et le sourire dégagé de Tristan. La lumière du lustre l'aveugla soudain. Elle recula instinctivement.

– Où avez-vous pris cet uniforme ?

– Mais vous me sous-estimez, ma chère Carolina, répliqua-t-il avec le même sourire. Il semble que vous ayez eu du succès, ce soir.

– Oui. (Lina reprit son souffle, puis, remise de son émotion :) Il m'a invitée à prendre un cognac avec lui.

– Bien ! Il sera bientôt à vous. Mais soyez prudente. Si vous lui donnez trop, vous n'aurez pas plus de valeur à ses yeux que n'importe quelle domestique.

– Je m'en garderai bien.

– Et pour l'amour du ciel, cherchez-vous une nouvelle amie. Vous montrer en compagnie d'une divorcée comme Mrs Carr est pire que de n'avoir pas d'amie du tout.

Lina ne se demanda pas comment il pouvait être au courant pour Mrs Carr.

– Je m'en souviendrai.

– Et soyez prudente, n'en dites pas trop, sinon vous allez vous trahir.

Tristan leva la main vers la manette de l'ascenseur.

– Non, bien sûr que non.

– Et si vous ne deviez vous rappeler qu'une seule chose, retenez bien ceci : faites semblant de boire, mais en réalité buvez très peu. Lui peut être ivre, mais vous, prenez garde à ne pas l'être.

Lina approuva de la tête, silencieusement, jusqu'au moment où il lui dit d'arrêter. Elle n'aurait jamais pu imaginer ce qu'il fit ensuite : il s'approcha d'elle et pencha son visage vers le sien. Elle sentit le contact du mur capitonné de l'ascenseur contre son dos et la pression de ses lèvres sur les siennes. La peau de son visage était rugueuse comme du sable ; la poitrine de Lina se gonfla, effleurant celle du jeune homme. C'était son premier baiser – quelque chose de ferme et de doux en même temps. Elle avait imaginé une centaine de fois Will en train de l'embrasser, mais les baisers imaginaires n'étaient rien en comparaison des vrais. C'était tout un bouquet de fleurs qui s'ouvraient à la lumière.

Quand l'ascenseur s'arrêta, elle remit sa tenue en ordre et sortit au neuvième étage sans un regard en arrière.

– Préparez-vous, Miss Broad, entendit-elle Tristan lui lancer tandis qu'elle avançait vers sa chambre. Je change très prochainement d'emploi.

Lina s'étonna d'elle-même. Pour une jeune fille qui venait de vivre son premier baiser, ses nerfs n'étaient pas vraiment éprouvés. Elle fut attentive à ne pas boire trop de cognac, tandis que Mr Longhorn se délectait du sien. Elle sourit de façon charmante à ce qu'il lui racontait : sa propriété de campagne, son yacht, et les soucis particuliers que lui procurait l'un de ses associés. Malgré les recommandations que Tristan venait de lui faire, Lina était consciente que tout son savoir sur la façon de se tenir, de rester tranquillement assise, l'air ravi, elle le tenait d'Elizabeth, mais cela ne la dérangeait pas. Elizabeth lui avait tant pris, de son côté. Ce n'était que justice de prendre un peu d'elle, à son tour.

– J'aimerais vous emmener à Paris, lui disait Mr Longhorn.

Il avait parlé un bon moment de Paris. Grand, d'une stature imposante, il était vêtu d'un somptueux veston de soirée en velours, d'une teinte légèrement plus claire que celui qu'il portait le jour de leur rencontre. Il avait reposé son cigare, ce dont Lina lui fut reconnaissante. Elle n'était pas habituée à cette odeur. Personne dans la maison des Holland n'avait jamais fumé, sauf, de temps en temps et en secret, Edith, la sœur aînée de Mr Holland.

– Paris, continua-t-il avec nostalgie. C'est là que j'ai vécu les plus beaux moments de ma vie.

Ils étaient installés dans le salon de sa suite, dans des fauteuils club en cuir bistre, face à un feu qui ronflait dans la cheminée. Devant eux, un carafon en verre creux taillé ; en arrière-plan, le valet de chambre de Longhorn. Quelle heure était-il, Lina l'ignorait, toujours est-il qu'elle n'avait jamais veillé si tard.

– Vous n'avez sûrement pas vécu *tous* vos bons moments à Paris, lui répondit Lina.

– Non, pas tous, fit Mr Longhorn d'un ton allègre.

Les rides de son visage parcheminé s'accentuèrent, et il rejeta la tête en arrière. Ses cheveux gris étaient plus épais sur les tempes et au-dessus des oreilles, mais c'était encore une assez belle chevelure, remarqua Lina.

– Pas tous, bien sûr ! reprit-il. Mais j'y étais du temps de ma jeunesse, aussi ne puis-je m'empêcher d'associer cette période aux meilleurs moments de ma vie.

Lina sourit mollement. Elle ne savait comment réagir autrement, si bien qu'elle fit comme Tristan le lui avait recommandé. Elle resta silencieuse quelques secondes, réaction que Longhorn sembla approuver.

– Vous m'avez vu, jeune ?

Lina regarda autour d'elle, s'attendant presque à le voir apparaître dans l'éclat de sa jeunesse. Mais il indiqua de la main un mur décoré de portraits sur lesquels elle avait jeté un rapide coup d'œil en entrant, les prenant pour rien de moins que sa fameuse collection de beautés. Tous les tableaux ornés de leurs lourds cadres en bois doré étaient en effet des portraits de femmes, mais quand elle se leva pour s'approcher, elle s'aperçut que l'un d'eux représentait un homme d'une vingtaine d'années, au visage comme ciselé, surmonté d'une crinière de cheveux noirs. Elle reconnut les pommettes saillantes, les yeux rieurs de Mr Longhorn et le faux col, aujourd'hui démodé, pour lequel il avait encore un goût prononcé. En contemplant le tableau, elle ressentit un désir fugace : celui que son premier baiser lui ait été donné par un jeune homme comme celui-ci.

– C'est vous ? chuchota-t-elle.

– Oui, c'était moi, avant, quand j'avais toutes les filles à mes pieds. (Il se tut et prit une gorgée de cognac.) J'espère que vous ne me trouvez pas immodeste, Miss Broad. Mais en ce temps-là, j'étais ainsi. Je regrette parfois – plusieurs fois par jour, même – d'avoir trop pensé à moi et de ne pas avoir pris femme. Je ne serais pas aussi seul maintenant. Toutefois je ne peux m'empêcher d'être un peu impressionné par moi-même, quand je regarde en arrière.

– Oh, je ne vous désapprouve pas, dit Lina, rougissant un peu du ton de sincérité qui lui échappa.

Elle détourna les yeux du portrait de Longhorn et de celui des beautés passées et présentes. Dans leur cadre en bois doré, les couleurs pastel des aquarelles ou les couleurs vives de la peinture à l'huile exaltaient leur grâce – légers traits de pinceau roses sur les pommettes, d'or sur les habits de soie. Elle éprouvait le désir mélancolique de faire partie de cette galerie de portraits, et qu'un peintre trouve sa beauté digne d'être immortalisée. Pendant un moment, elle oublia qu'elle n'était pas seule et se perdit dans la contemplation des portraits. Ce fut alors que ses yeux tombèrent sur celui d'Elizabeth Holland.

C'était un petit tableau encadré d'un simple cadre en tôle laquée noire. Le corps d'Elizabeth était tourné de trois quarts, de sorte qu'elle regardait par-dessus son épaule avec un air de parfaite maîtrise de soi. Les traits de pinceau qui la représentaient étaient légers, aériens ; on la reconnaissait parfaitement : cette bouche ronde, ces grands yeux innocents, cette peau pâle, ce teint éclatant, rehaussé de petites touches abricot sur le nez et le petit menton pointu. Elle portait une robe en soie rose pâle que Lina se souvint de l'avoir aidée à revêtir.

Lina s'éloigna, espérant que son hôte ne s'était pas aperçu de l'envie intense qu'elle avait éprouvée d'être la jeune fille du tableau. Elle s'approcha des hautes fenêtres à vantaux qui ouvraient sur le parc et comprit alors pourquoi sa chambre à elle ne coûtait pas très cher. La suite de Mr Longhorn comportait plusieurs pièces garnies de meubles anciens et d'un magnifique foyer qui auraient éclipsé le mobilier et la cheminée des Holland. Plus impressionnant encore, sa suite ne donnait pas sur la rue, mais sur un parc ; un parc immense et élégant qui s'étendait sous eux, ceint d'un cordon de bâtiments, comme s'il était le parterre personnel de Longhorn, et planté d'arbres nus dont la couleur violine se détachait dans la neige.

C'était la fin d'une soirée où elle avait su ce que c'était que d'être enviée et admirée. À cette pensée, elle se rendit compte que cet apprentissage de la mondanité ne faisait que générer en elle d'autres tentations toujours plus grandes. Quand elle quitta la fenêtre, elle ne put s'abstenir de jeter un dernier coup d'œil au portrait de Longhorn. Oh, si seulement elle avait pu le connaître en ce temps-là !

– Mr Longhorn ?

Ses yeux s'étaient détournés du spectacle de la jeunesse et se posaient maintenant sur celui de la réalité. Les lourdes paupières du vieil homme s'étaient fermées pendant qu'elle était à la fenêtre et à présent elles s'ouvraient lentement.

– Oh... Carolina, répondit le vieil homme après une minute. (Il semblait s'être oublié, mais quand il la reconnut, il eut un sourire réjoui.) Comme vous me rendez heureux, chère, ajouta-t-il un peu tristement.

Lina porta alors les yeux sur Robert, en costume noir à queue-de-pie. Il l'observait. Même les boutons de cuivre de son veston semblaient jeter des éclats curieux dans sa direction.

L'instant d'avant, Lina avait une haute opinion d'elle-même ; opinion qui se tempéra quelque peu quand elle vit la façon dont Robert la regardait. Son expression était impassible, et il observait la scène comme une scène dont il aurait déjà été le témoin. Le sentiment de réussite et de triomphe que Lina avait ressenti jusque-là se serait totalement anéanti, si un bruit à la porte n'avait attiré l'attention du valet de chambre. Quand Robert ouvrit la porte, Lina comprit que le vent tournait encore.

C'était Tristan, dans son costume brun de vendeur de chez *Lord & Taylor*, qui brandissait un petit tas d'enveloppes rectangulaires. Elle revécut la sensation de ses lèvres pressées sur les siennes, comme si le baiser s'était passé quelques secondes auparavant, comme s'il avait laissé sa marque en elle. Tristan dépassa Robert en le frôlant et resta debout, face à Mr Longhorn.

– Je suis navré de vous déranger, mais je cherchais Miss Broad partout.

– C'est à quel sujet ? répliqua froidement Mr Longhorn.

Il s'assit, sur ses gardes.

– Je n'ai jamais vu cet homme, murmura Lina.

Sa voix était rauque. Elle se sentait un frêle esquif démembré battu par la tempête. Tristan lui avait fait mention d'un changement d'emploi, mais c'était un peu trop rapide pour être vrai. Sa confiance en lui commença à s'éroder. Elle se sentit encore une fois sur le point d'être démasquée.

– Mais, Miss Broad, vous ne vous souvenez pas de moi, chez *Lord & Taylor* ? la pressa Tristan.

– Oh ! Mais je fréquente tellement de magasins... (Il la fixait d'un regard intense, ce qui ne fit qu'empirer la rougeur de ses joues.) Je crois que ma mémoire me fait défaut, parfois.

– Miss Broad peut oublier les employés de votre magasin comme il lui plaît, intervint Mr Longhorn. Je ne vois vraiment pas comment cela justifie votre interruption. Il est très tard, vous êtes dans mes appartements privés, alors formulez clairement ce qui vous autorise à vous y trouver, ou bien sortez.

Quelques instants plus tôt, Longhorn la considérait comme l'une des plus jolies jeunes femmes de son entourage. Mais voici que son ami, ce filou, cet escroc, était venu ruiner cette considération. Lina ferma les yeux, attendant l'effondrement de ses rêves.

– Je vous prie de m'excuser de vous déranger à cette heure tardive, mais j'attends Miss Broad dans le hall depuis six heures. C'est au sujet de ces factures...

– Des factures ? Vous venez me déranger si tard dans la soirée pour une histoire de factures ?

Lina ouvrit les yeux. Le vieux gentleman s'était redressé. Il s'appuyait sur le bras du fauteuil pour se soutenir, mais il y avait dans sa voix une dérision mordante, et Tristan recula imperceptiblement.

– Je vous serais reconnaissant de faire désormais envoyer les factures de Miss Broad directement à mon bureau de Prince Street et de ne plus déranger cette jeune demoiselle. Vous connaissez l'adresse ? Bien. Mon valet de chambre va vous reconduire.

Lina reprit son souffle, se sentant à la fois soulagée et dévastée. Toujours est-il que l'apparition de Tristan avait rompu le charme, cela, elle en était sûre. Elle le voyait, Mr Longhorn était indigné et vraiment fâché. Il toussa longuement, le poing devant sa bouche. Quant à Tristan, une fois dans le couloir, il se retourna pour lancer un clin d'œil à Lina.

– Merci, monsieur ! cria-t-il avant de disparaître dans l'escalier, talonné par le vigilant Robert.

Quand la crise de toux de Mr Longhorn eut cessé, il observa sa jeune invitée.

– C'était tellement... bizarre. (Elle butait sur les mots et ne pouvait lever les yeux de la table.) Je pourrai vous rembourser, bien sûr, dès que...

Le vieux gentleman fit un geste de la main comme s'il chassait une mouche.

– Je ne veux pas que vous me remboursiez, ma chère.

– Mais je pourrais, insista-t-elle stupidement.

– Non, vous ne le pourriez pas. J'ai deviné votre petit manège. Croyez-vous que j'ai bâti ma fortune en faisant confiance à tous les arnaqueurs qui se présentaient ?

– Non, bien sûr. (Le vrai sens des paroles de Mr Longhorn se révéla quelques minutes trop tard à Lina. Elle avait simplement anticipé les mots : « J'ai deviné votre petit manège », et c'était presque un soulagement de les entendre.) Je crois que non, répéta-t-elle.

– J'ai deviné votre manège dès le premier jour, dans le hall de l'hôtel.

Elle se mit à tripoter la dentelle de sa robe. Elle était accablée de honte, et dans quelques minutes, se disait-elle, tout serait fini.

– Et je me suis dit : une fille aussi charmante ne devrait pas avoir à s'avilir juste parce qu'elle n'est pas de haute extraction.

Pour un homme qui a quelque talent, la situation est différente. Un homme qui a des dispositions peut travailler, gagner de l'argent et faire un beau mariage. Mais pas une jeune fille, à moins que son père ne travaille dur. Et je suppose que vous n'avez jamais eu de père.

Lina osa seulement alors lever les yeux.

– Non, dit-elle dans un chuchotement timoré.

– Ne soyez pas si effrayée, ma chère. Je ne veux rien de plus que votre compagnie, et ne vous inquiétez pas des rumeurs, je ne suis pas un coureur de jupons. Je ne veux pas briser votre enthousiasme. J'ai attendu trop longtemps pour me marier, et maintenant il est trop tard pour moi. Cependant j'aimerais avoir une jeune personne qui m'accompagne aux soirées et me raconte les us et coutumes des jeunes gens de notre époque. Si vous vouliez bien être cette jeune femme, je veillerais à ce que les petits commis et autres employés d'hôtel ne vous ennuient plus. Vos factures me parviendront directement, vous pourrez louer les services d'une femme de chambre et d'un cocher particulier. Je veillerai à ce qu'ils vous servent au mieux.

Lina était si stupéfaite et si reconnaissante qu'elle ne savait quoi dire ni quoi faire. Ainsi, elle aussi valait la peine d'être immortalisée. Ou du moins d'être gâtée et richement habillée. Une chaleur à la fois troublante et rassérénante se répandit dans tout son corps, et elle dut se rappeler à l'ordre et sourire.

– Merci, Mr Longhorn, dit-elle avec un sourire épanoui. Cela me convient.

– Très bien. Vous irez demain vous acheter de nouveaux vêtements. Je veux que vous assistiez à la fête de Noël chez les Schoonmaker avec moi, et il vous faut une robe que personne n'a encore vue.

Lina se rendit compte qu'elle donnait son assentiment avec un peu trop d'empressement, mais c'était parce qu'elle imaginait déjà la coupe et la couleur de sa nouvelle robe. Quand elle reprit la parole, il y avait une nouvelle douceur dans sa voix.

– Je suis désolée pour cette scène affreuse, mon cher. Nous n'en parlerons plus.

– Oh, mais je suis tout aussi désolé, lui dit-il gentiment.

Or Lina n'était pas du tout désolée. Pour elle, et contre toute attente, les eaux s'étaient calmées. Sur leur surface lisse et sous les rayons d'un soleil éclatant, elle flottait.

Vingt-Huit

« Personne ne trouve jamais que sa description dans la presse soit fidèle. »

LE GRAND MONDE TEL QU'EN LUI-MÊME,
« LE JOYEUX DANDY », DÉCEMBRE 1899.

L'avant-veille de Noël – qui était un samedi – s'écoula sereinement dans les riches demeures de la grande société de New York. Le soleil se coucha tôt et, pour Henry, c'était comme si le jour ne s'était pas levé. Il avait ruminé toute la nuit dans sa chambre, dormi tard et de façon intermittente, et vers cinq heures de l'après-midi, quand il s'était réveillé, la nuit était déjà tombée. C'était comme s'il vivait une nuit continuelle, car il se retrouvait encore là, dans ce même salon avec les mêmes personnes et quelques figurants en sus – Lucy Carr et Mr Gore. Selon toute apparence, Isabella ne pouvait se passer de distractions deux soirs de suite, et elle avait dû exiger qu'ils soient là, vu que d'ordinaire le vieux Schoonmaker ne laissait pas entrer de divorcée chez lui plus de deux fois dans la semaine, et surtout pas en compagnie d'hommes qu'on voyait régulièrement sans femme. Ils jouaient au bridge, tous les quatre – Mrs Schoonmaker, Mrs Carr, Mr Gore et Penelope Hayes, laquelle lançait sur Henry des regards d'oiseau de proie sans toutefois avoir jamais l'air de le regarder.

– Le bridge, déclara Henry en levant à peine le nez de son cognac. N'est-ce pas un passe-temps un peu vulgaire ?

– Seulement quand on y joue dans les soirées mondaines, dans les grands hôtels, ou ailleurs que chez soi, rétorqua son père, assis près de lui jusque-là en silence, rouge de colère de voir que son fils n'avait pas renoncé à sa boisson favorite d'après-dîner.

– En d'autres termes, seulement quand on vous voit ?

– Tout à fait. Mais tout le monde n'offre pas une vision aussi pathologique que toi, mon garçon.

Henry hocha la tête et but. Il pianota nerveusement sur le bras du fauteuil damasquiné de chrysocale et songea que s'il ne s'était pas fait surprendre lors de cette récente soirée où il avait chanté à tue-tête dans les rues, il serait libre ce soir de découvrir ce qui s'était exactement passé entre Teddy et Diana. Au lieu de cela, il était dans le salon de la demeure familiale, Cinquième Avenue, vieillissant de minute en minute comme chacun.

Il entendait les allées et venues des serviteurs dans les corridors et les salons attenants qui préparaient la soirée de Noël donnée par Mrs Schoonmaker – cette dernière se plaignant toujours du bruit et de la pression que ces préparatifs exerçaient sur elle. Henry pensa à l'annonce de ses fiançailles qui avait eu lieu dans cette même enfilade de pièces, quelques mois auparavant, et se dit que tous ses malheurs actuels avaient découlé de cet acte de lâcheté.

– Miss Hayes est une jeune fille absolument charmante.

Sur cette remarque, qu'il fit semblant d'avoir glissée tout à fait fortuitement, Mr Schoonmaker se fit servir une boisson.

– Vous ne pensiez pas cela, avant.

– Les tragédies transforment les gens. (Le vieux fauteuil grinça sous le poids du père d'Henry qui remua en prenant son verre d'alcool qu'il passa d'une main dans une autre.) Du moins certains, ajouta-t-il d'un ton plein de sous-entendus.

Henry but une gorgée de son cognac et appuya sa tête contre son poing, dans une position qui maintenait un peu plus de distance entre son père et lui. Son regard glissa sur le plancher lustré presque entièrement recouvert de tapis aux teintes pourpres, puis s'arrêta sur Penelope qui posait devant la table de jeu, dans une robe jaune pâle à rangées de perles d'or brodées sur son buste. Ses cheveux sombres s'élevaient en torsade, sculptés en un chignon distingué, et sa longue nuque se profilait dans la lumière de la pièce adjacente. Il avait baisé ce cou, cette nuque, mais n'avait pas le moindre désir d'en faire autant maintenant. Cette nuque avait exactement le dessin qu'il aimait, mais, il le savait, c'était également le cas pour son père, et cette pensée lui inspira un profond dégoût.

L'attention d'Henry fut brusquement divertie quand le maître d'hôtel apparut dans l'embrasure de la porte et annonça un nom qui n'était pas sans occuper ses pensées ; avant même que la dernière syllabe de ce nom ne fût prononcée – Teddy Cutting –, Henry avait bondi de son fauteuil et avançait déjà à sa rencontre. Quand Teddy entra dans la pièce, il le regarda dans les yeux et énonça un simple et sec :

– Toi...

– Salut, répondit Teddy avec un léger amusement dans la voix. Je viens juste de dîner chez *Delmonico*. Tu as manqué à tout le monde.

– Il faut que je te parle.

Henry jeta un rapide coup d'œil autour de lui et saisit d'un geste ferme le bras de Teddy. Mais celui-ci se dégagea pour aller vers la table de jeu faire ses salutations, ce qui irrita Henry au plus haut point. Ce n'est qu'après qu'il eut fait le tour de la table qu'il se laissa entraîner vers les galeries. Il avait un sourire en coin, un sourire de perplexité, ses cheveux blonds et pommadés étaient plaqués sur le côté, et il portait un veston de cérémonie dont le style, cela n'échappa pas à Henry, était emprunté au sien.

– J'ai lu l'article, fulmina Henry quand ils furent hors de portée de voix.

La pièce qu'ils traversèrent était tendue de soie cramoisie ; des pots en cuivre en ornaient chaque coin, déroulant autour d'eux l'arborescence dentelée de leurs fougères.

– Quel article ? s'enquit Teddy.

Son air d'innocence vaguement amusée ne fit rien pour calmer le courroux d'Henry. Il frappa son chapeau haut de forme contre sa cuisse, comme s'il s'ennuyait.

– C'est vraiment une honte que tu sois assigné à résidence chez toi si tôt après la fin de ta période de deuil... Tu nous manques.

– L'article sur toi et Diana Holland !

– De quoi parles-tu ?

Teddy s'arrêta devant une nymphe sculptée dans le marbre et regarda finalement son ami dans les yeux.

– L'article du « Joyeux Dandy », s'énerva Henry. Celui qui mentionne que tu étais en conversation intime avec ma... avec la jeune dame avec laquelle tu pensais que je ne devais pas engager une relation romantique en ce moment historique.

Teddy garda le silence et tourna son regard gris vers la pièce où les autres invités riaient probablement à propos de tout et de rien. L'expression d'amusement avait quitté son visage. Il battit du pied contre le parquet, réfléchissant un moment à la meilleure réponse.

– Oh, Henry, tu ne peux pas croire... (Il s'interrompit, secoua la tête.) Mais cette chose qui a tant troublé Florence... As-tu lu ce qu'on dit sur elle, Henry ? Comment aurais-je pu être inquiété par ce qu'il disait sur moi, alors que...

Henry fronça les sourcils, à la fois furieux et agité de pensées contraires. Sa rage le débordait, mais il ne trouvait pas l'occasion de l'extérioriser.

Teddy le regardait de cette façon calme et grave qu'il avait parfois tard dans la soirée, quand il avait bu quelques verres de trop, et Henry crut reconnaître son propre visage dans celui de son ami. Il en fut effrayé. La gaieté qui avait régné dans cette enfilade de pièces semblait à des milliers de kilomètres.

– Je n'ai rien remarqué à propos de Florence, dit Henry, la gorge nouée.

– Henry... Il avait été arrangé par la belle-mère de ma sœur et par Mrs Holland que j'accompagne Diana à un dîner. Je me suis beaucoup plu en sa compagnie, tout comme je me plaisais en celle de sa sœur, mais tu sais bien qu'il n'y a rien entre nous. (Il continua de le fixer du même regard, et Henry sentit sa colère s'apaiser.) Ne te rends pas ridicule avec ce genre d'accusation, conclut vivement Teddy.

– Bon, bon.

Henry soupira et se cacha les yeux derrière sa main. Il allait demander à son ami pourquoi alors, s'il ne s'était rien passé entre lui et Diana, elle n'était pas venue le voir la nuit précédente, mais il s'arrêta – non par peur de choquer Teddy, mais parce qu'il sentit qu'il devait protéger Diana, de même que respecter le secret de sa sœur, où qu'elle soit.

– Tu l'aimes, lui dit simplement Teddy.

– Oui, répondit Henry sans la moindre ironie, chose rare chez lui.

Teddy leva les yeux et, fixant les moulures en plâtre du plafond :

– Eh bien, tu ne te rends pas les choses faciles, n'est-ce pas ?

– Non.

– Tu en es conscient.

– Oui. (Henry observa un silence. Il connaissait Teddy depuis longtemps, mais il n'avait jamais eu une conversation avec lui qui ressemblât à celle-ci.) Mais je n'ai jamais ressenti ce que je ressens maintenant, non plus.

Son ami l'observa. Un moment passa, et pour la première fois Henry appréhenda d'entendre le jugement de Teddy.

– Alors il faut qu'elle soit à toi.

Henry laissa échapper un grand soupir. Il ne s'était pas rendu compte qu'il ne respirait plus.

– Je ne peux même pas quitter cette maison.

Ce fut seulement alors qu'il enleva sa main de ses yeux. Teddy lui toucha le bras et se pencha pour regarder la pièce où crépitait un feu et où l'on jouait aux cartes en échangeant des rires et de bruyants commentaires.

– Ton père s'est absenté une minute, l'informa Teddy.

Les deux hommes se regardèrent, puis firent demi-tour le plus discrètement possible.

– Quel casse-pieds, celui-là, plaisanta Teddy en montrant Henry, quand ils passèrent devant la table.

– Oh, je sais ! s'exclama avec enthousiasme Isabella, sans lever les yeux de ses cartes.

Le jeu était, comme Mr Schoonmaker l'avait observé plusieurs fois – à tort, selon le fils –, son seul vice.

– Moi j'aime bien notre nouvel Henry, dit Penelope d'une voix douce qu'Henry, s'il l'avait entendue de derrière une porte, aurait juré qu'elle appartenait à une autre fille.

– Je vais me coucher, glissa Henry, essayant de ne pas trahir l'ardeur qui faisait déjà bouillonner des pensées dans sa tête.

– Et moi, je vais voir ce que la ville a à offrir la nuit à un jeune homme comme moi.

Les deux hommes s'éloignèrent de la table de jeu, marchant à pas mesurés sur le tapis aux teintes d'un rouge profond. La lueur du foyer jouait sur la robe jaune et le buste élancé de Penelope, et sur son visage stupéfait.

– Bonne nuit à vous deux, alors, dit Mrs Schoonmaker, détournant enfin son attention des cartes. (Elle décocha un regard à Penelope.) Mr Schoonmaker vous prie de l'excuser, il a été inopinément appelé par son club. Un enquiquineur, un politicien, sans doute.

– Bonne nuit, dirent les autres.

Les deux hommes marchèrent vers la porte. Une fois dans le vestibule, Henry se tourna vers son ami comme pour prendre congé. Teddy hasarda un dernier coup d'œil en arrière et tendit son chapeau à Henry. Les deux hommes se serrèrent la main et se séparèrent, Teddy se dirigeant vers les appartements d'Henry, et Henry, le chapeau baissé sur les yeux, vers la voiture de Cutting qui attendait dehors.

Vingt-Neuf

« Peut-être la famille Holland n'est-elle pas dans une situation aussi désespérée qu'on le dit, le dernier associé de Mr Holland – Mr Snowden Trapp Cairns – ayant été vu hier soir en compagnie de Miss Edith Holland et de sa nièce Diana au *Sherry*. La lumière a, rapportent les voisins, inhabituellement brillé à leurs fenêtres ces derniers jours. Ces faits nouveaux vont-ils étouffer les rumeurs qui circulent sur le malheureux destin d'Elizabeth, ou au contraire les attiser ? »

EXTRAIT DE *RUMEURS DE LA VILLE*,
SAMEDI 23 DÉCEMBRE 1899.

– Les dames ne veulent pas me croire, d'habitude, mais le Yukon peut être tout à fait charmant en été, disait Snowden Cairns pendant que son domestique débarrassait les restes du pigeonneau grillé de la table des Holland.

– Épilobes fuchsia, lupins bleu lavande, pâquerettes, bétoines des montagnes, tous répandent leurs parfums suaves et puissants, tandis que les rouges-gorges trillent et que les pics lancent leur petite musique...

Diana reposait la douce courbe de sa joue contre son poing fermé ; elle avait du mal à tenir ses paupières ouvertes. Ce n'était pas ainsi, elle en était consciente, que sa mère entendait qu'elle se comporte avec Snowden, quand elle lui avait demandé d'être gentille avec lui. Mais pour l'heure, la somnolence était la seule alternative possible à une agitation fébrile. C'est à peine si elle avait pu avaler un morceau de nourriture, et elle avait froid en dépit des multiples feux qui brûlaient maintenant dans les foyers de leur maison ; la seule chaleur qu'elle ressentait était celle de son esprit enfiévré. Elle languissait du moindre signe d'Henry, et elle comprenait à présent – comme jamais auparavant – ce que signifiait littéralement se mourir d'amour.

Et Snowden, qui lui tenait fidèlement compagnie, ne l'aidait pas à oublier Henry. C'était un causeur ennuyeux et répétitif, avait-elle songé lors du dîner de la veille, et elle n'avait toujours pas changé d'avis.

– Bien sûr, c'était avant la ruée, avant que les villes champignons ne commencent à pousser et que des personnages peu recommandables ne se déversent en foule des bateaux...

Le domestique de Snowden avait fini de débarrasser la table, et Edith, assise en face de Diana, lui lança un regard. Entre elles vacillaient les flammes de nouvelles bougies, s'entassaient de belles oranges dans des paniers, s'étalaient la vieille nappe en crochet garnie et tout ce qui restait de l'argenterie de la famille.

– Tu es fatiguée, Di ? lui demanda sa tante, interrompant ainsi le monologue de leur hôte.

Elles s'étaient mises tacitement d'accord pour le laisser parler, depuis que l'escorte de Snowden s'était appliquée à réparer la maison, avait fait apporter le genre de nourriture que les Holland ne consommaient plus depuis des mois, avait installé un sapin de Noël décoré dans le salon et accroché de nouveaux tableaux pour couvrir les espaces du papier peint autrefois recouverts par les toiles disparues. Ne pas écouter ce qu'il avait envie de raconter aurait été pris pour quelque chose de pire qu'un manquement aux règles du savoir-vivre le plus élémentaire.

– Il est vrai, Miss Di, que vous avez l'air très fatiguée, insista Snowden sur un ton de sollicitude dont elle aurait tout donné pour ne pas en être la bénéficiaire.

– C'est vrai, mentit-elle. Je suis très fatiguée. Peut-être est-ce le temps, ou peut-être vous suis-je tellement reconnaissante que j'en suis accablée, dit-elle avec un ton de sincérité qui, cela n'échappa pas à l'attention d'Edith, manquait quand même de conviction. Vous avez tant fait pour nous ! ajouta-t-elle rapidement. Nous sommes débordantes de reconnaissance !

– Alors tu ferais mieux d'aller au lit, lui conseilla sa tante en lui lançant un coup d'œil d'avertissement.

Diana ne savait jamais si c'était la ressemblance entre leurs deux visages qui la faisait se sentir comprise à des moments comme celui-là, ou si réellement sa tante comprenait ce qu'elle ressentait.

– En effet, vous devez être assommée par toutes ces histoires ennuyeuses. Vous en avez suffisamment écouté comme cela.

Snowden lui adressa un sourire qu'elle aurait trouvé généreux si elle n'avait ressenti chacun de ses gestes comme une intrusion fastidieuse dans ses pensées.

– S'il vous plaît, je ne voudrais pas vous lasser davantage. C'était un tel plaisir de dîner hier soir et ce soir en votre compagnie. J'espère que vous aurez la force d'en passer beaucoup d'autres en la mienne.

Diana parvint à esquisser un vague sourire et quitta la salle à manger aux lumières tamisées, les yeux baissés, s'efforçant nonchalamment d'exprimer un semblant de regret.

Bien que toujours en proie à une vive émotion, elle savait que dans sa chambre elle pourrait au moins essayer de dormir, et qu'elle retrouverait alors Henry dans ses rêves. Plus tôt dans la journée, quand l'équipage de Snowden faisait entrer des caisses de nourriture et des fagots de bois, elle avait réussi à dérober une bouteille dans l'une des caisses de vin. Quand elle serait dans sa chambre, pensait-elle, elle en prendrait un verre, elle se griserait, tout deviendrait flou dans sa tête, et le sommeil ne tarderait pas à la gagner. Il ne lui avait pas traversé l'esprit qu'elle n'avait aucun moyen de la déboucher. Comment allait-elle faire ?

Elle grimpait nonchalamment l'escalier, tenant le bas de sa jupe dans ses mains. Elle réfléchit, la main sur la poignée de cuivre, et décida de retourner chercher un tire-bouchon, avant de revenir sur sa décision. Si elle rencontrait Snowden, elle devrait supporter encore son assommante conversation, ça n'en finirait plus, et elle tarderait à se retrouver tranquille dans sa chambre. Mais quand elle ouvrit la porte, ce petit voyage se révéla de toute façon inutile.

Car Henry était là, assis près de la bouteille de vin ouverte. Il avait été si présent dans ses pensées qu'il lui semblait finalement tout à fait logique que sa présence se concrétise. Sauf que c'était tellement mieux qu'il soit là en chair et en os, et son apparition était tellement plus éblouissante que dans ses rêves, qu'il lui fallut s'y habituer, ce qui lui prit peu de temps. Un sourire subtil et familier éclairait son visage, et son regard était brûlant. Il portait un smoking noir et son chapeau haut de forme en satin était posé sur ses genoux. Il l'observait tranquillement, cependant toute sa personne semblait électrisée. Diana appuya le dos contre la porte pour la refermer, sans cesser de le fixer. Elle craignait qu'il ne disparaisse pour peu qu'elle détourne les yeux.

La lumière de la pièce provenait de la lampe de chevet et des flammes pâlissantes du foyer. Henry était assis près de la cheminée, dans la bergère à tapisserie élimée brodée de fils d'or, où elle avait imaginé qu'elle lirait quelques vers avant de trouver le sommeil tant espéré. Les braises revêtaient sa peau d'un éclat encore plus doré que d'habitude. Ses yeux sombres n'avaient pas cillé une seule fois depuis qu'elle était entrée.

– Vous êtes assis dans mon fauteuil, chuchota-t-elle.

Elle dégagea son dos de la porte et avança vers lui, jusqu'à la peau d'ours blanc qui s'étalait devant le foyer. Elle enleva le chapeau de ses genoux et le mit sur sa propre tête, espiègle, puis s'assit en amazone sur les jambes du jeune homme. Il passa un bras autour d'elle et posa sa main sur le haut de sa cuisse, sans cesser de la regarder dans les yeux. Quand elle réalisa qu'elle sentait son corps, elle sut qu'il était là pour de bon.

– J'aimerais vous répondre que vous portez mon chapeau, lui dit-il, sauf que ce n'est pas le mien.

– Ah ?

– C'est celui de Teddy Cutting.

Son expression n'avait pas changé, mais sa voix s'était légèrement altérée en prononçant ce nom, remarqua Diana. Il ne le prononçait pas ainsi, d'ordinaire. La jeune fille fut momentanément troublée, puis un souvenir lui revint à l'esprit, brusquement : cette pièce dans la Seizième Rue Est, ce sentiment de désespoir, et cet article de potins mondains qu'elle avait elle-même malicieusement composé. Elle enleva le chapeau.

– Oh, vous ne pensez pas...

– Non, cependant j'aimerais que vous m'expliquiez.

– C'était une farce idiote, Henry. (Elle lança le chapeau sur le lit et, lissant les plis de sa longue jupe blanche :) Ce n'est rien. C'était quand je croyais que vous et Penelope...

– Ça suffit.

Elle observa la lueur particulière dans les yeux d'Henry et se dit que s'il avait ressenti de la jalousie à propos de cet incident, alors elle pouvait se permettre d'exprimer les émotions que son ancienne liaison avec Penelope lui avait causées. Elle pencha son visage vers lui et attendit que ses lèvres se posent sur les siennes. Elle l'embrassa encore et encore, lentement, doucement au début, puis avec une insistance croissante. Les mains d'Henry glissèrent dans ses cheveux, puis commencèrent à dénouer son corset. Elle entendit le bruit que ses mules firent en tombant l'une après l'autre sur le sol et sentit ses cheveux se répandre autour de ses épaules. Tout cela en marge de sa conscience. Des minutes avaient passé, très peu ou une éternité, elle n'aurait pu le dire, quand il éloigna son visage du sien.

– Je t'aime.

Il avait dit cela simplement, sereinement. Il n'avait pas prononcé ces mots comme elle les avait si souvent imaginés énoncés par les personnages des romans qu'elle avait lus. Il ne les avait pas déclamés avec désespoir, ni proférés avec une rage vaine et implorante, ni articulés sur un ton de persuasion laborieuse. Il ne les avait pas murmurés d'un ton lascif. Il avait parlé, tout simplement, pour être compris.

Diana ne put réagir autrement que par un sourire radieux et spontané.

– Tu sais que je n'ai jamais aimé Penelope et que je ne l'aimerai jamais.

Elle n'avait jamais lu dans ses yeux noirs une telle sincérité, une telle gravité.

– Les gens ne vont pas bien nous accepter, toi et moi. Ils ne savent pas qu'Elizabeth est en vie, ils penseront juste que je l'ai remplacée par une jeune pouliche née du même père. Quelle que soit la position actuelle de ta famille, notre histoire ne va pas être facile.

Diana leva la tête et, les yeux dans les yeux :

– Ça ne me dérange pas.

– Je ne voudrais pas que tu fasses quoi que ce soit qui pourrait te...

Mais Diana en avait assez entendu. Elle interrompit Henry par un long baiser, puis elle l'attira sur la peau d'ours. Appuyé sur un coude, il la contempla un long moment durant lequel elle se sentit étudiée avec la concentration d'un artiste pour son modèle. Il saisit la bouteille de vin posée devant la bergère et en but une longue gorgée. Diana la lui prit des mains et fit comme lui, ce qui mit fin à toute parole.

Henry se pencha au-dessus d'elle et, tout en la regardant attentivement, il la caressa avec délicatesse. Il ôta sa veste, puis déroula les bas de Diana et contempla ses petits pieds. Il baisa ses chevilles, puis l'intérieur de ses genoux, plusieurs fois. Elle essayait de rester calme, et se rappela qu'elle devait respirer. Quand leurs bouches se rencontrèrent à nouveau, elle avait perdu toute conscience du monde extérieur, mais ne s'en souciait pas.

Il lui demanda une fois de plus si elle était sûre, et elle fit oui de la tête. Elle lui dit qu'elle l'était.

Elle ressentit une sorte de douleur lancinante au début, et craignit l'espace de quelques secondes d'être la première femme, de par sa constitution physique, à être incapable de commettre le péché originel. Mais Henry lui chuchota de douces paroles à l'oreille, et un certain temps passa. Après quoi son corps se mit à ondoyer contre le sien, indépendamment de sa volonté, d'une façon qu'elle n'avait jamais, même aux moments où son imagination avait été la plus exaltée, imaginée.

Plus tard, dans la nuit, elle se réveilla et trouva Henry le regard fixé sur son épaule nue. Il la contemplait. Ils se contemplèrent. Elle descendit à la cuisine chercher de l'eau pour tous deux, et elle passa le reste de la nuit blottie et serrée contre sa poitrine, jusqu'au petit matin.

Elle ne se souvenait pas du moment où elle avait sombré dans le sommeil, mais elle sut exactement quand elle se réveilla. Elle entendit le bruit de la poignée de la porte qu'on tournait, et ses yeux s'ouvrirent sur sa chambre baignée de la lumière opalescente du matin. *Je ne suis plus vierge. Je ne suis plus une jeune fille*, fut sa première et seule pensée. Son corps, elle le sentait différent, aussi ; il était un peu douloureux, mais il connaissait maintenant l'amour, c'était un corps préparé pour ce que le monde avait à offrir.

Puis la porte s'ouvrit à l'intérieur de son chambranle de bois gauchi, et elle reconnut sa femme de chambre, Claire, qui tenait dans la main un pichet en porcelaine bleu et blanc. Diana regarda ce sur quoi les yeux de la fille se fixaient : sur le beau visage d'Henry endormi à côté d'elle, sur la peau d'ours. Il était encore plus beau le matin, vu de si près. Le feu s'était éteint durant la nuit. Quand elle releva les yeux vers la porte, celle-ci venait de se refermer. *Dieu merci ce n'était que Claire*, pensa-t-elle, et elle retourna se blottir dans la chaleur du corps endormi à son côté. Heureuse, elle referma les paupières.

Trente

« Si la valeur d'un secret est toujours fluctuante, les dames de la haute société finissent par savoir qu'il peut avoir plus de prix gardé que trahi. »

MAEVE DE JONG, *AMOURS ET AUTRES FOLIES DES VIEILLES FAMILLES NEW-YORKAISES.*

Lina marchait parmi les arbres dénudés et les pelouses parsemées de neige d'Union Square, d'un pas qui n'était ni pressé ni languissant. Elle marchait comme une jeune fille vêtue d'un nouveau manteau de fourrure, ce qui était son cas – manteau d'astrakan garni d'un col en chinchilla. Tristan l'avait aidée à le choisir ce matin-là. Elle s'appliquait à se déplacer comme Elizabeth Holland le faisait dans son souvenir : sublimement indifférente au froid, aux passants, aux filles emmitouflées dans leurs multiples couches de laine, qui regardaient d'un œil béat les magnifiques fourrures qu'elle portait lors de ses promenades, escortée d'une domestique à son service.

Claire n'était pas vraiment sa domestique, bien sûr. Mais Lina avait appris à sa sœur à marcher derrière elle à une distance respectueuse.

– Tu comprends, si je rencontrais Mrs Carr ou une autre lady... lui avait-elle expliqué.

Et Claire, émerveillée à la pensée que sa petite sœur fréquente des gens si distingués, avait accepté.

– C'est un très joli manchon.

Claire faisait référence au manchon d'astrakan que Lina s'était acheté grâce à l'argent de Penelope. Comme cette époque lui semblait loin ! Ses mains s'y abritaient maintenant, protégées du froid mordant comme deux belles mains lisses et blanches qui n'auraient jamais travaillé.

– N'est-ce pas ? répondit Lina par-dessus son épaule.

Le manchon ne lui semblait pas si extraordinaire, depuis qu'elle avait ce manteau. Elle aimait penser que son cou, mis en valeur par son col cheminée, paraissait plus long, plus impérieux, un cou digne d'une jeune fille nommée Carolina. À des moments comme celui-ci, ses sentiments pour Will subissaient une légère baisse d'intensité, et elle pensait pouvoir supporter de rester à New York un peu plus longtemps, afin d'acquérir une connaissance plus approfondie des belles manières. Sans aucun doute les passants, qui ne manqueraient pas de remarquer la luxueuse pelisse qui enveloppait son long corps mince, trouveraient ses taches de rousseur exotiques, et désigneraient son regard sage et distant autrement que par la banale couleur gris-vert. Des yeux de jade, peut-être ? Mais c'était son manchon que Claire avait remarqué, et Lina, qui souhaitait se faire valoir en lui parlant de ses nouvelles relations, lui avait menti. Elle lui avait raconté que c'était un cadeau de Longhorn, tout comme le manteau, d'ailleurs.

– Tu devras y faire attention, en prendre grand soin.

– Oh, bien sûr.

Pour une raison que Lina ne put définir très clairement, cette réflexion lui procura un petit frisson désagréable. Ce n'était pas ce que Claire avait voulu dire, mais son avertissement lui avait rappelé la fragilité de sa position sociale, même après avoir accepté la proposition de Longhorn. Tristan l'avait mise en garde ce matin contre un point faible auquel elle allait essayer de remédier ; il lui avait rappelé que sa carrière dans le monde serait brève si elle ne gagnait pas l'amitié d'une jeune femme autre que Mrs Carr.

La neige, du moins ce qui en restait, crissait sous leur pas tandis qu'elles passaient devant les bancs en fer forgé. Il faisait trop froid ce jour-là pour qu'on ait envie de se promener, aussi le parc était-il dépeuplé.

– Je me demande seulement ce que Mr Longhorn attend en retour d'un tel présent.

– Tu n'as pas à t'inquiéter pour cela. Tristan m'a dit...

– Qui est Tristan ?

Lina s'arrêta de marcher et leva les yeux vers le ciel. Entendre ce nom prononcé lui fut à la fois déconcertant et agréable. Elle n'avait pas parlé de Tristan à sa sœur quand il n'était que vendeur dans un rayon de magasin, et maintenant qu'elle le connaissait mieux, elle ne saurait lui dire ce qu'il faisait, d'autant qu'elle savait qu'il était plus que ce dont il avait l'air. Sans oublier qu'il l'avait embrassée. Elle se posa des questions sur la façon de présenter cette histoire à sa sœur et finit par conclure que tout cela allait lui paraître un peu fou. Non, mieux valait ne pas parler de Tristan. Elle se retourna et prit Claire par le bras, qui sembla presque surprise de se retrouver face à face avec sa petite sœur.

– J'ai trop parlé de moi.

– Mais j'ai tellement envie d'entendre parler de tous tes nouveaux amis !

Claire, dans son manteau de drap noir, avec son chapeau assorti sinon par le style, du moins par la couleur et l'ancienneté, sourit entre deux frissons. Son nez était rouge de froid. Lina l'emmena s'asseoir sur un banc et enleva son manchon. Par-dessus les arbres dénudés se découpaient les hauts toits de pierre des bâtiments du côté est du square.

– Essaie-le, lui ordonna-t-elle.

Comme Claire faisait des difficultés, elle poursuivit :

– J'insiste.

Deux servantes en manteaux ordinaires passaient, chargées de denrées du marché, et Claire attendit qu'elles s'éloignent de quelques pas pour prendre le doux et soyeux fourreau dans ses mains et l'examiner. Elle fut lente à le passer, mais une fois que ses mains eurent disparu à l'intérieur, une expression de bonheur s'épanouit sur ses traits.

– Tu devrais le garder, lui dit spontanément Lina.

Dès qu'elle eut prononcé ces mots, l'idée de perdre son manchon, qui était l'une des premières jolies choses qu'elle s'était achetées avec son argent, lui fut insupportable, et lui révéla l'attachement sentimental qu'elle avait pour cet objet.

– Oh non, je ne pourrais pas, Lina, c'est le tien, et de toute façon, que dira Mr Longhorn quand il verra que tu ne le portes plus ?

Son mensonge venant ainsi de lui être rappelé, Lina estima que d'abord, elle ne méritait pas le fourreau.

– Il se demandera ce que j'en ai fait, répondit-elle d'un ton morne. Je lui dirai que j'ai été assez sotte pour l'oublier quelque part, et peut-être qu'il m'en achètera un nouveau. Ou peut-être que non. Ce sera un test pour mesurer la profondeur de ses sentiments.

– Oh, Lina ! Tu ne dois pas penser comme cela, dit Claire avec un sourire désapprobateur. Ce serait plutôt le genre de Penelope, de faire une chose pareille.

La mention de Penelope n'améliora pas, à ce moment-là, l'idée que Lina avait d'elle-même. En vérité, elle éprouvait un pénible sentiment de honte à la pensée de s'être retrouvée récemment en position de trahir des secrets, aussi orienta-t-elle la conversation dans une tout autre direction.

– Comment va Diana ? Tu sais, je suis tombée sur elle, à l'opéra.

– Oui, oui, je le sais. Je n'imaginais pas que la Carolina Broad du journal pouvait être toi, avant qu'elle me l'ait confirmé.

Claire regarda autour d'elle le parc qui déployait une large palette de tons gris, et ses arbres décharnés dont les ombres se découpaient même à midi. Elles étaient seules, à l'exception de quelques promeneurs dans le lointain, la tête enveloppée d'écharpes ou disparaissant sous des chapeaux enfoncés jusqu'aux oreilles pour se protéger du froid. Personne ne pouvait les entendre, mais elle baissa quand même la voix.

– Tu sais, je suis inquiète à son sujet.

– Au sujet de Diana ? Je ne vois pas pourquoi. Elle ne s'inquiète jamais de personne. (Comme sa sœur lui lançait un regard de reproche, elle ajouta à contrecœur :) Je voulais dire qu'elle doit aller très bien, car elle sait très bien s'occuper d'elle-même.

– Je n'en suis pas si sûre, maintenant...

– Que veux-tu dire ?

– Rien à son propos. C'est à propos de quelque chose que j'ai vu. Quelque chose qui pourrait avoir de graves conséquences sur la famille Holland... (Claire se pencha un peu en avant, comme si elle pouvait cacher ce qu'elle savait avec son corps.) Eh bien, j'ai vu une des filles Holland avec un jeune homme. Un jeune homme intimement lié avec la famille, au point qu'il a failli en faire partie.

Lina, agacée par les faux-fuyants de sa sœur, ne put cacher son irritation :

– Tu l'as vue *avec* lui, c'est ça ?

– Oui, répondit Claire d'un ton triste.

– Mais qu'entends-tu par « avec » ?

Lina sentit sa curiosité s'émoustiller. Non, ce n'était pas possible, elle n'avait pas compris ce que sa sœur semblait vouloir dire, c'était une idée folle.

– Tu sais bien, *avec*...

Les yeux de Lina s'agrandirent.

– Non, je ne sais pas. *Avec* lui dans le salon, hier après-midi ?

– Non, tous les deux ensemble ce matin, dans les bras l'un de l'autre, les vêtements en désordre. (Claire enfouit son visage dans le manchon et retint un sanglot.) Que puis-je lui dire ? J'aimerais seulement ne pas l'avoir vue. Je voudrais que ça n'ait jamais été.

Lina pouvait à peine y croire – l'histoire était trop audacieuse. Mais Claire n'aurait jamais pu inventer une telle chose, et Lina ne put cesser d'imaginer la scène, comme si elle s'était retrouvée dans Broadway, devant un omnibus renversé, entourée d'une foule inerte, bouche bée, et incapable de détourner les yeux d'un tel spectacle. C'était scandaleux mais suffisamment romantique pour chavirer l'esprit de Lina. Elle serra les lèvres et observa sa sœur, visiblement plus honteuse de ce qui s'était passé que Diana Holland ne l'avait probablement été.

– Je ne crois pas que tu aies besoin de lui dire quoi que ce soit, commença Lina.

Il ne lui avait pas échappé – malgré les émotions mélangées qui la traversaient, une fascination mêlée de répugnance, à quoi s'ajoutait la jalousie – ce que ce secret pouvait signifier pour elle.

– Tu crois ?

Le visage de Claire était douloureux, elle semblait vivre un supplice.

– Le fait que tu l'aies vue lui aura sûrement fait comprendre à quel point sa conduite a été légère et risquée. Se rendre compte qu'elle aurait pu aussi bien se faire surprendre par sa mère ou sa tante l'incitera à la prudence.

– Tu le crois vraiment ?

Lina observa sa sœur. Claire était si bonne avec les Holland, si dévouée, si désintéressée. Lina n'avait jamais accepté cette loyauté inébranlable qu'elle manifestait envers ses « patronnes », qui la traitaient depuis toujours en inférieure. Elle les considérait presque comme des parentes. C'était la raison pour laquelle elles ne lui cachaient rien. C'était pour cela qu'elle pénétrait tôt le matin dans leurs chambres, à l'heure où elles ne se conduisaient nullement comme le genre de demoiselles qu'elles étaient censées être. Bien sûr, Claire ne se servirait jamais d'une telle information. Mais Lina, assise sur un banc en fer forgé dans un parc presque vide par ce matin glacial, savait qu'elle, elle le pourrait. Il y a quelques jours, elle l'aurait certainement fait.

– Je suis convaincue que tout finira très bien.

Lina toucha l'épaule de sa sœur pour lui signaler qu'elle devait s'en aller, et toutes deux se levèrent. Il s'était mis à neiger, et de minuscules flocons parsemaient le manteau de Lina. Elle regarda sa sœur et lui dit :

– Garde le manchon. Ce sera mon cadeau de Noël.

Le sillon qui s'était creusé entre les sourcils de Claire s'effaça, et elle sourit en regardant sa nouvelle possession. Quant à Lina, son esprit était occupé par la dernière et scandaleuse nouvelle que venait de lui révéler sa sœur, et comme elles marchaient, bras dessus bras dessous cette fois, en direction de la sortie nord du parc, elle se rendit compte qu'elle ne se souciait plus du tout d'être dépossédée de son manchon. L'histoire qu'elle venait d'entendre lui avait rappelé qu'elle devait se concentrer sur l'acquisition de choses autrement plus importantes.

Trente et Un

« La famille William S. Schoonmaker
vous prie de lui faire l'honneur
d'assister à sa soirée de Noël 1899
qu'elle donnera à neuf heures,
au 416 Cinquième Avenue. »

Le miroir de courtoisie qui surmontait la coiffeuse de Diana Holland, avec son cadre ovale en acajou ornementé de chérubins et de séraphins ciselés, n'avait jamais reflété tant de beauté. À côté de lui, au milieu des peignes, des épingles, des poudres et des produits de maquillage, un bouquet de jacinthes mauves s'épanouissait dans un vase aux lignes pures, et leur parfum se répandait dans toute la pièce. Les fleurs étaient arrivées ce matin avec une carte rappelant que les Holland étaient invitées à la soirée de Noël des Schoonmaker, au-delà du fait que leurs deux familles n'aient pu s'unir dans le bonheur du mariage. Elles embaumaient. Diana y avait vu un symbole écrit noir sur blanc. Elle avait donc réclamé le bouquet pour sa chambre, prétextant d'un ton désinvolte que c'étaient ses fleurs préférées.

Quoi qu'il en soit, c'était surtout sa beauté qu'encadrait le miroir en cette veille particulière de Noël. Ses pupilles étaient aussi larges et noires que la nuit, et ses joues avaient la douceur rosée d'un coucher de soleil estival.

Le visage de sa femme de chambre, derrière elle, en train de la coiffer et de relever ses boucles en chignon, semblait un peu austère en comparaison. Ses yeux papillonnaient, évitant de rencontrer ceux de sa maîtresse. Elle était silencieuse, ce qui ne lui ressemblait pas.

Diana, quant à elle, une petite moue sur les lèvres, laissait son regard errer dans la chambre. Tout était exactement comme d'habitude : les murs tendus de soie damassée rose saumon, la peau d'ours blanc, la cheminée, le couvre-lit en chenille blanche ; et pourtant, cette pièce ne serait plus jamais la même. Diana aurait aimé, à ce moment-là, vivre dans un monde où il serait possible d'appliquer sur le mur une plaque en cuivre bruni par le temps, rappelant à la postérité l'événement capital qui était advenu à cet endroit, à savoir ce qui s'était passé entre elle et Henry.

Elle décida que la seule façon de rompre ce silence était de le faire brutalement.

– Je suis contente que tu nous aies vus.

Les yeux bleus de Claire croisèrent rapidement ceux de Diana dans le miroir avant de retourner se fixer sur ses cheveux.

– Je ne vois pas ce que vous voulez dire.

– C'est bon, Claire, je ne suis pas en colère.

Diana se tut, observant le doux reflet de la lumière de sa lampe sur la peau pâle de son décolleté que rehaussait la bordure vert sombre de sa robe blanche. L'éclairage électrique de la salle de bal d'Henry serait sûrement plus vif, mais elle était sûre qu'il serait en sa faveur.

– Je suis contente.

Claire poussa un profond soupir qui sembla emplir toute la pièce.

– Miss Diana, si on vous découvre, on va...

– Mais tu ne vas le dire à personne ! Et moi, je l'aurais de toute façon raconté à quelqu'un, parce que cela aurait été plus fort que moi, je n'aurais pas pu garder ce secret pour moi. Mais maintenant que tu le sais, je ne risquerai plus de jacasser à ce sujet. Sauf que c'est juste ce que je suis en train de faire avec toi !

Claire poussa un autre soupir, moins profond cette fois, un petit soupir qui fit penser à Diana qu'elle était prête à se laisser fléchir.

– Vraiment, Claire, est-ce qu'il s'est jamais passé une histoire aussi excitante dans cette maison ? Henry et moi...

– Vous et le fiancé de votre sœur !

Diana se mordit les lèvres : son enthousiasme l'avait débordée. Elle vit que Claire la regardait maintenant dans les yeux et s'autorisait un petit sourire.

– Je vous en prie, Di, soyez prudente !

Tandis qu'elle entrelaçait du houx dans la chevelure de sa maîtresse, son sourire s'affermit et s'épanouit au fur et à mesure que les jolies feuilles vernissées disparurent du plateau posé devant elle. Puis il illumina tout son visage, quand les yeux de ces deux romantiques effrénées se rencontrèrent.

Elles ne dirent plus un mot jusqu'à ce que Diana se fût levée pour laisser Claire lui mettre une touche de poudre sur le nez.

– Et vous allez le voir ce soir ? chuchota Claire d'une voix émue.

– Snowden m'accompagne, bien entendu, je ne pourrai donc pas le voir vraiment. (À l'évocation d'Henry, le cœur de Diana se mit à battre. Elle s'était efforcée de ne pas trop penser à lui, aujourd'hui.) Mais je vais me trouver dans la même pièce que lui, Claire ! Je pourrai au moins le regarder ! Je suis sûre que je pourrai deviner ce qu'il ressent au premier coup d'œil.

Dès lors, elle ne pensa plus à rien d'autre qu'à Henry ; quand elle se rendit dans la chambre de sa mère pour lui souhaiter bonne nuit ; quand elle descendit l'escalier pour admirer l'arbre de Noël avec Snowden et sa tante ; quand ils roulèrent, dans la voiture de Snowden, jusqu'à la demeure des Schoonmaker sur la Cinquième Avenue à côté de la Trente-Huitième Rue. Et quand l'ancien compagnon de route de son père lui tendit la main pour l'aider à gravir les majestueuses marches du perron festivement illuminé, son esprit était si totalement possédé par Henry qu'il tint en quelque sorte du miracle qu'elle ne trébuche dans la neige fraîchement tombée et qu'elle ne réponde aux propos aimables de Snowden par des phrases qui ne soient composées que du seul nom d'Henry.

Dans le hall d'entrée, elle passa devant les hôtes alignés pour l'accueil des invités et échangea les salutations de rigueur, traversa les antichambres et longea les couloirs saturés de poinsettias en pots, pensant à chaque seconde que son cœur allait exploser. La lumière du lustre de la salle de bal éclairait d'innombrables visages au-dessus de leurs cols officier blancs, tels des œufs dans leur coquetier. Mais malgré les coups d'œil perçants que Diana lança à la ronde et le nombre de sourires qu'elle adressa à ses connaissances, elle ne vit pas Henry dans cette foule. Elle était sur le point de se trahir en soulevant la question de cette absence inquiétante, quand Snowden lui évita cette peine.

– Qui est le jeune Schoonmaker ? L'homme qu'Elizabeth devait épouser...

Sa tante avait été enlevée par l'une des cousines Gansevoort, et un maître d'hôtel leur avait apporté deux tasses de punch. Diana en but une gorgée pour se calmer. Pourquoi Henry n'est-il pas là ? avait-elle envie de crier. Et avec qui est-il ? reprirent ses pensées en écho.

– Je ne le vois pas, dit-elle d'un ton aussi indifférent que possible.

– Eh bien, comme c'est étrange que le jeune homme de la maison soit absent un soir si important pour sa famille.

– Oui, je...

Diana s'interrompit. Elle venait de remarquer que tous les regards étaient braqués sur elle ; les demoiselles Wetmore, vêtues dans des couleurs lavande, chuchotaient dans la causeuse en velours rouille au milieu de la salle – elles se posaient sans doute des questions sur l'inconnu avec qui Diana était entrée et sur le statut marital de ce monsieur ; Amos Vreewold et Nicholas Livingston, debout dans l'ombre de la voûte du hall d'entrée qui conduisait à la galerie attenante, l'observaient intensément. Diana se demanda s'ils n'étaient pas en train de comparer son physique avec celui de sa sœur aînée, avec laquelle ils avaient si souvent dansé. Il y avait aussi Davis Barnard, caché derrière son punch, les sourcils levés en arcs-boutants à la vue de la mystérieuse personne qu'elle avait amenée. Et aussi Penelope, qui venait d'entrer dans la salle, dans une ample jupe fluide en soie rouge profond, qui la toisa avant de se tourner vers la foule. Elle était elle aussi accompagnée d'un inconnu – du moins l'était-il pour Diana. Pourtant l'homme de haute taille qui tenait le bras de Penelope semblait totalement à l'aise : il adressait des signes de tête à quelques personnes qu'à l'évidence il connaissait bien, avant de se tourner dans la direction de la cadette des Holland. Le regard qu'il posa sur elle fut de loin moins économe que celui de Miss Hayes. Diana n'avait jamais vu Penelope autrement accompagnée que par son corpulent ami snobinard, et se demanda qui pouvait être le nouvel arrivant.

Si on lui avait posé la question avant ce moment-là, elle aurait répondu que le fait d'être regardée la laissait indifférente. Mais elle était la plus jeune fille de la famille et n'avait jamais été la cible des regards éblouis de la haute société. Or là, à la veille de Noël, dans la salle de bal des Schoonmaker, elle découvrit ce que cela faisait d'être cernée par les regards. Elle se sentit oppressée, comme Elizabeth avait dû l'être deux ans auparavant, pensa-t-elle, lors de son entrée dans le monde. Elle voulait trouver une explication à l'absence d'Henry, elle le voulait désespérément, mais ceux qui l'observaient, ouvertement ou à la dérobée, lui rendaient cette tâche impossible.

Elle ne pouvait non plus s'ôter de l'esprit l'idée que son aspect physique avait changé et portait les marques évidentes de sa transgression. Elle se sentait aussi tellement consciente de sa beauté qu'il lui semblait inconcevable qu'on ne remarque pas la différence.

– Il... reprit-elle. (Elle espéra que la façon dont elle avait prononcé ce « il » ne trahissait pas ce qu'elle ressentait, à savoir qu'elle aimait cet homme et qu'il était sien.) Il a très mal vécu la disparition d'Elizabeth, continua-t-elle. Je suis sûre qu'il lui est difficile de penser à ce qu'aurait pu être leur premier Noël ensemble comme... comme mari et femme.

Snowden approuva discrètement de la tête cette explication, puis continua à lui poser des questions plus légères sur les autres invités : dans quel quartier de la ville ils vivaient, quel genre d'immeuble ils habitaient, et Diana lui répondit aussi aimablement qu'elle en était capable. Elle ne prit pas la peine d'apaiser le tumulte de ses pensées, ses efforts n'auraient servi à rien.

Trop rêver peut être dangereux, aimait à l'avertir son père. Il lui disait cela avec amour et une pointe d'orgueil, quand l'occasion se présentait pour lui de comparer son caractère avec celui de sa fille. Diana s'en souvenait maintenant, à l'écart d'une salle de bal décorée d'une ribambelle de tableaux dans des cadres imposants et peuplée d'une foule de visages apprêtés pour ces réjouissances convenues et qui exprimaient une sorte d'effroi derrière leur mine ridiculement joviale.

Le bruit que faisait son cœur dans ses oreilles noyait maintenant toutes ses pensées romanesques, et elle se mit à craindre d'avoir été une fois de plus folle ou stupide. *Il en est ainsi de l'amour*, se dit-elle, *on ne sait jamais sur quel pied danser*. Mais avant que ce sentiment de vulnérabilité ne l'envahisse complètement, elle tourna irrésistiblement la tête, et c'est alors qu'elle vit Henry. Il la regardait avec une telle tendresse et un tel désir que ses lèvres s'entrouvrirent, frémissantes. Il était de l'autre côté de la salle, proche de l'entrée. Son regard était tout ce qu'il y avait de plus assuré, et Diana le soutint quelques secondes avant que deux hommes s'approchent de lui pour l'attirer vers le fond de la salle de bal. Mais elle savait maintenant qu'elle n'avait été ni folle ni stupide. Elle savait, cet échange de regard en était la preuve, que cette soirée serait une réussite, et ses yeux se mirent à luire de bonheur.

Trente-Deux

« *H.,*

J'ignore si ce mot te parviendra, en tout cas je te prie de m'excuser. Hier soir, je me suis manifestement endormi.

J'espère à très bientôt, et bonne chance.

T. »

Henry était un célibataire particulièrement comblé, et cela faisait des années que l'absence d'une femme n'avait pas suscité en lui le moindre manque. Cependant, en cette veille de Noël, alors que la neige fraîchement tombée festonnait les vitres des fenêtres des Schoonmaker et blanchissait, au-dessus d'elles, les toits pentus et mansardés, il ressentait une légère sensation de vide. Quand il était retourné discrètement dans sa chambre tard dans la matinée, son ami Teddy était déjà reparti, et il s'était endormi jusqu'à ce que les bruits des préparatifs de la fête le réveillent brusquement. Ses pensées s'étaient alors immédiatement fixées sur la jeune Miss Holland, son teint rose et ses charmantes boucles décoiffées. L'action de loin la plus importante qu'il avait accomplie de la journée avait été de faire expédier des jacinthes chez elle. Au fil de ses rêveries, il commença à imaginer l'heureux événement qui obsédait son père, et dont jusque-là lui ne s'était jamais soucié.

Il sonna pour se faire servir son dîner dans sa chambre, dîner qu'il mangea du bout des dents, puis revêtit son habit à queue-de-pie et à nœud papillon blanc sans requérir l'aide d'un valet de chambre. Il ne voulait pas se faire dorloter par le régiment de serviteurs en livrée que son père avait les moyens de s'offrir. Il pensait au magnifique cou de Diana Holland et à ses beaux yeux malicieux, et sentir un homme s'affairer autour de lui pour ajuster son gilet ne ferait que le gêner dans ses rêveries. Quel courage, quel cran elle avait, comme elle croyait en leur amour et ne craignait pas de voir ses espérances déçues ! Près d'elle il se sentait courageux, lui aussi. Ce qu'il ressentait maintenant, c'est qu'en dehors d'elle, il n'avait en vérité plus besoin de grand-chose.

Il termina la tasse de café qu'il avait posée sur le buffet et arrangea quelques mèches de ses cheveux. Puis il regarda, à travers les bow-windows de sa chambre, passer dans la Cinquième Avenue tous les invités que son père jugeait bon de faire accompagner de la descente de leur voiture jusqu'à son entrée – parce qu'ils en étaient dignes ou parce qu'ils pourraient être utiles à sa carrière. La neige scintillait comme les diamants au cou des dames, dont certaines, qui craignaient pour leurs robes, se faisaient porter. Henry eut un sourire nostalgique à la pensée que Diana n'aurait jamais fait une chose pareille. Elle aurait inspiré l'air frais et monté seule les marches, indomptable comme toujours. Puis il se retourna et, sous la grande fresque du plafond représentant des bons vivants en train de pique-niquer sur l'herbe, il vérifia une dernière fois son nœud papillon dans le miroir enclos dans l'étreinte ondulante d'un serpent de cuivre.

Il marcha, décontracté, vers la porte, pensant faire quelques pas, l'air de rien, jusqu'à l'étage d'apparat de l'hôtel particulier de sa famille. Mais il fut arrêté dans son élan. Deux hommes se tenaient debout devant sa porte, vêtus de l'habit de soirée gris perle des maîtres d'hôtel qui contrastait avec leurs visages et leurs mains crevassés : ils semblaient avoir connu des lieux plus durs que les salons et les offices de grandes maisons.

– Excusez-moi, fit Henry avec virulence, essayant de passer.

– Non, monsieur, lui opposa le premier.

– Excusez-nous, monsieur, appuya le second. Nous vous escortons en bas, alors.

– Pourquoi ? rétorqua Henry d'un ton indigné. Je n'ai besoin de...

– Ce sont les ordres de votre père, reprit le premier. Il semblerait que vous ayez outrepassé son ordre d'assignation à résidence : votre père a trouvé tôt ce matin votre ami Cutting en train de dormir dans votre chambre et en a conclu que vous lui aviez faussé compagnie.

– Il n'était pas très content, ajouta l'autre, baissant les yeux vers le jeune homme qu'il avait en charge de surveiller.

– Non, pas du tout content.

– À propos de Mr Cutting, reprit le premier en découvrant un sourire édenté, ce mot est arrivé tout à l'heure pour vous.

Sur ce, il lui tendit un morceau de papier plié de couleur crème. Henry le prit d'un geste vif et l'ouvrit calmement. En le lisant, il commença à comprendre ce qui s'était passé. Il jeta un regard incrédule aux deux hommes, puis vers le couloir au bout duquel arrivaient les invités. Le plancher avait été ciré le jour même, et on voyait la lumière du dehors se déverser dans l'entrée tel un rayon de soleil au fond d'une cave. Des cris d'enthousiasme et de plaisir résonnaient dans le vestibule. Il fit un pas dans cette direction. Les deux hommes firent de même, le serrant de près de chaque côté, suffisamment près pour qu'Henry eût l'occasion de sentir l'odeur d'êtres humains qui ne passaient pas leurs journées à gérer leur patrimoine. Il fit un autre pas, les hommes de même. Tout en avançant, flanqué de ces deux gardes du corps qui coordonnaient ridiculement chacun de leurs pas et de leurs mouvements aux siens, Henry comprit qu'il était tombé dans un nouveau piège de son père.

Tous trois descendirent l'escalier monumental, talon contre talon, Henry luttant vainement contre la sensation d'être emprisonné. Les planchers de l'entrée miroitaient sous les pas des invités qui arrivaient en foule, emplissant l'air d'exclamations stupides et de papotages stridents. Plusieurs d'entre eux se retournèrent, assez peu discrètement, pour regarder Henry. Ils passèrent sous la voûte d'entrée en chêne et entrèrent dans la salle de bal aux murs décorés de grands et imposants tableaux. Un instant, Henry sentit les hommes trébucher derrière lui. C'est à ce moment-là qu'il l'aperçut.

Ce fut comme une vision. Elle était en robe blanche, et ses cheveux sombres formaient un halo flou autour de son visage rose en forme de cœur. Ses longs cils battirent, touchant ses pommettes, et ses yeux s'ouvrirent tout grands dans sa direction. Sa bouche ronde s'incurva spontanément en un sourire malicieux. *C'est la jeune fille que je vais épouser*, se dit Henry. Puis l'épaule d'un des hommes de son père lui masqua la vue et il entendit l'autre dire :

– Mr Schoonmaker veut que vous veniez par ici.

Trente-Trois

« Grayson Hayes, fils unique de Mr et Mrs Richmond Hayes, revient en Europe *via* l'Asie, par le Transcontinental Railroad. Le jeune Mr Hayes habitera selon son souhait l'hôtel particulier de sa famille, 670, Cinquième Avenue, jusqu'à la fin de la saison. »

EXTRAIT DE LA RUBRIQUE MONDAINE DE *THE NEW YORK NEWS OF THE WORLD GAZETTE*,
DIMANCHE 24 DÉCEMBRE 1899.

Penelope franchit le seuil de la salle de bal des Schoonmaker avec tout ce qu'il faut pour faire une entrée remarquée. Elle portait une robe toute neuve du couturier parisien Doucet, qui gardait par-devers lui un dossier de ses mesures et de ses étoffes préférées. La robe, arrivée cette semaine, était en faille grenat à fronces et à volants, agrémentée sur le décolleté et les ourlets de points d'esprit blancs ; moulant son buste et ses hanches jusqu'aux genoux, elle se déployait ensuite en larges plis jusqu'aux pieds. Penelope était contente que ce soit Noël, ne serait-ce que parce que cela lui donnait l'occasion de revenir à sa couleur de prédilection. Ses cheveux bruns étaient arrangés en un chignon haut couronné de perles et de minuscules pommes de pin. Et si sa stature naturelle et son éclat ne suffisaient pas à emporter toute l'attention de l'assistance, elle avait à son bras son « frère prodigue » Grayson Hayes, enfin de retour, celui dont tout le monde ne cessait de demander des nouvelles.

Pourtant, cette entrée se révéla un effort inutile. Car Henry n'était pas là, ce dont Penelope, inquiète, s'aperçut rapidement.

Ils entrèrent avec grâce et lenteur dans la pièce, la lumière jouant sur leurs visages sculpturaux, précédant leurs parents moins décoratifs. Penelope était gentiment agacée par le fait que son frère, en raison de son absence prolongée, lui ravisse une grande partie de l'attention. Néanmoins elle savait que tout le monde pensait à elle comme à sa ravissante sœur, sa sœur qui ferait un beau mariage, sa sœur qui donnerait au nom de sa famille un prestige social encore plus grand et lui offrirait d'encore plus grands privilèges. C'était seulement sa rareté qui le rendait pour l'heure si excitant, et elle voulait bien le laisser jouir de ce moment. Accrochée en petite sœur complice à son bras, elle avançait avec lui le long des tentures de velours vert du mur.

– Est-ce que la petite Diana Holland est là ? lui demanda Grayson à voix basse.

– « Petite » est le mot juste, rétorqua Penelope en levant les sourcils et en se redressant de toute sa hauteur. Sa sœur était certes une bégueule, mais en tout cas, en vraie jeune fille de bonne famille, elle a su faire ses débuts dans le monde. Diana n'est qu'une petite fille inexpérimentée.

– Tu sais, dans le train qui venait de Californie, j'ai vu une jeune fille qui ressemblait trait pour trait à sa sœur...

– Elizabeth Holland est morte, répondit vivement Penelope.

Ce fut seulement après avoir parlé qu'un petit frisson glacé la traversa. Chaque fois qu'elle entendait une rumeur sur la possibilité qu'Elizabeth soit encore vivante, une crainte la saisissait que son ancienne amie ne puisse revenir à New York et lui ravir tout ce qui lui appartenait légitimement à elle, Penelope. Il est vrai qu'Elizabeth était partie profondément déterminée, cependant Penelope se demandait parfois combien de temps une fille habituée à se faire servir et à porter des dessous en satin pourrait tenir dans l'Ouest poussiéreux. Mais s'il était facile d'ignorer les échos des journaux en les traitant de purs fantasmes, il était plus difficile de faire abstraction des observations de son frère qui persistait dans son propos.

– Je sais, Penny, mais cette jeune personne lui ressemblait étonnamment. Et quand je me suis approché d'elle pour le lui dire, elle a écarté cette idée exactement comme tu l'aurais fait toi. À la manière d'une demoiselle de New York. Qui que ce soit, en tout cas elle n'était pas de l'Ouest.

– Grayson, pas maintenant.

La voix de Penelope était devenue un murmure sinistre.

– De toute façon, continua son frère d'un ton léger et complice, sa petite sœur sera encore plus jolie quand elle se sera civilisée.

Penelope allait prendre un air dédaigneux, mais la vue de Mrs Isabella Schoonmaker qui venait vers eux dans un objectif à peine déguisé la détourna des pénibles commentaires de son frère. La jeune femme portait une robe en lamé or avec un énorme nœud couleur bronze à l'encolure et une large ceinture à nœud assortie qui soulignait la finesse de sa taille. Quelques plumes de paon rebondissaient dans ses cheveux blonds vaporeux. Penelope, ravie de voir s'approcher son amie, élaborait déjà un ingénieux enchaînement pour lui demander où se trouvait Henry, quand l'hôtesse au teint rose eut la désagréable surprise de se voir arrêtée dans son élan.

– Mrs Schoonmaker ! l'aborda le vieux Carey Lewis Longhorn.

Il était un peu à l'écart de la foule, accompagné d'une brunette que Penelope ne voyait encore que de dos. Les cheveux de sa compagne étaient harmonieusement roulés en chignon sur sa nuque. Mrs Schoonmaker tourna un regard plein de tendresse et d'impatience en direction des enfants Hayes, auquel Penelope répondit par un clin d'œil compatissant. Puis, se penchant à l'oreille de son frère :

– Mrs Schoonmaker et moi sommes depuis peu très amies.

– Vraiment ? fit-il, flegmatique.

Quand le couple arriva près d'eux, Penelope reconnut la jeune amie de Longhorn. Elle ne put s'empêcher d'être un peu vexée en identifiant l'ancienne servante des Holland, si bien coiffée de ses propres mains, et en compagnie de cet éternel célibataire coureur de jupons. Elle était vraiment stupide. Si elle continuait à se faire voir en société uniquement avec cet homme, et avec des personnes du genre de son amie, l'éternelle divorcée Lucy Carr, alors les gens se mettraient à bavarder. Et ce serait le genre de bavardage qui la perdrait encore plus vite que la banalité de son visage.

– Isabella ! s'écria Penelope en lui envoyant des baisers.

– Penny ! lui répondit en écho Mrs Schoonmaker. (En regardant Grayson elle rosit encore, ce qui fit ressortir ses yeux turquoise.) Tu connais Mr Longhorn, bien sûr. Mr Longhorn, Mr Hayes, Miss Hayes. Penelope, Mr Hayes, Miss Carolina Broad qui nous arrive de l'Utah, une nouvelle amie de Mr Longhorn.

– Enchanté, dit Grayson en se penchant pour baiser la main gantée de Carolina. Mr Longhorn, continua-t-il, je crois que vous avez dans votre collection le portrait que Sargent a fait de notre charmante Isabella.

– En effet, je l'ai, répondit Longhorn avec un sourire entendu. Mais je dois dire que depuis que ce portrait a été peint, la dame a encore embelli. Si son mari le permet, peut-être aurai-je le plaisir de passer une nouvelle commande...

Mr Longhorn continuait à louer la beauté d'Isabella, et Penelope avait du mal à fixer son attention sur le sujet de conversation de leur petit groupe. Elle faisait de son mieux pour paraître attentive, quand Lina se dégagea de Longhorn et s'approcha d'elle avec une assurance qu'elle n'avait pas montrée jusque-là. Pour la seule raison qu'il n'était actuellement pas dans son intérêt de paraître impolie, Penelope se laissa entraîner loin des autres au fond de la grande salle au sol dallé de marbre. Une fois qu'elles furent hors de portée de voix, Penelope dit d'un ton froid :

– Je suppose que tu as quelque chose à vendre.

– Oh non.

L'ancienne servante jeta un regard à la ronde avant de fixer son interlocutrice dans les yeux.

Elle fait passer son message par le regard, pensa Penelope. *Original.*

– Pas du tout, bien que j'aie une histoire à vous raconter que vous trouverez je crois très amusante.

Les derniers invités qui venaient d'arriver dans le hall d'entrée se répandaient maintenant dans le couloir, amenant un peu d'air frais du dehors. L'arrivée d'Isabella avait fait oublier à Penelope, bien que temporairement, le commentaire de Grayson sur Elizabeth, mais maintenant son spectre revenait à sa conscience. Le visage de Penelope se durcit.

– C'est au sujet d'Henry, dit Lina. (Elle marqua une pause tandis qu'elles marchaient dans le vestibule, leurs hauts talons cliquetant sur le sol de marbre nacré.) Henry Schoonmaker, précisa-t-elle inutilement. Vous m'aviez demandé un jour pourquoi il n'était pas amoureux de vous, et je crois avoir une idée.

Maintenant ce fut Penelope qui prit le bras de Lina pour l'éloigner du hall d'entrée. Elles longèrent les couloirs décorés des tapisseries richement nuancées de la demeure ancestrale de quelque vieille famille européenne déchue, jusqu'à être hors de portée de voix.

– Oui, mais c'est une histoire assez personnelle, et je ne me sentirais pas de la raconter à quelqu'un qui ne serait pas mon amie. (Lina observa une pause, afin de produire un effet qui n'était pas vraiment nécessaire.) Ma très bonne amie. Vous êtes mon amie, n'est-ce pas, Miss Hayes ?

Penelope ne put s'empêcher de se sentir un peu impressionnée par cette dernière remarque. Ainsi, Carolina savait qu'il y avait des choses plus importantes que l'argent, si on voulait réussir à New York.

– Oui, répondit lentement Penelope, essayant de ne pas sembler trop impatiente. (Après tout, elle ne savait pas encore si cette information lui serait utile ou non.) Tu es mon amie. Bien que mes meilleures amies soient celles évidemment qui détiennent les meilleures histoires.

– Oh, bien entendu.

Un serveur sortit des cuisines et passa devant elles, portant un plateau garni de coupelles en cristal pleines de punch aux épices, et se dirigea vers la pièce principale où se tenait la réception. Une fois qu'il fut passé, Lina se lança, semblant avoir bien préparé sa phrase dans sa tête.

– Vous voulez savoir pourquoi Mr Schoonmaker ne vous aime pas ? Bien que je ne puisse guère prétendre connaître la réponse exacte, je peux vous dire où il s'est réveillé ce matin et avec qui.

Penelope sentit soudain ses joues s'embraser et sa gorge se nouer de rage. Elle dut serrer les dents, se sentant prête à exploser. Elle lança un regard à sa nouvelle amie, attendant impatiemment qu'elle continue.

– Alors, vous voulez le savoir ?

– Oui !

Penelope dut fermer les yeux pour cacher la fureur qui bouillonnait en elle. Elle devait savoir *qui* était cette personne à laquelle Henry prêtait à tort des qualités supérieures aux siennes, à celles de la jeune fille dans les bras de laquelle il avait passé tout l'été 1899. Elle éprouvait le besoin urgent de le savoir maintenant.

– Mais je veux des engagements, des garanties spéciales.

Les yeux de Penelope étaient rouges de colère, elle le savait, pourtant elle les ouvrit et regarda Lina en face. Ses yeux vert pâle étaient calmes et largement ouverts, comme si elle savait que ce qu'elle allait demander pouvait rivaliser d'importance avec le but que visait Penelope. Elle aurait qualifié cette expression de stupide, sauf que la fille semblait s'être encore bien débrouillée pour obtenir des informations.

– Lesquelles ? Tout ce que tu veux.

– Je demande à être invitée à vos fêtes de famille, et accueillie comme *ton* amie, lui asséna-t-elle de but en blanc.

Lina parlait avec circonspection, annonçant le plan auquel elle semblait avoir réfléchi d'une manière obsessionnelle. C'était comme si elle regardait des gâteaux dans une vitrine et disait : « Je prendrai celui-ci, et celui-là, et celui-là aussi. »

– Ensuite, en tant que *ton* amie, appuya-t-elle, j'attends d'être invitée à tous les bals qui se donneront dans la maison des Hayes. Et puisque notre amitié nous est si chère à toutes deux, il est évident que j'attendrai une invitation à passer l'été dans la résidence de *ta* famille à Newport. Et quand un mariage se célébrera (Lina s'interrompit pour adresser un sourire complice à sa nouvelle amie), je serais très honorée de faire partie des demoiselles d'honneur.

– Oui, oui, bien sûr. Tout. Je te promets de me lier d'amitié avec toi. (La gorge de Penelope était tout à fait sèche, et elle dut s'arrêter de parler pour avaler sa salive. Elle lui aurait promis n'importe quoi à ce moment-là.) Tu n'as pas à t'en faire, je t'aiderai à assurer ton avenir social. Mais dis-le-moi, maintenant !

Penelope attendit, prenant conscience des bruits festifs qui lui parvenaient encore depuis le hall. Elle entendit Lina prendre son inspiration avant de lui révéler le terrible message :

– Il s’est réveillé chez mon ancienne maîtresse, dans la chambre de sa petite sœur. Avec elle. Ils étaient...

– Comment le sais-tu ? demanda Penelope d’une voix lugubre.

Elle imaginait la scène, Henry avec cette fougueuse petite fille, et luttait pour que ces images disparaissent de son esprit.

– Parce que ma sœur, Claire, qui travaille encore dans la maison, les a vus. Elle est entrée et les a surpris...

– Assez ! Je te crois.

Penelope ferma ses paupières joliment fardées et essaya de reprendre pied. C’était trop fou pour être crédible, cependant, paradoxalement, elle les voyait très bien ensemble. Un frisson la parcourut, aussitôt suivi d’une sensation de chaleur insupportable.

– Je ne peux t’exprimer maintenant, énonça-t-elle lentement et avec prudence, à quel point j’apprécie que tu aies partagé ce secret avec moi. Tu es devenue une amie très proche. Tu seras toujours la bienvenue chez moi quand nous recevrons, et tu peux compter être invitée à nos réunions ainsi qu’à toutes les réceptions de week-end que nous organiserons à Newport. Mais maintenant, je te demande, à toi *mon* amie, de retourner au salon et de dire à mon frère et à Mrs Schoonmaker que je ne me sentais pas très bien et que j’ai dû aller au foyer des dames pour me remettre. Tu recevras ma reconnaissance plus tard.

Penelope garda les yeux fermés et écouta les pas de Lina s’éloigner. Elle se mordit fort la lèvre inférieure, se tourna vers le mur et appuya son front contre l’une des précieuses tapisseries qui offraient de grandioses représentations des actes héroïques du temps jadis. Elle leva le poing et l’abattit de toutes ses forces sur le tissu, plusieurs fois, jusqu’à ce que les battements de son cœur ralentissent.

Trente-Quatre

« Certaines jeunes filles choisissent des amies en pensant aux frères de leurs autres compagnes. Il convient de se méfier de telles amies mais non de les éviter totalement. C'est, après tout, une stratégie qui pourrait se révéler fort utile, et dont votre fille pourrait un jour légitimement bénéficier. »

MRS HAMILTON W. BREEDFELT, EXTRAIT DE SON *RECUEIL D'ARTICLES SUR L'ÉDUCATION DES JEUNES LADIES AU CARACTÈRE BIEN TREMPÉ*, 1899.

La jeune fille qui retournait dans la salle de bal des Schoonmaker se souciait peu de l'absence d'ornement dans sa chevelure et de la sobriété de sa parure. Elle ne s'inquiétait pas non plus d'arborer une attitude modeste ou une expression gentille. Qu'elle ait été gentille ou non ne la préoccupait pas le moins du monde. Non, elle n'était pas gentille. Elle ne voulait plus ressembler à son amie d'enfance Elizabeth Holland. Elle voulait être comme sa nouvelle amie Penelope Hayes, et Penelope avait juré de lui montrer la voie. Du moins, elle lui avait promis de lui accorder l'éclat de sa présence et de l'inviter aux bons endroits, et cela suffirait. C'était en vérité tout ce dont elle avait besoin. Quand elle atteignit l'endroit où elle avait laissé Mr Longhorn, elle vit qu'il venait d'inviter Mrs Schoonmaker à danser. Elle resta un moment là, debout, tranquille, juste le temps de persuader Mr Hayes de lui proposer la même chose.

– Carolina, vous êtes donc une bonne amie de ma sœur ? lui demanda-t-il en valsant avec elle sur le plancher de la salle de bal.

La robe à traîne de Lina, qu'elle avait fait mettre sur le compte de Mr Longhorn chez *Lord & Taylor*, était faite d'une étoffe bleu marine qui lui moulait flatteusement les bras et la taille, et ornée sur le buste de perles minuscules, dont l'éclat le disputait à celui de son pudique décolleté.

– Oui, de très bonnes amies, répondit-elle. (Ayant dit cela, elle sourit et ajouta :) Bien que nous ne nous connaissions pas depuis longtemps. Je suis nouvelle dans la ville.

Elle appréhendait depuis longtemps l'idée de danser, tout en sachant que si elle se mettait à évoluer dans le grand monde, elle serait obligée de le faire un jour. Elle était allée jusqu'à s'entraîner dans sa chambre d'hôtel, essayant de se souvenir des pas qu'elle avait aidé Elizabeth à exécuter à l'époque où celle-ci commençait ses leçons avec sa gouvernante. Carolina s'étonna de la facilité avec laquelle, forte de l'assurance que lui donnait le fait d'avoir une nouvelle amie bien placée dans le monde, elle pouvait se laisser conduire et faire allusion à ses origines de l'Ouest pour justifier l'imperfection de ses pas. Et quand elle se laissait conduire par son cavalier, Carolina Broad dansait très bien.

– J'espère que vous ne projetez pas de nous quitter bientôt, lui dit son partenaire en souriant de ses lèvres luisantes et charnues.

Elle pensa alors que cette première danse à une réception dans le grand monde, elle la menait avec un célibataire de son âge. Cavalier bien préférable – en tout cas pour la première danse – au vieux Mr Longhorn, si gentil fût-il.

– Oh, je ne crois pas, dit Carolina en pesant ses mots.

La salle, avec ses ornements dorés et ses visages maquillés, retentissant de rires forts et de sourds murmures, décorée de grands sapins et d'étoiles de Noël étincelantes, tournait autour d'elle à une allure enivrante. Cette allure, pensa-t-elle, pourrait bien être celle de sa vie. Ce serait dommage de quitter la ville maintenant, se raisonna-t-elle, alors qu'elle touchait presque au but. Rester un peu plus longtemps, ne seraitce que pour affiner parfaitement ses manières, serait la chose la plus intelligente à faire.

– J'aime être ici, et de toute façon, où irais-je ?

Grayson lui adressa un regard de parfaite compréhension.

– Ayant passé quatre ans à l'étranger, je suis entièrement d'accord avec vous. Et je suis heureux que vous restiez. Si vous êtes une amie de Penelope, alors je crois que je vais vous présenter à quelques jeunes gens...

Ce qu'il fit un peu plus tard. Vers la fin de la soirée, les pieds de Lina étaient douloureux d'avoir dansé, et ses joues rouges de tous les compliments qu'elle avait reçus. Elle fut tentée de penser que, si Will Keller avait été là, elle ne l'aurait sans doute pas remarqué dans la foule, et qu'il aurait réalisé à quel point il avait été sot de l'avoir dédaignée cette nuit-là dans l'écurie. Car enfin, elle avait été la cavalière de Nicholas Livingston, d'Abelard Gore et surtout de Leland Bouchard, l'héritier richissime des banquiers Bouchard, qui avait laissé sa main posée très bas sur ses reins et lui avait demandé plusieurs fois s'il pouvait la raccompagner.

Plus tard encore, dans la voiture à chevaux, sur le chemin de l'hôtel, Carolina devait reconnaître en toute honnêteté que cela avait été un très joyeux Noël. La rue était tapissée d'un épais manteau de neige creusé par le seul sillage des roues de quelques fiacres devant eux. Les vastes demeures cossues, construites en pierres importées et enrichies de toutes sortes d'ornements architecturaux, filaient lentement devant leurs yeux tandis qu'ils remontaient l'avenue. La lumière inondait les halls d'entrée, et des décorations de Noël couronnaient les fenêtres. Carolina se dit à ce moment-là que si les choses continuaient à ce rythme et selon ses vœux, il était à peu près sûr que Will verrait son nom dans le journal, et ce serait alors lui qui la chercherait, au lieu du contraire. Elle dut cacher derrière sa main le sourire qui naissait sur ses lèvres, quand elle imagina à quel point cette nouvelle année allait être radieuse.

Trente-Cinq

« Les trains qui arrivent chaque jour de l'Ouest ramènent non seulement ceux qui se sont refait une santé financière lors de leur séjour dans les États frontaliers, mais également les âmes brisées de ceux qui ont perdu des fortunes dans les fameuses villes champignons. Avec eux arrivent aussi par caisses entières les marchandises colportées qui, une fois repolies et serties par les joailliers de New York, seront vendues avec de jolies marges aux nouveaux riches désireux d'acheter l'ascension sociale de leur épouse. Il ne fait aucun doute que demain s'offriront dans notre belle ville maints cadeaux de Noël au passé douteux. »

EXTRAIT DE L'ÉDITORIAL DE *THE NEW YORK TIMES*,
DIMANCHE 24 DÉCEMBRE 1899.

Le Manhattan qu'Elizabeth avait retrouvé n'aurait pu être plus différent de la ville qu'elle avait quittée presque trois mois plus tôt. Nulle fièvre, nulle frénésie ne s'y déployaient, on n'y pérorait pas, on n'y menait aucune affaire. Les rues étaient presque désertes. Tout autour d'elle régnait un calme presque mortel, et pendant un long moment elle se demanda si elle n'était pas réellement morte et si l'au-delà ne ressemblait pas à un New York vidé de sa population. La chaussée était recouverte d'une neige fraîchement tombée, pas encore lacérée par les roues des voitures, et la lumière chaude de quelques fenêtres colorait ici et là cette pure blancheur. Elle imagina que ce paysage devait ressembler à ce que la ville avait dû être il y a un demi-siècle : non éclairée, silencieuse et tranquille. Will lui enlaçait l'épaule et serrait fermement son bras en marchant – était-ce pour la calmer ou pour la réchauffer, elle l'ignorait.

– Tu as froid, lui dit-il.

Elle hocha la tête mais ne put répondre quoi que ce soit. Elle était trop nerveuse à la perspective de revoir sa famille, et pensait à l'explication qu'elle allait donner à sa mère et à sa tante. La seule chose qui la tranquillisait était la présence de Will à ses côtés. Comme ils avaient vendu la bague – dont ils avaient tiré un bon prix –, Will avait voulu prendre un fiacre à la gare. Mais Elizabeth avait suggéré que marcher dans l'obscurité sur des chemins de traverse était la chose la plus sûre à faire. Traumatisée par sa rencontre avec Grayson Hayes dans le train, elle redoublait maintenant de prudence, et se disait que revenir chez elle lentement et à pied pourrait lui apporter un peu de calme.

– Nous sommes presque arrivés, ajouta-t-il pour la rassurer, bien qu'elle sût parfaitement qu'ils étaient maintenant assez près de Gramercy pour qu'elle puisse trouver la maison les yeux bandés.

– Je ne tremble pas de froid, dit-elle.

– Je le sais. (Sa voix était très douce, comme s'il l'approuvait.) Mais quand tu seras à l'intérieur, tu te sentiras mieux.

Quand ils eurent atteint leur destination, ils restèrent un bon moment devant le numéro 17 de Gramercy. Même si les fenêtres et la porte de la façade en pierre sombre la regardaient avec la même placidité que toujours, elle trouva que quelque chose dans l'aspect de la demeure s'était assombri. Elle s'attendait à un signe de vie, et l'absence de tout mouvement et de toute lumière éveilla en elle un sentiment de peur. Ce ne fut que sous la pression de Will qu'elle gravit les marches du perron et que, après avoir sorti la clé de sa cachette, elle ouvrit la porte.

Le vestibule était éteint. Quand ses yeux s'adaptèrent à l'obscurité, elle s'avisa que l'ancien meuble où les visiteurs avaient l'habitude de laisser leur carte avait disparu. Dans l'encadrement de la large porte, on voyait le petit salon et, à l'odeur qui s'en dégageait, elle put deviner qu'un feu y avait été allumé tout récemment. Elle serra la main de Will en montant l'escalier et, ce faisant, elle s'aperçut que les tableaux encadrés sur les murs n'étaient plus les mêmes. Le bruit de ses pas sur les marches la surprit, jusqu'à ce qu'elle réalise que le chemin d'escalier persan qui courait depuis le couloir du premier étage jusqu'à la porte avait disparu lui aussi.

Elle découvrit bientôt que le bric-à-brac d'objets divers qui décorait sa propre chambre et qui en faisait jadis une pièce gaie et habitée n'était plus là, bien que le papier peint coquille d'œuf n'ait pas changé, et que le grand lit traîneau en acajou surélevé fût fait et bordé comme il l'avait été chaque jour depuis des années. Mais ce qui l'ébranlait le plus, ce n'était pas d'être revenue dans cette chambre où elle avait passé tant de ses jours et de ses nuits, mais de s'y retrouver aujourd'hui en présence de Will. Elle l'avait suivi dans l'inconnu, à l'autre bout du continent, et cependant il n'avait jamais vu sa chambre. Car c'était encore *sa* chambre.

– Will, dit-elle en se tournant vers lui pour le regarder dans les yeux, je suis contente que tu sois avec moi.

Elle reçut son regard, doux comme une caresse. Quelques mèches de cheveux décoiffées barraient son front et ses oreilles. Il releva imperceptiblement les sourcils et un coin de la bouche :

– Je sais. Moi aussi.

Elle se pressa contre lui, il la laissa faire et l'enveloppa fermement dans ses bras. Elle appuya son menton contre sa poitrine et, levant la tête pour le regarder :

– J'espère que je n'ai rien détruit.

– Je ne crois pas que tu aies détruit quoi que ce soit.

Un sourire illumina le visage de Will. Il se pencha et approcha sa bouche de la sienne. Leurs lèvres se touchèrent encore et encore, mais si légèrement que cela pouvait à peine s'appeler des baisers. Elle se sentit réchauffée de l'intérieur, pour la première fois depuis qu'ils avaient quitté le train. Puis, posant son front contre sa poitrine :

– Tu crois qu'elle est...

Elizabeth reprit son souffle. Elle ne voulait pas dire « vivante ». Elle ne voulait pas non plus dire « morte ». Car les pires pensées l'assailliraient alors, et Will l'avait prévenue que cela ne servirait à rien.

– ... qu'elle est bien ?

– Oui. (Will caressa son front et ses cheveux, puis laissa sa main posée sur sa nuque.) Oui, mais tu devrais aller la voir.

Elizabeth ferma fort les paupières.

– Je vais y aller maintenant, dit-elle.

Il lui fallut plusieurs minutes avant de pouvoir écarter son front de là où il s'était posé, cette poitrine qu'elle sentait solide comme un roc. Puis elle leva les yeux vers lui, un pâle sourire sur les lèvres. Il la regarda alors avec ces yeux emplis d'une pure détermination, brillants d'énergie, qui l'avaient toujours tant touchée et influencée. Son regard plongeait au fond d'elle. Il lui rappelait qu'elle savait en son for intérieur ce qui était bien et ce qui était mal, et en conséquence ce qu'elle avait à faire.

Elle trouva des bougies dans le placard et les alluma, bien que Will se fût déjà étendu sur le lit. Il n'avait pas bien dormi la nuit précédente dans le train, tandis qu'ils approchaient de New York. Elle sortit de la chambre et imagina que lorsqu'elle atteindrait le bout du couloir il serait déjà endormi.

La porte de la chambre de sa mère, une pièce située dans l'aile est et qui donnait sur la rue, lui sembla aussi terrifiante que lorsqu'elle habitait encore la maison. C'était sans doute pour cette raison qu'elle s'y rendit d'abord, au lieu d'aller trouver Diana ou sa tante Edith. Elle poussa la porte avec le même tremblement que lorsqu'elle était enfant, éprouvant le besoin d'affronter ce qui l'effrayait le plus, et entra. Aucune lumière ne brillait dans la pièce, mais bien avant que ses yeux s'adaptent à l'obscurité, elle entendit et reconnut le souffle de sa mère. Sa mère respirait. Le flux et le reflux de cette respiration étaient la chose la plus naturelle qu'Elizabeth ait jamais entendue, et l'espace d'un instant elle redevint une petite fille.

– Mère, chuchota-t-elle en posant sa main sur celle de Mrs Holland.

Ils étaient froids mais familiers, ces longs doigts agiles, si habiles à écrire tant de lettres de remerciements, de condoléances, de mondanités mais aussi de dépit. Un peu de lumière entrait par les fenêtres, et quand Elizabeth répéta le mot « mère », elle vit une paire d'yeux sombres s'ouvrir lentement et se fixer, impassibles, sur elle, sans paraître toutefois la reconnaître.

– Vous allez bien ?

L'ombre noyait la chambre, cependant elle put voir que les cernes de sa mère étaient d'une teinte mauve foncé.

– Vous me reconnaissez ?

Après être restée un moment immobile, Mrs Holland, sans cesser de la fixer d'un regard vide, se releva lentement sur les coudes. Elle cligna des yeux et observa la jeune femme. Elizabeth ne pouvait dire si elle étouffait sa colère ou si elle restait muette de stupéfaction, ou même si elle la voyait vraiment. Quelques moments passèrent avant que sa mère articule, d'une voix altérée qui ne s'était à l'évidence pas fait entendre depuis longtemps :

– Est-ce Noël ?

– Non, murmura Elizabeth. Pas encore. Demain. (Elle était sur le point de pleurer, et se retint en se forçant à répéter :) Demain c'est Noël.

– C'est la veille de Noël ?

Les yeux de sa mère s'étaient ouverts si largement qu'il était flagrant qu'elle ne faisait pas la différence entre le rêve et la réalité.

Des larmes coulaient à présent sur les joues d'Elizabeth et, pour étouffer ses sanglots, elle fit simplement oui de la tête. Elle pleurait pour tout ce qu'elle avait toujours voulu posséder et avait obtenu, pour toutes les choses auxquelles elle avait renoncé et pour tous ceux qu'elle allait devoir laisser à nouveau. Elle pleurait pour le merveilleux projet de Will auquel il l'avait associée, qui avait tout bouleversé et lui avait fait abdiquer ses anciennes responsabilités.

– Aujourd'hui c'est la veille de Noël, tu es donc un ange revenu sous les traits d'Elizabeth ?

Elizabeth comprima ses lèvres et serra plus fort la main de sa mère.

– Non, fit-elle quand elle put émettre un son. Je suis Elizabeth. On est la veille de Noël et je suis Elizabeth. Je ne suis pas morte. C'était une méprise. Je suis revenue de...

– Mon Elizabeth est un ange ! (Les yeux de Mrs Holland se fermèrent puis elle retomba sur l'oreiller, ses cheveux sombres formant comme une couronne d'ombre tout autour de son visage blanc.) C'est un ange, et elle est revenue me voir.

Pendant un long moment Elizabeth resta debout près du lit, se demandant ce qu'elle avait fait à sa mère et comment y remédier. Sa disparition, elle le voyait clairement maintenant, avait enlevé à sa mère sa dernière raison de vivre.

Finalement elle monta sur le lit et posa sa tête sur l'oreiller jumeau, et commença à se demander comment elle allait dire à Will qu'ils ne pourraient pas retourner en Californie avant qu'elle ait réussi à remettre sa mère sur pied, d'une façon ou d'une autre.

Trente-Six

« Les observateurs de la haute société ne peuvent pas ne pas avoir remarqué la récente amitié qui s'est nouée entre Mrs William Schoonmaker et la jeune Penelope Hayes ; ceux parmi nous possédant une fine analyse des rapports de séduction se sont demandé si la première ne s'était pas rapprochée de la dernière au nom de son beau-fils. Le jeune Schoonmaker pourrait-il être à nouveau amoureux ? »

EXTRAIT DE LA RUBRIQUE MONDAINE
DE *THE NEW YORK NEWS OF THE WORLD GAZETTE*,
DIMANCHE 24 DÉCEMBRE 1899.

Vers minuit, la veille de Noël, Henry ne pouvait plus voir en peinture les deux gardes-chiourmes qui le suivaient comme son ombre. Si au début il avait trouvé ces deux limiers cocasses et absurdes, il ne prenait plus la chose avec autant d'humour maintenant. Ils avaient surveillé son débit de champagne, quoique pas aussi méticuleusement que le moindre de ses mouvements. Il avait bu plusieurs verres, son nœud papillon était de travers, et ses cheveux bruns et brillants n'étaient plus aussi lisses. Son besoin fou de s'échapper s'était un peu calmé, à présent transformé en une vaine exaspération. Il savait que Diana se trouvait dans la salle de bal et il essayait désespérément de l'apercevoir. Il avait été, durant toute la dernière heure, obsédé par l'idée qu'elle puisse danser avec quelqu'un d'autre.

Tout se bousculait dans sa tête, et il commençait à penser que, où qu'elle fût dans la foule qui emplissait cette salle de bal, elle avait dû jeter des regards inquiets autour d'elle. Elle avait tout risqué pour lui – il venait seulement de le réaliser et commençait à se répandre en reproches contre lui-même – et il ne pouvait même pas l'inviter à danser... Non, ce n'était pas son moment le plus glorieux. Il savait qu'elle était assise là, contre un mur, quelque part, entourée de toutes ces mondaines, ces harpies avec leurs limites étroites, leurs petits espoirs, leurs âmes mesquines, qui agitaient leurs éventails et lançaient leurs remarques cinglantes. Elle devait regarder autour d'elle avec une innocence touchante. Elle devait soupirer, de cette façon qu'elle avait, de tout son corps.

Quand il la vit enfin, elle partait. L'homme avec qui elle était venue – qui devait être le vieil associé de son père dont elle lui avait parlé – lui offrait son bras pour l'accompagner, et elle eut à peine le temps de jeter un coup d'œil, d'un bout à l'autre de la salle de bal, en direction d'Henry. Il fit un pas en avant, s'écartant de l'embrasure du passage voûté où son père et lui avaient marché sans se parler. Il vit la rosée du soir dans ses grands yeux et un éclat humide sur ses lèvres. Avant qu'elle ne sorte de la salle de bal, sa vue lui fut cachée par une autre jeune femme aux cheveux parsemés de feuilles de houx. Penelope Hayes arrivait, suivie par sa belle-mère.

Il se pencha un peu pour tâcher d'apercevoir encore la silhouette de Diana, mouvement qui pouvait être interprété comme un petit salut à l'adresse de Penelope. Elle tenait une flûte de champagne dans chaque main.

– Mr Schoonmaker a dit que vous pouviez prendre dix minutes de repos, déclara Isabella en s'adressant aux deux hommes.

Puis d'un gracieux balancement du corps elle s'approcha d'Henry, chatoyante comme une chambre forte pleine de lingots d'or, repoussa une boucle blonde qui caressait sa joue et redressa le nœud papillon de son beau-fils. Quand les deux gardes du corps eurent accepté son offre et se furent dirigés vers la porte, elle pressa le poignet de Penelope et adressa un fin sourire à Henry. Là-dessus elle prit le bras d'une matrone qui passait près d'eux en s'exclamant sur sa parure et retourna discrètement en sa compagnie dans la salle de réception.

Henry s'appuya au chambranle de chêne qui séparait la salle de bal du défilé des galeries. Il jeta un regard en arrière dans la pièce inondée de lumière et retentissante de tous les bruits de la fête, dans l'espoir d'y voir encore Diana, tout en sachant qu'elle était déjà partie.

– Je ne me livrerai plus jamais à aucun petit jeu avec toi.

– Il ne s'agit pas de jeu, répliqua Penelope d'un ton léger.

Elle leva un verre, l'invitant à faire de même. Puis elle se dirigea vers les galeries, avec l'aisance que lui permettaient les amples paniers de sa robe rouge qui ballottaient quand elle marchait. Pour des raisons qu'il ne comprenait pas très bien – espérant néanmoins que le champagne n'était pas sa seule motivation –, Henry la suivit. L'attitude de Penelope laissait supposer quelque terrible dessein, qu'il savait ne pouvoir se permettre d'ignorer.

– De toute façon, tu devrais savoir, à l'heure qu'il est, que ça n'a jamais été un jeu pour moi, Henry.

Ils traversèrent plusieurs galeries, passèrent devant d'anciens tableaux hollandais représentant des natures mortes, raisins noirs chatoyants, vanités, crânes, cruches à vin à moitié remplies. Henry jeta un regard en arrière, là où la fête battait encore son plein, espérant que personne n'avait remarqué qu'il s'était éclipsé. Il se força à regarder Penelope et vit alors ses yeux enfiévrés au-dessus du verre qu'elle portait à ses lèvres.

– Je parlais pour moi, lui dit-il.

Elle tressaillit un peu mais se reprit rapidement.

– Ce fut un jeu amusant pendant un temps, continua-t-il, mais le charme n'opère plus. Cela fait longtemps que je ne joue plus, Penny.

Penelope haussa imperceptiblement ses épaules couvertes de dentelle, puis vida son verre, qu'elle jeta ensuite par-dessus son épaule. Quand il se brisa contre le lambris de chêne, Henry eut un léger sursaut qu'il essaya de cacher. Penelope quant à elle réagit aussi peu que si des pétales de rose étaient tombés sur un tapis de neige.

– Je pensais que tu aurais peut-être envie de jouer encore.

Sa voix était grave et fébrile. Le timbre de cette voix donna la nausée à Henry.

– Sûrement pas, répliqua-t-il d'un ton sans appel.

Elle eut un petit rire de gorge, puis s'arrêta de marcher ; elle secoua la tête et regarda ses mains. Mais ce n'était pas cela qui l'amusait.

– Oh, Henry, depuis le temps, tu devrais me connaître et savoir que tu devrais réfléchir deux minutes. Il y a peut-être quelque chose qui t'échappe.

Il se sentit soudain très las. Il ne s'était jamais senti aussi las. Il avait envie d'être partout, sauf là où il était. Il pouvait à peine former une phrase.

– Quelque chose qui m'échappe ?

Elle marqua un temps après chaque mot :

– J'aurais dû savoir que ce n'était pas Elizabeth qui t'importait.

Henry regarda Penelope, mais elle avait baissé les paupières et son regard était fuyant. Les murs de la galerie où ils se trouvaient, tendus de bleu au-dessus des lambris, étaient décorés de tableaux que son père savait dignes d'être admirés, mais qu'il jugeait en réalité trop sinistres pour avoir envie de les regarder souvent. Ils avancèrent tous deux, toujours un peu plus loin de la salle de bal, hors de vue, un instant liés par une certaine complicité.

– Pardon ?

– J'aurais dû savoir, comme toute la ville le sait maintenant, que pour toi, il n'y a que les brunes.

Bien qu'il n'eût pas du tout l'air de s'amuser, Henry répondit instinctivement par une plaisanterie :

– Ainsi, j'aurais un genre...

– Oui, et aussi un plan d'attaque.

– Si tu suggères que...

– Oh, je ne suggère rien du tout. Je ne te ferais pas perdre de temps avec des *suggestions*. (Penelope le regardait maintenant en face. Ses yeux étaient pleins de rage et de fierté. C'était un regard de défi. Un regard terrible.) Je suis au courant, à propos de toi et Diana Holland, Henry.

– J'ignore de quoi tu parles...

– La domestique t'a vu, Henry, au petit matin, dans la chambre de Diana. Plutôt compromettant, non ? Tu te laisses aller, Henry. Tu deviens sentimental. Tu ne l'as jamais été, avec moi.

À n'importe quel autre moment, Henry aurait approuvé la véracité de cette affirmation. Il s'accrocha à sa flûte de champagne, comme il l'aurait fait dans n'importe quelle situation inconfortable en société, attendant la suite.

– J'ai la domestique dans ma poche, tu sais. C'est une brave fille et elle ne dira rien. Mais tout a un prix, et c'est une information que certaines personnes paieraient cher. Des gens qui éditent des journaux, par exemple.

– Ils ne publieraient pas...

– Oh, peut-être bien qu'ils ne l'imprimeraient pas. Ou peut-être bien que si. En tout cas une fois qu'ils le sauraient, ils ne pourraient pas s'arrêter d'en parler. Et en parler peut être tout aussi dangereux. Alors là, Henry, mon ami, on rirait vraiment de toi... et de la petite fille que nous aimons tant tous les deux...

Penelope s'arrêta de parler et signa sa menace d'un subtil mouvement d'épaules.

– Tu ne peux pas faire ça, Penny. (Le front lisse d'Henry se rembrunit. Il n'eut qu'une envie, alors, celle de retrouver Diana, où qu'elle soit, pour l'emmener et courir se cacher avec elle.) Elle serait perdue.

Un éclat de rire accueillit ces mots. Un rire fort, un rire de gorge guère différent du rire qu'elle avait à l'époque où il la fréquentait, quand elle lui semblait la partenaire idéale.

– Oh, Henry, pour quelqu'un qui me connaît si bien, tu me comprends vraiment très mal. La perte de Diana Holland ! Mais ce serait très amusant ! (Penelope frappa dans ses mains.) Un vrai divertissement. Mais je crois que tu as déjà fait le plus gros. Ce ne serait que t'assister dans ton œuvre.

– C'est ma faute, Penelope, je suis entièrement responsable.

Il avait l'esprit aussi en alerte qu'on peut l'avoir après plusieurs nuits d'insomnie. Il voyait clairement, maintenant, que l'occasion se présentait pour lui de faire quelque chose de courageux et d'élégant. Penelope était là, devant lui, et son secret n'avait pas encore transpiré. Il la connaissait, et d'après le souvenir qu'il avait d'elle, il pouvait imaginer comment l'arrêter.

– C'est moi que tu veux punir, de toute façon. Alors vas-y, punis-moi.

– Je veux vous punir tous les deux, répondit-elle avec un petit geste enjoué de la main. Mais je ne suis pas une méchante fille, Henry. Je sais que c'est ta faute. Je vais donc te donner l'occasion d'être un homme et de tout arranger.

Tout le corps d'Henry était contracté, il bouillait de colère et dut fermer les yeux pour cacher la violence des émotions qui le traversaient. Il lui fallut quelques secondes avant de pouvoir hocher la tête en manière d'acquiescement.

– La première condition, c'est que tu ne voies plus Diana, poursuivit Penelope. Mais ça ne sera pas difficile, puisque la seconde condition, c'est que tu me demandes en mariage.

Ce fut plus fort que lui : il avança vers Penelope et se retrouva tout près d'elle. Sa rage était palpable. Il respirait fort. Il n'était pas naturellement enclin à la colère – s'emporter ne servait à rien, avait-il constaté à des moments où un autre état d'esprit l'habitait – mais quand elle montait, elle était soudaine et irréversible. Et cette fois elle était terrible. Il était maintenant assez près de Penelope pour se rendre compte qu'elle pouvait ressentir la violence de sa rage. Elle recula et se ratatina un peu contre le mur d'un air faussement craintif, avec néanmoins un petit sourire oblique au coin des lèvres.

– Ah ! tu n'aimes pas ça, hein ? chuchota-t-elle.

Il y avait une lueur cruelle dans son regard, et elle l'observait, les lèvres entrouvertes. Ses prunelles bleues roulaient de droite à gauche.

– Imagine une seconde, Henry, combien il serait préférable pour toi d'épouser une jeune fille avec qui tout le monde veut déjà te voir, combien ce serait gai, délicieux, somptueux, fantastique, combien ce serait infiniment préférable à la ruine de la petite sœur de ta dernière fiancée. Mais je te serai reconnaissante, si c'est cela que tu veux vraiment. (Et, sur un petit haussement d'épaules :) Je te laisse un peu de temps pour y réfléchir.

Quand Penelope sortit de la pièce, elle emporta tout l'air avec elle. Là où elle était retournée, sous le plafond à grandes gorges de la salle de bal, les voix étaient devenues stridentes. Les invités avaient oublié que c'était la veille de Noël, et maintenant l'ambiance était celle de n'importe quelle soirée. Bien sûr, pensa tristement Henry, on n'était plus à la veille de

Noël, c'était Noël. Mais pour lui, la joie de ce jour ne l'atteignait pas : dans quelques minutes allait s'ouvrir une période déprimante de son existence, et commencer pour lui la traversée d'une épreuve insurmontable.

Trente-Sept

« Aujourd'hui c'est Noël et son beau linceul blanc. Mais quand la neige commencera à fondre, emportant avec elle les divertissements et les réjouissances de la fête, nous nous demanderons si cette petite musique d'Elizabeth Holland revenue d'entre les morts qu'un petit oiseau nous a sifflée va nous prendre de vitesse. À moins que la nouvelle n'arrive comme un miracle de Noël ? Pour l'instant, nous nous bornerons à la considérer comme une rumeur sans fondement. »

EXTRAIT DES PAGES MONDAINES DE *THE NEW YORK RECORD-COURIER*, LUNDI 25 DÉCEMBRE 1899.

Ce n'était pas la tradition chez les Gansevoort de fêter Noël en grande cérémonie. Ils s'étaient depuis toujours contentés de préparer un grand bol de rhum chaud à la cannelle pour les cousins qui venaient leur rendre visite dans leur maison de Bond Street, et de faire distribuer le lendemain des cadeaux aux membres de la famille qui vivaient en ville. Ils considéraient Noël, en vrais Hollandais qu'ils étaient, comme un jour où l'on buvait simplement un peu plus que de coutume, et où l'on échangeait des commentaires sur les enfants des uns et des autres. Ce n'était pas le cas de la famille Holland, connue pour fêter traditionnellement Noël. Chez eux, une soirée musicale était organisée autour d'un thème chrétien pour une centaine de personnes, après quoi un bouillon était servi dans une salle à manger décorée de tant de poinsettias qu'ils reflétaient leur éclat vermeil sur les visages des invités. Tout le monde à New York savait que Louisa Gansevoort n'avait eu de cesse, dès son entrée dans la famille Holland, de maintenir ces traditions qui lui plaisaient tant, et que les Noëls de son enfance ne faisaient pas partie des us et coutumes qu'elle souhaitait perpétuer.

C'était un rare point d'agrément entre Mrs Holland et sa fille cadette, et c'était sans doute pour cette raison que Diana gardait de bons souvenirs de ses Noëls. C'était le jour où on l'avait encouragée, enfant, à réciter son poème préféré, où elle ne s'habillait et ne se préparait que pour plaire à sa famille, où l'on s'échangeait des paquets joliment emballés qui contenaient de ravissants objets et de belles surprises, et où son père – qui n'était pas obligé de passer du temps avec d'autres personnes que celles auprès desquelles il avait envie d'être – était de très bonne humeur. Peut-être était-ce pour cette raison que Diana, en se réveillant, le 25 décembre, dans l'éclat du soleil qui illuminait la neige fraîche tombée sur les jardins autour de la maison, ressentit une grande bouffée d'optimisme.

Cela en dépit du fait qu'elle avait été une très vilaine fille et n'aurait pour l'occasion aucune proposition de mariage à annoncer.

La veille au soir l'avait laissée sur un goût de plénitude à laquelle elle ne cessait depuis d'aspirer, et elle s'était réveillée avec un sentiment de jouissance anticipée, pleine de cette joie qu'apportait toujours Noël, une joie qu'elle continua à ressentir quand elle enfila une robe de chambre et remonta ses cheveux. Malgré le fait que la présence de Snowden chez les Schoonmaker et celle des deux armoires à glace qui ne lâchaient pas Henry d'une semelle leur avaient rendu impossible de passer quelques minutes en la compagnie l'un de l'autre, ils avaient quand même échangé des regards, et elle s'était sentie aimée. Elle descendit dans le petit salon, ressentant l'envie de rester quelques minutes seule au pied du sapin à rêver en humant son odeur et, si Claire passait par là, elle lui demanderait de lui servir une tasse de chocolat. Mais quand elle entra dans le salon, elle vit que le chocolat avait déjà été servi, et son envie d'être seule s'envola aussitôt.

– Elizabeth ! s'écria-t-elle à la vue de sa sœur, assise dans son fauteuil favori près de la cheminée où brûlait un petit feu.

De surprise, elle porta les mains à son cou entouré de dentelle. Des sons sortirent de sa bouche, plus ou moins intelligibles, puis elle courut vers sa sœur, se jeta à ses pieds et pressa sa tête contre ses genoux. Elle ferma les yeux, savourant la sensation de la présence réelle d'Elizabeth. Elle était vraiment là, en chair et en os. Diana lutta contre l'envie irrésistible de lui annoncer la nouvelle de ce qui se passait entre elle et Henry, car Will était là, derrière Elizabeth, assis dans une ottomane à glands, tenant encore les pincettes en fer forgé avec lesquelles il venait de tisonner le feu. Et sa présence, contre toute attente, l'intimidait.

– Diana !

Elizabeth souleva le menton de sa sœur et la regarda. Elle se baissa et l'embrassa sur le front.

– Je n'arrive pas à croire que tu es là pour de bon ! souffla Diana.

Diana osa alors tourner légèrement son regard vers Will, qui se tenait assis, les coudes appuyés les genoux, ses longues jambes repliées dans son pantalon de serge. C'était bizarre, mais pas désagréable, de le voir ici. Elizabeth et Will étaient plus minces qu'avant, et leur teint avait l'éclat doré de celui des gens qui vivent au soleil.

– Je suis tellement contente. Liz, tout va mal, c'est une vraie catastrophe, heureusement que tu es là, je sais que ce doit être terrible de traverser tout le pays et de...

Elizabeth l'interrompit d'un sourire et lui dit gentiment :

– Tu ne vas pas saluer Will ?

– Oh, mais bien sûr ! Bonjour, Will !

Diana se leva pour s'approcher de l'ex-cocher de la famille et l'embrassa sur la joue.

– Je sais tout, lui dit-elle d'un ton complice, sentant le feu lui monter aux joues. Je trouve votre histoire terriblement romantique.

– Auriez-vous imaginé me voir un jour dans votre petit salon ?

La bouche de Will avait une expression sévère, mais ses yeux étaient d'un bleu si pur, si doux. Ses cheveux avaient poussé depuis la dernière fois qu'elle l'avait vu, et les courbes enfantines de son visage avaient disparu. Les branches du sapin en arrière-plan donnaient par contraste un éclat roux à ses cheveux, et au-dessus du manteau de la cheminée, le portrait de Mr Holland semblait le contempler.

– Oh, bien sûr ! lui répondit Diana. Et puis... et puis... tu... vous... êtes venu ici de nombreuses fois avant, n'est-ce pas ? Quand nous étions petits...

Les commissures des lèvres de Will restaient baissées, mais la malice éclatait dans ses yeux.

– De toute façon, continua Diana en riant quand elle se rendit compte qu'il la taquinait, je suis contente de vous... de te voir ici. Quant à toi, Liz, il faut absolument que tu me dises ce que je dois faire, les choses ont bougé tellement vite avec Henry, c'est un peu effrayant et...

La patience n'avait jamais été l'un des points forts de Diana, et elle était si pressée d'avoir l'avis de sa sœur qu'elle en oubliait la présence de Will, et combien il l'intimidait. Quand Snowden entra par les portes coulissantes – que ses hommes n'avaient pas encore eu le temps d'huiler, si bien qu'elles grinçaient et hoquetaient dans la rainure –, elle se rappela ce qu'elle ne devait pas dire. Elle détourna la tête de sa sœur, et le plaisir évident qui se lisait sur ses traits disparut aussitôt.

– Miss Diana, fit-il doucement en avançant vers leur petit groupe. Je ne voudrais pas vous interrompre.

– Je…

Les mots lui restèrent dans la gorge.

Plusieurs idées un peu folles jaillirent alors dans son esprit : peut-être pourrait-elle prétendre qu'Elizabeth était quelqu'un d'autre, et non la sœur dont elle avait pleuré la mort auprès de l'invité de la maison. À moins qu'il n'ait pas remarqué Elizabeth, et si Diana créait quelque distraction, sa sœur pourrait sortir de la pièce sans qu'il s'en aperçoive. Ce fut sur cette idée fantasque qu'elle continua, sur la défensive :

– Vous n'avez rien interrompu du tout.

– Ah non ?

Pour un homme à qui elle avait menti à plusieurs reprises, il ne sembla pas plus étonné qu'indigné à la vue d'Elizabeth parmi eux. Diana, encore totalement décontenancée par la situation, s'en trouva plus soulagée qu'embarrassée. Son regard alla de sa sœur à Snowden, qui attendait placidement une explication, et la gentillesse de leur hôte ne fit qu'empirer le sentiment de la jeune fille d'être prise en flagrant délit de mensonge. Et pas n'importe quel mensonge. Snowden devait avoir vu Will, aussi, et elle se demandait comment il allait prendre cette ingérence. Elle porta instinctivement les mains à ses joues rougissantes.

– C'est que je ne suis guère vêtue pour recevoir des visiteurs, bégaya-t-elle, pour éviter de parler de ce qui devenait de plus en plus évident au fur et à mesure que les secondes passaient.

– Ne vous sentez pas gênée avec moi, ma chère Diana. Vous savez à quel point j'aime votre famille, qui est un peu la mienne.

Snowden baissa discrètement la tête dans l'attente d'une réaction et rapprocha les talons de ses souliers au cuir éraflé, des souliers qui avaient à l'évidence beaucoup voyagé. Il devait sûrement se sentir maltraité par cette même famille qui avait bénéficié tant et plus de ses largesses et s'était présentée sous un faux jour, en lui donnant une image inexacte de ses malheurs.

Mais Diana était la seule qui savait que ce grand malheur était une invention. Au moment où elle commençait à se sentir totalement accablée par la situation, s'interrogeant sur la façon dont elle allait pouvoir s'en sortir, Elizabeth arriva derrière elle et posa doucement la main sur son épaule. Ce contact la rasséréna.

– Elizabeth est vivante ! s'exclama-t-elle alors en tournant ses paumes vers le ciel comme si la nature illogique de l'événement venait de lui traverser l'esprit.

Peut-être, pensa-t-elle dans un moment d'égarement, que si elle feignait de ne réaliser qu'à l'instant l'extravagance de l'événement, il lui en voudrait moins par la suite. Elle ponctua sa phrase d'un petit rire qui, loin d'exprimer l'amusement, résonna désagréablement à ses propres oreilles.

– Effectivement, répondit Snowden. Je vois cela.

Un silence s'ensuivit durant lequel Diana, contrariée, trépignait d'impatience en son for intérieur, attendant qu'Elizabeth vienne à son secours.

– Je sais qu'il doit vous sembler très étrange que je sois là, étant donné les rumeurs qui ont couru sur ma mort, lui dit Elizabeth.

– Étrange... articula lentement Snowden. Ce n'est pas étrange, c'est miraculeux ! Je suis très heureux de me trouver ici, témoin de ce merveilleux moment. Je connaissais très bien votre père, Elizabeth, et je lui dois vraiment beaucoup. Je ne sais pas si Diana vous a dit...

Diana secoua négativement la tête. Elle se sentait honteuse. Elle espéra qu'il ne mentionnerait pas à Elizabeth à quel point elle s'était montrée indifférente à lui, et quelle médiocre hôtesse elle avait été. Elizabeth n'aurait jamais, elle, laissé quelqu'un prodiguer tant de générosité à sa famille sans lui manifester en retour de la gentillesse, de l'intérêt et de l'attention. Et que devait-il penser de Will, debout derrière Elizabeth, dans ses vêtements d'ouvrier ?

– … Je partageais, savez-vous, des titres avec votre père, qui étaient placés depuis quelque temps – je vous fais grâce des détails sans intérêt. M'étant trouvé récemment dans la possibilité de les liquider, j'ai pu grâce à cela aider votre famille à se rétablir quelque peu. J'espère que vous ne m'en voudrez pas, Miss Holland, de vous apprendre que votre famille avait des ennuis d'argent, et que je me devais de remédier à une telle situation.

Elizabeth s'approcha de Snowden et lui prit la main. Sa sœur sentit, rien qu'à la voir de dos, que sa nature chaleureuse et rayonnante se manifestait comme avant. Le soleil qui filtrait par les hautes fenêtres illuminait ses cheveux blonds. Quand elle parla, ce fut du ton d'une jeune femme pleine de sagesse.

– Je vous remercie, Mr Cairns. C'est incroyablement gentil. Je sais quelle affection mon père vous portait et je vois manifestement combien vous souhaitez la lui rendre. Ma famille et moi-même vous sommes profondément reconnaissants.

– C'est un honneur. (Snowden s'inclina et prit la main d'Elizabeth.) Et je pousserai plus loin mon audace en vous déclarant que mes hommes ont apporté ici quelques présents qu'il me plairait de vous offrir ; j'espère aussi que vous me permettrez, un peu plus tard, de faire porter dans votre cuisine les denrées nécessaires à la préparation d'un bon dîner de Noël.

Diana jeta un regard en coulisse en direction de Will, qui se tenait debout, droit, les mains derrière le dos, et dont la chemise écossaise bleu et noir mettait agréablement en valeur sa peau tannée. Son embarras et son trouble devaient se peindre d'une façon évidente sur son visage, parce que le jeune homme lui adressa un coup d'œil bienveillant qui l'apaisa momentanément.

– Oh, Mr Cairns, comme vous êtes gentil, lui dit Elizabeth d'un ton plein de douceur, laissant ses mains dans les siennes. Je ne peux imaginer meilleure façon de célébrer cette fête et...

Diana l'aperçut dans son champ visuel, juste au moment où sa sœur s'interrompit. Sa silhouette se profilait dans le vestibule. Elle les observait à travers la porte entrouverte et semblait avoir vaguement arrangé ses cheveux, bien que l'effet produit parût plus négligé que si elle les avait simplement laissé tomber dans son dos. La longue robe de chambre qui moulait son buste et son cou et s'évasait à partir des coudes et de la taille donnait à Mrs Holland – cette idée traversa l'esprit de Diana avant que la gravité de la situation ne s'installe – l'allure de quelque membre d'un chœur antique. Ses yeux, largement ouverts devant cette scène, paraissaient immenses en contraste avec son petit corps frêle. Ses pupilles étaient pareilles à de grands lacs noirs dans une forêt tourmentée.

C'est le portrait vivant de la Surprise, se dit Diana.

Mais cette pensée légère fut bientôt chassée par l'idée qu'elle et sa sœur allaient avoir à donner des explications sans tarder.

Trente-Huit

« Les grandes dames ne renoncent pas volontiers à leurs rancunes. J'en ai connu certaines qui ont nourri pendant plus de vingt ans un ressentiment contre leurs rivales sur la scène mondaine, et même contre leurs propres sœurs et leurs propres filles. Ainsi vont leurs privilèges. En tout état de cause, il en est parmi nous qui se réveillent le matin de Noël dans l'espoir que cette année, Noël sera une journée d'entente et de rapprochement. »

MRS L. A. M. BRECKINRIDGE,

L'ART DU SAVOIR-VIVRE DANS LE GRAND MONDE.

Le silence fut interminable. Elizabeth se rendit compte que sa mère l'observait du vestibule et, comme personne ne disait mot, elle eut le temps de se rappeler les manières qu'on avait toujours attendues d'elle, et se tourna lentement pour faire face au chef de sa famille. Elle se sentait plus simple, moins parée qu'elle ne l'avait jamais été. Avec cette robe fatiguée – elle en avait bien cherché une autre dans sa penderie, mais toute sa garde-robe avait disparu – elle se sentait nue. Mrs Holland, bouche bée, le souffle coupé, se tenait immobile sur le pas de la porte, droite sur ses jambes et déterminée – ce dont, compte tenu de son comportement la veille au soir, Elizabeth ne l'aurait pas crue capable. Elle semblait exploiter ce silence prolongé pour détailler sa fille des pieds à la tête, comme pour vérifier qu'il s'agissait bien d'elle. Quand elle eut fini, elle fit deux grands pas vers le centre de la pièce et attira Elizabeth contre elle.

– Oh ! Dieu soit loué, Dieu soit loué, Dieu soit loué ! répéta-t-elle encore et encore.

Elizabeth ne s'était pas trouvée aussi proche du corps de sa mère depuis qu'elle était enfant. Ce moment fut éphémère, car Mrs Holland recula tout en gardant cependant le coude de sa fille dans sa main.

– Claire ! cria-t-elle. (La puissance de sa voix apaisa quelque peu les inquiétudes d'Elizabeth au sujet de la santé de sa mère.) Claire, viens vite !

Claire arriva dans une simple robe de percale noire à grand col bateau, ses larges joues enflammées d'avoir couru. Une main posée sur le cœur, elle jeta un regard circulaire dans la pièce. Elizabeth lui adressa un sourire rassurant, et lorsque sa servante la reconnut, ses yeux se mirent à rougir en même temps que le bout de son nez.

– Claire, ordonna Mrs Holland. (Sa main droite tenait toujours le coude de sa fille, tandis que l'autre s'était posée, ferme et affectueuse, sur sa nuque.) Tire les rideaux. Miss Holland nous est revenue, comme tu peux le constater. Tu pourras lui parler plus tard. Mr Cairns, pardonnez-moi, vous devez penser que nous sommes une bien étrange famille. J'espère que vous allez rester avec nous pour le repas de Noël. Diana...

Tous regardèrent Diana, qui croisait les bras sur son buste habillé de dentelles, geste qui trahissait un profond malaise et un irrépressible désir de courir se cacher.

– Oui ?

Même tôt le matin, les cheveux à peine coiffés et le visage simplement lavé, sa fraîcheur rayonnait, plus féminine que jamais. Elle semblait consciente de cette plénitude qui l'habitait maintenant et irradiait sa beauté.

– Diana, tu aideras Claire à préparer le déjeuner pour Mr Cairns et tu veilleras à le distraire.

Mrs Holland parcourut rapidement l'assemblée du regard, comme pour évaluer l'étendue de son autorité regagnée. Claire avait tiré les rideaux, et la pièce fut de nouveau noyée dans la pénombre. Elizabeth retrouva le petit salon tel qu'il était dans son souvenir. Sans la lumière naturelle, on remarquait à peine l'absence des vases d'Asie et celle des quelques paysages qui avaient été décrochés des murs. On ne voyait que la magnifique collection de meubles anciens et d'objets d'art aux riches couleurs qui avait toujours été la marque des Holland.

– Quant à toi, Keller...

À ces mots, Elizabeth s'affola :

– Mère, il n'est pas responsable. Il...

– J'ignore de quoi tu parles, Elizabeth. (Elle resserra ses doigts sur la nuque de sa fille, qui ressentit l'injonction de silence qui émanait de sa main.) Je demandais à Keller où il était allé. Depuis que tu es parti, continua-t-elle à l'adresse de Will, je n'ai eu de cesse de trouver quelqu'un qui connaissait aussi bien les chevaux que toi, et cela sans succès. J'ai dû vendre les chevaux, et je t'en estime responsable.

– Je suis désolé, Mrs Holland.

Will regarda son ancienne patronne dans les yeux, comme s'il contemplait l'évidence que, par ce matin glacial, il n'y avait d'autre choix pour lui que de dire la vérité et de se lancer dans une explication. Sans détourner le regard, il commença :

– Mais vous saviez bien que je ne resterais pas toujours ici.

Puis il tourna les yeux vers Elizabeth. Elle voulait s'approcher et rester tout près de lui, pour montrer ses sentiments à tout le monde, mais elle comprit, à la façon dont il la regarda, que ce n'était pas nécessaire.

– Keller, nous discuterons de cela plus tard.

La main droite de Mrs Holland descendit alors jusqu'au poignet d'Elizabeth, qui se sentit tirée hors du salon. Personne ne disait mot. Elizabeth eut le temps de humer l'odeur balsamique du grand sapin, d'entendre le doux craquement du feu que Will avait allumé ce matin, et d'apercevoir le faible et rassurant sourire qu'il réussit à lui adresser avant qu'elle se retrouve dans le vestibule. Puis elle monta l'escalier. L'autorité de sa mère était palpable, elle la ressentait de tout son corps. Elle se demanda si elle allait trouver le courage de lui expliquer où elle était allée et ce qu'elle avait fait. Mais la forte poigne de sa mère lui rappela que celle-ci était bien vivante, ce qui lui tint lieu en quelque sorte de consolation.

Elles avaient atteint le palier du premier étage quand elle vit la tête de sa tante Edith apparaître à l'étage supérieur pardessus la balustrade.

– Elizabeth !

La main agrippée à la rampe, elle se précipita pour descendre. Quand elle arriva devant Mrs Holland et Elizabeth, elle serra la jeune fille dans ses bras.

– Comment est-ce possible ? murmura-t-elle, tout en reculant d'un pas pour regarder sa nièce.

Ses pommettes saillaient, luisantes sous sa peau amincie, mais elle avait conservé cette beauté des Holland qui l'avait rendue célèbre dans sa jeunesse. Elizabeth plongea son regard dans ses petits yeux ronds et se rendit alors compte qu'elle était totalement bouleversée.

– Peut-être pourrions-nous aller nous asseoir toutes les trois quelque part ? suggéra Elizabeth.

Et les deux femmes de l'entraîner aussitôt dans la chambre de maître. Elizabeth et sa tante s'installèrent dans les fauteuils près de la cheminée ; quant à Mrs Holland, elle alla vers la fenêtre, repoussa l'une des cantonnières en calicot qui l'encadraient, écarta les rideaux de dentelle et jeta un coup d'œil dans la rue.

Elizabeth ne trouvait pas les mots. La jeune fille qu'on lui avait appris à être revenait l'habiter maintenant, et à cette jeune fille qu'elle avait été, elle ne savait comment expliquer ce qui l'avait fait partir pour l'Ouest. Mais sa tante l'encouragea du regard. Les coins de la bouche d'Elizabeth se rétractèrent comme si elle allait pleurer, et des larmes brillèrent comme des étoiles dans ses yeux. Le temps s'étirait. Elle comprit qu'elle devait être la première à prendre la parole. Une fois qu'elle eut commencé, elle ne put plus s'arrêter.

– Je ne pouvais pas épouser Henry Schoonmaker, je ne pouvais pas, je ne pouvais pas me retrouver mariée avec lui, il fallait que j'arrête cela. J'aime Will, mère.

Elizabeth ne vit aucun changement dans l'expression de sa mère. En revanche, cette révélation avait apparemment atterré Edith, dont les paupières s'étaient abaissées.

– Il était déjà parti quand j'ai pris conscience de cela. Je savais alors que je l'aimais, mais il n'était plus là, et j'ai compris que je ne pourrais pas vivre sans lui, que je ne pourrais pas épouser Henry. Alors je suis partie sur les traces de Will, que j'ai retrouvé en Californie. Il travaillait sur un chantier naval et épargnait pour pouvoir louer à bail un petit terrain près de Los Angeles. Il travaille toujours très dur et il a épargné beaucoup. Il avait déjà fait des économies ici, à New York. Il avait le pressentiment qu'il y avait du pétrole sur ce terrain, et maintenant nous l'avons trouvé. Will dit qu'il y en a tellement que nous allons être riches... et alors nous pourrons vous aider, mère.

– Oh, Elizabeth. (Sa mère poussa un si grand soupir que, si elle avait soufflé en même temps dans un ballon, il serait monté en flèche au plafond.) J'avais de si grands espoirs pour toi.

– Je sais.

Les yeux d'Elizabeth s'humidifièrent, et pour la première fois de cette journée elle fut incapable de regarder sa mère. Elle contempla cette pièce dans laquelle elle n'était presque jamais entrée depuis son enfance, avec son imposant lit à baldaquin et son papier mural couleur des blés à motifs de vols d'oiseaux. La chambre n'était pas grande, et les trois femmes étaient assez proches l'une de l'autre pour qu'Elizabeth ressente presque physiquement leur malaise et leur trouble.

– Je le sais, répéta-t-elle.

– On dirait ton père, avec ses plans insensés, continua sa mère d'un ton dédaigneux.

Les lèvres d'Edith s'entrouvrirent, au bord d'une réponse, mais elle se reprit et se tut.

Mrs Holland lâcha la cantonnière et, d'une voix amère :

– Tu aurais pu épouser les plus grands partis.

– J'aurais pu, dans la mesure où c'était possible, rectifia précautionneusement Elizabeth. Mais quand c'est arrivé, je n'ai pas pu, je n'en étais pas capable.

– Je vois.

Sa mère tourna le dos à la fenêtre et la regarda un long moment. Triste moment. Un rai de lumière se déversait dans la pièce, dans lequel on voyait danser la poussière.

– Oh, Elizabeth ! dit-elle enfin. Te retrouver, et retrouver quelqu'un qui n'est plus toi.

– Mais si, c'est bien moi, mère, et nous allons de nouveau être riches. Nous le serons tous, grâce à Will.

Ces mots laissèrent Mrs Holland impassible. Puis elle se mit à se tordre nerveusement les mains en hochant la tête.

– Tout cela est complètement fou, Lizzie. Je ne sais pas où tu as pris l'idée que tu pouvais faire exactement ce qu'il te plaisait. Te sauver ! Sais-tu ce que tu as fait à cette famille ? Sais-tu ce que tu m'as fait ?

– Je ne sais pas.

La voix d'Elizabeth était si basse qu'elle semblait venir d'une autre pièce.

– Eh bien, tu ne retourneras pas en Californie, du moins pas tant que je respirerai et serai en vie. Quant à Will Keller, tu ne le reverras plus...

– Louisa ! (Edith n'osa pas regarder sa belle-sœur, mais le ton de sa voix exprimait une réelle désapprobation.) Mon frère a toujours aimé ce garçon, et de toute façon il n'est jamais bon de séparer les amoureux.

Elizabeth constata que le mot « amoureux » avait causé autant de gêne à sa mère qu'à elle-même. Le silence qui suivit fut si long, cependant, et l'altération des traits de sa mère tellement parlante qu'elle se demanda si Edith n'avait pas touché là quelque recoin de l'histoire de la famille dans le secret duquel elle, Elizabeth, n'était pas.

– Oh ! murmura sa mère après un temps. (Elle cacha son visage dans ses mains.) Oh, Elizabeth !

Pendant ce temps, en bas, la maison des Holland était en pleine effervescence. Diana était soulagée de voir que Snowden ne semblait pas avoir remarqué qu'il avait été délibérément trompé.

– Quel jour miraculeux que celui-ci ! lui dit-il comme elle descendait l'escalier.

Elle était retournée dans sa chambre se changer et avait passé une jupe à fines rayures vertes horizontales et un chemisier en mousseline de soie noire.

– Comme j'ai de la chance d'être ici pour le retour de Miss Holland !

– Et comme nous avons de la chance de vous avoir pour le fêter avec nous ! répondit Diana, qui, se sentant encore coupable de son mensonge, s'efforçait de lui manifester un respect particulier. Noël n'aurait pas été une vraie fête sans vous.

Parole sincère, étant donné que l'équipage de Snowden s'affairait à faire entrer dans la maison les denrées nécessaires pour organiser une fête de Noël digne de ce nom. Ils étaient partout, secouant des vieilles nappes, polissant ce qui restait de l'argenterie. Ils traversaient les pièces avec des chandeliers, des vases et des coussins de chaise neufs.

– Puisque votre mère et votre sœur sont occupées, peut-être pourrions-nous nous consulter pour le menu du dîner, vous, Miss Broud et moi-même, avant la dernière mise au point ? Le temps que les autres arrivent pour le déjeuner, ajouta-t-il avec un sourire timide.

– Bien sûr, Mr Cairns...

Diana s'interrompit à la vue d'une silhouette qui se profilait derrière la porte vitrée. Elle ne put alors se retenir de joie et se pencha dans la direction de l'homme qu'elle avait reconnu.

– Mr Cairns, voulez-vous bien m'excuser juste un petit moment ?

– Je vous en prie.

Diana courut presque jusqu'à la véranda en fer forgé sur les marches de laquelle se tenait Henry, en manteau et chapeau noirs. En voulant refermer la porte derrière elle, elle jeta un coup d'œil et vit que Snowden n'avait pas bougé de là où elle l'avait laissé, au milieu du vestibule.

– On nous observe, Henry. (Elle essaya de parler avec calme et de ne pas trop sourire. L'air frais, qui traversait son fin chemisier, la fit frissonner.) Donc ne fais rien d'imprudent, ajouta-t-elle avec un clin d'œil, d'un ton si espiègle qu'elle aurait tout aussi bien pu l'encourager à faire le contraire.

– Je dois te parler, dit-il.

Il la regardait intensément, et ses yeux exprimaient un trop-plein de sentiments. C'étaient des yeux inquiets, des yeux qui n'avaient pas dormi. Elle avait ressenti leur séparation comme un déchirement, une douleur presque physique, mais maintenant elle voyait que pour Henry cela avait été pire. Le désir inassouvi, le manque pouvaient être plus difficilement vécu chez les hommes, avait-elle entendu dire, et elle supposa que la différence de leur état venait de là.

– Henry, je ne peux pas maintenant, lui répondit-elle.

Elle trouva osé de rester là debout à côté de lui, en pleine vue. Elle sentait presque battre son pouls, malgré tout l'espace qui les séparait. Chaque seconde qui s'écoulait lui rendait de plus en plus difficile de se trouver en face de lui sans pouvoir tendre la main pour toucher son visage.

– Il y a une grande nouvelle, et la maison est en effervescence. Je ne peux pas m'absenter maintenant.

– Mais Diana...

Henry fit un pas vers elle, et elle avança aussi, prête à se jeter dans ses bras. Mais Snowden était encore là dans le vestibule, elle sentait son regard fixé sur eux. Elle savait qu'elle se trahirait elle-même si elle continuait à parler à Henry, aussi recula-t-elle et posa-t-elle la main sur la poignée de la porte.

– Henry, reviens plus tard, souffla-t-elle. Viens cette nuit. Mais si tu ne pars pas maintenant, tu vas me causer des ennuis !

Sur ce elle referma la porte sans lui laisser le temps de prononcer d'autres mots. Il continua néanmoins à la regarder, ses yeux sombres plongés dans les siens, exprimant un tel désir qu'elle se sentit mollir. Ce regard l'emplit d'une telle joie qu'elle ne put s'empêcher de le soutenir quelques secondes de trop, avant de remonter les marches de la véranda et de rentrer à la maison pour continuer à abuser Snowden.

Plusieurs heures plus tard et après de nombreux échanges, Elizabeth sortit de la chambre de Mrs Holland. Will l'attendait.

Il ne se tenait pas trop près de la porte, là où il aurait pu entendre la conversation, mais non loin de sa chambre, dans le couloir, afin qu'elle le retrouve tout de suite quand la discussion aurait pris fin. Elle lui saisit la main et l'entraîna vers l'escalier de service. Il faisait sombre, le plafond était bas. C'était le chemin qu'elle avait toujours emprunté pour le retrouver la nuit, quand le désir alors était plus fort que tout, l'emportait sur tout, avant qu'il soit nécessaire de prendre des décisions.

– Qu'est-ce qu'elle t'a dit ? demanda enfin Will.

– Elle nous a donné sa bénédiction.

Elizabeth avait le souffle court, haché. Elle était soulagée de voir sa mère vivante, et heureuse de voir sa famille secourue comme sous l'effet de la providence, mais avoir manifesté une telle authenticité dans cette maison où elle avait autrefois irréprochablement menti l'avait épuisée. Quant à son avenir avec Will, il allait être bien réel, comme elle n'avait encore jamais pu l'imaginer, parce qu'elle avait crié haut et fort ses intentions. Elle appuya son front contre le sien.

– Oh !

C'était un Oh ! qui exprimait autant de reconnaissance que s'il avait prononcé des mots de remerciement.

– Oui. (Elle se rendit compte alors que ses yeux étaient mouillés de larmes et qu'elle avait envie de renifler.) Elle a donné deux conditions. La première est que nous devons nous marier.

Will la serra plus fort contre lui. Elle se sentit comme broyée, mais c'était exactement de cela qu'elle avait envie.

– La seconde, c'est que nous partions. Parce que, dit-elle, si quelqu'un nous découvrait, la réputation de la famille serait à jamais perdue. Peut-être viendra-t-elle nous rendre visite, a-t-elle dit. En tout cas nous ne pouvons pas rester ici.

Ils respiraient lentement, et leurs souffles se mêlaient tant ils étaient proches. Ils entendirent les marches de l'escalier principal grincer sous des pas qui montaient ou descendaient, et des voix dans la cuisine, lançant des instructions.

– À quoi penses-tu ?

– Je pense, dit-elle, qu'il faut que tu ailles t'acheter un costume pour m'épouser.

En bas, Claire donnait déjà des consignes pour la disposition de la table, notait sur des listes ce qu'il manquait encore pour un vrai dîner de Noël et qu'il fallait envoyer acheter. Plus tard, à la fin de l'après-midi, quand le soir commencerait à tomber, il y aurait de la dinde aux marrons avec de la purée à la crème et du punch au champagne. Il y aurait des cadeaux, on porterait des toasts et on ferait des prières. Mais pour l'instant, Elizabeth ne voulait rien d'autre que rester ainsi dans le noir, serrée dans les bras de Will.

Trente-Neuf

« Il est maintenant de notoriété publique que William S. Schoonmaker souhaite se présenter à la mairie de New York, bien qu'il ait jusque-là fondé pratiquement toute sa candidature sur la triste disparition de la fiancée de son fils unique. Or il se trouve que le jeune homme s'est depuis peu remis à sortir en société et à danser avec de jeunes ladies, ce qui a provoqué des rumeurs et laissé supposer qu'il avait de nouveaux attachements. Si son ancienne fiancée est réellement en vie, comme l'indiquerait la soudaine réapparition de sa bague de fiançailles, le jeune Schoonmaker renouvellera-t-il sa demande en mariage ? L'homme qui prétend au titre de futur maire de la ville pourrait alors bien mettre à prix la tête des supposés ravisseurs... »

EXTRAIT DE LA UNE DE *THE NEW YORK NEWS OF THE WORLD GAZETTE*, MARDI 26 DÉCEMBRE 1899.

– Je voudrais une douzaine de roses blanches, une douzaine de freesias blancs également, un bouquet de gypsophiles…

Diana Holland s'interrompit puis fronça les sourcils. N'ayant pas fait de liste, elle avait oublié tout ce que sa sœur lui avait demandé de commander.

Hier, après sa brève rencontre avec Henry, elle avait couru dans sa chambre pour se retrouver un moment seule. Ce fut alors qu'elle tomba sur Elizabeth et Will enlacés, et qu'elle ne put se retenir, emportée dans l'euphorie amoureuse ambiante, de leur apprendre la bonne nouvelle. Elle s'était même portée volontaire pour s'occuper d'aller commander tout ce que sa sœur lui avait énuméré. C'était, après tout, de loin préférable à rester à la maison pour divertir Snowden et se forcer à être aimable avec lui. Ici, elle était libre d'imaginer les fleurs qu'elle choisirait pour son mariage avec Henry.

Il n'était pas venu la voir la nuit précédente, mais le seul fait de l'avoir aperçu devant la véranda avait suffi à chasser toutes ses autres pensées et à lui faire oublier la liste des fleurs choisies par sa sœur. Mr Landry le fleuriste lui sourit derrière le comptoir en marbre de sa boutique de Broadway ;

comme il le lui avait déjà dit, Noël n'était pas une journée de grande activité pour les fleuristes.

– Ah oui... et du muguet ! Vous en avez ?

– On dirait que vous préparez un mariage... dit une voix masculine derrière elle.

Diana leva les yeux vers le miroir qui se trouvait derrière la caisse enregistreuse. Le magasin était tapissé de carreaux de faïence blancs alternant avec des miroirs à facettes. Elle regarda d'un air dubitatif, l'espace de quelques secondes, les yeux inquisiteurs de l'homme, puis, se retournant pour que Mr Landry ne voie pas l'expression malicieuse de son sourire :

– Mr Barnard, seriez-vous en train de me suivre ?

– Pas du tout, répondit celui-ci sur un ton qui la laissa sceptique.

– Eh bien, non, ces fleurs ne sont pas pour un mariage, lança-t-elle allégrement. Nous célébrons toujours Noël en blanc, chez les Holland. Vous pouvez imprimer cette nouvelle, si elle vous plaît.

Là-dessus elle se tourna de nouveau vers Mr Landry et lui demanda si elle pouvait passer sa commande jeudi matin.

– N'étiez-vous pas venu ici pour acheter des fleurs, Mr Barnard ? demanda le fleuriste en raccompagnant Diana à la porte.

– Je trouve que j'ai été, pour mon bonheur, bien autrement comblé dans ma quête quotidienne de beauté, répondit-il en lui tenant la porte ouverte.

Dehors le soleil brillait, mais le vent glacial fouettait les visages. Les feuilles mortes tourbillonnaient dans l'air, frôlaient le trottoir. Diana serra davantage les pans de son manteau fauve contre elle.

– Quel vil flatteur ! dit-elle en souriant. Je vais commencer à me demander si vous n'avez pas une idée derrière la tête.

– Bien sûr que si, mais j'espère que vous ne penserez pas que je n'étais pas sincère en faisant allusion à votre beauté.

– Alors là, je ne peux pas vous répondre. (Diana baissa la tête pour que le bord de son bonnet cache son visage.) Certaines choses doivent rester un mystère, et pour l'instant, je pense que je vais garder pour moi mon opinion sur vous et vos compliments.

– Je réfléchirai donc un autre jour à la question. Mais bien sûr, j'ai ma petite idée.

Et, haussant ses sourcils, il repoussa son chapeau en arrière.

– Je le savais ! lui lança Diana.

Ils remontèrent Broadway. Malgré le froid mordant, elle ressentait une excitation particulière à se retrouver en compagnie du journaliste. Peut-être sentait-il qu'elle détenait plus de secrets qu'il ne pouvait l'imaginer, des secrets qu'elle ne pourrait jamais lui révéler. Il marchait à sa gauche du côté de la chaussée, la protégeant ainsi de la vue des passants, et il la regardait comme s'il avait remarqué en elle un trait de séduction dont elle n'aurait pas encore été consciente. Bien entendu, ses joues rosissaient chaque fois qu'elle pensait à Henry, dont son esprit ne se détachait pas.

– Eh bien, partageons-la, cette petite idée. Le public a faim de vos nouvelles, Miss Diana, continua-t-il sur un ton vaguement sarcastique. Vous ne pouvez pas lui donner quelque chose à se mettre sous la dent ? Peut-être un petit mariage dans l'air ? Ou peut-être quelques mots à propos de ce type, Snowden Cairns ?

– Ce n'est pas un soupirant, si vous voulez savoir, se hâta de répondre Diana, se souvenant que son dernier article sur un éventuel attachement de sa part avait été mal interprété par Henry.

– Non ? Et votre dîner de Noël ?

– Oh, fit gaiement Diana. (Ils avançaient à vive allure dans l'avenue, maintenant.) Ce sera une dinde aux canneberges et aux pointes d'asperge avec des toasts, de la laitue de serre en mayonnaise, et pour le dessert, un *plum-pudding* !

– Ne me taquinez pas, Diana. Vous savez bien ce que je veux dire... Y a-t-il des invités particuliers ? Peut-être quelqu'un dont le prénom commence par un « E » ?

Diana le gratifia d'un petit sourire énigmatique. Elle se surprit à éprouver une soudaine envie de tout lui dire. Était-ce pour jouer franc-jeu avec lui, ou parce qu'elle prenait plaisir à lui raconter sa vie, ou encore pour la simple raison qu'elle aimait manipuler la presse mondaine et surveiller ce que rapportaient les journaux ?

– Je ne comprends vraiment pas ce que vous voulez dire, dit-elle pour conclure.

Il soupira. Elle ne l'avait jamais vu déçu, et sa mine déconfite lui donna envie de lui en dire plus. Mais à présent, il ne la regardait plus. Il essayait de s'allumer une cigarette, malaisément, car ils marchaient contre le vent.

– N'avez-vous donc pas d'autres sujets à développer ? lui demanda Diana en affectant une mine compatissante.

– Bien sûr que si, fit-il en croisant son regard. (Sa cigarette allumée, il souffla un nuage de fumée.) Mais je n'ai aucune envie de les approfondir.

– Et pourquoi pas ?

Les battements de son cœur s'étaient calmés. Était-il possible que Davis Barnard soit jaloux ? Parce qu'il avait entendu dire qu'Henry était amoureux d'elle et qu'un mariage s'annonçait peut-être à l'horizon ? C'était un peu fou, dut admettre Diana en son for intérieur, que la nouvelle se soit ébruitée si vite, mais il l'avait, après tout, pressée de lui dire quelque chose au sujet d'un mariage, et cela expliquerait peut-être qu'Henry se soit éclipsé la veille de Noël...

– Parce que l'un comme l'autre pourrait blesser les Holland et, comme vous le savez, je n'écrirai jamais quoi que ce soit qui puisse porter atteinte à votre famille.

Ils étaient arrivés dans la Vingtième Rue Est, et Diana s'arrêta. Elle était presque devant sa maison. Elle le regarda, essayant de deviner ce qu'il avait voulu dire.

– Tout d'abord, il s'agit d'Elizabeth ; c'est pour cela que je vous parlais d'elle. Il semblerait que sa bague de fiançailles ait été retrouvée dans un mont-de-piété à l'ouest de la ville, et maintenant tout le monde avance l'hypothèse qu'elle est peut-être en vie quelque part.

Le cœur de Diana battit plus vite, et elle éclata de rire, espérant ainsi détourner l'attention de Barnard et lui cacher le rouge qui lui était monté au visage.

– Je le saurais, si c'était vrai, rétorqua-t-elle, sans savoir si elle était convaincante ou non.

– Ce serait merveilleux, dit sérieusement Davis. Et le mont-de-piété est un très joli détail dans toute cette histoire. Les gens se demandent si elle est vivante et quelle sorte d'épreuves elle a traversées. Je sais qu'il serait cruel de faire naître des espoirs en vous au risque que vous appreniez ensuite qu'elle est vraiment morte.

– Certes.

Il y avait quelques personnes dans la rue, trop frigorifiées pour prendre le temps d'être curieuses d'une conversation à un carrefour de Broadway entre une demoiselle de bonne famille et un échotier. Brusquement, Diana éprouva une forte envie de se retrouver chez elle.

– Mais *Tiffany* réalise beaucoup de bagues de fiançailles.

– Qu'importe. Ce ne sont que des rumeurs. Personne n'en est sûr, de toute façon. Bien qu'il y ait été question de retrouver l'homme qui l'a vendu et de l'arrêter. (Il se tut et regarda Diana avec insistance.) J'ai l'impression que vous avez renoncé depuis longtemps.

– Et quelle est l'autre histoire ?

Diana appréhendait presque de le lui demander, mais le froid était tenace, et elle se sentait de plus en plus nerveuse. Elle craignait, s'il continuait sur le sujet d'Elizabeth, de se trahir.

– Ah oui ! Eh bien, vous avez sûrement aussi votre petite idée là-dessus, même si certains disent que les fiançailles d'Henry Schoonmaker avec Penelope Hayes, précisément en ce moment particulier, pourraient signifier que...

– Comment ?

Diana n'était plus capable de réserve ni de la moindre ruse. Sa vue se brouilla. Elle se retint de poser sa main sur la large épaule du journaliste pour ne pas perdre l'équilibre. Gramercy n'était qu'à quelques immeubles de là, pourtant elle restait figée, à cette croisée de rues dissymétriques, devant ces grands édifices, au milieu de ce trafic bruyant et encombré.

– Je n'aime pas non plus cette rumeur. Cependant c'est l'histoire que j'ai entendue. C'est Buck, le copain de Penelope qu'elle traîne partout avec elle, qui me l'a dit. C'est mon cousin, j'ai honte de le dire, bien que je me console en pensant qu'il n'est après tout qu'un cousin issu de germain...

– Est-ce que cela va être annoncé ?

Ainsi c'était cela, être trahie. C'était comme être abandonnée dans le désert, sans eau, à la tombée d'une nuit glaciale. Ça vous laissait la bouche sèche, ça vous annihilait. Ça vous minait, ça creusait un grand trou au fond de vous. La nouvelle lui parut impossible jusqu'au moment où elle se souvint de l'expression du visage d'Henry la veille, quand il était venu à sa porte, geste qu'elle avait naïvement interprété. Peut-être était-il venu lui annoncer cette nouvelle, ou peut-être avait-il voulu l'emmener et s'enfuir avec elle. Mais maintenant, rien de tout cela n'avait plus d'importance. Maintenant elle savait de quelle lâcheté il était capable.

Davis haussa les épaules.

– Je pense que tout le monde aime capter l'attention. C'est une sacrée nouvelle, si on passe sur le mauvais goût de l'histoire...

Diana n'entendit pas la suite. Elle courut dans la Vingtième Rue, si vite qu'elle trébucha et faillit tomber. Le froid transperçait ses vêtements, elle volait, elle ne sentait plus ses pieds. Ni les battements de son cœur. Tout ce qu'elle espérait à ce moment-là, c'était de pouvoir retenir ses sanglots avant d'arriver à la maison et de voir sa sœur.

Quarante

« Les Schoonmaker ont donné une délicieuse fête de Noël où la présence de Carolina Broad, héritière d'une exploitation de cuivre, a été remarquée et appréciée de tout le monde. Malgré ses manières simples propres à nos États de l'Ouest, sa beauté naturelle a été fort admirée par tous les jeunes gens et en particulier par l'héritier des banques Leland Bouchard, accusé par certains de ses amis célibataires de s'être précipité pour remplir son carnet de bal... »

EXTRAIT DE LA RUBRIQUE « LE JOYEUX DANDY »,
THE NEW YORK IMPERIAL, MARDI 26 DÉCEMBRE 1899.

Les magasins n'avaient plus le même prestige aux yeux de Carolina. Tristan lui avait affirmé que ce serait mieux pour elle de s'habiller chez un tailleur : on ne voyait pas les filles de son genre en prêt-à-porter, lui avait-il dit, et cela devait être vrai, puisqu'il le lui avait conseillé même à son propre détriment. Car il travaillait dans un magasin, et cela impliquait moins de ventes pour lui. Mais on était le lendemain de Noël, et les meilleurs tailleurs seraient indisponibles jusqu'au nouvel an au moins, l'avait-il avertie quand elle était arrivée dans le magasin, décidée à s'acheter des chemisiers, des jupes et quelques dentelles et accessoires sur le compte de Mr Longhorn.

Son arrangement avec Mr Longhorn était facile et agréable, avait-elle dit à Tristan quand il lui avait posé la question. Même si le vieux gentleman ne semblait pas vouloir savoir quoi que ce soit à propos de son passé, il lui avait déclaré – quand elle avait fait vaguement allusion à l'existence d'une sœur qu'elle avait à New York – que l'aînée des demoiselles Broad devrait elle aussi recevoir des cadeaux. C'est ainsi que Carolina était entrée chez *Lord & Taylor* et avait examiné les vitrines et les vêtements présentés sur les tables sans ressentir cette inquiétude ni ce désir insatiable qui l'avait possédée jusqu'à il y a peu, mais avec la grâce désinvolte que donne l'assurance de pouvoir acheter tout ce qui vous fait envie.

– Miss Broad, vous êtes particulièrement magnifique, aujourd'hui.

Carolina se retourna gracieusement et, jetant un coup d'œil au miroir et gardant la pose, elle imagina que Tristan voyait en elle une sorte de *Gibson girl*, cette créature idéale au long cou, aux lèvres somptueuses, au regard de velours, aux cheveux mousseux.

– Tristan, fit-elle d'une voix languide, je vais avoir besoin de toute votre aide aujourd'hui.

Tristan l'observa, tout en faisant nonchalamment traîner sa main sur le bord de la table en merisier lustrée. Il portait une chemise et un gilet brun, et son menton était lisse comme s'il venait de se raser.

– Aujourd'hui, lui répondit Tristan, je ne m'occuperai de personne d'autre. Vous êtes délicieuse, ma charmante.

Carolina pencha la tête de côté. Elle se dit qu'il allait peut-être essayer de l'embrasser encore. Bien sûr, elle ne pensait pas pour de bon se prêter à ce jeu, cependant elle ne pouvait s'empêcher d'en trouver le souvenir plutôt excitant. Elle savait, à présent, ce que cela faisait d'être touchée.

– Ça a bien marché, n'est-ce pas ?

Tristan avait baissé la voix, mais Carolina n'en fut pas moins contrariée qu'il ose parler de ce sujet en public.

– Vous ne pensiez pas que ça marcherait... si je peux m'exprimer ainsi. Vous aviez l'air tellement effrayée à l'hôtel, ce soir-là. Mais moi je savais. Je ne suis pas né de la dernière pluie.

Carolina hocha faiblement la tête. Elle n'avait pas envie d'acquiescer tout haut, cela aurait été avouer sans équivoque qu'elle comprenait ce qu'il voulait dire et prenait part à cette conversation.

– Avant que nous cherchions ensemble ce que vous désirez, cependant...

Il y avait un accent dans la voix de Tristan qu'elle n'avait jamais entendu auparavant. Elle le regarda.

– J'ai chipé, de temps à autre dans le passé, un peu d'argent aux dames de la haute société avec lesquelles je m'étais lié d'amitié, quand j'avais une petite dette à payer ou une dépense à faire, et aucune ne s'en est jamais rendu compte. (Derrière lui, des clientes allaient et venaient.) J'ai un aveu à vous faire. C'est moi qui ai pris votre argent, mais à ma décharge, j'ignorais que c'était tout ce que vous possédiez.

Avant que Carolina n'eût le temps de réagir, de savoir si elle devait lui en vouloir, se mettre en colère ou lui être reconnaissante de cet aveu, et de là s'il méritait plus ou moins sa confiance, il lui adressa un sourire insolent et continua :

– Mais vous voyez comme vous vous en êtes tellement mieux sortie, au bout du compte ? J'espère que vous considérez ma dette comme payée ?

Comme toute jeune fille du monde confrontée à une situation ou à des propos gênants, Carolina ressentit alors tout simplement le désir irrésistible de ne plus avoir à penser désormais à cela.

– Oh, ne parlons plus de ces choses désagréables ! (Puis, se forçant à penser à quelque chose de plaisant, elle sourit.) Voyons donc les jolies choses que Mr Longhorn ne veut pas m'acheter aujourd'hui.

Tristan ne réagit pas tout de suite, et elle se demanda dans l'intervalle s'il n'allait pas encore chercher à remettre le passé sur le tapis. Mais bientôt un sourire calme se déploya sous sa belle moustache, et une lueur brilla dans ses yeux noisette.

– Oui, faisons-le, dit-il en lui offrant son bras.

Elle le prit et ils avancèrent, chacun jouant son rôle à la perfection.

Tandis que les pas de Carolina la conduisaient plus loin dans ce sanctuaire de l'élégance et de la beauté, elle se mit à admirer son reflet dans les colonnes multifacettes qui supportaient le haut plafond voûté garni de lustres et orné de classiques moulures blanches nervurées. Tout était un éblouissement d'or et d'argent, et toute cette lumière semblait là pour elle – ou plutôt pour une jeune fille comme celle qu'elle était devenue. Oui, elle était, maintenant, assurément, une jeune fille du monde. C'était évident, cela crevait les yeux. Il suffisait de voir son reflet passer d'un miroir doré dans un autre, avec son petit nez mutin retroussé et le regard insouciant de ses jolis yeux.

Elle savait où ils allaient. Les jeunes Holland en avaient parlé à Claire, et Claire le lui avait dit. Ils se rendaient dans l'un des salons privés où l'on installait confortablement les clientes privilégiées avant de leur apporter une collation – des douceurs et du champagne. Jusqu'à ce matin, elle n'était pas sûre que sa présence fût vraiment souhaitée dans les beaux magasins qu'elle fréquentait. Mais maintenant, elle en était convaincue. Elle avait ses entrées.

Juste au moment où ils allaient pénétrer dans le magnifique ascenseur aux parois incrustées d'émail, ocellées et chatoyantes comme une queue de paon, avec ses grandes flèches de bronze qui bondissaient en se courbant pour indiquer l'étage, Carolina remarqua quelque chose qui la stupéfia. Elle étouffa un petit halètement qu'elle fut seule à entendre, puis son cœur se contracta comme s'il venait de recevoir une pluie de verre brisé.

Là, marchant entre les tables qui présentaient toutes sortes de nœuds papillons, tel un voyageur fraîchement débarqué et égaré dans un port étranger, c'était Will. Le beau Will, avec ses yeux graves et pénétrants, ses cheveux un peu trop longs, qui regardait autour de lui de cette façon concentrée qu'il avait toujours. Sa peau avait été brunie par le soleil, et il semblait avoir vécu et vu des choses difficiles. Une sorte de douleur suave se répandit partout en elle, et elle dut fermer les yeux pour ne pas se laisser submerger par cette sensation. Elle se força à les rouvrir aussitôt, puis porta instinctivement la main à son visage pour se cacher.

Il ne l'avait pas encore vue. Peut-être avait-il lu ce qu'on avait écrit sur elle dans les journaux. Peut-être était-il revenu ici la chercher. Il suffit à Carolina de jeter quelques brefs coups d'œil vers lui pour comprendre qu'il n'avait pas fait fortune dans l'Ouest. Il portait le même pantalon de serge et le même manteau noir légèrement trop grand qu'elle lui connaissait. Sa vie n'était pas plus aisée, il n'était pas plus fortuné, elle s'en rendit compte en l'espace de quelques secondes. Mais elle le convoitait toujours. Son désir n'avait pas perdu de sa force.

– Miss Broad, disait Tristan.

Elle fit oui de la tête, s'adressant silencieusement à lui, ou à elle-même, elle ne savait pas. Les portes de l'ascenseur s'étaient ouvertes, et des clientes passèrent en direction des caisses enregistreuses. Elle cacha encore son visage derrière sa main. Il était à présent plus facile de l'observer entre les silhouettes qui passaient. Et bien qu'elle ne sentît plus son corps et vacillât un peu sur ses jambes, quelques instants supplémentaires de lucidité lui permirent de comprendre ce qu'elle devait faire. Son désir était là, mais elle ne pouvait le suivre. Will était si proche d'elle, et en même temps elle était si loin de lui, maintenant. S'il la voyait, il comprendrait à quel point il avait été stupide, mais alors elle, elle devrait redescendre des sommets où elle était arrivée, et cela, elle ne pourrait le supporter. Comment accepter maintenant de retomber, même un peu ?

– Vous allez bien, Miss Broad ?

– Oui, oui, fit-elle.

Et elle entra dans l'ascenseur, s'éloignant de Will, laissant derrière elle ses anciens rêves.

– Juste un petit mal de tête, ajouta-t-elle, qui va et qui vient.

Quand le liftier referma la grille en fer forgé, elle se dit qu'elle avait pris la bonne décision. Sa nouvelle amie Penelope Hayes n'aurait pas replongé à la vue d'une toquade datant de quelques années. Ses désirs se seraient déjà fixés sur quelque chose de beaucoup mieux. Chuter par excès de sentimentalité et renoncer à tout pour un vieux rêve, c'était digne d'Elizabeth. Pas d'elle.

– Vous êtes sûre que vous allez bien ?

– Oui.

Elle passa sa langue sur ses lèvres et reprit sa respiration. Elle pensa à Mr Longhorn comme s'il était un jeune homme, aux nombreux jeunes gens qu'elle avait rencontrés juste deux soirs auparavant, ainsi qu'à tout ce qu'elle méritait. Elle pensa à la différence entre des baisers réels et des baisers imaginés. Elle sourit, quoique d'un sourire qui en était à peine un. Elle ne put s'empêcher de penser, dans l'ascenseur qui montait avec Tristan à côté d'elle, qu'il était malheureux qu'elle l'ait connu. C'était quelqu'un de vraiment difficile à cerner. Certes, elle était bien trop timide alors, ou sujette aux impairs, et elle n'aurait jamais pu gagner la protection de Mr Longhorn sans son aide, mais n'importe, il devenait désagréable. Il faudrait qu'elle le tienne à distance, lui aussi, se dit-elle avec cette dureté qui s'installait dans son cœur. Elle allait devoir être gentille avec lui pendant quelque temps encore, mais déjà elle savait qu'elle n'en aurait plus besoin.

Son sourire s'estompa, puis sans cesser de regarder Tristan, elle lui dit avec un certain panache et une véritable assurance :

– À vrai dire, je me sens merveilleusement bien.

Quarante et Un

« Les rumeurs vont bon train ces derniers temps à propos de la disparition d'Elizabeth Holland. Nombreux sont ceux qui suggèrent, depuis la récente découverte de sa bague de fiançailles, qu'elle a probablement péri entre les mains d'une bande de voleurs. Mais si jamais on la retrouvait, elle devrait se marier dès son retour, quelles que soient les tribulations et les choses inimaginables qu'elle ait pu vivre pendant sa disparition. »

EXTRAIT DE L'ÉDITORIAL DE *THE NEW YORK TIMES*,
MERCREDI 27 DÉCEMBRE 1899.

– Si quelqu'un connaît une raison pour laquelle cet homme et cette femme ne devraient pas s'unir par les liens du mariage, qu'il parle maintenant ou qu'il se taise à jamais...

Un léger murmure d'approbation amusée traversa la pièce, et il fut évident que personne n'allait objecter quoi que ce soit. Le plancher était jonché de pétales ; les fenêtres avaient été voilées de dentelles. Le petit salon, sur le flanc est de la demeure des Holland, qui n'abritait plus que de rares meubles, s'était révélé l'endroit idéal pour célébrer un mariage. Les hommes de Snowden avaient déplacé un petit canapé pour que s'y installent la mère d'Elizabeth – tout juste remise, mais encore un peu faible et fiévreuse – et sa tante Edith, qui était passée du sourire aux larmes toute la matinée. Derrière elles se tenaient quatre des hommes de Snowden, dans leurs gilets de cuir usé et leurs épaisses chemises à faux cols blanc cassé. Près des fenêtres voilées se trouvait Snowden dans l'exercice de ses fonctions, une bible à la main, et derrière Elizabeth, Diana, et derrière Diana, Claire, toutes deux en blanc, toutes deux tenant les petits bouquets de muguet et de roses blanches que les trois jeunes filles avaient arrangés ce matin et attachés avec des rubans bleu lavande.

Et au milieu de tout ce monde, il y avait Elizabeth, avec sa robe blanche toute neuve en coton à œillets qui lui allait parfaitement, bien qu'elle n'ait pas été faite sur mesure. Son mince col officier était rehaussé de dentelle, de même que la base de ses manches trois quarts, et sa taille très fine, dont elle avait toujours été fière, était soulignée à merveille. Seuls l'ampleur de la jupe, ses emmanchures froncées et bouffantes, et ses petits boutons ronds très raffinés en soie blanc cassé aux poignets et le long de sa nuque lui donnaient un petit air nuptial. C'était Will qui l'avait choisie, Mrs Holland ayant interdit à sa fille de s'approcher même des fenêtres de la maison. Les mains d'Elizabeth tenaient celles de Will, maintenant. Il était immobile et avait du mal à la regarder dans les yeux, tant il était ému. Cela lui fit battre le cœur, car elle ne l'avait pas vu dans cet état depuis longtemps. Il portait un costume neuf anthracite, un gilet et un col blanc. Le voir en costume l'impressionnait. C'était une chose qu'elle n'avait jamais imaginée.

– Elizabeth Adora Holland, voulez-vous prendre pour époux William Thomas Keller, pour le meilleur et pour le pire, jusqu'à ce que la mort vous sépare ?

– Oui, murmura-t-elle.

Ses yeux étaient brillants de larmes ; elle ne pouvait s'arrêter de regarder Will, avec ses épaules larges et ses grands yeux bleus ombrés de cils noirs. Quelle ironie, pensa-t-elle, que ce soit sa bague de fiançailles qui ait payé les fleurs, sa robe et le costume du marié, mais elle était contente que Will ait pris part à la vente, et pas seulement parce qu'il avait marchandé avec le prêteur sur gages et obtenu le meilleur prix. Des années plus tard, quand Will aurait fait ses preuves et qu'ils auraient vieilli tous les deux, ils pourraient raconter cette histoire à leurs enfants. La chose qui autrefois semblait devoir les séparer à jamais avait finalement servi à payer leurs tenues de mariage.

– Voulez-vous, William Thomas Keller, prendre devant la loi cette femme pour épouse, pour le meilleur et pour le pire, jusqu'à ce que la mort vous sépare ?

Là, il ébaucha un sourire. Et une fois qu'il eut dit « oui », le sourire demeura sur ses lèvres. Il plongea la main dans la poche où il avait rangé les bagues. C'étaient de simples anneaux en or jaune que la mère d'Elizabeth avait trouvés dans ses bijoux de famille, et ils se les passèrent au doigt sans autre forme de cérémonie.

– Je vous déclare mari et femme, unis par les liens du mariage. Vous pouvez embrasser la mariée, déclara Snowden.

Elizabeth avait pensé à ce moment-là avec une vive appréhension durant toute la matinée. Elle tenait son intimité avec Will secrète depuis si longtemps que cela lui faisait une impression étrange voire un peu inquiétante de devoir l'embrasser devant sa mère et sa tante. Mais à présent, rien ne lui semblait plus normal. Et comme si c'était la chose la plus naturelle du monde, il l'attira contre lui.

Puis leurs lèvres se joignirent, tendrement et avec ferveur. Elle sut alors qu'en dépit de tout ce qu'elle laissait derrière elle et le regret qu'elle en aurait, un riche et brillant avenir l'attendait, qui comblerait tous ses désirs, plus encore qu'elle ne l'avait jamais imaginé.

Quand elle entendit les applaudissements, elle sut que ce moment devait s'achever. Elle se détacha de Will, et Diana la prit dans ses bras. Pauvre Diana, on aurait dit que toute force l'avait quittée, tant elle avait peine à étreindre sa sœur contre elle. Sa chevelure bouclée et lustrée caressa l'épaule d'Elizabeth. Bien que celle-ci ait écouté pendant des heures sa confession éplorée de la trahison d'Henry, et bien qu'elle l'eût calmée et rassurée, en lui jurant que Penelope avait forcément joué un vilain tour à Henry ou quelque chose dans ce genre, elle se sentit un peu soulagée que sa sœur ne poursuive plus cette relation secrète avec lui. Elle avait dit à Diana qu'elle croyait sincèrement qu'Henry était amoureux d'elle. Mais c'était plus fort qu'elle, elle était un peu choquée par ce que sa petite sœur avait fait avec lui, et ce malgré toutes ses années d'amours clandestines avec Will, alors qu'elle le rejoignait tous les soirs dans les écuries où il logeait. Elle savait qu'elle dormirait d'un sommeil plus tranquille en Californie si Diana ne courait plus le risque d'être découverte.

Sa mère était arrivée, un peu chancelante, à ses pieds. Edith, encore assise sur le canapé d'acajou en velours bordeaux, l'observait de loin, afin de s'assurer que sa nièce pourrait désormais se débrouiller sans elle. Elle vit que oui, et s'avança pour l'embrasser sur la joue. Puis, s'adressant à Will, elle lui dit simplement :

– Cela fait longtemps que je vous connais, et je vous ai toujours aimé.

Elle se tut, et ses lèvres se rejoignirent étroitement en une expression ferme et un peu triste. Autour d'elles, dans cette pièce dégarnie avec ses murs vert d'eau et son plafond en bois sculpté, aux vases où s'épanouissaient des fleurs toutes fraîches, les témoins attendaient maintenant les paroles de Mrs Holland.

– Mon défunt mari vous aimait plus que je ne l'ai fait moi-même. C'est la raison pour laquelle j'ai accepté cette union. Je ne vais pas vous laisser croire que c'était le choix que j'aurais fait pour mon enfant, mais je sais qu'elle sera heureuse avec vous, et en sécurité.

Le visage de Will avait l'expression la plus sérieuse qu'il pouvait avoir, et il hocha la tête en signe de remerciement. C'était le plus vif soutien qu'il obtiendrait probablement jamais de la mère d'Elizabeth, il le savait.

– Merci, Mrs Holland, répondit-il, et il tendit sa main pour qu'elle la lui serre.

Elizabeth regarda sa mère lui adresser un petit signe de tête accompagné d'un pâle sourire. Elle savait que même cela devait lui être difficile. C'était au prix de maintes paroles qu'Edith était parvenue à gagner la confiance de sa belle-sœur, l'avait amenée à admettre ce mariage et à organiser cette cérémonie, et Elizabeth lui en était très reconnaissante. Plus tard, dans le train, pensa-t-elle, elle ferait savoir à Will tout ce qu'ils devaient à Edith, et ils penseraient au geste de remerciement qu'ils pourraient lui faire quand l'argent du pétrole commencerait à entrer.

– Mr Cairns, comme c'est gentil à vous, disait maintenant sa mère. (L'obséquiosité dont elle était parfois capable émergeait à nouveau dans sa voix.) Votre présence nous a redonné la joie. À chaque nouveau jour, vous nous surprenez par quelque nouveau et secret talent.

– C'est un honneur pour moi. Mais maintenant je vais vous prier de m'excuser. Je dois m'occuper d'une petite affaire, et je suis sûr que votre famille a besoin d'un moment d'intimité.

Snowden serra la main de Will et se tourna vers Elizabeth, sur qui ses yeux s'attardèrent brièvement. La jeune femme s'extasia sur la chance qu'elles avaient eue de rencontrer Snowden, sur sa gentillesse innée. Elle ressentait en cet instant une telle chaleur à son égard que c'était comme s'il faisait partie de la famille.

– Mes compliments à tous deux, Mr et Mrs Keller.

Quand il quitta le salon, ses hommes le suivirent, et la

famille Holland se retrouva seule, dans la pièce marquetée par la lumière qui filtrait à travers la dentelle des rideaux. La plupart des tableaux originaux avaient disparu, mais il restait quelques peintures d'océan déchaîné sur le mur. Le petit salon gardait l'ambiance dont Elizabeth avait le souvenir ; quand elle était enfant, c'était la pièce réservée aux seuls adultes, où avaient lieu des conversations mystérieuses, où se déroulaient des scènes énigmatiques. Claire alla préparer le thé et les gâteaux, et Elizabeth prit place à côté de sa mère sur le petit canapé.

– Quand Snowden retournera à Boston, il fera établir votre certificat de mariage et vous l'adressera en Californie. Il y a moins de chance que la chose s'apprenne s'il le fait faire là-bas. Oh, Elizabeth, murmura-t-elle en posant ses mains sur les joues de sa fille aînée, tu vas me manquer, et je vais te manquer. Mais il faut que tu partes bientôt. Plus tu resteras, plus tu risqueras d'être découverte. Et tu sais que ce serait la fin pour nous, si tel était le cas.

Elizabeth hocha la tête et retint ses larmes. Elle aurait voulu exprimer à sa mère combien il était important pour elle de s'être mariée devant sa famille, mais elle se dit finalement que ce n'était pas nécessaire. Il restait encore quelques jours avant la fin de l'année, elle les passerait en compagnie de ceux qu'elle aimait le plus. Toute la famille se réunirait pour les repas et finirait par s'habituer à l'idée qu'elle était devenue Mrs Keller. Puis, la veille du nouvel an – c'était le jour que leur avait conseillé Snowden pour partir, les gens voyageant peu ce jour-là, ils couraient moins de risque d'être vus –, elle et Will rassembleraient leurs affaires dans deux petites valises et quitteraient Gramercy et New York une seconde et dernière fois.

Quarante-Deux

« L'annonce ce matin dans un encadré du *New York World* des fiançailles de Miss Penelope Hayes avec Mr Henry Schoonmaker est une charmante petite nouvelle. Il va de soi que, compte tenu de la rumeur qui court au sujet de la bague de fiançailles offerte par le jeune Schoonmaker à sa première fiancée, feu Elizabeth Holland, laquelle bague aurait refait surface, nous ne pouvons nous empêcher de nous demander ce qu'il adviendra si la jeune dame qui portait cette bague refaisait surface à son tour... »

EXTRAIT DE LA RUBRIQUE MONDAINE DE *THE NEW YORK NEWS OF THE WORLD GAZETTE*,
MERCREDI 27 DÉCEMBRE 1899.

Les couloirs de l'hôtel particulier des Hayes retentissaient sous les pas précipités de Penelope. Elle courait, serrant son petit chien contre sa poitrine. Elle était si près du but, et pourtant elle sentait planer au-dessus de sa tête le danger que tout ce qu'elle était sur le point de posséder, et qu'elle avait tant voulu, ne lui soit enlevé. Son ombre s'allongeait sur le sol carrelé à damier noir et blanc, sous les plafonds à facettes incroyablement hauts du rez-de-chaussée du numéro 670 de la Cinquième Avenue, ce colosse en briques rouges et pierres de taille blanches que certains feignaient d'appeler une maison, et qui était capable de faire peur même à une jeune fille aussi sûre d'elle que Penelope, en ses rares jours de fragilité. Les rumeurs qui circulaient sur le retour d'Elizabeth avaient perturbé son sommeil, et l'image d'Henry et de Diana ensemble avait gâché ce qui aurait dû être une agréable journée. Quand elle aperçut le maître d'hôtel anglais dans le vestibule principal, elle s'arrêta, le souffle coupé.

– Rathmill, dit-elle.

Elle était consciente que ses veines gonflées battaient sur son cou d'ivoire, mais l'émotion la submergeait. Les petits yeux noirs en boutons de bottine de Robber, son terrier boston, roulaient à droite et à gauche, terrorisés.

– Où sont mes parents ?

– Mademoiselle Penelope, je crois qu'ils sont dans le salon en train de prendre le thé. Voulez-vous que je...

– Non, non, l'interrompit la jeune fille. (Elle posa son chien, qui essayait désespérément de se dégager, dans les bras de Rathmill, lequel ne s'y attendait pas.) Je m'en occupe.

Et elle se dirigea d'un pas décidé vers le monumental escalier de marbre cintré dans le but de monter au salon du premier étage où ses parents prenaient leur thé en privé. Le pied sur la première marche, elle s'arrêta et, posant sa main sur la balustrade :

– Mais vous pouvez dire au secrétaire particulier de ma mère qu'elle aura très prochainement besoin de ses services !

Personne n'avait aidé Penelope à réaliser ses désirs pourtant loin d'être déraisonnables, sauf peut-être Isabella Schoonmaker, aussi n'avait-elle aucun scrupule à diriger sa colère tous azimuts. Mr Rathmill, le maître d'hôtel, ne lui avait été d'aucune utilité. Il avait servi chez plusieurs familles titrées britanniques avant d'entrer chez les Hayes, et il savait, comme le savait aussi la jeune lady de la maison, que c'était le genre de famille qui avait besoin d'un maître d'hôtel anglais pour leur enseigner les bonnes manières – en un mot, la classe. Il leur jetait souvent des petits coups d'œil narquois que sa mère était trop stupide pour remarquer, mais qui ne passaient pas inaperçus aux yeux avertis de Penelope.

Isabella, pour sa part, ne pouvait être davantage ravie de l'annonce de ces fiançailles, cependant chaque fois qu'elle donnait un petit coup de pouce à sa future bru, ou criait de joie, tout excitée, ou encore lui adressait un clin d'œil complice, Penelope se sentait tournée en dérision. Bien sûr elle avait ce qu'elle voulait, mais maintenant que le jeu était engagé, elle n'avait même pas une bague à montrer, en dépit de tout le mal qu'elle s'était donné pour en arriver là. Elle avait été si habile, elle avait si bien intrigué, pour son bien et pour celui d'Henry, et il ne l'appréciait même pas ! Il n'y avait eu aucun geste romantique de sa part, pas un seul regard, même furtif. Penelope se sentait aussi seule qu'elle s'était toujours sentie, et se serait presque demandé si tout cela valait vraiment la peine, si son orgueil ne s'en trouvait pas offensé.

Or son orgueil était considérable. C'était l'orgueil qui lui faisait monter l'escalier, hors d'elle, dans sa jupe de soie vert-de-gris et son chemisier en organza noir aux manches bouffantes. Elle entra comme une tornade dans le petit salon du premier étage qui donnait sur l'avenue, affichant volontairement sa mauvaise humeur. Ses parents étaient assis à côté de la cheminée au manteau carrelé de majolique, et son frère se tenait debout non loin d'eux, devant l'un des deux grands pare-feu éventail, fumant une cigarette. À son entrée, tous trois se tournèrent vers elle, ahuris.

– Ah ! éructa-t-elle, excédée.

La pièce, aux nuances de violet sombre et de brocart froid, était obscure, chose qui aurait dû flatter Mrs Hayes, or ce n'était pas le cas. La dame avait paré sa corpulence d'une robe en tartan vert et blanc bordée de dentelle noire, et ses cheveux bruns étaient retenus par des rubans verts – chose à peine convenable pour quelqu'un de son âge, comme les enfants Hayes n'avaient pas manqué de le remarquer et de s'en amuser à des moments plus légers.

– Qu'est-ce que c'est ? fit Evelyn Hayes en reposant bruyamment sa tasse. Ne fais pas ces grimaces, tu vas te donner des rides.

– Nous croyions que tu serais heureuse, maintenant que tu es fiancée au fils Schoonmaker, enchaîna son père.

Il y avait un accent de reproche dans la voix de Richmond Hayes, et il croisa nerveusement les jambes après avoir parlé. On ne pouvait pas dire qu'il était grand, si on le comparait à ses deux enfants, et par-dessus sa barbe et sa moustache, ses deux petits yeux scrutateurs ne perdaient jamais de vue son intérêt personnel.

Penelope se laissa tomber dans le canapé ivoire garni de coussins kilim et s'y effondra, le menton sur la poitrine. Grayson se retourna lentement et demanda, la main posée sur l'écran en merisier de la cheminée et après avoir soufflé une bouffée de sa cigarette :

– Qu'est-ce qu'elle a encore, Penny ?

Ses mots étaient pleins de sarcasme, et il la regardait comme il le faisait quand ils étaient enfants et que Penelope piquait l'un de ses nombreux caprices.

– Je ne veux plus vivre dans cette horrible maison, lança Penelope (paroles cruelles, compte tenu de l'argent qu'ils savaient tous qu'elle avait coûté à Mr Hayes). Je déteste tout le monde.

– Pourquoi ? demanda son frère sans se départir de son sourire amusé. (Il tira une dernière bouffée de sa cigarette et la jeta dans le feu.) Alors que nous voulons tous le meilleur pour toi.

– Nous sommes tous si fiers de toi, Penelope, si contents que tu fasses une alliance aussi brillante. (Sa mère lança un clin d'œil à sa fille qu'elle s'efforça de faire paraître encourageant.) Alors même que ton frère n'a pas encore fait la moindre demande en mariage. Nous espérions qu'il reviendrait châtelain ou quelque chose comme ça, mais ça n'a pas été le cas…

Grayson leva les yeux au plafond et laissa tomber son coude de l'écran de la cheminée. Il poussa un grand soupir et s'approcha, à pas lents, avec une élégance toute mondaine, dans son costume à fines rayures, du canapé où Penelope était avachie. Son gilet de soie gris perle taillé sur mesure venait de Londres. Il s'assit, croisa les jambes :

– Allons, allons, ma chère sœur, la pria-t-il sur ce même ton persifleur. Dis-nous ce qu'on peut faire pour toi.

Penelope regarda son frère, dont les cheveux étaient pommadés et plaqués de chaque côté d'une raie au milieu. Elle-même n'avait pas eu la patience de se laisser coiffer par sa bonne ce matin, si bien qu'ils étaient plus crépus que d'habitude. Elle les repoussa, maussade, de son visage. Puis elle regarda son père, dont les traits avaient pris cette expression résignée qu'il prenait toujours avant d'écrire un gros chèque. Penelope se sentit soudain calme – ou du moins plus calme qu'elle ne l'avait été de toute la journée.

– Je veux me marier maintenant.

– Maintenant ? postillonna sa mère.

Depuis que Grayson lui avait dit qu'il avait vu Elizabeth dans le train, elle savait qu'elle devait faire quelque chose, et vite. Peu importe qu'Henry n'aime pas son ex-fiancée, si elle revenait à New York, tout le monde se demanderait s'il ne devrait pas plutôt l'épouser elle, et les fiançailles de Penelope avec lui n'auraient alors plus aucune valeur d'engagement. Leur mariage serait remis à plus tard, indéfiniment reporté, et l'opinion publique finirait par se retourner contre elle. Penelope se redressa et croisa sagement les mains sur ses genoux. Elle regarda tour à tour chaque membre de sa famille, essayant de prendre un air modeste. Toute la rage qu'elle avait ressentie venait d'être chassée par une seule perspective : rendre tout le monde jaloux d'elle, inspirer à tous de l'admiration et du respect.

– Eh bien, avant la fin de l'année.

– Penelope, intervint gravement son père, nous n'avons réservé ni lieu, ni prêtre, ni date.

– Mais vous êtes Richmond Hayes ! Il vous suffit de trouver un pasteur, et tout le monde voudra venir à *mon* mariage ! Et de toute façon, Mrs Schoonmaker a déjà dit que nous pourrions célébrer nos fiançailles dans leur maison de Tuxedo. Alors pourquoi pas notre mariage ? Nous allons faire écrire les invitations ce soir et les envoyer demain ! Oh, papa, s'il te plaît !

Ses parents étaient trop stupéfaits pour répondre positivement ou négativement à sa prière. De chaque côté de leur service à thé plaqué or, ils se lançaient des regards inquiets. Ce fut Grayson qui parla le premier, d'un ton maintenant raisonnable et dépourvu d'ironie.

– Pourquoi pas ? Ce sera une formidable surprise qui suscitera de l'envie et de l'excitation, vous allez voir, tout le monde se bousculera pour se faire inviter. Ça leur rappellera ce que notre famille est devenue, et de quoi nous sommes capables. Par ailleurs, je crois que cette idée ne sera pas pour déplaire au vieux Schoonmaker : vous avez lu l'entrefilet dans le journal d'aujourd'hui, à son propos ? Il paraît qu'il a fait distribuer des dindes avariées pendant sa parade, et que quelques filles des quartiers pauvres sont tombées malades. (Grayson ricana et s'alluma une autre cigarette.) C'est le genre de tragédie qui demande diversion, appuya-t-il à l'adresse de son père.

– Mais qu'est-ce que tu vas porter ? demanda Mrs Hayes à sa fille, son visage replet exprimant encore les signes du plus grand désarroi.

– J'ai toujours voulu porter ta robe, mentit gentiment Penelope. On peut la faire retoucher à ma taille en quelques jours.

– Oh ! (Cette idée fit naître un petit sourire ému sur les lèvres de Mrs Hayes). Eh bien, pourquoi pas ? Ne pensez-vous pas, Mr Hayes, que cela pourrait être charmant ?

– Si c'est une surprise et que ça se passe à la campagne, poursuivit Penelope (supposant à juste titre que si elle continuait à parler, son père se lasserait de la discussion, oublierait ses objections et se laisserait convaincre), on n'aura pas à supporter les foules et les cordons de police. On évitera comme ça les avalanches d'articles, des mois auparavant, sur les couleurs des robes de mes demoiselles d'honneur. Ce sera beaucoup plus élégant, ne croyez-vous pas ?

Son père contempla un moment sa fille, puis, d'un air détaché :

– Si c'est ce que tu veux et si tu crois que les Schoonmaker seront d'accord...

– Oh oui ! Magnifique ! Je sais qu'ils seront d'accord.

Penelope se leva et battit des mains. L'excitation gagnait maintenant le visage de sa mère : elle avait plusieurs nouveaux bijoux qu'elle n'avait pas encore eu l'occasion de porter en société, ce que savait très bien sa fille. Grayson lança à sa sœur un regard d'admiration teinté d'amusement.

– Vous irez ce soir, n'est-ce pas ? Nous irons tous parler de ce projet aux Schoonmaker. Et demain, Henry et moi, et sa famille, et vous tous, nous pourrons aller à Tuxedo commencer les préparatifs. Comme ça, on évitera tout le tintamarre.

En parlant de tintamarre, Penelope voulait faire croire à une allusion aux échotiers qui consignaient minutieusement tous les détails des mariages de quelque importance dans la haute société. Ses parents étaient attentifs à bien se comporter et à faire les choses en bonne et due forme, elle en était sûre, mais ainsi, ils éviteraient tout risque de ridicule et de censure mondaine. Sauf que le tapage auquel pensait en vérité

Penelope était celui qui se faisait autour des sœurs Holland. Une fois qu'elle aurait quitté la ville avec son fiancé, elle pourrait enfin dormir sur ses deux oreilles. Elle se sentirait ainsi plus près de ce qui lui appartenait et était sur le point de lui appartenir légitimement aux yeux du grand monde, du public, et bientôt, de Dieu.

Quarante-Trois

« Chère Diana,

Je t'ai un jour donné un bijou sur lequel était gravé : "Pour ma vraie femme". Je ressens aujourd'hui la même chose qu'alors, et plus encore. Il te sera, je le sais, difficile de le croire, mais ce que je vais faire m'est haïssable. Crois-moi quand je te dis qu'elle ne m'a pas laissé le choix... »

Henry ne regarda pas la ville défiler par la voiture privée des Schoonmaker, et quand elle arriva dans les faubourgs, il trouva peu d'intérêt au spectacle des rivières et des paysages verglacés qui filaient devant lui. Il ne partait pas de son plein gré. C'était d'une manière mécanique qu'il le faisait, comme chaque geste, chaque action, ces jours derniers. Il s'était habillé machinalement, veste noire et chemise à col officier blanc, et de la même façon il avait peigné et lissé ses cheveux. C'était dans le même état d'esprit qu'il avait écrit des billets à ses amis pour leur demander d'être ses garçons d'honneur, et commandé à son vendeur attitré chez *Tiffany* de faire le nécessaire pour les anneaux. Mécanique aussi, le refrain qui tournait dans son esprit. Il ne cessait de se répéter que son acte était héroïque, et que c'était la seule façon de sauver Diana d'une ruine certaine.

Pour l'heure, comme le train se rapprochait de Tuxedo et d'un destin qu'il n'osait imaginer, mais qu'il savait de toute façon malheureux, il essaya de composer une lettre qui pourrait expliquer son acte. Diana devait avoir appris la nouvelle, maintenant. Ils devaient tous être en train d'en parler, et sa mère sans aucun doute devait blâmer l'ancien fiancé de sa fille de s'être engagé de nouveau si vite, sans mesurer la douleur et l'humiliation que cette nouvelle pouvait causer à son autre fille. L'idée que Diana apprenne l'horrible nouvelle de la part de quelqu'un d'autre lui était insupportable. Il aurait aimé pouvoir la tenir dans ses bras pour lui expliquer qu'il n'agissait ainsi que pour la protéger, mais il doutait qu'elle accepterait désormais son contact. Il n'avait jamais rien accompli d'héroïque avant cela, toujours est-il qu'il vivait cet héroïsme comme un cauchemar.

Il avait cent fois écrit la lettre dans sa tête. Il lui avait expliqué qu'épouser Penelope était la seule solution, et la plus simple ; que c'était lui donner, à elle, Diana, une chance que les circonstances l'empêchaient, lui, de lui offrir. Il lui disait qu'il la laisserait tranquille afin de lui permettre de vivre d'autres amours plus dignes d'elle ; mais l'instant d'après, il décidait de lui écrire qu'ils seraient toujours amants. Il s'était dépeint sous les traits du vaillant sauveur et avait décrit Penelope comme le mal fait femme, mais maintenant il cessait d'y croire. Il était impossible de lui faire comprendre avec des mots ce qui s'était passé.

Sa future épouse avançait vers lui dans l'aile centrale du train, se tenant aux dossiers de velours pour ne pas perdre l'équilibre, mais elle rayonnait d'une telle confiance en elle qu'elle ne semblait guère avoir besoin de s'appuyer sur quoi que ce soit. Elle venait de l'autre bout de la voiture où elle était allée montrer sa nouvelle bague aux petites filles qui allaient répandre des pétales de rose sous leurs pas au début de la cérémonie. Elle portait un manteau en cachemire à col officier, et ses lèvres étaient peintes en rouge grenat. Henry l'observa arriver vers lui, puis froissa la lettre qu'il écrivait à la jeune fille qu'il appelait sa vraie femme.

Il n'y avait rien de plus à dire.

Quarante-Quatre

« Les commissariats de toute la ville déclarent avoir reçu des messages anonymes de la part de personnes qui prétendent avoir vu Elizabeth Holland dans toutes sortes d'endroits : chez un boucher de Ludlow Street, sur le pont de Brooklyn, ou conduisant un fiacre dans le parc en jodhpur et chapeau haut de forme. Ce qui répand encore plus de doutes sur les rumeurs ridicules qui laisseraient entendre qu'elle est encore vivante. »

ENTREFILET DE LA UNE DE *THE NEW YORK IMPERIAL*,
DIMANCHE 31 DÉCEMBRE 1899.

À la gare Grand Central régnait une agitation désordonnée. Des hommes et des femmes se déplaçaient en tous sens dans leurs vêtements d'hiver, chargés de lourds bagages. La salle d'attente avec ses rangées de longs bancs de bois était bondée ; les annonces de retard et les cris des voyageurs qui appelaient leurs enfants ou leurs conjoints perdus de vue retentissaient aux oreilles de Will et d'Elizabeth. Ce n'était pas, en fait, une journée calme dans les gares, contrairement à ce que leur avait annoncé Snowden : les hommes qui travaillaient en ville se hâtaient de rentrer chez eux pour se retrouver en famille, et la honte faisait fuir ceux qui avaient dépensé tout leur argent dans des beuveries et se retrouvaient démunis pour la grande fête du nouvel an. Pendant ce temps, les fêtards de la grande banlieue inondaient la ville. Les adieux s'étant éternisés, Elizabeth et Will Keller devaient maintenant se dépêcher. Mrs Holland leur avait fortement recommandé d'être discrets, de ne rien faire qui pourrait attirer l'attention sur eux, mais là, dans le flot des arrivées et des départs, ils ne pouvaient s'empêcher de sourire, main dans la main.

Une nouvelle année s'annonçait, et l'avenir était devant eux. Ils partaient pour faire route ensemble, cette fois avec l'assurance que tout allait bien ici à New York, et avec la bénédiction de la famille de la mariée.

Je suis mariée, maintenant, pensa Elizabeth, sa petite main pressée dans la grande main de Will qui la tirait à travers la foule sous la grande coupole de verre et de fer forgé. Il se retourna, lui jeta un regard et sourit – sans raison particulière, supposa-t-elle, ou peut-être pour toutes les raisons qu'il avait de sourire – et elle ne put s'empêcher de rire. Elle rit à en faire glisser la capuche de son manteau sur ses épaules. Elle toucha instinctivement sa tête nue. Elle avait rangé son chapeau dans sa valise et seule une mince calotte de dentelle recouvrait ses cheveux. Elle lâcha la main de Will et s'arrêta pour pouvoir remettre sa capuche. C'est alors qu'elle entendit son nom – son nom de jeune fille, celui d'avant – et se retourna.

– Miss Holland, Miss Holland !

Elle leva les yeux, toujours souriante, le cœur plein d'allégresse. Puis elle se souvint qu'elle ne devait pas se faire voir. Des hommes en uniforme bleu fendaient la foule et marchaient vers elle. L'une des mains de Will, derrière elle, se posa sur son épaule, l'autre sur sa taille. Elle sentit l'odeur propre de ses joues, leur discret parfum de savon, quand elles touchèrent les siennes.

– Cours, lui chuchota-t-il. Cours, dépêche-toi. Attrape le train. Je te suis.

Ce fut alors qu'elle réalisa qu'elle devait avoir peur. Et tout de suite après, en effet, la peur la saisit. Elle la sentit couler, glaciale, dans sa gorge et le long de son dos. Ensuite elle se retourna pour courir en direction du quai et traversa la foule encore dense. Il y avait des gens tout autour d'elle, elle les poussa. Sa panique la projetait en avant. Elle courut jusqu'au moment où elle entendit crier :

– Arrêtez !

Puis, encore plus fort :

– Arrêtez !

Et, encore plus fort, plus rudement :

– Stop ! Ne bougez plus !

Elle continua à courir jusqu'au moment où elle entendit les coups de feu. Ils furent si terribles et si violents que l'espace d'une minute elle pensa qu'ils étaient tirés à bout portant dans ses oreilles. Ils se répétèrent longtemps. Quand ils cessèrent, elle ne respirait plus, elle suffoquait. Tout le monde autour d'elle s'était immobilisé. Elle se retourna encore, lentement cette fois, et marcha en sens inverse le long du quai, où des cris retentissaient. Elle marchait, la capuche sur les épaules, la main devant sa bouche ouverte, figée d'effroi.

Elle avança plus vite vers l'endroit où Will venait de poser sa joue contre la sienne pour lui murmurer de courir vers le train. Ce fut avec une appréhension douloureuse qu'elle avança vers lui. Il était étendu sur le sol, et sa chemise était toute déchiquetée ; son sang rutilant coulait de partout. Les uniformes bleus étaient encore là, cette fois derrière un mur de fusils levés. Elle sentit l'odeur du sang et, noyée dans ses larmes, elle s'effondra au pied de son corps.

– Will, haleta-t-elle.

Quelqu'un avait fermé ses yeux ; cependant ils s'ouvrirent ; ils étaient d'un bleu très pâle, et pleins de peur ; ils la cherchaient. Il saisit sa main. Elle savait qu'il la voyait, et elle vit que la peur s'en était allée de ses yeux.

– Je t'aime, dit-il.

– Je t'aime, répondit-elle.

– Je t'aime, répéta-t-il avec la même douloureuse constance.

Elle ne put rien faire d'autre que de répéter cela. « Je t'aime », répétait-elle encore et encore. Elle ne saurait jamais combien de fois elle l'avait dit, durant les quelques secondes qu'elle put rester au pied de son corps. Tout ce qu'elle venait de vivre était tellement impossible, son cœur se refusait à y croire, tout lui semblait s'être passé dans un temps irréel. Elle se souvint d'avoir vu les paupières de Will se refermer, et ce fut alors qu'elle sentit des mains sur elle, des mains se poser sur sa robe trempée de sang. Trop faible, elle ne put prononcer un seul mot pour résister. C'étaient des mains rêches, des mains masculines qui l'éloignaient du corps de Will. Elle entendit son nom – son nom de jeune fille, celui d'avant – répété encore et encore par la foule massée autour d'elle.

On lui demandait si elle allait bien. On voulait savoir ce qu'on lui avait fait. Mais ses yeux se troublèrent, elle sentit son corps mollir, et tout devint noir.

Quarante-Cinq

« La famille William Schoonmaker est heureuse
de solliciter l'honneur de votre présence
à la célébration d'un événement particulier
qui aura lieu à Tuxedo Park,
le dimanche 31 décembre 1899 à six heures du soir. »

Ce dimanche, Penelope était si tendue, si impatiente, qu'elle pouvait à peine parler. Il y avait eu tant de préparatifs, et elle n'avait pas dormi plus d'une heure la nuit précédente. Le tailleur de New York travaillait encore à sa robe ce matin – la robe de sa mère était maintenant enrichie de nouvelles perles et de dentelles anciennes, elle s'ajustait mieux à son buste et avait une plus longue traîne. Les robes des demoiselles d'honneur étaient les mêmes que celles portées au mariage d'Isabella, elles aussi avaient été hâtivement retouchées. Quel dommage qu'elle n'ait pu avoir un nouveau modèle de Paris, du dernier cri et fait sur mesure, afin de mettre sa silhouette encore plus en valeur. Mais rien de tout cela n'avait d'importance maintenant. Les invités étaient rassemblés, les tables dressées, et les Holland n'avaient pas été conviées au plus grand mariage de l'année – le dernier grand mariage du siècle, comme Buck s'était plu à le souligner à plusieurs reporters. L'année prochaine, pensa Penelope dans un battement de cils, elle serait Mrs Schoonmaker, et Diana pourrait lui rendre autant de visites qu'elle voudrait.

À présent, c'était le moment – maintenant, devant elle, le long de cette allée jonchée de pétales – où allait s'accomplir son plus grand désir. Le menu et les décorations avaient été choisis selon les impitoyables critères de Buck. Les invitations, qui étaient parties le vingt-huit par une distribution spéciale du courrier, annonçant un mariage top secret dans le grand monde, avaient fait leur petit effet dans le gratin new-yorkais. Cette semaine de vacances avait été sinistre et sans imprévu, et ils attendaient tout simplement que le jour de l'an soit passé pour partir en croisière vers les ports plus exotiques de l'Italie ou de l'Égypte. Or là, c'était un plaisir inattendu, qu'ils n'avaient pas imaginé. Aujourd'hui, ils avaient donc rejoint leurs résidences secondaires pour être témoins de l'union de deux des noms les plus glorieux de la ville ; demain, ils seraient assaillis par tous ceux qui n'avaient pas été invités et qui les prieraient de leur donner des échos des noces Schoonmaker-Hayes.

Les malchanceux passaient le temps dans des réceptions à Lakewood et à Westchester, projetant de fêter le nouvel an du mieux qu'ils pourraient, dans l'attente de télégrammes qui leur livreraient quelques petits détails sur ce qu'ils avaient manqué. Les heureux invités étaient installés sur leurs rangées, attendant l'ouverture de la cérémonie. Le visage de Penelope était maquillé, sa taille corsetée et ses jambes cachées sous une cascade de mousseline de soie ivoire. Une dentelle bordait l'encolure en « V » de sa robe, et ses bras étaient recouverts de guipures. Des fleurs étaient piquetées sur ses poignets et dans sa chevelure, et des mètres et des mètres de dentelle de Valenciennes épinglés à son petit bonnet blanc. Déjà la musique s'élevait. Elle regarda ses demoiselles d'honneur : ses cousines et celles d'Henry, rapidement assemblées, y compris la pauvre Prudie, qui semblait fort mal à l'aise dans ses teintes pastel, sans oublier, comme elle le lui avait promis, Carolina Broad, laquelle arborait un air digne et plein de fierté, et paraissait curieusement plus riche, mais ne pouvait encore se résoudre à sourire. Elle le ferait, mais pas avant la fin de la cérémonie.

Buck était là, en costume sombre, le visage un peu marqué par le manque de sommeil, et se déplaçant, malgré sa corpulence, avec une grâce caractéristique. Il avait mis les jeunes filles en rang et attendait de leur donner le signal de quitter le salon des dames et de descendre l'allée. Elles avaient toutes – toutes sauf Prudie – la tête qui tournait d'avoir été choisies, et elles savouraient à l'avance le moment où elles paraîtraient. Penelope ne voulut rencontrer aucun de leurs regards. Elle attendit seulement son tour de paraître, et que la dernière traîne bleu pâle eut disparu derrière la porte. Enfin la huitième et dernière jeune fille partie, elle put prendre sa respiration. Elle se tourna vers Buck, qui vérifia son visage pour s'assurer que tout était parfait. Il baissa son voile et l'arrangea minutieusement, en prenant son temps. Enfin, pour la première fois de la journée, les muscles de son visage se relâchèrent et il sourit :

– Plus belle mariée n'a jamais existé et n'existera jamais, dit-il.

Alors elle sourit à son tour, d'un large sourire de triomphe, dont elle savait qu'il fallait qu'elle se débarrasse d'une façon ou d'une autre avant de descendre l'allée. Elle n'avait pas encore réussi à l'effacer complètement de ses lèvres quand elle entendit s'élever les premières notes de la musique annonçant l'entrée de la mariée. Buck lui dit d'avancer, ce qu'elle fit.

Tous les visages de l'assemblée se tournèrent vers elle. Penelope les vit béer d'admiration à travers son voile de dentelle, et les mains se serrer d'émotion contre les poitrines. Elle ne savait pas si elle marchait vite ou lentement.

Elle entendait à peine la musique. La distance jusqu'à l'autel lui semblait impossible à atteindre, pourtant elle savait que dans quelques instants, elle y serait. Henry se tenait immobile, l'air malheureux dans son habit queue-de-pie en satin noir, mais bientôt il verrait à quel point elle avait bien mené son projet, de quelle ingéniosité elle était capable. Il se souviendrait qu'ils étaient faits l'un pour l'autre, et comprendrait que Diana Holland n'avait été qu'une passade. Quand elle arriva devant l'autel, elle remarqua que quelques visages s'étaient détournés d'elle. Inexplicablement, ils regardaient dans la direction de la porte principale de la salle.

Alors que le révérend ouvrait la cérémonie, des murmures bruissèrent dans la salle de bal de Tuxedo. Henry se retourna plusieurs fois vers le fond de la salle, d'où émanaient les chuchotements. Penelope se hâta alors de tendre ses mains vers celles d'Henry. Le révérend n'était pas encore arrivé à ce moment de la cérémonie, mais elle lui montrait ainsi son impatience ; il réagit en accélérant son service, ainsi que la marche du rituel. Le cœur de Penelope battait si vite dans sa poitrine qu'elle remarqua à peine que les mains d'Henry étaient inertes, sans réaction.

Elle ne s'était jamais beaucoup fiée aux pressentiments, néanmoins elle comprit aussitôt, irrévocablement, que les gens parlaient d'Elizabeth Holland. Elizabeth était revenue, et ils se demandaient tous s'ils ne devraient pas le faire savoir à Penelope avant qu'elle s'engage pour toujours avec Henry et qu'il soit à elle pour la vie. Penelope se raidit, attendant l'échange des anneaux. Dans son esprit, elle défia tous ces de-quoi-je-me-mêle, qui n'allaient quand même pas interrompre son mariage ! C'étaient des lâches qui vivaient selon des codes édictés, elle ne le savait que trop bien. Elle tablait sur le fait que, si elle restait immobile et concentrée, sans avoir l'air d'entendre ce qui se passait, l'assemblée laisserait la cérémonie suivre son cours.

Dès qu'elle sentit le précieux métal glisser sur son annulaire gauche, elle prononça le « oui » rituel et, sans attendre la réponse d'Henry, elle releva son voile et s'approcha de lui. Il avait dit « oui », lui aussi, elle en était tout à fait sûre, bien que cela n'ait guère d'importance. Personne ne se souvenait jamais de ce genre de détails convenus lors d'un mariage, et de toute façon l'essentiel était qu'elle s'était avancée vers lui et avait pressé ses lèvres sur les siennes – lesquelles étaient restées aussi inertes que ses mains ; toutefois l'idée qu'elle embrassait Henry et qu'il était maintenant son mari lui chavira le cœur.

Puis tous deux se retournèrent vers cette pièce décorée de branches de fleurs blanches et d'enlacements de rubans perle. Il y eut un long silence gêné. Penelope aperçut la secrétaire particulière de sa mère debout au fond de la pièce, l'air inquiet, les mains nerveusement serrées. L'air vibrait, les diamants jetaient des étincelles et les paupières battaient. Puis Buck se posta devant la secrétaire particulière, autant pour la cacher aux yeux des gens que pour l'effacer de leur esprit. Puis il commença à applaudir.

Alors tous les visages dans la foule se retournèrent à nouveau, lentement au début puis plus vite, vers les mariés. Certains se mirent à applaudir, d'autres se levèrent. Il n'en fallut pas plus pour que tout le monde en fasse autant et applaudisse comme un seul homme. C'était comme si le gratin de New York, ayant momentanément oublié qu'il était en train de se passer un beau et émouvant événement, était rappelé à l'ordre. Des larmes mouillèrent les yeux des plus vieilles matrones. Penelope avait toute leur attention pour elle. Elle était désormais, elle le savait, la tête d'affiche de leur théâtre.

Le monde était à nouveau en ordre, et elle osa prendre une grande inspiration. Tous faisaient des commentaires sur leur beauté, sur le couple harmonieux qu'ils formaient, preuve incarnée que le grand amour existait. Ses yeux s'étaient embués tandis qu'elle regardait tous les invités qui, debout, les applaudissaient, et elle leur était reconnaissante à tous d'avoir été témoins de son triomphe.

Quarante-Six

« Elizabeth Adora Holland a été retrouvée vivante. Il semble qu'elle ait été kidnappée par l'ancien cocher de sa famille. Le jeune homme s'était entiché d'elle quand il travaillait pour les Holland, et avait projeté de l'emmener en Californie. Elle n'a pas été victime, comme on l'avait craint, de la traite des Blanches. Le jeune homme a été abattu alors qu'il essayait de s'enfuir avec la jeune fille, au cours d'une scène particulièrement violente à la gare Grand Central. Miss Elizabeth Holland a été rendue à sa famille. Elle était encore aujourd'hui dans un trop grand état de choc pour pouvoir répondre à une interview. »

BRÈVE D'UNE ÉDITION SPÉCIALE DU SOIR DE *THE NEW YORK IMPERIAL*,
DIMANCHE 31 DÉCEMBRE 1899.

Il était minuit passé, la nouvelle année venait juste de commencer, et chez les Holland les sanglots et les gémissements s'étaient arrêtés. Les femmes étaient assises autour de la grande et vieille table en bois de la cuisine, où il régnait un silence accablant. La cuisine n'était pas une pièce dans laquelle elles avaient jamais passé beaucoup de temps les unes comme les autres, mais c'était le lieu le plus discret où elles pouvaient se retrouver en la circonstance. C'était là où il était le moins probable qu'on les trouve. Ce soir, pour la première fois, Diana avait vu sa mère préparer elle-même un bouillon et le poser devant sa fille aînée. Elle avait insisté à plusieurs reprises, au cours de la soirée, pour qu'Elizabeth le boive, et Elizabeth avait porté une ou deux fois le bol à ses lèvres. Mais il était évident qu'elle ne buvait rien, le niveau du liquide dans le bol ne baissait pas. Diana observait sa sœur effondrée sur la table. Elle avait tant pleuré qu'il semblait impossible qu'elle ne se sente pas complètement détruite.

Cela avait été trop pour Edith, et elle s'était retirée dans sa chambre pour que ses nièces ne la voient plus pleurer.

Diana elle-même se sentait vidée, morte, inhabitée, et ne pouvait imaginer de fin à ce vide. Il lui semblait que tout ce qui au monde était bon, profond, sincère et authentique avait été balayé et maudit.

Tout était maintenant broyé, anéanti.

– Elizabeth, il faut que tu manges. Tu dois essayer de dormir, disait sa mère.

Depuis combien de temps personne n'avait parlé ? Diana n'aurait su le dire. Des heures, peut-être des secondes. Entre-temps, le bruit des carillons, les voix des gens qui sortaient de la messe de minuit ou les rires des fêtards quittant le bal paysan hongrois à Madison Square Garden, tous ces bruits s'étaient tus.

Quand les policiers avaient ramené Elizabeth à la maison en triomphateurs, fiers de ce qu'ils avaient fait, Diana avait conduit sa sœur à l'étage et lui avait donné un bain. La jeune femme était alors incapable de s'occuper d'elle-même, et à présent elle ne le pouvait guère davantage. Ses cheveux avaient séché et, bien qu'enveloppée dans une couverture, elle tremblait. Elle mit du temps à répondre, et quand elle y parvint, elle ne put émettre qu'un faible :

– Je ne peux pas.

– Elizabeth, reprit doucement sa mère, peut-être ne le peux-tu pas maintenant, mais bientôt, il faudra que tu fasses un effort ! Tout le monde sait que tu es revenue, et personne ne pourra comprendre que tu aimais Will. Il ne faut pas qu'on le sache !

Elizabeth tourna lentement ses yeux vers sa mère. Elle battit des paupières et ses lèvres desséchées s'entrouvrirent, mais elle ne dit rien. Diana pria intérieurement pour que sa mère se taise. Elle savait, même en de telles circonstances, que Mrs Holland était incapable de faire abstraction de sa position sociale.

– On croit que tu as été kidnappée, Elizabeth. C'est cela qu'on va croire, et on ne peut pas les contredire. Notre famille a souffert, ma chérie. Nous avons trop souffert. Nous perdrions tout si par malheur on apprenait ce que Will était pour toi... et ce que tu étais pour lui. Bref, ce que tu as fait. Tu me comprends ?

Elizabeth posa sur sa mère un regard vide. Puis elle rencontra les yeux de Diana. Les deux sœurs se regardèrent un moment, et Diana serra les lèvres à la pensée du sens pratique et du rigorisme de leur mère. Elle fronça les sourcils et hocha légèrement la tête pour faire comprendre à Elizabeth ce qu'elle pensait de tout cela.

– Elle comprend, dit finalement Diana à la place de sa sœur, la sachant incapable de parler pour elle-même.

– Bien. Ce n'est pas mon désir, ma chérie, mais c'est ainsi. (Mrs Holland posa ses petites mains côte à côte sur la table pour s'aider à se relever.) Nous te protégerons quelque temps, mais bientôt il faudra que tu rencontres les gens. Il faudra que tu paraisses heureuse d'être de retour chez toi. C'est une chance que nous vivions dans une société polie : personne ne te demandera ce que tu as enduré. Mais tu ne dois pas donner à quiconque des raisons de se poser des questions.

Diana observa sa sœur, les cheveux défaits, morte à tout commentaire. Plus rien n'avait d'importance, maintenant. Tout ce qu'elle avait vécu était réduit à néant.

Leur mère lissa sa robe noire de ses petites mains et, poussant un soupir :

– Je ne vais pas te forcer à te remarier, ma chère Elizabeth, continua-t-elle. De toute façon, Henry Schoonmaker est à cette heure déjà marié à ton amie Penelope Hayes. Cela s'est passé très vite, la cérémonie a eu lieu ce soir même. Quelle étrange, étrange journée que celle-ci.

Diana reçut la nouvelle du mariage d'Henry d'une façon presque neutre. N'était-il pas naturel que, dans un monde où se produisaient des meurtres infâmes et arbitraires, Henry choisisse une fille comme Penelope ? Cela l'aurait bouleversée au-delà de toute imagination si on lui avait dit qu'il n'était pas encore marié à Penelope, et cela lui parut presque une bénédiction que la chose se soit réglée aussi vite. Cette pensée toutefois la fit tressaillir malgré elle, et elle espéra qu'Elizabeth ne remarquerait pas son émotion. Elle avait assez de chagrin comme cela sans penser à celui de Diana.

– Je dois aller dormir, conclut brusquement leur mère. (Soulevant le bas de sa jupe, elle marcha vers la porte sans regarder ses filles.) Veille à ce que ta sœur ne fixe pas le mur toute la nuit, Diana. Arrange-toi pour la coucher, ajouta-t-elle en franchissant le seuil de la cuisine.

Elles entendirent les marches craquer sous les pas de leur mère qui montait se retirer dans sa chambre. Diana ferma les yeux. Elle était épuisée, mais le sommeil faisait partie des choses qu'elle ne pouvait plus concevoir. Elle supposa qu'il en serait de même pour Elizabeth. Lorsqu'elle rouvrit les yeux, elle vit que celle-ci était en train de la contempler, et perçut quelque chose de différent dans son expression, une intensité et une insistance qui la firent venir vers elle et s'effondrer à ses pieds. Elle pressa sa joue contre ses genoux et les entoura de ses bras.

Le visage d'Elizabeth, qui était encore hâlé par le soleil à son arrivée à New York, était maintenant blanc comme un cierge. Elle paraissait tellement vidée de toute force qu'il semblait que la plus légère brise pourrait l'emporter. Il n'y avait rien à dire, Diana le savait, mais elle sentait que si elle s'accrochait à elle, sa chaleur pourrait lui apporter un peu de réconfort. Elle ferma les yeux et resserra son étreinte.

Elles restèrent ainsi un moment, puis Elizabeth articula :

– Tu aimes vraiment Henry ?

Diana fut tellement surprise d'entendre sa sœur prononcer une phrase complète qu'elle ne comprit pas, sur le moment, ce qu'elle lui demandait.

– Est-ce que tu l'aimes de la façon dont j'aimais Will ? lui demanda-t-elle.

Diana ne s'attendait pas à une telle question, ni à ce qu'elle lui fasse battre le cœur et provoque en elle un si grand trouble ; elle n'imaginait pas que la pensée d'Henry, loin de susciter en elle la révolte ou la tristesse, rallumerait au plus profond de son être un désir si intense. Ce désir était la première émotion qu'elle ressentait depuis l'annonce de la tragédie qui venait de se dérouler. Elle comprit alors que, quelle que soit la façon dont elle pourrait répondre à ce sentiment et quelque atteinte qu'il puisse porter à sa dignité, elle n'y résisterait pas.

Diana ferma les yeux et, tout en essayant de s'empêcher de pleurer, elle murmura :

– Oui.

Elizabeth posa délicatement sa main sur la tête de Diana et lui caressa les cheveux avec douceur. De toute sa vie, la jeune fille ne s'était jamais sentie si semblable à sa sœur.

– Alors nous allons essayer de te le rendre, chuchota Elizabeth en se penchant pour répondre pleinement à l'étreinte de sa petite sœur.

Dehors, le monde était sombre et silencieux. Une neige fraîchement tombée recouvrait la ville, et les habitants de Gramercy, de la Cinquième Avenue comme ceux des quartiers moins chic du centre-ville où les loisirs et le confort n'allaient pas de soi, étaient chez eux maintenant. Le jour du nouvel an était arrivé, mais le monde n'en était pas pour autant devenu plus réel.

Remerciements

Ce livre et moi-même avons eu la chance de ne pas avoir un éditeur, mais deux : merci à l'avenante et brillante Sara Shandler ainsi qu'au charmant et spirituel Farrin Jacobs, dont l'intelligente contribution n'a cessé d'enrichir mes textes. Merci à Josh Bank et à Les Morgenstein, qui ont à l'évidence des pouvoirs magiques. Merci à Allison Heiny, à Cristina Gilbert, à Melissa Dittmar, à Kristin Marang et à Jackie Greenberg d'avoir prêté tant d'attention à cette série. Merci à Andrea C. Uva, à Alison Donalty, à Barb Fitzsimmons et à Ray Shappell d'avoir apporté la touche finale. Je dois aussi beaucoup à Nora Pelizzari et à Lanie Davis, ainsi qu'à tout le monde de chez Alloy, à Élise Howard, à Susan Katz, à Kate Jackson, et à tous les merveilleux collaborateurs de chez Harper Collins. Merci à la New York Historical Society, et à tous ses fantastiques bibliothécaires. Et merci à Ben Turner.

Composition Nord Compo
Impression : Normandie Roto Impression s.a.s.
en février 2009
Éditions Albin Michel
22, rue Huyghens 75014 Paris
ISBN-13 : 978-2-226-18955-4
N° d'édition : 17705. N° d'impression : 090372
Dépôt légal : février 2009
Imprimé en France.